LIÇÕES DE MAGIA

ALICE HOFFMAN

Autora dos *best-sellers As Regras do Amor e da Magia* e *Da Magia à Sedução*

LIÇÕES DE MAGIA

Tradução
Denise de Carvalho Rocha

JANGADA

Título do original: *Magic Lessons.*
Copyright © 2020 Alice Hoffman.
Copyright da edição brasileira © 2022 Editora Pensamento-Cultrix Ltda.
1ª edição 2022.

Todos os direitos reservados. Nenhuma parte desta obra pode ser reproduzida ou usada de qualquer forma ou por qualquer meio, eletrônico ou mecânico, inclusive fotocópias, gravações ou sistema de armazenamento em banco de dados, sem permissão por escrito, exceto nos casos de trechos curtos citados em resenhas críticas ou artigos de revistas.

A Editora Jangada não se responsabiliza por eventuais mudanças ocorridas nos endereços convencionais ou eletrônicos citados neste livro.

Esta é uma obra de ficção. Todos os personagens, organizações e acontecimentos retratados neste romance são produtos da imaginação do autor e usados de modo fictício.

Não pode ser exportado para Portugal.

Editor: Adilson Silva Ramachandra
Gerente editorial: Roseli de S. Ferraz
Gerente de produção editorial: Indiara Faria Kayo
Editoração eletrônica: Join Bureau
Revisão: Erika Alonso

Dados Internacionais de Catalogação na Publicação (CIP)
(Câmara Brasileira do Livro, SP, Brasil)

Hoffman, Alice
  Lições de magia / Alice Hoffman; tradução Denise de Carvalho Rocha. – 1. ed. – São Paulo, SP: Jangada, 2022.

  Título original: Magic lessons.
  ISBN 978-65-5622-040-6

  1. Ficção norte-americana I. Título.

22-115798   CDD-813

Índices para catálogo sistemático:
1. Ficção: Literatura norte-americana 813
Eliete Marques da Silva – Bibliotecária – CRB-8/9380

Jangada é um selo editorial da Pensamento-Cultrix Ltda.

Direitos de tradução para o Brasil adquiridos com exclusividade pela
EDITORA PENSAMENTO-CULTRIX LTDA. que se reserva a
propriedade literária desta tradução.
Rua Dr. Mário Vicente, 368 — 04270-000 — São Paulo, SP — Fone: (11) 2066-9000
http://www.editorajangada.com.br
E-mail: atendimento@editorajangada.com.br
Foi feito o depósito legal.

*Ame a todos, confie em alguns,
não faça mal a ninguém.*

– William Shakespeare

PARTE UM

Transformações

1664

I.

Ela foi encontrada num dia de inverno, em meio a um campo onde cresciam zimbros, enrolada numa manta azul com seu nome caprichosamente bordado com linha de seda. A neve recobria o solo com um espesso manto branco, mas o sol brilhava forte. Quem dera à criança o nome de Maria com certeza a amava, pois a manta de lã era de muito boa qualidade e grossa o bastante para mantê-la aquecida. Ela estava bem cuidada, sem parecer que lhe faltasse comida ou conforto. Maria era um bebê tranquilo, mas com o passar das horas começou a ficar agitada e se pôs a chorar, fazendo isso com grande vigor e determinação, até que finalmente um corvo foi se empoleirar na borda do seu cesto e olhou para ela com seus olhinhos pretos inquietos.

Foi assim que a velha senhora descobriu a criança abandonada, fitando o pássaro quase do tamanho dela com um olhar desde o início destemido e curioso. Maria era um lindo bebê de cabelos negros como azeviche e olhos cinza-claros, um tom prateado tão incomum que a anciã se perguntou se ela não seria uma criatura do mundo das fadas, pois aquele era um lugar onde coisas estranhas aconteciam e o destino poderia ser uma bênção ou uma maldição. Fosse a criança uma fada ou não, Hannah Owens levou-a para a floresta, cantando uma canção enquanto caminhava, as primeiras palavras de que o bebê iria se lembrar.

O rio é largo, não posso atravessar,
Nem que eu tenha asas para voar
Me dê um barco para levar nós dois
E vamos remar, eu e o meu amor.

Em vales verdejantes fui passear
Para colher flores tão frágeis e belas
Para colher flores, azuis e amarelas,
Sem pensar do que o amor pode ser capaz.

Nos primeiros dias da criança na cabana de Hannah, o pássaro insistente batia as asas contra o vidro embaçado da janela, como se implorasse para que o deixassem entrar. Foram inúteis os baldes de água e vinagre ou os gritos e as ameaças. Nada o fazia desistir. E quem seria capaz de atirar pedras numa criatura tão leal? Hannah permitiu que o corvo ficasse e lhe deu o nome de Cadin, porque Maria, em seus balbucios de bebê, o chamava de *Cawcaw*. Sempre que o tempo esfriava, ele se acomodava no poleiro de madeira ao lado da lareira coberta de fuligem. Ali limpava suas penas reluzentes e ficava de olho em Maria.

– Suponho que ele seja seu – Hannah disse ao bebê em seu cesto, depois que sete dias já tinham se passado e o corvo ainda não dava sinais de que deixaria seu posto sobre a cerca do jardim, sequer para comer ou beber. – Ou talvez você seja dele.

Hannah sabia muito bem que ninguém escolhe um familiar. É ele quem escolhe seu protegido, estabelecendo uma ligação com essa pessoa como nenhuma outra criatura jamais fará. A própria Hannah tivera muitos anos antes um animal de estimação que a seguia por toda parte. Era uma linda gata tigrada, com o pelo cor de caramelo, um familiar querido que conhecia todos os pensamentos e desejos de sua dona. No dia em que libertaram Hannah da prisão, ela encontrou a gata pregada na porta da sua casa na aldeia. Obra dos vizinhos, que também haviam roubado, enquanto ela estava presa, o pouco que ela tinha: um colchão de penas, panelas e frigideiras, uma pena de escrever.

Hannah levou a gata com ela para a floresta e enterrou-a no vale verdejante onde havia acampado antes de construir sua casa, uma clareira que ela chamava de Campo da Devoção, onde campânulas cresciam na primavera e as celidônias brilhavam com a última geada de inverno, num tapete de estrelinhas brancas e amarelas. A beleza daquela campina lembrava Hannah das razões para se viver neste mundo, e também para se desconfiar de quem via maldade nos outros, mas nunca em si mesmo. O mundo natural era uma parte importantíssima do seu ofício. Cada planta que crescia na floresta podia curar ou fazer mal, e era obrigação dela saber diferenciá-las. Isso fazia parte da antiga tradição nórdica, o *Seidhr*, uma prática levada para a Inglaterra em tempos muito antigos. Tratava-se de magia da natureza, visionária, que fundia a alma do ser humano com a alma da própria terra.

Magia das Árvores

Deve-se queimar azevinho para anunciar o fim do inverno.
A sorveira-brava, a árvore sagrada das bruxas,
É usada para proteção e na fabricação de fusos.
A aveleira indica onde existe água.
O salgueiro é magia sagrada, pois transporta a alma.
Teixo significa vida, morte e renascimento. É usado para fazer
  arcos.
Mas cuidado: as sementes são venenosas.
O freixo é uma árvore sagrada, com poder de cura.
Com as folhas é possível fazer um bom tônico para cavalos.

A maçã é a chave da magia e é usada como remédio e em feitiços de amor.

Vidoeiro, escreva feitiços na casca dessa árvore e conseguirá o que quer.

A seiva do pinheiro é um unguento para varíola e febre maculosa.

Ferva as folhas do lariço para fazer uma pomada para cortes e feridas.

A cicuta cura inflamações e inchaços.

Foi realmente uma sorte que a criança tenha sido encontrada por Hannah e não por outra pessoa qualquer, pois havia muitos no Condado de Essex que teriam se livrado de um bebê indesejado com a mesma facilidade com que afogariam um gato. Hannah era uma alma boa e generosa, e não pensou duas vezes antes de dar ao bebê um lar e, como se viu depois, muito mais do que isso. Ela costurou um vestidinho azul para a criança, para lhe dar sorte e proteção, e também amarrou um fio de lã azul em volta do seu tornozelo.

Os moradores das aldeias e cidades próximas acreditavam que, infiltrados no povo bom e decente, havia servos do mal que deixavam as crianças suscetíveis a febres e à varíola, e podiam amaldiçoar a terra, deixando-a infértil. O que o povo acreditava muitas vezes vinha a acontecer e a culpa era colocada justamente onde se tinha imaginado. Aquele foi o ano em que dois cometas cruzaram o céu por causas misteriosas e um vulcão começou a entrar em erupção no Monte Etna, na Itália, logo espalhando cinzas por toda a região. Até a própria aldeia ficou polvilhada de cinzas, dando aos moradores a impressão de que estava nevando em março.

No espaço de um ano, duas pobres almas foram infectadas pela peste em Londres e cada vez mais gente foi adoecendo com o passar dos dias. As pessoas usavam máscaras e se trancavam em casa, mas a doença mesmo assim se alastrava, deslizando por baixo da porta ou entrando pelas janelas, segundo se acreditava. A verdade, no entanto, é que a doença era levada de casa em casa pelos próprios médicos, que não sabiam da necessidade de se lavar as mãos. Em 1665, a cidade já tinha perdido 68 mil habitantes.

Quando Maria fez 2 anos de idade, o grande incêndio de Londres destruiu setenta mil casas das oitenta mil que existiam na cidade e a fumaça ficou suspensa no ar durante todo o mês de setembro. Pássaros caíam do céu e as crianças expeliam um catarro preto ao tossir, sinal de que não veriam o próximo aniversário. O mundo era um lugar perigoso, onde as pessoas eram castigadas pelos seus pecados e a maioria acreditava que a sorte dependia, até certo ponto, da fé e da superstição. Foram anos em que coisas cruéis e inexplicáveis aconteceram e a bondade era um presente raro e valioso que Hannah Owens tinha a graça de possuir.

Havia no condado mulheres conhecidas por praticar a Arte Sem Nome, feitiços e rituais transmitidos de geração em geração, por praticantes de magia e medicina popular que sabiam mais do que a maioria. Essas mulheres entendiam a natureza misteriosa da medicina e do amor e faziam o melhor para transpor o véu que separava homens e mulheres do conhecimento que poderia salvá-los da má sorte e do desastre. Elas podiam curar um coração partido com a mesma facilidade com que curavam uma febre, mas faziam isso discretamente, pois as mulheres eram responsabilizadas por grande parte dos problemas que havia neste mundo e todos sabiam que exitiam bruxas naquele condado.

Mais de vinte anos antes, Matthew Hopkins, um jovem da aldeia de Manningtree, nas margens do rio Stour, no Condado de Essex, havia começado sua perversa caça às bruxas. Auxiliado pelos Condes de Warwick e Manchester, ele se tornou o maior caçador de bruxas da região e era regiamente pago para enviar mulheres para a morte. O destino das bruxas estava nas mãos dele, como se sozinho ele pudesse ver através do véu espectral e arrancar da acusada a evidência do mal. Uma mancha na mão ou na bochecha de uma mulher, um pássaro em sua janela, um cachorro ou gato ou outra criatura que não saísse do lado dela, um livro de magia encontrado num armário ou debaixo de um colchão de palha, uma vizinha amargurada, cheia de rancor e uma história para contar. Tudo isso era usado como prova, especialmente quando a acusada era uma pobre mulher sem família ou alguém que a defendesse.

Na época da caça às bruxas, acreditava-se que era possível capturar uma pregando-se as pegadas dela no chão para que não pudesse fugir e com armadilhas de ferro feitas para capturar raposas, pois sabia-se muito bem que os poderes de uma bruxa diminuíam quando ela estava em contato com esse metal. Alguns caçadores de bruxas pregavam de fato os pés das mulheres no chão e as deixavam ali, tentando escapar. Se conseguissem fugir dali, era preciso passar óleo de alecrim no lugar onde o prego tinha entrado no pé da bruxa, ao mesmo tempo em que se lançava um feitiço de proteção e vingança: *Neste dia, isto não a travou. Quando andou, daqui se afastou. Quando voltar, pagará por quem prejudicou.*

Ainda assim, era difícil garantir proteção. Trezentos suspeitos foram acusados. Cem dessas pobres almas foram para a forca, depois de passarem pelo teste da cadeira. A mulher era amarrada a uma cadeira e jogada num rio ou numa lagoa. Se ela se afogasse, isso era sinal de que era inocente. Se flutuasse, era a prova de que era de fato uma bruxa. Desse teste, nenhuma saía viva. Hannah Owens tivera a sorte de escapar de um enforcamento porque os julgamentos foram interrompidos e a loucura passou assim como uma febre, de repente e sem nenhuma razão aparente, a não ser pelo fato de que a lógica finalmente prevaleceu. As acusadas foram libertadas da prisão e saíram de lá agradecidas, mesmo sem ter recebido nenhuma desculpa ou explicação e, certamente, nenhuma reparação.

Hopkins morreu na casa dos 20 anos, de uma tosse que supostamente contraiu depois de nadar. Muitos ficaram extremamente felizes ao saber que ele tinha sido condenado pela sua própria versão de afogamento, com os pulmões se enchendo de água e puxando-o para a morte, como se estivesse amarrado a uma cadeira imersa à força numa lagoa. No dia em que foi enterrado, muitas mulheres do Condado de Essex comemoraram dançando ao redor de fogueiras e entornando canecas de cerveja. Quanto à Hannah, ela tomou uma xícara de chá naquele dia, feito de uma mistura preparada para lhe dar coragem durante aqueles tempos terríveis, quando uma mulher não podia andar na rua sem correr o risco de ser acusada de alguma transgressão, especialmente se um livro fosse encontrado entre os seus pertences ou se ela soubesse ler e escrever o próprio nome.

Embora não houvesse mais perseguições às bruxas, as mães continuavam a amarrar seus bebês no berço, para ter certeza de que não seriam roubados à noite, e tigelas de precioso sal eram colocadas no peitoril das janelas para proteger os moradores da casa. Os homens pregavam ferraduras de cabeça para baixo acima da porta dos celeiros, para dar sorte, pois acreditavam que uma bruxa podia arruinar a saúde de qualquer homem forte se colocasse uma mecha do cabelo dele ou aparas das suas unhas nos beirais de uma casa. As crianças eram alertadas a nunca falar com estranhos. Se se perdessem ou fossem enfeitiçadas, deveriam gritar números de trás para a frente, para quebrar o encantamento. As infelizes crianças que desapareciam eram procuradas com jarras de leite de cabra, considerada a bebida favorita das bruxas, e, muitas vezes, as que tinham sido levadas apareciam na porta de casa tarde da noite, com carrapichos nos cabelos e nenhuma justificativa lógica para dar à mãe que não fosse a desculpa de que tinham se perdido na floresta e não conseguiram encontrar o caminho de volta.

༺❦༻

Hannah Owens vivia longe das ilusões e das más intenções dos homens, nas entranhas de uma floresta, numa pequena cabana coberta por trepadeiras. Ela tinha sido construída por um carpinteiro da região, um sujeito que ninguém contratava devido a uma deformidade de nascença, um homem simples e honesto que, tempos depois, contou que a velha senhora o benzera e lhe dera um unguento preparado com as ervas do seu jardim e que fizera seu braço murcho crescer e ficar inteiro.

O telhado da casa de Hannah era de palha e a chaminé, de juncos e argila, por isso sempre havia uma panela cheia de água perto da lareira, para o caso de uma faísca atear fogo nos juncos. O caminho até a porta era feito de pedras azuis irregulares e ficava escondido entre os arbustos. Isso vinha bem a calhar, pois a vegetação cerrada do jardim oferecia proteção contra os olhos de intrusos. E, apesar da caminhada difícil, as mulheres da cidade e das fazendas vizinhas ainda assim conseguiam encontrar o caminho até a porta de Hannah quando tinham necessidade, tocando o sino de bronze ao chegar.

Hannah conhecia a floresta melhor do que ninguém. Ela sabia que era possível prever o número de ondas de frio que teriam no ano contando os nós do tronco de um arbusto de lilases. E que, se alguém acendesse um punhadinho de neve com isca de fogo e ela logo derretesse, isso era sinal de que a neve no chão também não tardaria a derreter. A noz-moscada abria o coração, o lírio combatia erupções cutâneas e a arnica podia fazer um homem arder de desejo. Quando um bebê custava a nascer ou não queria mamar, quando uma criança ficava doente e febril, quando um marido se afastava, quando uma vela pegava fogo por conta própria, indicando a presença de um espírito por perto, as mulheres batiam na porta de Hannah e, em troca de alguns ovos ou uma jarra de leite de cabra, ou, nos casos mais difíceis, um broche ou anel, podiam levar um remédio para casa.

Maria cresceu assistindo a essas transações, sempre após o cair da noite, pois ninguém queria ser visto na porta de uma bruxa. Numa das paredes da cabana, Hannah tinha pendurado uma Mão da Sorte, um amuleto no formato de cinco dedos, feito de musgo preservado na véspera do solstício de verão com a fumaça de uma fogueira ritual e que protegia a casa do azar e do infortúnio. As mulheres que procuravam Hannah sentavam-se à mesa da cozinha, onde o pão era sovado, as galinhas abatidas e os bebês trazidos ao mundo, muitas vezes após um parto difícil.

Aos 5 anos, Maria já tinha aprendido a virar um bebê no ventre da mãe, a moer os ossos de um pássaro, a fazer um pó para combater insônia e a identificar os sintomas da febre ou da varíola. A mãe adotiva já tinha lhe dado instruções precisas sobre quais as melhores ervas para se colher e ela as levava para casa num cesto ou aninhadas na saia do avental comprido. Erva-benta dos bosques para curar dor de dente, marroio-negro para náuseas e cólicas menstruais, cebolas ardidas para cobrir e curar mordidas de cachorro, casca de sabugueiro e de cerejeira para tosse, sementes de endro para acabar com os soluços, espinheiro para dispersar pesadelos e acalmar um coração inquieto, e urtiga, com a qual se podia fazer uma sopa excelente para tratar queimaduras, infecções e inflamações. Maria só teve que tocar numa touceira de urtigas sem luvas uma vez para aprender a lição. Mesmo depois de Hannah ter esfregado na mão da filha um punhado de folhas de baunilha-dos-jardins para acalmar a pele, Maria nunca mais chegou perto daquelas plantas que pinicavam. Desde cedo, a menina aprendia rápido. Ela não precisava se machucar duas vezes para ser cautelosa e sabia desde cedo que o amor poderia ser uma bênção ou uma maldição.

A maioria das mulheres que percorriam a floresta até a casa de Hannah faziam isso por um único motivo. E esse motivo era sempre o amor. Amor eterno, amor de juventude, amor deteriorado, amor que causava dores e sofrimentos, amor que deixava hematomas e vergões, amor desejado com desespero ou do qual precisavam se ver livre o mais rápido possível. Muitas vezes, Hannah escrevia o resultado desejado num pedaço de pergaminho e o guardava na sua caixa de feitiços. Ela lançava seus feitiços enquanto acendia uma vela. Branca para a saúde, preta para levar embora a tristeza, vermelha para o amor. Picar o terceiro dedo da mão esquerda com uma agulha de prata podia trazer um amante de volta. O poder de um feitiço aumentava com a lua crescente e diminuía com a lua minguante. A época em que se lançava um feitiço era importante, o tempo dedicado a ele também, mas acreditar que surtiria efeito era o que mais fazia diferença.

Maria se sentava perto da lareira, que era tarefa sua cuidar, pois ela tinha sua própria caixa de fogo e podia provocar um incêndio num piscar de olhos. A partir desse lugar quente e aconchegante, ela observava Hannah consultar as páginas do seu livro de remédios e feitiços, tomando cuidado para anotar as poções e pós que eram prescritos: amuletos de sementes de maçã e sangue menstrual; doses de meimendro que podiam unir um casal ou, se usados em excesso, causar delírios ou a morte; o coração de um veado ou pombo, que incutia lealdade até mesmo no homem mais leviano e mal caráter; e a perfumada verbena, que, dependendo do seu uso e do que a cliente desejava, podia trazer um homem de volta ou deixá-lo impotente.

– Lembre-se de uma coisa – dizia Hannah a Maria. – Sempre ame alguém que possa retribuir o seu amor.

Materiais Usados no Dia a Dia

Velas.
Óleo essencial. Lavanda para acalmar. Sálvia para purificar. Alecrim para reavivar a lembrança. Rosas para o amor.
Sal, alho, pedras, linha, talismãs da fortuna, amor, sorte e saúde.
Sempre se encontrem num círculo e saiam de dentro dele.
Honre as doze luas cheias do ano, de dezembro até novembro: Lua do Carvalho, do Lobo, da Tempestade, da Lebre, das Sementes, da Dríade, do Hidromel, das Ervas, da Cevada, da Colheita, do Caçador, da Neve e a décima terceira lua, sempre a mais especial, a Lua Azul.
Moedas de prata, água, salgueiro, bétula, sorveira, carvalho, corda, nós, espelhos, vidro preto, tigelas de latão, sangue, tinta, penas para escrever, papel.
A urtiga dá proteção e faz o mal voltar para quem o enviou. Maçã para o renascimento e a imortalidade. O azevinho conduz à magia dos sonhos, mas pode ser venenoso. O abrunheiro pode devolver o mal ao remetente. As samambaias chamam a chuva, mas afastam os raios. A matricária combate doenças. O absinto é venenoso, mas pode ser usado para adivinhação. A beladona, embora venenosa, pode propiciar visões e abrir a clarividência. Um vaso de hortelã no peitoril da janela afasta as moscas e o azar. A lavanda dá sorte.

Hannah Owens era uma mulher incomum não só pela sua bondade e conhecimento das ervas, mas pelo fato surpreendente de que sabia ler e escrever, uma habilidade rara para alguém que trabalhava no campo e não deveria ter mais instrução do que um cavalo de puxar arado, num país onde quase todos eram analfabetos. A própria Hannah tinha perdido os pais muito cedo, mas fora criada na casa de membros da nobreza, onde trabalhava na cozinha. Ali o tutor dos filhos da família tinha tomado para si a incumbência de ensiná-la a ler e permitia que ela frequentasse a biblioteca da casa.

Tão logo Maria cresceu um pouco, Hannah passou a lhe ensinar nas noites de tempestade, quando o tempo estava horrível demais até mesmo para as mulheres mais apaixonadas baterem à sua porta, talentos preciosos para uma criança. Elas se sentavam à luz de um lampião e bebiam uma xícara do Chá da Coragem, uma mistura de groselha, tomilho e especiarias, para proteção e cura, e que precisava ficar em infusão por muito tempo. Esse era um elixir que deixava claro, para quem o tomava, que ninguém deve esconder quem realmente é. Esse era o primeiro passo para se ter coragem. A magia começava aí.

Para Maria, as letras pretas e tortas não pareciam nada mais que círculos e pauzinhos, mas, como num passe de mágica, após semanas de dedicação, elas se tornaram palavras, que representavam vacas, nuvens, rios e mares, um milagre sobre a página, desenhada com tinta feita de bolotas de carvalho, seiva vegetal, sangue animal ou cinza úmida de ossos carbonizados. Havia tintas para magia simpática que poucos conheciam. Se um escriba usasse uma delas, sua mensagem ficaria invisível até que outra tinta fosse usada sobre ela ou quando o papel fosse umedecido com suco de limão, leite ou vinagre e depois aquecido.

Essa era a verdadeira magia, o fazer e desfazer o mundo com tinta e papel.

Dizia-se que, se alguma criatura de Deus pudesse pensar como um ser humano, essa criatura era o corvo, pois a mente desse pássaro nunca descansa. Cadin era um grande colecionador e trazia para casa todo tipo de tesouro que encontrava nas aldeias e cidades vizinhas, tanto em grandes propriedades quanto em casebres, vistos da perspectiva panorâmica que o corvo tinha do mundo abaixo. Qualquer coisa que pertencesse aos outros o pássaro se via no direito de roubar, fossem ricos ou pobres, isso não fazia diferença; todos tinham algo que valesse a pena. O pássaro podia entrar por uma janela e sair por outra ou mergulhar numa lata de lixo ou vasculhar um jardim. Botões, carretéis de linha, moedas, brinquedinhos de criança, crina de cavalo e, uma vez, num dia azul e brilhante, quando ele podia ver mais longe do que qualquer outra ave ou ser humano, o corvo trouxe no bico um grampo de cabelo, claramente roubado de uma castelã. Um objeto encantador e cheio de detalhes, com minúsculos rubis engastados na prata. Maria, agora com quase 8 anos, estava numa campina quando Cadin deu um rasante para deixar esse milagroso achado aos pés dela. Em suas tentativas de roubar o tesouro que agora oferecia, o pássaro havia se ferido e tinha na cabeça um cortezinho.

A menina, que vestia uma saia azul e um corpete de lã com mangas justas, arrematados por um avental de linho e meias tricotadas por Hannah, continuava sendo, como sempre, uma criança destemida. O que caiu do céu, ela ficou feliz em ir buscar e examinar.

– Olhe, Hannah! – ela gritou. – Meu Cadin é mesmo um ladrãozinho.

Hannah veio do jardim de ervas ver o grampo lançado na relva que Maria agora analisava. Nas mãos da menina, a prata ficou preta instantaneamente, como se tingida com tinta preta, ao passo que os rubis passaram a brilhar com mais fulgor ainda por causa do seu toque. Hannah apertou com mais força o alho-poró que segurava junto ao peito e sentiu uma dor nos ossos. O chapéu de palha de aba larga que usava para se proteger do sol voou da sua cabeça e ela não se incomodou em ir atrás dele. O que a mãe adotiva de Maria há muito suspeitava agora se confirmava.

Essa mesma sensação a perseguia desde o início, quando vira o bebê em seu cesto, naquele primeiro dia sob os zimbros, uma visão rara que causara calafrios ao longo da sua espinha. Assim que desembrulhou Maria da sua manta de bebê, ela reparara numa marca de nascença incomum na forma de estrela, escondida na dobra interna do cotovelo da menina. Hannah ainda se perguntava se essa teria sido a causa do abandono da criança, pois diziam que as bruxas de linhagem tinham marcas em locais discretos e dissimulados, como no couro cabeludo, na parte inferior das costas, no esterno ou na parte interna do braço. Uma coisa era aprender magia, outra bem diferente era nascer marcada por ela.

Desde então, Hannah viva atenta a sinais reveladores. Ao longo dos anos, os presságios se sucederam, um após o outro, evidências claras da natureza incomum da criança. Tão logo aprendeu a falar, Maria mostrou que tinham o dom de prever o tempo, assim como um corvo é capaz de prenunciar um furacão, voando sem rumo horas antes das primeiras rajadas. Maria podia sentir o gosto da neve no ar e saber se choveria a cântaros, muito antes de a primeira gota cair. Ela sabia falar pronunciando as palavras de trás para a frente, um dom perturbador, e às vezes parecia conversar na língua dos pássaros, chamando o corvo com um estalo agudo que fazia com a língua ou tagarelando com pegas e pombos. Mesmo os atrevidos pardais vinham até ela quando chamados e pousavam na palma da sua mão, tranquilizados pela sua presença e confortados pelo seu toque.

Quando era apenas um bebê, Maria cortou o dedo num arbusto cheio de espinhos e as gotas de sangue pingaram no chão, deixando a relva enegrecida. Foi nesse dia que as suspeitas de Hannah se confirmaram. Porém, se ela ainda queria uma prova incontestável, estava agora diante de uma, pois a prata fica preta quando está na mão de uma bruxa.

– Eu estraguei – disse Maria, franzindo a testa ao mostrar o grampo.

– Bobagem. Você o deixou ainda mais bonito. Está vendo como as pedrinhas vermelhas estão mais brilhantes? – Hannah pediu que a menina se virasse para poder prender seus longos cabelos com o grampo trazido pelo corvo, mantendo a massa emaranhada no topo da cabeça. – Agora você está parecendo uma rainha.

Mais tarde, Hannah surpreendeu a filha fitando o reflexo de um espelho de mão. Aquele era um espelho pintado com tinta preta, no qual a pessoa podia ver o futuro se soubesse o que perscrutar. Alguns chamavam essa prática de escriação ou vidência e era algo que só podia ser executado do jeito certo por uma bruxa de verdade. Hannah soltou uma risadinha quando viu Maria hipnotizada pela própria imagem no espelho, pois não havia dúvida de que a menina tinha o dom da visão. Ainda assim, a mãe adotiva temeu pelo destino da filha, pois esse foi o dia em que Maria descobriu que seria uma linda mulher, o que não faria nenhum bem a ela neste mundo cruel e desalmado.

⁂

Qualquer que fosse a herança de Maria, havia magia naquela criança. Aos 8 anos, a caligrafia dela era mais perfeita do que a de Hannah. Aos 9, sabia ler tão bem quanto qualquer homem instruído. Se tivesse acesso a livros em latim, hebraico e grego, com certeza também teria aprendido essas línguas antigas. A esperança de Hannah era que a inteligência brilhante de Maria a beneficiasse quando ela estivesse sozinha no mundo, um futuro com que a mãe se preocupava e que lhe causava muitas noites insones. Uma criança desprotegida ficaria à mercê de qualquer um que quisesse se aproveitar dela.

Certa de que aquela seria a maior proteção de Maria contra os caminhos implacáveis do destino, Hannah começou a trabalhar no único legado que poderia deixar para a criança, um diário pessoal chamado Grimório, destinado aos olhos do seu proprietário apenas, um caderno com o registro de todas as suas curas, poções e encantamentos. Alguns o chamavam de Livro das Sombras, pois era destinado exclusivamente à bruxa que o redigia. As fórmulas que continha costumavam ser invisíveis aos olhos de um estranho.

O primeiro Grimório que se tinha conhecimento era supostamente *A Chave de Salomão*, talvez escrito pelo próprio rei Salomão ou por um mago bem menos impressionante da Itália ou da Grécia, no século XV. O livro continha instruções sobre como fazer amuletos, bem como invocações e maldições, além de descrever as regras para invocar o amor e a vingança. Acreditava-se que Salomão tivesse um anel gravado com um pentagrama com o poder de comandar demônios, mas também havia aqueles que acreditavam que o Arcanjo Raziel tivesse dado a Noé um livro secreto sobre a arte da astrologia, gravado numa única safira e levado para a Arca. O *Livro das Juras de Honório*, um antigo tratado mágico que Hannah encontrara na biblioteca da família real quando menina, aconselhava que nenhuma mulher lesse seus encantamentos e invocações. As mulheres que sabiam ler eram reverenciadas e temidas, pois eram as mais habilidosas na magia do amor.

Na Inglaterra, os praticantes de magia estavam por toda parte, na corte e nos castelos, mas os livros de magia estavam fora do alcance dos mais pobres e das mulheres, para quem eles eram proibidos. Havia buscas por manuscritos mágicos pertencentes a mulheres e muitas vezes eles eram encontrados escondidos embaixo de camas ou flutuando em rios, quando suas proprietárias queriam evitar que fossem descobertos ou, uma vez que a dúvida fosse lançada sobre elas, atirados em piras acesas, para que sua magia não caísse em mãos erradas. Feitiços e símbolos mágicos eram escritos em pergaminhos, depois enfiados nas pregas das roupas da pessoa desejada ou misturados à sua comida. Mas era o livro pessoal da mulher que era mais importante; ali ela registrava as receitas para todos os tipos de encantamento. Como conjurar; como curar, incluindo doenças sem nome; como usar magia natural para ligar duas pessoas ou afastar alguém; e como empregar a magia literária, usada para fazer inscrições em amuletos e talismãs e encantamentos, pois não havia magia mais cobiçada ou eficaz do que a que usava palavras.

Enquanto o Grimório de Hannah tinha páginas de pergaminho e uma capa de madeira, o livro que ela fez para Maria era um verdadeiro primor, um objeto mágico por si só. Era feito de um papel de altíssima qualidade, comprado de um impressor da aldeia. A capa era preta, irregular e fria ao toque, e de uma natureza evidentemente rara e sobrenatural. Cadin levara Maria para a parte rasa de uma lagoa da região, onde ela encontrou um grande sapo flutuando na superfície, já frio e sem vida quando Hannah se ajoelhou para pegá-lo nas mãos. Para os mais ignorantes, os sapos eram criaturas cheias de magia maligna e dizia-se que as bruxas se transformavam em sapos quando necessário. O destino desse sapo, em particular, seria guardar um tesouro de curas e remédios.

Enquanto Hannah caminhava para casa na escuridão da noite, a pele do sapo faiscava, o que deu a ela a certeza de que um Grimório feito com a pele daquele sapo teria um poder todo próprio e daria mais força aos encantamentos inscritos nele. Qualquer feitiço teria o dobro de poder. Hannah preparou o couro naquela mesma noite, secretamente e com muita perícia, salgando a pele antes de esticá-la numa bancada de madeira. Durante a noite, o couro do sapo dobrou de tamanho, assumindo a forma de um quadrado, que é a forma mística do coração, combinando o humano e o divino, e representando os quatro elementos: Fogo, Terra, Ar e Água. Era um presságio de poder, desgosto e amor.

Quando recebeu de presente o livro, na noite do solstício de verão em que fez 10 anos, Maria verteu lágrimas quentes, a primeira vez que ela se lembrava de ter feito isso, pois, embora digam que as bruxas são incapazes de chorar, algumas raras ocasiões as levam às lágrimas. Maria foi tomada da mais pura emoção e gratidão, e daquele dia em diante passou a chorar quando seus sentimentos transbordavam, queimando a própria pele com suas lágrimas escuras e salgadas. Nunca em sua vida Maria tivera um objeto que pertencia a ela e a mais ninguém. Ela marcou esse dia para sempre como o dia do seu nascimento, pois foi de fato nesse dia que começou a surgir dentro dela a mulher que ela se tornaria. Seu destino estava ligado a esse livro como se seu futuro tivesse sido escrito com uma tinta indelével. Na primeira página, estavam as regras da magia, aquelas que, segundo Hannah, elas eram obrigadas a seguir.

Faça o que quiser, mas não prejudique ninguém.
O que você oferece ao mundo volta para você triplicado.

Dali em diante, cada dia era uma lição, com mais e mais estudos, pois parecia que não haveria tempo suficiente para tudo o que Maria precisava aprender. Hannah tinha começado a ouvir o estalido do besouro da morte dentro de casa, a criatura temida cujo som ecoava em tempos de peste, fome e doenças, prenunciando o fim de uma vida. Nunca se podia ter certeza de quem estava correndo perigo de vida, mas, nessa ocasião, Hannah sabia. Depois de encontrar um buraquinho oco na parede ao lado da sua cama, que servia de toca para a criatura, Hannah pôs fogo na ponta de um galho para sufocar o besouro com gases sulfurosos, mas não adiantou. Isso só serviu para o estalo ficar mais alto, às vezes ensurdecedor, pois, assim como todo homem e mulher que caminha sobre a terra um dia vai saber quando chegar a sua hora, não há maneira de prevenir uma morte que já tenha data marcada.

Talvez Maria tivesse previsto a morte de Hannah antes da própria Hannah, pois a menina se esforçou mais do que nunca, estudando à luz do lampião, para verificar se a maldição poderia ser revertida e a morte suspensa. Aos 10 anos, ela tinha idade suficiente para conhecer muito bem as mazelas deste mundo. Tinha ouvido as histórias que as clientes de Hannah contavam e visto aquelas que já estavam muito doentes para serem salvas. Sabia que a vida e a morte andavam de mãos dadas e entendeu quando Hannah lhe confidenciou que o Grimório de uma bruxa deveria ser entregue a um parente com laços de sangue ou destruído no dia da morte dela. A magia era perigosa se caísse nas mãos erradas. Na hora da morte da mãe adotiva, Maria deveria queimar o livro antes mesmo de acompanhar o corpo de Hannah até a sepultura.

Maria já havia começado seu próprio Grimório, com as aulas de Hannah preenchendo as primeiras páginas. Os ensinamentos da mãe adotiva sempre seriam o seu maior tesouro. Maria escrevia com cuidado, com uma caligrafia arredondada e quase perfeita, usando tinta feita da casca de espinheiro e de carvalho, e os ossos cinzentos dos pombos que ela encontrava no meio do mato. Maria estabeleceu um vínculo com os pombos, semelhante à ligação que tinha com todos os pássaros e, num momento posterior da sua vida, ela seria muito grata a isso.

Para o amor

Faça um chá de mil-folhas, fure o terceiro dedo da mão, adicione três gotas de sangue ao chá e o ofereça à pessoa amada.

Nunca corte a salsa com uma faca se estiver apaixonada, para não atrair azar para a sua vida.

Jogue sal no fogo durante sete dias para fazer um amante leviano voltar para casa.

Amuletos para maridos distantes: pena, cabelo, sangue, ossos.

Fure uma vela com um alfinete. Quando a chama chegar na altura do alfinete, seu verdadeiro amor vai aparecer na sua vida.

Para ganhar os favores da deusa Vênus em todas as questões de amor, reúna uma roupa branca, um pombo, um círculo, uma estrela, o sétimo dia, o sétimo mês, as sete estrelas.

Estudar sobre o amor com uma especialista é uma grande dádiva, mas Maria se perguntava por que Hannah, mesmo com tanto poder e magia, tinha passado a vida sozinha, sem um amor.

— O que a faz pensar que eu tenha passado a vida sozinha? — Hannah não olhou nos olhos da filha ao falar isso, talvez por medo que a visão lhe permitisse intuir coisas que era melhor a menina não saber. Há segredos que devem ser guardados e a maioria deles tem relação com as angústias do coração humano, pois a tristeza expressada em voz alta é uma tristeza vivida duas vezes.

De qualquer maneira, Maria não deixou que suas perguntas ficassem sem resposta, e agora ela estava ainda mais curiosa.

— Não passou a vida sozinha? Mas nunca vi nenhum homem com você.

— E você acha que eu não tinha vida antes de você aparecer?

Essa ideia apenas despertou mais interesse em Maria. Ela ponderou sobre a declaração de Hannah, com a boca franzida, imersa em pensamentos. Ao contemplar a sua própria história pessoal, começou a se perguntar quem ela era antes de ser abandonada no Campo da Devoção, num dia de nevasca. Quem tinha dado a vida a ela e a amado, só para depois deixá-la aos cuidados de um corvo? Será que ela se parecia com a mãe ou com o pai? Pois todo indivíduo que nasce certamente tem pais. Ela percebeu então que os olhos de Hannah estavam cheios de lágrimas e não era por causa do brilho do sol. Foi quando ela soube a verdade sobre Hannah.

– Você conheceu o amor – constatou Maria, com certeza absoluta. Ela não estava apenas presumindo tal coisa, como se a tirasse do nada, como se o passado de Hannah fosse composto das letras de um livro e esse livro fosse o mundo onde elas caminhavam.

Elas estavam nas profundezas da floresta, onde Hannah tinha ensinado Maria a se esconder em caso de necessidade. Desde os tempos dos caçadores de bruxas, era necessário sempre ter um plano de fuga. Os pássaros viviam assim, buscando refúgio nas entranhas da floresta e fazendo um silêncio tão absoluto que nem mesmo uma raposa conseguia perceber a presença deles.

Hannah lhe lançou um olhar penetrante.

– Você não vai ficar invisível se estiver tagarelando.

Mal respirando, Maria se agachou entre os zimbros, não muito longe do lugar onde Hannah a encontrara um dia. Ela sabia o valor do silêncio. Cadin estava empoleirado num galho acima dela, igualmente quieto. Talvez ele também tivesse a visão, como dizem que os familiares têm. O pássaro não tinha passado uma única noite longe de Maria desde o dia em que a encontrara no campo e Maria sempre usava o grampo de cabelo de prata que o amigo alado lhe trouxera como um presente especial. Às vezes ela imaginava o grampo no longo cabelo ruivo de uma mulher, a proprietária original talvez. Fosse qual fosse sua história, o grampo era seu bem mais valioso e seria por toda a vida, mesmo quando ela já estivesse a meio mundo de distância daquela floresta.

– Traga-me algo maravilhoso – ela sempre sussurrava para Cadin quando afagava as penas do seu amado ladrãozinho, antes de ele alçar voo. – Só não deixe que peguem você.

No dia da lição de invisibilidade, o pássaro desapareceu no céu quando elas pararam de se esconder, cruzando os campos. O calor estava insuportável e as folhas dos salgueiros estavam meio ocultas numa névoa de um pálido amarelo-esverdeado. O solo era pantanoso ao redor delas e as samambaias cobriam a terra úmida. No caminho de volta para a cabana, Hannah disse:

– Você tem razão. – Ela olhava para a frente enquanto falava e tinha uma expressão marota no rosto, como se fosse jovem novamente. Ela estava se lembrando de algo que já tinha feito o possível para esquecer.

Maria correu para acompanhá-la.

– Eu tenho?

Ouvir que ela tinha razão era um raro deleite, pois na opinião de Hannah o caráter de uma criança se construía levando-a a crer que estava quase sempre errada e ainda tinha muito que aprender.

– Ele era um homem como qualquer outro. Era criado de um conde que ele teria de servir durante sete anos para saldar uma dívida. Isso é o que os homens pobres têm de fazer para sobreviver e eu não o culpei por isso. Eu estava disposta a esperar, pois sete anos não é tanto tempo assim. Eu só não contava que seria presa. Fui acusada de ter um rabo, de usar meus poderes para enviar cartas para o diabo e de fazer com que todos os homens corressem perigo ao me ver caminhar, não porque eu fosse bonita, eu não era e até eu sabia disso, mas porque eu podia fazer o sangue deles ferver ou gelar. Eles aproveitaram o tempo que eu estava na prisão para fazer o homem que eu amava se voltar contra mim, pois, depois que o meu julgamento acabou, ele era um homem livre e com moedas no bolso. Foi ele quem tinha me acusado de ter um rabo, além de espalhar o boato de que ele mesmo o cortara para que eu parecesse mais uma mulher do que uma bruxa. Ele mostrou a todos a cauda de uma ratazana e jurou que era minha e, se dão crédito a um tolo, isso é porque os que acreditam nele são mais tolos ainda.

Maria pensou sobre tudo o que Hannah estava lhe contando.

– Isso é que é amor, então?

Hannah desviou o olhar, como sempre fazia quando não queria revelar suas emoções. Mas ela não precisava ter se dado ao trabalho de esconder sua tristeza, pois Maria podia sentir com tamanha intensidade os sentimentos de uma pessoa que era como se ela estivesse falando sobre seus medos e desejos mais profundos em voz alta.

– Não pode ser – Maria concluiu.

– Era amor para mim – Hannah admitiu.

– E para mim?

– Você olhou no espelho negro. O que viu?

O que ela via no espelho só dizia respeito a ela, mas aquele era um momento para dizer a verdade e não para preservar sua privacidade.

– Eu vi uma filha.

– Você viu? Então será uma mulher de muita sorte.

– E vi também um homem me dando diamantes.

Hannah soltou uma risada alta. Ali estavam elas, vestindo trapos, a meio dia de caminhada da vila mais próxima, sem possuir nada de precioso que não fosse a inteligência e o grampo de cabelo roubado de Maria, e falando em encontrar um homem com diamantes.

– Eu não me surpreenderia com nada que acontecesse a você, minha filha. Mas acho que ficará impressionada com as voltas que a vida dá, assim como todos ficamos quando se trata da nossa própria vida, mesmo quando temos a visão.

Um sino de igreja tocou a quilômetros de distância. Maria nunca tinha visitado a aldeia mais próxima. Nunca tinha visto uma oficina do ferreiro, onde barras de ferro eram derretidas, e nada sabia sobre policiais ou sacerdotes ou cobradores de impostos ou cirurgiões que acreditavam no uso de sanguessugas, vermes vivos e pulmões de raposa para curar e médicos que desdenhavam dos remédios populares.

Hannah acreditava na necessidade de lavar as mãos com água limpa e ensaboá-las com seu poderoso sabão preto antes de examinar uma pessoa e por causa disso ela perdia muito menos pacientes. Até o momento, não tinha perdido nenhum, na verdade, exceto aqueles que já estavam debilitados demais para serem curados com qualquer remédio, pois o que não tem remédio remediado está e não se deve mais perder tempo com isso.

No mês de março, Hannah fazia seu sabão preto em quantidade suficiente para durar o ano todo. Ela queimava lenha de sorveira e avelã para produzir as cinzas que dariam origem à lixívia e usava óleo com infusão de alcaçuz, mel e cravo, adicionando lavanda seca para dar sorte e alecrim pela sua propriedade de reavivar a memória. Depois despejava conchas de sabão líquido em moldes de madeira, onde ele adquiria o formato de barra.

Maria tinha escrito a receita em seu Grimório, pois o sabão era muito requisitado pelas mulheres da cidade. Elas diziam que ele era capaz de deixar a pele cada vez mais jovem. E se a mulher tinha tristezas, o sabão as levava embora; e, se havia doença na casa, ela não se espalhava, pois as ervas do sabão combatiam febres e calafrios. Era o tipo de receita em que se podia acrescentar a erva mais adequada para cada situação. Visco para quem queria filhos. Verbena para escapar dos inimigos. Semente de mostarda-preta para repelir pesadelos. Lilás para o amor.

Naquele ano, havia uma epidemia de tosse na aldeia e as pessoas ainda temiam o flagelo que se abatera sobre todos alguns anos antes, quando a Peste Negra se disseminara por toda parte. Aldeias inteiras tinham desaparecido, sem que restasse vivalma para enterrar os mortos, e o gado logo começou a invadir as casas abandonadas, desprovidas de telhados, janelas ou portas.

Na aldeia de Hannah, as mulheres fugiam do médico, pois ele não tinha nenhuma formação e acreditava em sangrias, além de usar pedras e madeira petrificada para identificar tanto a doença quanto a cura. Em vez disso, elas procuravam Hannah à noite, percorrendo o caminho onde as samambaias eram doces e verdejantes, o mundo parecia novinho em folha e qualquer coisa parecia possível, até mesmo a salvação.

Para a saúde

Lave as mãos com sabão de lixívia antes de tratar a pessoa doente.
Marroio para a tosse, cozido até virar xarope.
Chá de cebola selvagem e lobélia para acalmar os nervos.
Monarda para um sono tranquilo.
Elixires de vinagre curam sangramento nasal.
Coma alho cru todo dia e tome uma xícara de água quente com mel e limão.
Para a asma, chá de camomila.
Para calafrios, chá de gengibre.
Para dor no peito, raiz de alcaçuz colhida na beira do rio.
Sangue-de-dragão, da casca da árvore e das bagas da Dracaena Draco, a árvore de resina vermelha do Marrocos e das Ilhas Canário, que só pode ser encontrado em mercados de Londres e pode curar quase qualquer ferida.
Para eliminar as bolhas de uma queimadura, esfregue um caracol vivo no local.
Se tiver uma gripe, se alimente direito. Se tiver febre, faça jejum.

No verão de 1674, um ano de um calor fora do normal, uma mulher de cabelos ruivos foi à cabana. Por ironia do destino, ela levou seu futuro com ela. Bateu na porta, mas, quando Hannah convidou-a a entrar, ela pareceu hesitante. Más notícias com frequência chegavam assim, sem aviso, nos dias em que tudo parecia normal. A visitante vestia roupas lindas, mas sujas de lama. Suas botas eram feitas de camurça vermelha e eram decoradas com fivelas, e ela carregava um manto de lã azul delicada, com franjas de pele de raposa. Usava um vestido de linho tingido de escarlate com garança e uma anágua de seda atada com cordões. No entanto, sob as belíssimas roupas, viam-se contusões roxas que floresciam em sua pele e marcas deixadas por uma corda que havia sido amarrada em torno dos seus punhos. De onde estava, perto do fogo, Maria admirava o cabelo ruivo da moça. A desconhecida tinha uma elegância ímpar e sua voz era calma e maviosa. Contou que seu nome era Rebecca e que precisava passar a noite ali. Hannah permitiu que ela dormisse numa caminha de palha, consciente de que as boas ações deviam trazer boa sorte, mas os resultados nem sempre eram os esperados.

A moça ruiva anunciou que estava em busca de um remédio para saciar o fogo do marido por ela. Hannah explicou a Maria que a senhora estava fugindo do marido, o que era uma situação perigosa, especialmente porque havia um outro homem nessa história, aquele que ela realmente amava. A visitante precisava de uma cura para protegê-la e permitir que se livrasse da sua vida de casada.

— É isso que faz o amor? — Maria quis saber.

— Eu não chamaria assim — respondeu Hannah.

— Mas não é muito diferente do que aconteceu com o homem que você amava e que disse que você tinha um rabo.

— Talvez não, mas pelo menos ele era tão covarde que nunca encostou a mão em mim.

Pela manhã, depois de uma noite tranquila de sono, a visitante pareceu acordar com um ânimo bem melhor. Hannah lhe preparou um amuleto de sementes de maçã. Depois acrescentou mandrágora, o ingrediente principal de todas as poções de amor, mencionada pela primeira vez no Gênesis e chamada pelos gregos de "planta de Circe". As raízes dessa planta tinham a forma de membros humanos e o aspecto tanto de um dragão quanto de um homem. Era uma planta tão poderosa que quase ninguém se arriscava a pegá-la com as próprias mãos, por isso era costume prendê-la a uma corda amarrada ao pescoço de um cachorro, de modo que o cão se tornasse o alvo da ira da mandrágora quando ele a puxasse do solo, pois a planta emitia um grito que poderia causar loucura, quando suas raízes eram arrancadas do conforto da terra. Rebecca admitiu que, alguns anos antes, ela tinha enfeitiçado o marido, amarrando-o a ela por meio da Poção do Amor Número Dez, um feitiço extremamente arriscado.

Escreva seu nome numa vela vermelha e envolva-a em papel vermelho, mergulhe-a no sangue de um pombo e deixe-a acesa durante a noite inteira.
Também é preciso entoar o encantamento a seguir:

O amor conquista tudo e assim deve ser. É uma chama que arde sem se ver.
Este alfinete o coração do meu amante vai sentir e sua devoção eu vou conseguir.
Não haverá meio de ele dormir ou descansar, até que venha comigo falar.
Só quando acima de tudo me amar, encontrará paz e, na paz, serenar.

O encantamento devia ser recitado enquanto o coração de um pombo era espetado com sete alfinetes, no sétimo dia da semana. Pela escolha de usar a Número Dez, um encantamento poderoso demais para ser desfeito com os métodos mais comuns, Rebecca pagou um alto preço. Ela não conseguia desfazer a magia que o amarrava àquele homem, embora tentasse havia mais de dez anos. Para neutralizar a magia, Rebecca precisava da ajuda de outra mulher que fosse adepta da magia e capaz de reverter o feitiço definitivamente. Hannah era essa pessoa, uma mestra da Arte Sem Nome. Depois de preparar o amuleto, a mãe de Maria escreveu o nome de Rebecca e o do marido enfeitiçado numa vela branca e a untou com óleo de mirra. Em seguida fez Rebecca repetir: "Enquanto arde esta vela, que representa meu feitiço de amarração, deixo que essa magia seja desfeita agora, pelos deuses da minha devoção".

Hannah embrulhou a vela num pano branco, pois é preciso envolver intenções puras com um tecido de cor clara. Depois ela levou a visitante até a lagoa ali perto, onde lançou a vela o mais longe possível. Maria ficou atrás de Hannah e Rebecca enquanto observavam a vela afundar. As três puderam sentir quando o feitiço foi quebrado, como se poeira caísse do céu.

Por alguns alegres instantes, as três dançaram em roda, esquecendo as muitas provações deste mundo. Em seguida Rebecca insistiu em lavar a lama e as manchas de sangue das suas roupas. Depois colocou-as para secar sobre os galhos de alguns arbustos. Rebecca usava vários amuletos e talismãs, bolotas e ágatas amarradas com linha vermelha e um círculo de latão onde um pentáculo tinha sido gravado. Em ambos os punhos, ela usava encantamentos que tinham sido amarrados e trançados em pulseiras, para proteção.

Era verão e o calor estava tão forte que os pássaros descansavam nas sombras. *Cuidado*, os pardais disseram a Maria, avisando para que ela não se aproximasse. Cadin deu uma olhada em Rebecca e voou para longe, mantendo certa distância, mas Maria estava hipnotizada pela desconhecida, que lhe parecia uma mulher fascinante. Hannah deu à visitante uma barra de sabão preto e Rebecca caminhou até a beira da água, passou pelos juncos e se banhou nas frias águas esverdeadas da lagoa, enquanto as roupas secavam. Ela estava vestindo roupas de baixo bordadas com linha azul, mas Hannah e Maria podiam ver o suficiente do corpo dela para perceber uma marca vermelha em forma de lua crescente atrás de um dos joelhos. Maria se aproximou um pouco mais. Ela também tinha a marca de uma estrela no braço.

Hannah dava banho em Maria com a água de um balde, nunca na lagoa, mas agora a menina ansiava por tirar as roupas e se banhar ali. Hannah, sentindo o desejo da filha, pegou-a pelo braço e a alertou:

– Não, você não deve entrar. A água vai revelar quem você é.

Maria nunca tinha permissão para se aproximar da lagoa, mas agora era como se a água fria a chamasse. Ela notou que toda vez que Rebecca tentava mergulhar, não conseguia. Ela sempre voltava à tona, sem nunca conseguir submergir ou nadar mais abaixo da superfície. Por fim, a moça desistiu, depois de se lavar com o sabão preto, e voltou à margem, boiando de costas. Ela flutuava como um lírio, sem esforço, uma flor mimada e bonita.

– O que há de errado com ela? – Maria perguntou à mãe.

– Mulheres como ela não podem se afogar. Ela é uma bruxa de linhagem. Se isso é bom ou ruim, não cabe a nós julgar. A magia faz parte dela.

Maria ficou pensando naquilo enquanto via Rebecca se vestir, pois o calor do sol já secara as roupas da bela mulher e o sabão preto fizera com que parecesse ainda mais jovem e mais bonita. Mas, fosse bruxa ou não, sua pele ainda estava coberta de hematomas. Se queria pedir a Hanna que a libertasse da paixão do marido, como tantas mulheres antes dela tinham feito, deveria tê-la procurado mais cedo. Porém, talvez não tivesse conseguido fugir dele antes. Fugitivos eram perigosos. Traziam problemas em seu rastro. Maria podia sentir de longe o perigo se aproximando. Ele cheirava a sangue e fogo.

– Vou embora antes que seja tarde – assegurou-lhes Rebecca quando voltaram para a cabana. Sua anágua de seda farfalhava e ela parecia uma mulher adorável. Trouxera a morte com ela, como os enfeitiçados muitas vezes fazem, mas ela era tão cativante que Maria mal conseguia tirar os olhos dela. Quando Rebecca pousou a mão na cabeça da menina, notou o grampo de cabelo.

— Veja! — Ela se inclinou para que Maria pudesse ver a parte de trás da cabeça dela. — Eu tenho um igual ao seu. Costumava ter um par, mas fui tola e perdi um deles para um pássaro preto que o roubou de mim antes que eu pudesse me livrar dele.

Maria mordeu o lábio. Certamente aquele roubo tinha sido obra de Cadin.

— Você pode ficar com o meu — Maria foi rápida em dizer. — Assim terá um par novamente.

— Agradeço, mas gosto de vê-lo em você. Vamos jurar usá-los todos os dias.

❧

Mais tarde, quando Hannah estava preparando o jantar, Maria foi ajudar a mãe. Elas cozinhavam ovos de galinha e cogumelos dos bosques. Hannah não comia carne de boi ou cordeiro, por isso teriam uma sopa de legumes no jantar, servida diretamente da panela de ferro fundido. Maria estava curiosa demais para não perguntar:

— Por que ela veio aqui? Se tem sua própria magia, por que não a usa?

— Fazer magia para si mesma é complicado. A magia é algo que você deve usar para ajudar os outros. Se usá-la em benefício próprio, o tiro pode sair pela culatra e lhe causar inúmeros problemas. Como você mesma pode ver, nossa visitante não é uma pessoa muito altruísta. Ela lançou um feitiço inquebrantável e agora se arrepende do que fez. Que isso sirva de lição para você.

Hannah sabia muito bem que aquela mulher era uma bruxa. Tinha visto um carretel de linha azul na bolsa dela e uma pilha de moedas de prata manchadas.

— É provável que não tenha vindo só por causa do feitiço.

Maria franziu a testa, sem entender.

– Não é porque você perdeu alguma coisa que não quer ver no que ela se tornou – Hannah disse à menina.

– E ela perdeu? – Maria perguntou.

– Ela está vendo a boa menina em que você se tornou, não está?

Foi quando Maria se deu conta. A desconhecida era mãe dela.

Hannah olhou para o rosto iluminado da menina. Nunca era boa ideia se fiar em alguém com um espírito livre e independente. A presença de Rebecca ali significava que surgiriam problemas mais à frente. Havia um motivo para ela não ter vindo procurar a filha antes. Ela tinha outras coisas em mente. Para algumas pessoas o amor não passava de uma roupa que se vestia e se desvestia ao bel-prazer.

– Eu não acho que ela vá ficar aqui por muito tempo – Hannah alertou Maria. – Agora que ela já viu o que queria, irá embora pela manhã. E não espere despedidas.

Quando Maria voltou à lagoa para lavar a louça do jantar, ela se agachou e mergulhou os dedos na água sedosa. Ela geralmente era uma menina bem-comportada, mas desta vez despiu as roupas depressa, deixando a túnica, a saia e o avental no chão. Sentiu o ardor de um estranho tipo de liberdade enquanto estava parada ali, sentindo o ar úmido da noite e fazendo o que bem entendia. Maria nunca antes tinha questionado sua situação. Ela era filha de Hannah Owens. Mas talvez fosse algo mais.

Ela andou entre os juncos rapidamente, antes que perdesse a coragem. Os sapos pularam para longe, fugindo dela, e cardumes de peixinhos dispararam para as profundezas. Quando a água estava na altura dos joelhos, ela se jogou. E flutuou sem esforço ou habilidade, exatamente como Rebecca. Curiosa, subiu numa pedra. Fechou os olhos e saltou, o coração batendo forte, se perguntando se afundaria nas profundezas lamacentas. Em vez disso, seu corpo bateu com tanta força na superfície da água que ela perdeu o fôlego. Por mais que tentasse, não conseguia afundar. Quando saiu com passos trôpegos da lagoa, sentiu o corpo trêmulo ao vestir suas roupas, não por causa do frio noturno, mas porque sua natureza era agora inegável. Ela não podia se afogar.

Rebecca saiu enquanto elas dormiam, assim como Hannah tinha previsto. Por duas vezes, ela tinha conseguido visitar aquele lugar. Uma vez no nascimento da filha, quando fugira pela neve, e agora novamente, para ver o quanto a menina tinha crescido. Ela não era o tipo de mulher que gostasse de despedidas.

Hannah e Maria acordaram quando ouviram a porta se fechar atrás de Rebecca e, quando isso aconteceu, o futuro se tornou o presente e o presente se tornou passado. A bruxa só tinha passado uma noite na cabana de Hannah, mas uma noite tinha sido o suficiente para o marido encontrá-la. Aquilo não era amor. Maria sabia disso sem que ninguém precisasse dizer a ela. Era um sentimento de posse e de vingança. Elas ouviram os cavalos cruzando o Campo da Devoção e o latido dos cães, o que deu a Hannah tempo suficiente para reunir o essencial numa bolsa de couro. Queijo e pão, uma muda de roupa, o Grimório de Maria, um ramo de zimbro para proteção, um carretel de linha azul, saquinhos de ervas, os ingredientes para preparar o Chá da Coragem, o espelho de mão pintado de preto, com a fina manta de bebê que estava no cesto de Maria quando mãos amorosas a abandonaram.

Hannah acompanhou Maria até o lago. Elas andaram tão depressa que chegaram lá ofegantes. O céu estava claro, era um dia perfeito. Hannah tinha jurado nunca deixar sua casa, mas Maria tinha um futuro pela frente. Ela instruiu a filha a correr até o extremo da floresta e depois continuar avançando pelos pântanos até chegar ao mar. Aquele país não era para gente com a linhagem de Maria. Ela viveria melhor num novo mundo, onde uma mulher não era considerada alguém sem valor.

– Mas para onde você vai? – Maria implorou para saber.

– Vou ficar aqui, o lugar a que pertenço. Eles não podem me arrastar de volta para o mundo que conheci. – Hannah pôs o seu próprio Grimório nas mãos da menina. Ninguém desistia de tal tesouro a não ser que seu fim estivesse próximo. – Queime isso assim que puder. E aconteça o que acontecer, não volte mais aqui.

Para a vingança

Uma figura de cera lançada no fogo pode causar prejuízos ou morte.
Uma maldição lançada para amarrar um homem ao lugar onde ele está.
Erva-moura, acônito, dedaleira, teixo, fogo.
Os ossos de um pássaro assados numa torta de espinhos.

Quando o marido de Rebecca chegou, o besouro da morte saiu do buraco na parede e se postou na soleira da porta. Sua aparição não foi nenhuma surpresa para Hannah, que já sabia que sua hora tinha chegado. Eram dez homens ao todo, metade deles irmãos, todos tomados pela fúria. Eles logo supuseram que Hannah era uma bruxa e a amarraram na porta da frente e pregaram sua sombra no chão para que ela não pudesse escapar. Esses homens sabiam reconhecer uma praticante de magia quando estavam na presença de uma. Dê-lhe uma chance e ela o envenenará ou tentará lhe causar mal. Ela pode ter a aparência de uma anciã, pode andar com dificuldade, mas, mesmo assim, ainda mais do que a maioria das mulheres, ela não é de confiança.

Quando questionada sobre a senhora de cabelos ruivos, Hannah simplesmente disse:

– Ela foi para casa. Se acha que a quer, vai se arrepender disso.

O marido de Rebecca disse aos irmãos para deixar Hannah pegada na porta enquanto incendiavam a casa. Que valor tem a vida de uma velha? Para esses homens, nenhum. Eles acharam que ela não podia lutar, mas estavam enganados. Faíscas voaram para todos os lados e, em segundos, o jardim de ervas ao lado da casa pegou fogo, assim como as plantas venenosas que Maria havia aprendido a não arrancar da terra. O milefólio e a erva-moura preta; o acônito, com suas flores roxas encapuzadas; a dedaleira, que podia fazer um coração bater mais devagar; o teixo, carregado de bagas venenosas, todas se incendiaram e seus vapores escuros foram inspirados pelos homens que aplaudiam o incêndio.

O marido da senhora ruiva, um homem chamado Thomas Lockland, chegou mais perto e atirou uma flecha no coração da bruxa. Por causa disso, o veneno afetou mais a ele do que a todos os outros, deixando-o incapacitado. Não conseguia falar, nem se mover nem enxergar. A fumaça logo chegou onde estavam seus homens e eles começaram a tossir e a vomitar, depois passaram a sentir tontura. Tentaram ao máximo correr dali e salvar a própria pele, mas todos acabaram caindo doentes no Campo da Devoção. Eles não morreram aquele dia, mas nenhum jamais se recuperou por completo, pois o que ofereceram ao mundo voltou para eles triplicado, e o que Hannah mais se orgulhava de ter oferecido ao mundo era uma garotinha de 10 anos, que tinha mais conhecimento do que a maioria dos homens adultos, e mais coragem também.

Maria não fez o que a mãe mandou. Aquela era uma lição que ela tinha aprendido com Hannah. Faça o que você sabe que é certo. Ela assistiu a tudo de uma encosta e chorou enquanto a casa pegava fogo. Quando o incêndio diminuiu e os homens já tinham ido embora, ela voltou para jogar o Grimório de Hannah no fogo. A fumaça era verde enquanto subia em espirais na direção da copa das árvores. O livro continha uma vida inteira de conhecimento, que agora era devolvido ao mundo de onde viera. Maria viu algo faiscando na relva, o sino de latão que ficava preso à porta de Hannah, e levou-o com ela para que sempre se lembrasse de manter a porta aberta para os necessitados.

Ao anoitecer, Maria já havia chegado às charnecas, onde o terreno era tão instável e pantanoso que a bainha da saia dela estava toda molhada e seus sapatos de couro encharcados, pois, ao caminhar, seus pés se enterravam na lama até os tornozelos. Ela carregava no alto da cabeça a bolsa que Hannah tinha preparado para ela, para mantê-la seca, enquanto seguia o corvo, na direção do oeste. Maria chorou ao pensar em Hannah e suas lágrimas ficaram quentes e queimaram suas bochechas quando ela pensou em Rebecca, que tinha posto fim a um destino e iniciado outro.

Maria estava tão perto do mar que quando lambeu os lábios sentiu o gosto de sal. Diferentes tipos de pássaros, gaivotas e andorinhas, voavam no céu tingido de rosa. Logo a água dos pântanos ficou salobra e Maria viu pequenos caranguejos se enterrando na lama ao longo da costa. À noite, ela subiu numa árvore para descansar em segurança e, desse ponto de observação mais elevado, conseguiu ver a vastidão azul ao longe, o mar milagroso. Ali estava seu futuro diante dela.

Ela já sabia que o passado tinha ficado para trás. Nunca mais veria outra mulher queimar.

1674

II.

O corvo é capaz de se lembrar de todos os caminhos que já percorreu na vida e Cadin se lembrava que já tinha feito aquele trajeto antes. Os corvos são mensageiros, espiões, guias, companheiros, mensageiros da sorte, ladrões de tesouros e bugigangas, pássaros incansáveis e mais leais do que qualquer homem ou animal. Cadin, em particular, estava ligado à sua protegida desde que ela era um bebê num cesto de vime, por isso ele conhecia até os menores pensamentos e desejos dela e estava muito consciente do destino que ela mais queria seguir. Um familiar é uma criatura assim, um animal ou pássaro que enxerga a alma do seu companheiro humano e vê o que ninguém mais pode ver. Sabe quais medos e alegrias guarda o coração do seu parceiro humano, pois compartilha as emoções e os sentimentos dele.

Eles estavam indo para o oeste, na direção da casa onde Cadin tinha encontrado o grampo de cabelo, que ele ousadamente arrancara dos longos cabelos ruivos da sua dona, embora ela tenha rogado pragas e lançado pedras nele e conseguido até acertá-lo de raspão. Ele a evitara em sua visita ao Campo da Devoção, quando levou com ela seus problemas, mas agora ele estava voando bem na direção do lugar onde ela morava. O corvo sabia que ela era uma mulher complicada, e esses pássaros não costumam ser severos em seu julgamento se não tiverem um bom motivo para isso.

Eles tinham chegado ao estuário do rio Tâmisa, onde o trajeto se dava tanto por água quanto por terra, em meio a um rio de mato rasteiro. Uma ou duas vezes, Maria sentiu seus pés sendo sorvidos pela lama fértil, que já reivindicara muitas almas levadas por ousar e falhar ao cruzar aquele terreno. Mas ela não podia afundar. Não fazia parte da sua natureza e por isso era grata. Seu vestido logo ficou encharcado, mas as dificuldades do trajeto não a incomodavam. Ela já tinha visto coisas que nenhuma garota da idade dela deveria ser obrigada ver, o assassinato de alguém que ela tanto amava.

A violência que vira tinha transformado Maria e deixado seu coração cheio de amargura. Se antes ela era uma criança, agora não era mais. Seus olhos estavam mais escuros, da cor de um oceano tempestuoso, e sua expressão era feroz e resoluta. Ela estava amarga e, em certos aspectos, mais forte do que nunca. Nem mesmo um céu carregado de nuvens negras fazia com que procurasse abrigo ou buscasse descanso. A chuva não a impedia de prosseguir. Ela estava a caminho do destino que decidira buscar enquanto observava Hannah amarrada à porta da cabana. E a cada passo, estava mais decidida a alcançá-lo. Ela se sentia furiosa com um mundo que permitia tal injustiça. Como podia a beleza campestre e verdejante ao seu redor ser palco de tamanha crueldade, um lugar onde as cotovias cantavam apesar de todos os perigos que enfrentavam, incapazes de silenciar seus louvores aos céus.

Maria sabia agora que ela não era como as pessoas à sua volta. Por que as coisas tinham que ser assim? Era isso que ela queria entender agora. Tudo o que sabia tinha aprendido com Hannah. A vida valia a pena, por mais desafios que o destino lhe reservasse. Era isso que fazia Maria seguir em frente. Ela tinha decidido encontrar sua mãe biológica.

Rebecca tinha voltado à mansão rodeada de bosques que um dia havia pertencido a um rei, sem que soubesse do ataque que Hannah sofrera. Ela presumiu que encontraria o marido em casa. Pretendia agir como se nada tivesse acontecido, com esperança de que o feitiço de Hannah surtisse efeito, arrefecendo a paixão que ele sentia por ela e libertando-a enfim daquele casamento, para que pudesse ir embora. Mas o marido não estava em casa e, no fundo, ela ficou aliviada por não ter de enfrentá-lo. Até a fortuna de um rei podia acabar e o mesmo tinha acontecido com a do marido. Thomas Lockland tinha sangue real, mas ele fora diluído pelo ódio e pela bebida. O relacionamento entre eles era um caso de amor que desandara, algo que podia acontecer até mesmo com as mulheres mais sábias.

Quando conhecera o marido, Rebecca era jovem, estava numa idade em que via apenas as aparências. Era inexperiente a ponto de achar que o que sentiam um pelo outro era amor só porque ele a desejava, mas o desejo pode ser cem vezes mais forte do que a necessidade e mil vezes mais forte do que o bom senso. Ela usara a Poção do Amor Número Dez, um encantamento do qual lançam mão apenas os desesperados, que não temem as consequências dos seus atos, mas as consequências são inevitáveis. O preço por usar a tal poção era alto e tinha, no passado, custado toda sua paz. Aquela era uma poção que podia virar uma pessoa do avesso e destruir a vida não só de quem a tomava, mas também de quem a oferecia. O desejo, se mal direcionado, podia se tornar uma maldição.

Tinha sido fácil para Rebecca enfeitiçá-lo, mas a magia que enviou ao mundo voltara multiplicada, três vezes mais forte. Ela queria que ele ardesse de paixão por ela e ele ardeu, mas com uma volúpia três vezes maior do que qualquer amante deveria sentir, com uma paixão doentia que causou mais danos do que Rebecca imaginara ser possível. Com o passar do tempo ela se envolveu com outro homem, seu único amor verdadeiro, e teve que manter esse amor em segredo. Essa foi a razão que a levou a não revelar sua gravidez, ocultada sob saias e mantos, e a dar à luz na floresta sozinha, decidida a se separar da criança antes que Thomas a tirasse dela.

Talvez Rebecca fosse simplesmente egoísta demais para ser uma boa mãe, mas ela também queria garantir que a filha nunca sentisse o gosto amargo do amor que ela mesma conhecera, no qual a mulher era praticamente uma mercadoria e não tinha poder para escolher o próprio destino, mesmo com o uso da magia. Ela tinha alinhavado as próprias roupas com linha de seda azul, para dar sorte, e fizera o mesmo com a manta de lã do bebê. Todo dia se perguntava o que teria acontecido à criança e se ela herdara as habilidades pelas quais as mulheres da sua família eram conhecidas. Rebecca tinha ido à cabana de Hannah para saber quem Maria havia se tornado, mesmo se arriscando a provocar a ira de um homem que temia.

Na noite em que Cadin levou Maria à mansão, Rebecca estava comemorando o fato de estar sozinha. Ela tinha soltado o cabelo e começado a beber o rum importado das Índias Ocidentais que o marido mantinha trancado a sete chaves, pois tinha conseguido abrir o armário com um movimento do punho e um grampo de cabelo.

Os irmãos de Thomas Lockland tinham ficado doentes depois de inspirar a fumaça venenosa e o próprio Thomas não conseguia mais se mover ou falar, e estava tão fraco que a família temia que não resistisse. Ele tinha sido levado para a propriedade da família, que ficava ao norte, longe do mar, a fim de que as irmãs pudessem cuidar dele. Os Lockland não tinham por que confiar em Rebecca, que a essa altura já tinha plantado as sementes de maçã do amuleto preparado por Hannah, para que um dia houvesse naquele vale um pomar dessa variedade de maçã, chamada Everlasting, capaz de trazer o amor verdadeiro a quem a saboreasse.

Rebecca se sentia grata por se ver sozinha na casa imensa e cheia de correntes de ar, e ainda mais agradecida por ter se livrado definitivamente do seu opressor, graças ao poder da magia de Hannah. Mas, à medida que a noite caía, um sentimento de apreensão começou a se enrodilhar em torno do seu coração. Durante o jantar, uma colher caíra no chão, um sinal claro de que ela teria companhia aquela noite, algo que ela com certeza não queria.

Rebecca tinha sido uma menina egoísta, mas agora era uma mulher astuta e sabia que tudo vinha multiplicado por três, inclusive a morte. Para descobrir a causa dos seus temores, resolveu lançar mão da sua clarividência. Fitou uma bacia cheia de água escurecida com tinta preta e ali viu Hannah pregada à porta da cabana e Thomas acamado, sofrendo dos males provocados pelo veneno.

Certa de que ela mesma seria a terceira pessoa atingida pelas consequências dos seus atos, Rebecca aguardou a morte bater à sua porta. Talvez as irmãs do marido enviassem seus próprios maridos e filhos para encher suas botas com pedras, prendê-las com correntes de ferro e atirá-la no rio, onde o mato atingia a altura de um homem e a forte correnteza arrastaria seu corpo para o mar.

A batida na porta, porém, foi leve. Não era a mão da morte, mas as batidinhas do bico de um pássaro. Era o corvo, o ladrãozinho que ali estivera muitas vezes. Mulheres sem sorte no amor deviam atirar um objeto de prata pela porta da frente se quisessem melhorar sua sorte e Rebecca costumava fazer isso. No gramado em frente a casa, havia um mar de moedas de prata, manchadas com o toque de uma bruxa, e elas pareciam cintilar quando a lua cheia nascia no céu. Aquele era o tesouro perfeito para um corvo curioso.

– Saia já daqui! – Rebecca praguejou, ao reconhecer a criatura atrevida que arrancara o grampo do cabelo dela. Ele ainda devia ter a cicatriz na cabeça causada por uma das pedras que ela jogara para afugentá-lo.

Sabendo muito bem do que aquela mulher era capaz, Cadin voou para longe, obscurecendo a luz nascente com as suas asas. Rebecca atravessou a soleira da porta com uma mão sobre o olho para poder vê-lo bem o suficiente para enfeitiçá-lo e se livrar do pássaro de uma vez por todas. Mas foi aí que ela avistou Maria e todo resto perdeu a importância. Ali estava a criança que ela um dia havia deixado no Campo de Devoção, agora convertida numa fúria negra sob a forma de uma garota de roupas encharcadas e cabelo preto emaranhado.

Rebecca foi ao encontro da filha, marcando a grama úmida com pegadas tão escuras quanto algumas das escolhas que fizera no passado. Na verdade, a curiosidade a espicaçava, pois a menina era uma criatura incomum. Até Rebecca, que normalmente só se preocupava consigo mesma, podia ver isso. Talento é algo que nasce com a pessoa. É uma dádiva e uma maldição, e muitas vezes provoca inveja, embora, nesse caso, os talentos de Maria só fossem motivo de orgulho para Rebecca. Afinal, ela era mãe da menina. Podia não parecer nem agir como uma, mas ainda tinha um coração maternal. Um grande poder era algo a ser celebrado.

– Por que você me abandonou? – Maria perguntou com mais emoção do que desejava revelar, pois essa era a pergunta que carregava dentro dela desde a descoberta de que Hannah era sua mãe adotiva.

– Para mantê-la a salvo. – Parecia uma mera desculpa, mas dessa vez era a mais pura verdade.

– Para me proteger do meu pai?

Maria era inteligente demais para aceitar subterfúgios. Não havia mais razão para Rebecca mentir e, mesmo se houvesse, Maria saberia a verdade. Era evidente que a garota tinha a visão. Ela vislumbrava o futuro no canto dos olhos, de modo que via ambos, presente e futuro, ao mesmo tempo. Uma morte, uma bênção, um caso de amor. Ela podia ver tudo e o mundo sabia disso e respondia a ela. Mariposas brancas se acumulavam na grama ao seu redor. Pombas reuniam-se nos galhos de um dos olmos mais antigos do condado. Ladrões tinham sido enforcados nos galhos daquela árvore, que tingia de vermelho-sangue onde quer que uma corda fosse amarrada e também o chão embaixo dela. Nenhuma vegetação crescia ali. A família Lockland tinha um legado de ganância e crueldade, e até mesmo as árvores sabiam dessa história.

– Meu marido não era seu pai – admitiu Rebecca, quase num sussurro.

– Mas certamente eu tinha um pai. – disse Maria, com o semblante carregado. Ela se sentia destroçada por dentro. Hannah Owens era sua família e agora ela se sentia sozinha no mundo. – Ou talvez você não se lembre mais quem ele era, assim como não se lembrou de que seu marido puniria qualquer um que tentasse ajudá-la. Seus homens mataram a mulher que me criou. – Maria encontrou o olhar da mãe, sem temor. Ela culpava Rebecca pela morte de Hannah e não tinha o hábito de esconder o que pensava. Sabia que a outra podia ter mais conhecimento de magia, mas ela sabia que era a mais forte das duas.

– Eu não tive essa intenção – jurou Rebecca. – Ela era uma boa mulher. Foi por isso que a deixei com ela. Nunca pensei que meu marido seria capaz de seguir meu rastro.

O cabelo ruivo de Rebecca chegava quase à cintura. Ela era vaidosa e sempre fora, mas sua expressão expressava um remorso sincero.

– Joguei pimenta-caiena e lavanda no caminho para confundir o faro dos cães. Pensei que ele preferia uma garrafa de rum a mim e que estaria embriagado demais para me seguir. Esse foi meu erro. Eu subestimei o poder da Poção Número Dez. Sei que não posso desfazer o que está feito, mas, mesmo que eu seja culpada pelo seu infortúnio, gostaria que ficasse comigo. Se você um dia tiver um filho e vier a perdê-lo, uma tragédia que eu não desejo a ninguém, então talvez possa me perdoar.

Maria passou os olhos pela casa, uma construção de três andares cor de areia, com um pátio calçado de pedras. Aquela era a propriedade dos Lockland havia mais de duzentos anos. Ela olhou para a mãe que, apesar de morar numa bela mansão, dera à luz sozinha num campo nevado e bordara na manta a inicial do seu nome com linha de seda azul, fiada do outro lado do mundo por insetos cintilantes que se transformavam em mariposas de asas transparentes.

Talvez fosse para ser assim.

Maria recebeu um quarto no segundo andar. O maior, com fechadura na porta para que pudesse ter privacidade, pois a magia era um assunto particular mesmo entre mãe e filha, e a magia era tudo o que lhe importava agora.

Embora Rebecca mal soubesse ler ou escrever, quando se tratava de questões de amor, ela era uma especialista. Seu Grimório estava cheio de runas, o antigo alfabeto da alquimia. Ela usava esses símbolos para simbolizar as ervas que devia usar ou evitar, para identificar quais feitiços eram mais eficazes na lua minguante ou na crescente, para evocar os poderes da terra e do céu, encantamentos que seriam muito perigosos nas mãos de uma novata.

Ela ensinou a Maria os oito encantamentos de amor menores e a Poção Número Nove, tão poderosa que era preciso usar luvas durante seu preparo. A Poção Número Dez era aquela que ela mesma tinha usado e agora não recomendava. Se sabia ou não que Maria copiara a receita nas últimas páginas do seu próprio Grimório, não disse nada. Só alertou a filha para que tivesse cautela. A magia tinha aspectos sinistros e o que a bruxa evocava neste mundo era responsabilidade dela, algo com que teria de lidar para sempre.

A própria Rebecca tinha se deixado levar por caminhos sombrios, o que algumas pessoas chamavam de magia da mão esquerda, e ela certamente não temia a ira de homem nenhum, mesmo depois de anos convivendo com seu marido, que sabia o suficiente sobre os dons da esposa para fazer um círculo de sal ao redor dela e amarrá-la numa cadeira de ferro antes de estapeá-la, pois o sal e o ferro bloqueiam os poderes da bruxa.

Claro que ele quis transformá-la depois que soube que ela era uma bruxa e foi assim que o amor entre eles começou a se desvanecer. Rebecca sabia como cegar um homem e como fazê-lo enxergar novamente, sabia que ervas ajudavam uma mulher a engravidar e quais podiam fazê-la sofrer um aborto. Era alguém que conhecia as várias formas de magia como a palma da própria mão. E audaz e vingativa desde o primeiro dia em que caminhou neste mundo.

Rebecca também tinha crescido sem mãe e por isso, desde o início, aprendera a sobreviver com base na própria inteligência. A mãe dela também era uma bruxa que desapareceu logo após o nascimento da filha. Rebecca sempre fora uma enjeitada, pois o pai também não a queria. Não foi por acaso que abandonou Maria no Campo da Devoção em vez de entregá-la a uma mãe de leite, pois já havia sentido na própria pele os terrores de uma infância assim: bastara um leve indício de magia – um veado branco se aproximando dela sem medo, a visão da marca vermelha em forma de lua crescente em sua perna –, para que a ama de leite a esbofeteasse e espancasse, depois a trancasse num quarto escuro até que ela aprendesse a manter seus talentos longe dos olhos das outras pessoas. Rebecca só tinha permissão para fazer uma refeição por dia, a menos que roubasse algo da despensa, o que sempre fazia.

Ela aprendeu a ser grata àquela mulher abominável, pois a ama lhe ensinara a sobreviver e ela tinha usado sua beleza e seus talentos para conseguir chegar à casa dos Lockland. Mas o que ela mais desejara era dar um lar de verdade à filha. Tinha ouvido falar de Hannah Owens e seus remédios e a escolhera para criar sua filha pela sua bondade e conhecimento da Arte Sem Nome. Agora, depois de todos aqueles anos, ela tinha a chance de ser ela mesma a professora da menina.

Rebecca sentia que era a pessoa mais indicada para ensinar Maria, pois tinha acesso a segredos conhecidos apenas pelas mulheres da família. Eles vinham de uma longa linhagem de mulheres que eram capazes de derreter a neve com seu sangue negro, curar ou ferir com palavras e ervas, falar com os pássaros e as abelhas, interferir no clima e inspirar o medo e o respeito nos vizinhos.

Sob a tutela da mãe, Maria fez listas de ervas e plantas mágicas em seu Grimório, com a descrição de remédios para combater tristeza, enjoos, problemas de parto, inveja, dores de cabeça, erupções cutâneas e admiradores indesejados. Havia também feitiços que não eram tratamentos medicinais, mas encantamentos espirituais antigos que começavam com o termo em hebraico *Abracadabra*, "eu crio o que falo", derivado do encantamento aramaico ainda mais antigo, *Avra kadavra*, "que seja criado de acordo com as minhas palavras".

Alguns feitiços eram tão perigosos que só deveriam ser usados se não houvesse alternativa, pois poderiam trazer prejuízos tanto para o praticante quanto para o alvo da conjuração. Eram feitiços de vingança ou defesa em que a bruxa usava o próprio sangue como tinta para garantir que somente ela pudesse ler o encantamento. Magia simpática, que usava bonecos de cera, figuras realistas e pregos e alfinetes, quando se tratava de vingança. Venenos que não tinham gosto nem cheiro, mas o efeito era instantâneo. Magia negra, magia vermelha, magia de sangue, magia de amor.

Rebecca caminhava entre dois mundos: o visível e o invisível. Mas, ao contrário de Hannah, as mulheres não a procuravam em busca de ajuda, mesmo que precisassem dela. Todas tinham muito medo da dama de cabelos ruivos, que não se importava se uma pessoa tivesse que adoecer ou morrer para ela conseguir o que queria. Um alfinete num boneco, um frasco de sangue, um pássaro sangrando até a morte – tudo isso estava no seu Grimório e era utilizado quando ela julgava útil.

Não havia muita proximidade entre Maria e a mãe, pois elas ainda se sentiam praticamente estranhas e viam seu lugar no mundo de um modo bastante diferente. Maria tinha crescido aprendendo a ajudar aqueles que precisavam, enquanto Rebecca pensava apenas em si mesma. Ainda assim, Maria estava interessada em tudo o que Rebecca podia lhe ensinar. Afinal de contas, elas tinham o mesmo sangue e muitas vezes uma sabia o que a outra estava pensando, sem que precisassem pronunciar as palavras em voz alta. Ambas também sabiam guardar segredos, erguendo na mente uma tela que encobria seus pensamentos mais íntimos. Mas o fato de ter o mesmo sangue não as tornava semelhantes. Elas eram tão diferentes quanto o dia e a noite. Maria sabia em seu coração que, se fosse ela dando à luz naquele campo nevado, nunca teria deixado a filha para trás.

Para quando falta amor

A verbena alivia a dor do amor não correspondido.
Uma teia de aranha na porta significa que a pessoa amada não é sincera.
Para reascender a paixão: semente de anis, raiz de bardana, folhas de murta.
Amuletos da sorte: contas azuis, penas de pombo, visco, ossinhos da sorte.
Feitiços lançados na lua crescente provocam aumento e crescimento, feitiços lançados na lua minguante provocam redução e banimento.
Coloque dois ovos debaixo da cama para purificar a atmosfera. (Descarte os ovos depois. Não os coma ou você engolirá azar.)
Um espelho ao seu lado reflete de volta o mau-olhado.
Para evitar a paixão: pano preto, linha vermelha, cravo, abrunheiro.

No ano de 1675, quando Maria fez 11 anos, outra epidemia, agora de varíola, esvaziou cidades e aldeias, deixando casas abertas e ladrões no controle das estradas. Foi uma época dolorosa e implacável. Mesmo assim, Rebecca muitas vezes desaparecia à noite, como se ouvisse um chamado que não queria ou não podia deixar de atender. Ela jogava uma capa sobre os ombros, cobria os sedosos cabelos e contemplava a própria imagem no espelho negro que revelava o futuro, ignorando suas previsões e fazendo o que bem entendia. Como a própria mãe, ela era teimosa e sempre fora assim, especialmente nas questões de amor. As mulheres da sua família tinham talento para a Arte Sem Nome, mas, como Rebecca admitia, nenhuma delas tivera sorte no amor. Tendiam a ignorar as regras e os avisos da razão e do próprio coração. O amor podia arruinar uma vida ou libertá-la. Podia acontecer por acaso ou ser uma decisão bem planejada.

Quando Rebecca voltou pela manhã, após uma de suas noites fora de casa, havia carrapichos em suas roupas e seu cabelo não estava mais trançado. Ela tinha marcas no pescoço e nos ombros, como se tivesse sido mordida por algum animal, e se sentia tão acalorada que não precisava da capa para se aquecer. Mesmo que tivesse apenas 11 anos, Maria sabia que só um motivo podia fazer a mãe desaparecer à noite e depois passar o dia todo dormindo, com a porta do quarto trancada. Noite após noite, ela desaparecia, vestindo suas melhores roupas, anáguas pretas, vestidos vermelhos e botas vermelhas.

Numa manhã nevoenta, quando o sol ainda nem tinha nascido, Rebecca voltou e encontrou Maria esperando por ela no Pasto Prateado, que estava cheio de colheres, castiçais e pratos, todos atirados porta afora para trazer sorte à mãe. Cadin tinha presenteado Maria com três fios de cabelo preto e, quando ela os segurou na mão, soube qual era o segredo de Rebecca.

A mãe se deteve quando percebeu que Maria estava ali esperando por ela no sereno da manhã. Tinha sido pega em flagrante, como se fosse uma garota rebelde e Maria, uma severa babá. Suas botas estavam escorregadias por causa da lama e ela tinha uma nova marca de mordida no pescoço, como se alguém tivesse trincado sua carne delicada como se fosse uma maçã. Ela ergueu o queixo, desafiadora. Sempre fora voluntariosa e esse era um traço de personalidade que não costumava desaparecer.

– Quer me perguntar alguma coisa? – indagou à filha.

A menina estava crescendo rápido. Já era possível entrever a mulher que ela não tardaria a ser. Sombria e curiosa demais para o seu próprio bem. Chegava a julgamentos com facilidade, guardava rancor e era de uma lealdade feroz. Já tivera suas primeiras regras, portanto já se podia dizer que era uma mulher. Certamente, tinha mais talento do que Rebecca imaginara.

Maria era uma bruxa capaz de controlar o tempo e podia causar uma estiagem ficando de pé com os braços erguidos embaixo de uma chuva torrencial. Podia derreter os montes de neve sobre os quais caminhava. Curas para febres, loucuras de amor, insônia, azar, tudo estava ao seu alcance. Vizinhos das fazendas próximas iam vê-la, longe dos olhos da mãe, esperando ansiosamente ao lado do celeiro vazio, onde Maria desidratava ervas.

Na opinião de Rebecca, a magia nunca devia ser compartilhada ou vendida, pois era um talento de sangue, o que significava que pertencia apenas aos membros da família. Mas Maria tinha aprendido com Hannah a pensar de modo diferente. Todo dom nato deveria ser compartilhado. O que se oferecia ao mundo voltava ao seu remetente triplicado. Se uma criança estivesse doente, se uma anciã estivesse perdendo a visão, se uma família estivesse sofrendo, Maria estava disposta a fazer o possível para ajudar. Ela nada cobrava, mas aceitava tudo o que lhe davam. Uma colher de prata, um bolo de groselhas, uma moeda de cobre.

Enquanto via a mãe chegar da noite que passara fora, Maria segurava na mão os fios de cabelo que o corvo lhe trouxera pela manhã. Eles eram exatamente da cor do cabelo dela, negros como a meia-noite, só um pouco mais grossos. E ela sabia muito bem a quem eles pertenciam. Ao homem que lhe dera a vida. Ela podia sentir quem ele era. Um homem que vivia nas sombras, que fazia o que bem entendia, que poderia convencer as pessoas de que ele era uma coisa, quando era, na verdade, outra bem diferente.

– Achei que eu não tinha pai – disse Maria.

– Oficialmente não tem.

– Mas tenho um pai mesmo assim. O homem que você foi ver esta noite.

Quando ela mostrou a Rebecca os fios de cabelo negros, a mãe os segurou com rara ternura e os guardou num medalhão que usava numa corrente no pescoço.

Um menino da região vinha se aproximando a cavalo, hesitante e nervoso, enquanto se dirigia para a casa onde as pessoas da aldeia diziam que morava não só uma bruxa, mas duas. Uma seria capaz de amaldiçoar, a outra de curar, mas as duas tinham o poder de fazer o que bem entendiam e não haveria defesa contra elas. Neste mundo, era melhor evitar as bruxas a todo custo. Ainda assim, o menino seguiu as instruções do patrão. O cavalo dele era velho e coxo, mas o garoto cavalgava o mais rápido que podia. Nenhum mensageiro queria ser pego e questionado por Rebecca Lockland.

– O cavalo daquele menino tem uma crina tão negra quanto seu cabelo – disse Rebecca, enquanto observava seu temeroso cavaleiro. – Talvez o velho garanhão seja seu pai e você seja apenas meio-humana.

Maria pôs as mãos na cintura. Não gostava de ser tratada como se fosse tola, nem pela própria mãe.

– Se eu sei uma coisa com certeza é que a minha metade humana não herdei de você.

Encarando uma a outra, mãe e filha estavam a um passo de iniciar uma briga, mas passaram a prestar mais atenção no menino quando ele saltou do cavalo e começou a pregar um pergaminho na porta. Em seguida, voltou a montar seu velho corcel e cavalgou para longe antes que Maria e Rebecca corressem até a porta de casa. Sem fôlego, Rebecca arrancou o pergaminho da porta e entregou para Maria ler.

– A família do seu marido está reivindicando esta casa e comunica que virá amanhã tomar posse dela e de todos os seus pertences – disse Maria à mãe. – Eles têm direito legal a tudo, já que seu marido está doente e sob os cuidados da família.

Uma mulher solteira pode possuir uma propriedade, mas se é casada não tem direito a nada, por isso o comunicado não foi nenhuma surpresa. A mansão dos Lockland tinha sido como uma prisão para Rebecca e ela estava feliz por ter um bom motivo para deixá-la. Pretendia começar vida nova em outro lugar.

Elas foram embalar tudo o que tinha valor para elas, o que não era muita coisa. Maria levou uma muda de roupa e seu Grimório, com uma pena e tinta para escrever, o espelho negro de divinação e o sino da porta de Hannah. Rebecca reuniu algumas joias, com uma pistola que costumava ser uma das favoritas do marido e o resto dos talheres enegrecidos. Se elas ficassem ali, provavelmente seriam enviadas para a Prisão de Bridewell, onde mulheres indigentes e sem marido eram obrigadas a trabalhar e poderiam ser mantidas em confinamento pelo resto da vida.

A atitude mais sábia era fugir, distanciando-se ao máximo do Condado de Essex, pois era sempre melhor ir ao encontro do futuro enquanto ele ainda estava à espera. Na verdade, havia um homem que era o passado, o presente e futuro de Rebecca. Para ele, ela havia cultivado um jardim que só florescia depois do anoitecer. Trombetas-de-anjo, flores-da-lua, damas-da-noite, prímulas-da-noite, todas esperavam o nascer da lua para desabrochar.

Maria e Rebecca usavam saias até o tornozelo, pois eram mais práticas para cavalgar, e nem se deram ao trabalho de pôr anáguas, que arrastariam na lama. Antes de saírem, Rebecca colocou o outro grampo no cabelo da filha.

– Você pode muito bem deixar que seu pai a conheça mais bem arrumada – disse ela.

– Como você sabe que ele está vindo para cá?

– Decidimos ir embora deste lugar. Os Lockland estão chegando e não podemos estar aqui quando chegarem. Quanto ao seu pai, ele sempre estará esperando por mim.

Maria acreditou que ele era de fato pai dela no instante em que o viu se aproximar. Seu cavalo era preto, assim como seu cabelo, e ele usava um sobretudo longo e calças de veludo preto que já tinham visto dias melhores. Era evidente que as bruxas não o assustavam. Ele gritou o nome de Rebecca com um sorriso no rosto e ela retribuiu chamando-o de Robbie com tamanha ternura que parecia uma adolescente outra vez, como no dia em que o conheceu. Na época, ele fazia parte de uma companhia de teatro e muitas vezes fazia o papel de herói e ela ficava fascinada cada vez que ele entrava em cena, certa de que um dia pertenceriam um ao outro.

Durante os anos da peste, quando os teatros foram fechados devido às doenças e crenças puritanas, ele se voltou para o mundo do crime. Muitas das peças de Shakespeare não tinham sido reencenadas até bem recentemente e, mesmo assim, com roteiros alterados. Ainda havia companhias de reputação duvidosa e algumas contratavam Robbie, apesar da sua história de crimes e má fama nos teatros de Londres, onde ele roubara alguns dos seus contemporâneos, encantando-os com seu carisma enquanto fazia isso. Com o passar do tempo, ele se tornou mais ladrão do que ator e não conseguiu mais voltar a exercer sua antiga profissão. Ainda assim, não se considerava um ladrão de fato, mas um homem representando um ladrão, e nesse papel seu desempenho era notável. O roubo de cavalos era sua especialidade, mas costumava roubar também o coração das mulheres e as economias de outros homens.

Quando se deu conta da presença de Maria, ele olhou para ela curioso, mas não fez perguntas. Ela era uma criatura solene, com os cabelos negros repartidos ao meio e a boca bonita em formato de rosa negra. Ele não saberia como descrevê-la, então apenas acenou com a cabeça numa saudação. Ele era muito bom quando repetia as falas dos seus personagens, mas de outra forma não sabia se expressar muito bem.

Alguns homens ficam retraídos nessas situações. Precisam de um estímulo que os leve a extravasar suas emoções, a menos que estejam na cama com a mulher que amam, aí se soltam às mil maravilhas. Maria olhou para os pais enquanto se abraçavam. Ela mesma não se contentaria com tão pouco. Iria preferir um homem que falasse mais, que fosse capaz de falar durante horas e ainda assim valesse a pena ouvi-lo, pois ele contaria histórias da sua própria criação. Um homem que ouvisse o que ela tinha a dizer.

Na maioria das vezes, esse homem em particular, cujo apelido era Robbie desde que conseguia se lembrar, tentava não pensar em tudo o que fazia para sobreviver neste mundo. Robbie levaria Rebecca na garupa do seu cavalo, mas tinha trazido outro para Maria montar, um animal que subtraíra pouco tempo antes de um fazendeiro da região. Por fim, ele tinha ao seu lado o amor da sua vida e para ele isso era mais do que suficiente. Ladrões também têm alma e coração, e o dele estava batendo forte com a emoção de ter Rebecca ao seu lado.

Antes de partirem, Robbie pegou uma pederneira e, com uma faísca, acendeu um pouco de feno enrolado numa flecha. Disparou a flecha acesa na direção da porta da casa dos Lockland, em seguida atirou outras seis através das janelas. Ele tinha feito exatamente a mesma coisa numa peça uma vez, sobre o filho de um rei que ansiava por vingança, mas no teatro as flechas flamejantes eram apontadas para um balde de areia fora do palco. Agora era evidente que ele sentia prazer ao fazer aquilo na vida real. Quando sorriu, seu rosto se transformou. Ele tinha a beleza de um menino outra vez e Maria pôde ver por que sua mãe o amava tanto.

– Este é o meu presente para você – disse ele a Rebecca enquanto as chamas lambiam as paredes da casa.

Embora a grande mansão de pedra estivesse de pé quando a família do senhor veio reclamá-la, tudo dentro dela tinha virado cinzas. Essa era a vingança, pura e simples, de Robbie por todos os anos que o marido de Rebecca roubara deles.

Os três passaram pelo estuário, cavalgando para o sul. Às vezes os cavalos avançavam com água até o peito. Era um dia dourado e glorioso. Cavalgando atrás dos seus pais, Maria podia ouvir a risada da mãe, um belo som melodioso. Uma mudança radical ocorrera em Rebecca, agora que Robbie viera buscá-la. Ela não era mais uma bruxa, só uma mulher apaixonada. Tinha certamente permitido que suas emoções tomassem as rédeas.

Maria pensava em todas as coisas que deveria ter perguntado a Rebecca, durante o tempo que passou com ela. Ela conhecia encantamentos e remédios, mas nada sabia sobre sua própria história. Como elas tinham se tornado o que eram? Que truque da natureza fizera delas bruxas? Por que o sangue delas queimava e era negro? Por que deveriam evitar a água a todo custo se não podiam afundar? Para alguns, a bruxaria era uma escolha, mas não para elas. A magia estava no seu próprio sangue e elas deveriam desfrutar disso da melhor maneira possível. Mas como uma mulher podia sobreviver se ela era sempre julgada por isso? Agora era tarde demais para perguntar. O futuro já estava sobre eles e Maria podia ver que ele iria se dividir em dois, seus destinos divergindo enquanto seguiam caminhos separados.

De vez em quando, o homem que era pai de Maria se virava para olhar por cima do ombro, como se continuasse surpreso com o fato de a filha existir. Claramente não havia espaço para ela na vida do casal. O amor entre a mãe e o pai era exclusivo e não podia conter mais ninguém. Existem amores assim, que só têm espaço suficiente para caber duas pessoas, que só enxergam uma a outra e não incluem mais ninguém. O amor entre eles era a razão pela qual a mãe conseguira deixá-la num campo nevado e esconder com uma touca o cabelo preto de Maria, para que ninguém suspeitasse de quem pode ser o pai do bebê. Robbie nunca fora preso por ser um ladrão, mas não teria escapado da fúria assassina de Thomas Lockland, caso ele tivesse descoberto a verdade e visto que a esposa tinha um amante. Mesmo sendo tão bom ator quanto era, o pai de Maria nunca teria sido confundido com um homem inocente.

Eles cavalgaram por um longo tempo e, quando finalmente chegaram à beira-mar, Maria sentiu uma mescla de pavor e emoção. A água estendia-se diante deles numa imensidão de ondas azuis selvagens. O som era ensurdecedor; as possibilidades, enormes. Havia outro mundo desconhecido além do seu e, francamente, Maria estava farta da Inglaterra e era assim que se sentia desde o incêndio no Campo de Devoção. Era muito bom que Cadin, seu único amigo verdadeiro, estivesse empoleirado em seu ombro, pois o mundo parecia grande demais e ela se sentia muito pequena e inexperiente.

Eles pararam numa taberna para comprar comida. Robbie entrou enquanto Rebecca esperava escondida atrás de uma sebe de teixo, para que não fosse reconhecida caso a família do marido fosse procurá-la, depois de encontrar a mansão incendiada. Robbie trouxe um pouco de carne, pão e queijo. Maria alimentou o corvo, mas não pegou nada para si.

– Você quer morrer de fome? – perguntou o homem que era seu pai, mais por curiosidade do que por preocupação.

Os olhos dele eram escuros como breu e ele tinha uma boca carnuda e maçãs do rosto salientes, assim como ela. Ele era tão bonito que as mulheres em Londres muitas vezes o seguiam pela rua e alguns desmaiavam ao vê-lo, como se ele fosse o herói das peças teatrais que elas tinham visto ganhar vida no palco.

Um sorriso brincou nos lábios dele enquanto falava com Maria, pois a presença dela continuava a intrigá-lo e diverti-lo. Ele a achava muito bonita e, pela experiência dele, isso traria tanto sorte quanto tristeza à menina. Em muitos aspectos, Robbie era um homem simples, que não julgava ninguém. Ele sabia que Rebecca era uma bruxa e não a culpava por isso. Na opinião dele, ser uma bruxa era uma coisa divertida, principalmente quando ela é a mulher amada.

Se não fosse por Rebecca, ele não estaria na estranha situação de tentar resgatar uma garotinha de cabelos negros que o encarava com olhos frios, quando já deveriam ter saído do condado. Ele queria poder escrever uma peça dramática que contasse a história da noite em que viu Rebecca pela primeira vez e se sentiu enfeitiçado por ela. Ela já era casada, mas isso não interferiu na relação entre eles, pois o amor que sentiam um pelo outro fazia com que todo o resto perdesse a importância. Isso era algo que tinha ficado bem claro para Maria.

– Diga-me uma coisa, garota – disse ele para a sua estranha filha. – O que você quer conquistar neste mundo?

– Eu quero ter uma vida que seja só minha, sem que eu tenha que pagar pelos crimes da minha mãe e do meu pai – disse Maria. – Onde eu posso ter uma vida assim? – Quando ela apertou os olhos, o presente ficou transparente e ela pode ver um futuro onde Cadin voava acima dela num mundo diferente, onde havia uma vegetação que ela nunca tinha visto antes, uma terra onde algumas árvores tinham espinhos, outras eram curvadas pelo vento ou tinham folhas vermelho-sangue ou galhos brancos como a neve.

Eles não estavam longe de um porto e as gaivotas sobrevoavam o céu. A cidade de Londres estava próxima e a fumaça subia das chaminés em grandes nuvens negras. Uma cidade como aquela era tanto uma maravilha quanto uma ameaça, pois tudo podia acontecer. Aquele era um lugar onde se podia perder a vida ou começar uma nova. E ainda assim Maria sabia que aquela cidade não era o lugar onde ela encontraria o seu futuro.

Rebecca estava agora ao lado do seu homem.

– É por isso que estamos aqui – ela disse à filha. – Para que você tenha uma vida só sua. É no seu futuro que estamos pensando. Estamos enviando você para outro lugar.

– Não posso dizer que estou surpresa – disse Maria com uma sombria amargura. Por que eles iriam querer a presença dela se estavam tão envolvidos um com o outro?

Os pais trocaram um olhar. Ela era realmente uma criança difícil. Ainda assim, era filha deles e eles queriam que estivesse segura longe da família de Thomas Lockland, que podia querer prejudicá-la em sua ânsia por vingança. Havia um lugar distante chamado Curaçau, uma ilha holandesa onde ela poderia ter um futuro muito diferente da vida solitária nos pântanos que Hannah Owens tinha lhe oferecido. Ela poderia morar num lugar onde uma mulher sozinha não tinha direito sobre a própria vida ou poderia concordar com o plano dos pais e viajar meio mundo, até um lugar onde qualquer coisa era possível.

– Está bem – disse Maria, pegando um pedaço de pão. A verdade era que estava morrendo de fome. Ela já tinha conhecido o pai e conhecido a mãe, e tivera a sorte de ter sido encontrada por Hannah Owens. Agora estava pronta para ter a sua própria vida. – Vou para onde você me mandarem, mas o corvo vai comigo.

Eles foram para Southampton e, numa loja perto das docas, Rebecca comprou presentes de despedida para a filha: uma pesada capa de lã e um par de botas para a sua jornada. Maria tirou seus sapatos esfarrapados, feitos de couro gasto e forrados com lã. E ficou encantada com os presentes. A capa era macia e adorável, e as botas eram deslumbrantes. De couro vermelho, feitas na Espanha. Toda bruxa devia ter um par, fosse ela uma camponesa que trabalhasse nos campos ou uma dama que caminhasse pelos corredores de uma casa senhorial.

Rebecca ficou feliz ao ver que agradara a filha com as compras.

– Eu a conheço melhor do que você pensava – ela disse, alegremente. – Somos do mesmo sangue e apreciamos as mesmas coisas.

À sua maneira, Rebecca amava muito a filha, mas, quando você desiste de algo, acaba aprendendo a viver sem aquilo, mesmo que a princípio isso lhe cause sofrimento. Seja você uma bruxa ou não, continua seguindo em frente, mesmo que a tristeza a acompanhe. Rebecca não legou seu Grimório à filha, mas Maria nem esperava que a mãe fizesse isso, pois ele ainda estava em uso e todo seu conteúdo Maria já havia transcrito para o seu próprio livro. Rebecca, em vez disso, deu à filha uma bolsa de couro com vários pacotes de ervas úteis, velas de cera de abelha e um carretel de linha de seda azul, tudo de que ela precisaria para produzir amuletos e poções.

– Nunca fique sem linha – disse ela à garota. – Tudo o que foi rasgado pode ser remendado. Lembre-se disso em seus dias mais sombrios, assim como eu fiz.

Maria também ganhou uma dúzia de laranjas da Espanha, compradas no mercado a preço de ouro.

– Isso irá mantê-la bem e saudável a bordo do navio. Siga meu conselho e fique longe dos homens tanto quanto puder. Amor é sinônimo de problema.

Um bom conselho de uma mulher que tinha amado o homem errado de maneira impensada não uma, mas duas vezes. Mesmo ali nas docas, onde a vida fervilhava ao seu redor, ela não conseguia desviar os olhos de Robbie. Provavelmente era verdade que as falhas que uma mulher vê nas outras não consegue perceber em si mesma. Um amor eterno, um amor desejado com desespero, um amor dentro de casa, um amor equivocado, um amor não correspondido.

Robbie tinha feito uma barganha com o capitão de um navio de Amsterdã que, na opinião dele, seria vantajosa para todos, inclusive para ele mesmo. Agora que o acordo havia sido fechado, ele estava esperando junto aos cavalos, ansioso para partir. Ele soltou um assobio baixo para chamar Rebecca e fez uma reverência para Maria, o homem mais bonito de três condados. Rebecca sorriu e acenou, como se seu coração se enternecesse. Qualquer um com um pouco da visão poderia dizer que certamente haveria problemas pela frente.

– É isso que é amor? – Maria perguntou à mãe, que estava olhando para Robbie, parado no cais.

– Oh, sim! – disse Rebecca. – Eu morreria por ele.

Ela, de fato, morreria. Quando Robbie fosse pego pelo xerife pelos crimes que cometera, Rebecca seria enforcada ao lado dele, não pelo crime de praticar bruxaria, pelo qual ela provavelmente teria sido considerada culpada, mas por ser cúmplice do roubo de cavalos, um crime pelo qual seu homem era bem conhecido. Quando começasse o falatório sobre Rebecca, fofocas sobre ela carregar ervas dentro da roupa e usar talismãs nos pulsos e no pescoço, os carcereiros calçariam sapatos de ferro nos pés dela e, como as bruxas ficam indefesas nas garras daquele metal, Rebecca não poderia lançar mão da sua magia, apenas verter lágrimas que escaldariam o chão em que pisava.

No dia do enforcamento, Robbie faria um discurso do qual muitos na multidão, especialmente as mulheres, iriam se lembrar por muitos anos. Ele falaria do seu amor por Rebecca, que nunca teria fim, do mundo que tinham compartilhado e do céu que também compartilhariam. Na verdade, só repetiria falas de *A Tempestade*, uma peça da qual tivera a honra de participar, mas suas palavras para Rebecca seriam tão sinceras que todos pensariam que eram da autoria dele.

Minha alma é que vos vai falar agora:
no mesmo instante em que vos vi,
voou-me do peito o coração,
para servir-vos.

A multidão ouviria com apreço, pois eram belas palavras de fato e muitas mulheres o aplaudiriam, mas ele seria enforcado mesmo assim. Rebecca pôde ver fragmentos do que o futuro lhes reservava, quando olhou para uma poça d'água na sarjeta. Ainda assim, esse terrível destino ainda demoraria meses para se cumprir e o tempo que ainda tinham juntos era precioso, parte de uma barganha que Rebecca estava disposta a fazer.

– Nem sempre temos controle sobre o amor – disse ela à filha.

– Eu sempre terei. – respondeu Maria, já calçando as botas vermelhas. Embora ela tivesse adorado o presente, iria evitar seguir os passos da mãe a todo custo. E jurou para si mesma que nunca deixaria o amor comandar a vida dela.

Mãe e filha se despediram no cais com um abraço forte e sentimentos verdadeiros vindo à tona. Apesar de todo o tempo em que viveram separadas, elas tinham corações semelhantes e surpreendentemente frágeis, mas eram fortes quando necessário e naquele momento precisavam ser fortes, pois ambas sabiam que não se encontrariam novamente.

※

O mundo era muito maior do que Maria jamais teria imaginado e tudo o que vivia no mar parecia enorme também: criaturas que nadavam ao lado do navio, esguichando um líquido malcheiroso; seres escuros rastejantes que se agarraram ao casco; peixes com bocas cheias de dentes pontiagudos; cobras do mar escamosas e caranguejos azuis puxados em redes transbordantes de algas roxas.

À noite, as estrelas pontilhavam o céu negro e, quando chovia, o mundo parecia de ponta-cabeça, com água acima e abaixo. Homens fortes choravam e chamavam pela mãe no auge das tempestades e peixes saltavam no convés para escapar das ondas turbulentas, mas Cadin sussurrava no ouvido de Maria que eles só precisavam se manter vivos e nada mais. Respire fundo, aguente firme e logo o céu vai reaparecer, azul como vidro, e os homens vão voltar ao trabalho, sem se lembrar de como gritaram o nome da mãe.

Esses mesmos marinheiros não esqueceriam tão cedo que Maria era capaz de anunciar uma tempestade antes que ela despontasse no horizonte, nem esqueceriam dos seus remédios, pois ela logo ficou conhecida por ser uma boa curandeira e muitos homens passaram a procurá-la quando estavam doentes. Ela poderia se sentir ameaçada com o jeito rude dos marinheiros, pois mesmo em sua tenra idade era vista como mulher pela maioria, mas ninguém se atreveu a machucá-la ou acuá-la num canto escuro. Maria sabia mais do que a maioria das mulheres com o dobro da idade dela. Eles podiam ver isso nos olhos dela, que refletiam seus próprios destinos de volta para eles.

Maria sabia usar álcool de terebintina para prevenir o tétano; pomada de sal e melaço para cortes profundos que, de outro modo, envenenariam o sangue; chá preto ou verde com leite fervente e noz-moscada para disenteria. Se um dos homens fizesse mal a Maria, ele só estaria abreviando suas próprias chances de completar a longa jornada sem morrer de algum ferimento ou doença. Ela era valorizada e, embora ninguém admitisse em voz alta, toda a tripulação se sentia grata por tê-la a bordo.

Para viagens marítimas

O chá de hissopo livra um homem dos vermes.
O manjericão conserva os peixes.
A borragem pode curar abcessos.
Gengibre e vinagre curam feridas.
Hortelã trata dor de dente.
Se o gato a bordo dormir enrodilhado, é sinal que o tempo vai piorar.
Se o sol nascer vermelho, haverá chuva.
Não retire o sal da mão de outra pessoa na mesa ou vocês dois vão ter azar. Se o sal derramar, jogue uma pitada por cima do ombro esquerdo.
Costure as peças de roupa com linha azul, para ter proteção.

Hannah tinha ensinado Maria a manter os carunchos longe dos biscoitos e por isso o cozinheiro e todos os passageiros eram extremamente gratos a ela. Os ratos podiam ser eliminados com o uso de acônito. O cominho era bom para picadas de aranha. A raiz de peônia protegia contra tempestades, pesadelos e loucura, pois havia aqueles que enlouqueciam com o balanço constante do navio.

Aqueles que Maria tinha curado a consideravam uma santa, embora houvesse quem tivesse certeza de que ela era uma bruxa, pois os marinheiros eram muito supersticiosos e suas tradições incluíam tentativas de fazer magia marítima. Uma moeda de prata sempre era colocada sob o mastro, uma folha de papel nunca deveria ser rasgada em duas partes a bordo, uma certa marca nos mastros de madeira podia expulsar maus espíritos e manter o navio seguro nas tempestades.

Cadin, que podia ter sido considerado um pássaro de mau agouro ou talvez fosse visto como um prenúncio de morte e destruição, passou a ser bem-vindo quando Maria passou a dizer que ele não era um corvo, mas um albatroz negro. Embora nenhum dos marinheiros nunca tivesse ouvido falar de tal criatura, todos sabiam que havia coisas novas e maravilhosas que surgiam no mundo todos os dias e, como o albatroz era um pássaro que trazia sorte aos marinheiros, ninguém ousou desafiar Maria.

O capitão, um holandês chamado Dries Hessel, que sempre usava um casaco na altura dos joelhos, feito de couro impermeabilizado com alcatrão e gordura animal, não fazia nada que não lhe trouxesse lucro. Era por isso ele tinha permitido a menina a bordo. Já tinha planejado vendê-la por sessenta xelins assim que chegassem a Curaçau, uma boa pechincha, considerando que tinha pagado ao pai quarenta xelins apenas. Um ator de teatro tinha que se virar para sobreviver e o capitão do navio decidiu que tinha o direito de fazer o mesmo, até quando a mercadoria negociada era uma pessoa. Maria seria uma serva contratada por um período de cinco anos e quem quer que a comprasse seria seu amo durante todo esse tempo e legalmente responsável por libertá-la na data em que encerrasse a servidão. O fato de a garota ter usado sua linha azul para suturar um ferimento de Hessel, sofrido durante uma tempestade em que uma lasca do mastro cravara em sua carne, não tinha contribuído em nada para fazê-lo mudar de ideia sobre o destino dela. Não havia nada de graça neste mundo, nem o ar que se respira, nem uma vida, nem uma viagem por mar.

Muitos a bordo eram refugiados portugueses que teriam pagado o que fosse pela passagem de navio, na tentativa de fugir da perseguição religiosa. Não se permitiam judeus na Espanha ou em Portugal, na Inglaterra ou na França, e por isso eles partiam para o Novo Mundo, praticando sua religião em segredo até que finalmente encontrassem um país que fosse um porto seguro. Aqueles que cruzavam o oceano desejavam ter a liberdade de ser fiéis a si mesmos. Por enquanto, eram simplesmente chamados de "portugais". Eles traziam bacalhau seco com eles e queijo feito com coalho da flor do cardo para endurecê-lo, em vez de gelatina de cascos de animais, e com a casca coberta de páprica para evitar o apodrecimento.

Maria aprendeu a língua desses homens, pois tinha ouvido bom para idiomas, e fazia questão de ajudar as mulheres abatidas pelo enjoo com uma colher de pasta de gengibre e uma fatia de laranja, cuidadosamente distribuída entre as mulheres enfermas e seus filhos, pois até o mais leve sabor de frutas frescas já era um tônico. Ela ouvia as histórias dessas pessoas e as observava quando acendiam uma vela na sexta-feira ao pôr do sol, pois velas eram perigosas em alto-mar, assim como a religião era perigosa em terra.

À noite, Maria se enrolava em sua capa e observava as estrelas aparecem no céu, uma a uma no início, depois turbilhões de constelações, pontilhando a escuridão como um teto radiante de luz. Como o mundo era imenso e belo, principalmente aos olhos de uma garota que nunca visitara uma cidade, nunca tinha visto uma loja ou um mercado ou uma igreja cheia de gente, quando os sinos tocavam aos domingos.

Quisera Hannah pudesse estar ao lado dela no convés daquele navio e sentir o futuro como ela, como um lugar onde uma mulher podia comandar o próprio destino. Ela era grata por ter sido encontrada naquele campo nevado e criada por uma mulher de tão bom coração, assim como era grata por ter herdado da mãe o dom da visão. O que estava diante dela ainda era um mistério, mesmo quando ela olhava no espelho negro, pois tinha mudado seu destino quando aceitara a viagem além-mar. Alguns aspectos do seu futuro, porém, continuavam iguais: a filha que ela teria, o homem que traria diamantes, a neve nos galhos das árvores. Quando ela viu fragmentos do tempo que estava por vir, soube que encontraria o tipo de liberdade que nem a mãe nem Hannah tinham conhecido.

Mulheres com os mesmos talentos de Maria sempre tinham existindo, mas a maioria se escondia do mundo para não ter de enfrentar o teste do afogamento. Se uma bruxa flutuasse, essa era uma prova do seu pacto com Satanás. Se ela se afogasse, era porque era inocente, mas o que adiantava ser arrastada, sem vida e amarrada, das profundezas de um rio ou lagoa, usando sapatos de ferro pregados nas solas dos pés? As predecessoras de Maria a teriam considerado louca por estar viajando em alto-mar, com nada além das ondas ao seu redor, mas ela estava convencida de que não tinha nada a temer da água, apenas dos homens que viam o mal onde não havia nenhum.

Em dias de ventania, quando parecia que navio poderia alçar voo e os marinheiros amarravam-se no convés para não serem atirados ao mar, Maria mantinha Cadin seguro dentro da capa e o alimentava com pedacinhos de biscoito. Passadas algumas semanas, o navio se tornou um martírio, com menos comida, menos água e toda forma de pestilência, piolhos e ratos, raios e tempestades. Havia momentos em que todos a bordo pensavam que o fim estava próximo. Homens que nunca falavam com Deus passavam a orar, muitos num idioma que nenhum dos marinheiros podia decifrar. Mulheres abençoavam seus filhos e os seguravam com força para que pudessem ser levados juntos nas redes da morte. Mas Maria podia ver o suficiente do futuro para saber que eles alcançariam seu destino. Ela olhava em seu espelho negro e via que o sol seria mais forte do que qualquer um dos passageiros teria pensado ser possível e as ruas seriam de terra batida e as árvores floresceriam em todas as estações.

– Shhh – fazia ela aos filhos dos portugueses quando choravam. – Estamos quase chegando ao outro lado do mundo.

Quando eles chegaram, viu que estavam exatamente onde ela tinha previsto, uma terra exótica e cheia de milagres. Os passageiros olhavam do convés e piscavam maravilhados, ao ver onde sua jornada os levara.

Os cactos tinham quase dez metros de altura, os arbustos espinhosos de acácia exibiam flores de vibrantes tons cítricos e as árvores divi-divi eram curvadas pelo vento e se estendiam em direção ao céu. As crianças diziam que essas árvores eram homenzinhos vestindo sobretudos. Havia pássaros de cor-de-laranja e amarelos no céu, trupiais e cambacicas, junto com suiriris, flamingos e beija-flores do tamanho de abelhas, que quando passam pelo ouvido de uma pessoa provocam um zumbido suave na cabeça. Havia pássaros que só voavam à noite, falcões e curiangos, sombras negras na escuridão e no crepúsculo, que bebiam o orvalho de folhas do tamanho de pires. Pessoas de todos os tipos eram encontradas naquele lugar, devido ao comércio de escravos espanhol e ao assentamento dos sefarditas, judeus da Espanha e de Portugal. Vários usavam roupas tradicionais modestas, saias longas e surradas sobre calças e camisas, com combinações de duas ou três estampas.

Uma jovem chamada Juni, que devia ser um ano ou dois mais velha que Maria, tinha sido enviada para apressá-la e estava esperando no cais. Quando a viu, ela bateu palmas e gritou uma saudação em holandês, admirando-se ao ver que Maria já sabia um pouco dessa língua.

– É melhor você aprender a falar como nós – aconselhou Juni, agora em inglês. – Ou talvez seja uma boa ideia não aprender, assim você não vai precisar entender o que o sr. Jansen diz.

O capitão entregou a Maria seus documentos, informando que ela pertencia à família Jansen de Willemstad. Ela deveria trabalhar para eles até os 16 anos, época em que se tornaria uma mulher livre. Ela então se deu conta de que o pai a vendera para que fosse uma serva. Ele provavelmente diria que tinha sido para protegê-la e talvez não tivesse feito aquilo por mal. Afinal das contas, ela era uma garota sozinha, sem nada além do seu nome.

– Você é livre? – Maria perguntou a Juni enquanto caminhavam lado a lado no cais lotado de vendedores de peixes e marinheiros, alguns leais a país nenhum e navegando por conta própria. Ou seja, piratas e comerciantes do tipo mais rude.

— Sou igual a você. Não sou escrava, mas também não sou livre. Essa é outra maneira de dizer que não somos coisa nenhuma.

A pele de Juni era da cor do chocolate e seu cabelo preto era tão longo quanto o de Maria. Sua mãe africana tinha sido escrava da família Jansen e sua tia-avó só recebera a liberdade depois de trinta anos trabalhando para a família. Juni era uma serva e tinha sido assim durante toda a sua vida, desde o nascimento, sem nenhum documento que determinasse o tempo da sua servidão. Para Maria, isso era o mesmo que ser escrava.

— Você não tem documentos? — Maria perguntou, surpresa. — Não há uma data para a sua liberdade?

Juni chamava atenção pela sua beleza e homens de todos os tipos olhavam para ela enquanto caminhavam.

— O sr. Jansen os guarda para mim. Serei livre quando eu me casar.

Mas, na verdade, cada vez que aparecia um pretendente, o sr. Jansen descobria algum defeito nele e o mandava embora. Não importava se o homem era africano, judeu ou holandês. Nenhum servia.

Niet goed genoeg, ele dizia todas as vezes. *Não* é bom o suficiente.

— Eu pretendo nunca me casar — Maria anunciou. Ela tinha visto uma filha em seu futuro, mas não um marido. Só o homem lhe oferecendo diamantes, algo que, enquanto caminhavam no cais de madeira sob nuvens de papagaios, parecia praticamente impossível.

— Isso é o que você diz agora — respondeu Juni. — Espere só. Se você se casa, deixa de ser uma serva.

— Não estou certa de que possa fazer isso agora — disse Maria, carrancuda.

— Fazemos o que mandam até irem para a cama, depois fazemos o que bem entendemos.

Maria nunca tivera um amigo e nunca vira a necessidade de ter um, mas agora, naquele lugar distante, ela estava grata por Juni ser uma pessoa amável e tê-la tomado sob sua proteção.

– Faça o que eu faço, diga o que eu digo e você ficará bem – assegurou Juni.

Era fácil ver quanto encantamento tinha aquele lugar. O céu não era azul no início da noite, mas uma paleta de cores que iam do cor-de-rosa ao violeta profundo, passando pelo cobalto e o preto. Havia 68 variedades de borboletas na ilha, inclusive grandes monarcas pretas e cor-de-laranja, e asas-de-tigre, que só voavam na sombra. O ar estava sempre em movimento e, quando o vento soprava de repente, era uma brisa leve e salgada, com o sabor de algas marinhas.

Preso em seu cesto, Cadin piava para que o libertassem.

– Agora não – Maria disse a ele. – Você vai ser solto em breve.

– A sra. Jansen não vai gostar de um pássaro em casa. Vai dizer que é um bicho imundo que vai arruinar a casa dela – avisou Juni.

Mas Maria não se importava.

– A sra. Jansen não precisa saber.

Juni sorriu. A nova garota parecia mais interessante do que a maioria e ela ficaria satisfeita ao ver a família sendo provocada por alguém que não parecia nem um pouco preocupado com as regras.

Assim que Maria se livrou das roupas imundas que usara no navio e as lavou com um sabão forte e uma água tão quente que chegava a doer, começou vida nova. Ela era apenas uma menina e estava exausta da viagem, mas faria o que fosse preciso para sobreviver. Dividiria o quarto com duas outras servas, Katy e Susannah, duas irmãs inglesas de Manchester que só precisariam trabalhar mais um ano para pagar suas dívidas.

– Logo vamos embora – se gabavam simultaneamente, pois tinham o hábito de dizer as coisas ao mesmo tempo. Elas se achavam melhores do que Juni, porque a mãe da moça tinha sido uma escrava, e melhores do que Maria, que era muito jovem e inexperiente.

Antes de sair para explorar o lugar, Maria esperou que as outras garotas fossem jantar e escondeu seu Grimório sob as tábuas do assoalho. Ela sabia que deveria manter sua linhagem em segredo, pois seus talentos poderiam trazer sorte ou infortúnio. Era um lugar curioso aquele, o oposto de tudo o que tinha conhecido. Onde antes havia escuridão, agora havia luz. Onde antes havia uma vida solitária, agora havia uma casa movimentada. Muitos dos espaços de convivência da casa ficavam ao ar livre e, quando ela cruzou o pátio, maravilhou-se ao ver que, mesmo naquela terra árida e subtropical, era possível cultivar um jardim exuberante. Ela caminhou por uma trilha ladeada por mangueiras e macieiras jamaicanas e brilhantes babosas em flor, salpicadas de botões amarelos. Foi ali que ela soltou Cadin. Ela havia feito um amuleto para usar em volta do pescoço com uma única pena preta do pássaro, assim sabia que ele sempre voltaria para ela quando chamado, por mais distante que estivesse. O corvo a contemplou do galho de uma goiabeira, em seguida alçou voo para explorar aquele novo mundo.

Já era noite. A própria lua parecia diferente ali, cintilando com uma pálida luz prateada. Nas salinas, havia pássaros exóticos, flamingos, íbis brancos e escarlates, garças-reais verdes, garças-reais azuis e garças-da-noite, que gritavam no escuro como uma mulher implorando pela própria vida. Mas, de todos eles, era o corvo ladrão o mais bonito para Maria, pois ele tinha mais compaixão do que qualquer homem que já tivesse conhecido, além de ser muito mais leal.

No jantar, serviram a Maria um prato de *funchi*, uma iguaria feita com fubá, com uma pequena tigela de *stoba*, um guisado picante aromatizado com mamão, ambos sobras do jantar da família Jansen. Era uma grande casa, onde moravam os Jansen e suas três filhas, todas quase adultas e buscando pretendentes. Juni e as irmãs explicaram que havia trabalho mais do que suficiente para todas as servas da casa, por isso ficavam satisfeitas com a chegada de Maria.

Quanto à Maria, ela sempre se mostrava educada e alegre, pois Hannah sempre lhe dizia que não havia necessidade de deixar as outras pessoas saberem o que ela estava pensando. Por que deixar que a punissem por seus pensamentos ou crenças? Maria acreditava que ninguém deveria ter a posse da vida de outra pessoa, mas sempre ficava em silêncio, sabendo que no final faria o que bem entendesse.

Para divertir as outras criadas, ela lia a sorte das moças, interpretando as linhas das mãos. Explicava a elas que a mão direita era o destino com que nasceram, mas as marcas da mão esquerda contavam a história da vida delas, as escolhas que tinham mudado seus destinos. A linha do coração era sempre a que despertava mais interesse, pois era a que mostrava quem era egoísta, quem seria feliz e quem estava mais sujeito a ter o coração partido. Ela dizia a todas que se apaixonariam e se casariam, o que era verdade, deixando de fora os detalhes que não gostariam de ouvir: quem se apaixonava muito fácil, quem encontraria a tristeza e quem faria uma escolha da qual se arrependeria depois.

As irmãs de Manchester apreciavam o talento especial de Maria e a chamavam de irmã caçula. Irmãs mais novas tinham que ser astutas para se darem bem e era mais sensato que Maria se desse bem com todos, pelo menos pelo tempo que isso a favorecesse, ou seja, até que fosse livre. Ela ainda tinha com ela uma última e preciosa laranja que a mãe lhe dera e a dividiu com as outras servas, antes de caírem exaustas em suas caminhas de metal branco. As moças gostavam tanto da companhia dela que nenhuma se queixava que Maria deixasse a janela aberta nas noites quentes para se certificar de que Cadin sempre pudesse voltar para casa.

1679

III.

Ninguém sabe para onde vai o tempo, mesmo assim ele desaparece. Maria tinha feito 15 anos naquela terra exótica, que ainda parecia um sonho. Todas as cores eram vibrantes e, quando ela estava sob a luz brilhante do sol, às vezes sentia falta do verde-escuro da floresta, onde as samambaias ficavam enegrecidas com a geada.

Ela não gostava de ser uma criada, não desejaria isso a ninguém, ainda assim continuava a fazer o que lhe mandavam, cumprindo à risca a lista de tarefas que a sra. Jansen lhe passava todas as manhãs. Ela se tornou uma excelente cozinheira e aprendeu a entrar e sair de um cômodo sem fazer barulho, andando descalça nos ladrilhos para não perturbar os membros da família. Maria penteava os cabelos das filhas Jansen, enxaguava-os com rum para fortalecê-los e até costurara seus vestidos de noiva. Ela aprendeu a conservar os ovos na água de cal, a bater mercúrio com clara do ovo para matar percevejos, a enxaguar com vinagre e secar ao ar livre a mecha de algodão dos pavios das lamparinas para que não cheirassem mal.

Ela foi ensinada a sacudir tapetes em vez de varrê-los e a lavar vestidos de seda em chá verde para lhes devolver o brilho. Durante o dia, mantinha os olhos baixos e se concentrava nas tarefas que tinha a mão. À noite, no entanto, fazia o que queria depois que o sr. e a sra. Jansen iam dormir nos lençóis que ela e Juni haviam lavado com sabão duro, feito de soda cáustica e cinzas, antes de serem pendurados para secar no jardim, para garantir que o tecido ficasse com um cheiro bom, perfumado pelo ar fresco e pelas nuvens de fragrâncias que subiam dos canteiros de flores.

Quem ela realmente era, Maria mantinha em total segredo. Como uma pedra que engolira, nunca revelava aqueles talentos e características que ela herdara das mulheres anônimas de gerações passadas. Maria nunca contava como conseguia sempre tirar a roupa do varal um pouco antes de a chuva começar ou como sabia que era possível afugentar os ratos do jardim com um pouco de pó branco ou por que deixava alho, sal e alecrim do lado de fora da porta do quarto, para proteger do mal os que ali dormiam.

Certamente, ela nunca explicava por que se recusava a nadar no mar quando, nas tardes livres de domingo, ela e Juni iam à praia. O dia podia estar glorioso, o mar podia estar muito convidativo, mas ela sabia o que acontecia quando uma bruxa entrava na água. Ela iria flutuar, não importava o que acontecesse e, ao fazer isso, revelaria sua verdadeira natureza. Era por isso que Hannah vivia escondida na floresta e Rebecca não revelava seus talentos a ninguém. Esse era um mundo perigoso para as mulheres e mais perigoso ainda para uma mulher cuja herança de sangue fazia dela um ser independente, que só agia de acordo com a própria vontade.

⁂

Nas noites quentes, Maria e Juni escapavam pela janela para poder passear pela ilha. Elas eram jovens e as noites quentes eram perfeitas para os insones. Elas se sentiam cheias de vida e queriam uma vida que abrangesse muito mais do que o quarto em que viviam e as tarefas da casa de outras pessoas.

Elas tinham se tornado amigas íntimas, pois agora eram apenas as duas. As irmãs de Manchester já tinham pagado suas dívidas e se casado com os primeiros pretendentes que apareceram, homens desprezíveis que Maria as avisara para rejeitar. Depois de interpretar as folhas de chá para as irmãs e ler a mão delas, ela as aconselhara a esperar mais um pouco, pois haveria de aparecer candidatos melhores ou talvez as irmãs até pudessem iniciar vida nova por conta própria. As irmãs não ouviram o conselho de Maria e se casaram com dois irmãos taciturnos e melancólicos.

A vida delas mudou muito pouco desde que tinham deixado a casa dos Jansens. A diferença era que agora não tinham uma grande casa para cuidar, mas casebres de madeira perto do porto, um ao lado do outro, erguidos sobre palafitas no mar azul, cuja maresia apodrecia as tábuas do assoalho e deixava um brilho prateado de sal em cada prato e cadeira. Quando os ventos alísios aumentavam, as irmãs tinham que pregar os móveis no chão e se amarrar aos alicerces da casa com cordas de juta. Os maridos passavam a maior parte do tempo longe delas, pescando em alto-mar, e por isso elas eram gratas, pois tratavam mal as irmãs e o sexo era só para dar prazer a eles, enquanto as mulheres nunca podiam responder.

Um dia Maria visitou as irmãs e levou de presente maçãs vermelhas e crocantes, frutas incomuns naquele clima e pelas quais ela tinha pagado bem caro. Instruiu as irmãs a furar as maçãs com uma agulha enquanto repetiam o nome do marido e em seguida preparar uma torta com elas. Quando comessem a torta, os marinheiros azedos e mal-humorados com quem tinham se casado passariam a tratar as esposas com mais gentileza e consideração. Imensamente gratas pelo auxílio de Maria, as duas irmãs deram de presente a ela um xale azul bordado com vários pássaros da ilha. Posteriormente, ambas deram às suas primogênitas o nome de Maria, para que pudessem pronunciar aquele nome cem vezes ao dia com amor e devoção.

※

Nas noites em que Maria e Juni pulavam a janela para dar uma volta pela ilha e caminhar pelas vielas e trilhas de areia, sentiam-se mais afortunadas do que as próprias filhas dos Jansen, que usavam vestidos de seda pesados, armações feitas com ossos e sapatos apertados, que provocavam bolhas nos pés, e raramente tinham permissão para sair de casa, mesmo agora que eram casadas e moravam na casa dos maridos.

Juni era cortejada por homens e garotos que ficavam deslumbrados com sua beleza, mas nenhum deles reparava em Maria. Isso porque ela tinha aprendido uma lição com Hannah e Rebecca, e, para protegê-la do amor, usava uma anágua preta sob o vestido, cuja bainha era costurada com linha azul e o tecido lavado com cravo e abrunheiro. Ela sabia como andar nas sombras e a anágua nunca a fazia se destacar na escuridão. Ninguém olhava para ela duas vezes.

※

Maria e Juni muitas vezes pegavam emprestado o burrico que ficava no estábulo, com os cavalos da família. Elas chamavam a criatura mal-humorada de *Slechte Jongen*, "Menino Mau", pois ele se recusava a carregá-las para casa, obrigando-as a puxá-lo com uma corda se quisessem voltar a tempo de preparar o café da manhã da família. Elas viravam quase crianças novamente quando incitavam o burro a continuar andando, rindo com a mão na boca para que ninguém as ouvisse. Mas o mundo delas não era coisa de criança, pois se resumia à obediência e trabalho. Aquela era uma ilha onde algumas pessoas tinham tudo e outras não tinham nada, e era possível saber quem era quem pelos sapatos que usava, pela cor da pele e pelo modo de andar, com os olhos baixos ou não, nas ruas sinuosas.

Em algumas noites, as meninas visitavam as cavernas ao norte da cidade, onde escravos fugitivos se escondiam, muitas vezes até que encontrassem suas ossadas. Entre 1662 e 1669, 24 mil escravos foram enviados para Curaçau pela Companhia Holandesa das Índias Ocidentais e pela Companhia Real Africana, da Jamaica. Aquelas cavernas eram lugares sagrados para o povo nativo da ilha, os Arawaks, que em sua grande maioria tinham sido assassinados ou mortos por doenças ou enviados para trabalhar em plantações em outras ilhas. Os nativos tinham deixado desenhos com mais de mil anos. Era ali, onde representações maravilhosas da vida que viviam ou imaginavam tinham sido gravadas na rocha, que Maria muitas vezes acendia uma vela branca em memória de Hannah Owens. Ela era grata pelos anos em que vivera longe do resto do mundo, no Campo de Devoção, e pela dádiva que Hannah lhe dera ao ensiná-la a ler e a escrever.

Quem cuidava das plantações da ilha eram os escravos, que não teriam sua liberdade concedida nem em cem anos. Para eles, ler era considerado crime. Assim como Hannah lhe dissera, quem sabia ler tinha poder e aqueles que davam livros a escravos eram presos. Aquela era uma época cruel em Curaçau, quando as pessoas eram tratadas como mercadorias e as mulheres não recebiam tratamento melhor do que tinham além-mar. Ainda assim, havia magia ali. A *Brua*, uma palavra derivada de *bruja*, termo com que os espanhóis designavam uma bruxa, tinha sido trazida da costa da África e era usada para supostamente curar aqueles que eram possuídos por espíritos. As praticantes desse tipo de magia usavam amuletos e feitiços, e eram procuradas por aqueles que buscavam vingança ou imploravam misericórdia ou precisavam encontrar algo perdido. Maria um dia tropeçou nos resquícios de uma reunião de *Brua*. Um círculo desenhado na areia, contendo amuletos de contas, conchas e penas dispostas dentro desse espaço sagrado. Quando mencionou sua descoberta para Juni, ficou sabendo que a tia-avó da moça, Adrie, praticava *Brua*.

– Leve-me a uma reunião – disse Maria.

– Nunca – respondeu Juni.

A tia-avó de Juni tinha avisado a sobrinha-neta para nunca se envolver com magia, dizendo que uma mulher sempre pagava caro quando se interessava por tais assuntos. Mesmo assim, Maria insistiu, pois quando tinha entrado dentro do círculo traçado na areia, sentira uma onda de poder.

– Só quero ir a uma reunião, mais nada – ela prometeu a Juni. – Podemos só assistir. Faço todo o seu trabalho doméstico por uma semana. E nunca vou contar os seus segredos.

Os segredos de Juni consistiam apenas em beijar alguns jovens e ocasionalmente evitar a dona da casa, escondendo-se dentro de um grande armário. Mesmo assim, a amizade falou mais alto. Um dia, Juni cedeu e levou Maria à reunião. Na noite do ritual, elas se deram as mãos e assistiram tudo de trás das mangueiras mais altas. O cântico era lindo, como se anjos estivessem reunidos na clareira, com vozes altas e cristalinas, que ecoavam pela noite azul brilhante.

Os consulentes chegavam um a um, muitos perturbados e chorosos – pais enlutados, mulheres apaixonadas, homens que precisavam da solução para grandes problemas. Já era tarde da noite quando o grupo se dispersou. Maria e Juni estavam com os olhos turvos de exaustão, mas tinham feito um pacto de que, após todos terem se retirado, entrariam no círculo lançado para examinar de perto os amuletos e oferendas deixados para trás, tanto para os vivos quanto para os mortos. Conchas, pedras, saquinhos de sementes, ossinhos brancos, estavam tão absortas examinando esses objetos mágicos que não perceberam a presença de outra pessoa. A tia-avó de Juni, Adrie, espiava as duas por detrás das árvores. Adrie tivera uma visão e constatara que uma das jovens estava prestes a se ver em apuros.

A tia-avó de Juni saiu do seu esconderijo e fez sinal para que as duas se aproximassem. Ela já era uma anciã, conhecida por ser uma *curiosa*, ou seja, uma curandeira versada no preparo de chás. Ela sabia muito bem que neste mundo é melhor não confiar em ninguém com quem não se tenha laços de sangue. Uma coisa era sua sobrinha-neta estar ali, outra bem diferente era uma estranha vir bisbilhotar.

– Por que você a trouxe aqui? – ela perguntou a Juni, com os olhos fixos em Maria. O que ela via era uma jovem serva, desprovida de bens materiais. Mas ela tinha algo incomum. Adrie viu a marca no cotovelo da menina.

– Ela é minha amiga, tia – explicou Juni. – Estávamos apenas assistindo.

A velha balançou a cabeça e estalou a língua, certa do que ia dizer.

– Ela é uma bruxa. Fique longe dela.

Juni riu, igualmente segura de si mesma.

– Será que ela limparia a casa dos Jansen se fosse uma bruxa? Ela cuidaria das roupas deles e prepararia seus banhos? Nenhuma bruxa faria isso.

– Claro que faria. Eu mesma não fiz? – Adrie se virou para Maria e olhou diretamente nos olhos prateados da garota. – Não volte mais aqui.

– Eu respeito o que vocês fazem – disse Maria.

– Será mesmo?

– Sim, admiro seus dons e sou boa em guardar segredos.

– É melhor que não a vejam aqui de novo – disse Adrie, mas suas palavras agora tinham um significado muito diferente. Não era um não definitivo, apenas um alerta para que Maria não fosse pega. – E que eu não a pegue falando com outra pessoa sobre o que viu aqui.

A partir daquele dia, elas tiveram a permissão da tia para assistir às reuniões a distância e ouvir os encantamentos. Nas primeiras reuniões, Adrie fingiu que elas não estavam presentes, mas, uma noite, após o ritual ter terminado, fez um sinal na direção delas. As garotas se aproximaram, apreensivas.

– Quero falar com a outra menina – disse ela a Juni. Quando Maria se aproximou um pouco mais, Adrie deu um tapa no chão. – Por que você vem aqui?

– Porque você sabe muito – disse Maria.

Se Adrie ficou lisonjeada, sua expressão severa não a denunciou.

– Você não é do meu sangue. Por que devo transmitir meu conhecimento a você?

– Porque vou usá-lo – disse Maria. – Eu não tenho medo. A mulher que me criou era como você. Aprendi com ela e só o que desejo é aprender com você também.

Depois disso, Juni passou a sair com seus pretendentes à noite, enquanto Maria passava seu tempo com Adrie. E acrescentou as lições da curandeira ao seu Grimório. Registrou ali várias listas de plantas, aquelas que podiam baixar a febre, aquelas que podiam acender a paixão de um homem ou aliviar as dores do parto. Havia receitas para a vingança e o amor, para a saúde e o bem-estar e para quebrar maldições.

Curas de Curaçau

Chá de graviola, feito de uma árvore com folhas verdes brilhantes e flores verde-amareladas, combate a insônia, infecções e afasta os piolhos.

Mampuritu, erva de galhos finos e cumpridos, faz um bom chá para curar náuseas e cólicas.

Kleistubom, erva rasteira com um extrato útil para aliviar a brotoeja.

Lamoengras para febre.

Cominho cura picadas de escorpião e centopeia venenosa.

Wandu facilita o parto e é bom também para o sangue, além de melhorar a memória e dar vitalidade.

Tawa-tawa, o chá feito com essa planta peluda encontrada nas pastagens cura a dengue, chamada de febre quebra-ossos, e detém a hemorragia interna.

– Você pode ser uma bruxa, mas lembre-se de que também é uma mulher – Adrie disse à Maria. Fitando o reflexo da água numa panela, ela já via vários erros que Maria estava fadada a cometer. O homem errado, a confiança errada, o juramento errado, a maldição errada. Era muito mais fácil ver o futuro de outra pessoa do que entender o próprio. Mesmo quando se mantém os olhos bem abertos, o mundo pode surpreender.

Maria sempre levava um saquinho de lavanda dentro do vestido para se proteger do mal, mas nunca pensara em se proteger do amor. Ela sabia que isso acontecia com outras mulheres, mas não esperava que fosse acontecer com ela. Ela tinha renunciado ao amor e feito votos para sempre renunciar a ele. Lembrava-se de quantas vidas a mãe biológica tinha arruinado por causa do amor e se lembrava de que o homem que Hannah amava a entregara às autoridades. Mas talvez o destino estivesse além do controle, mesmo no caso de uma mulher com a visão. Ela não prestara atenção aos sombrios vislumbres do futuro, tremeluzindo em cada espelho pelo qual passou, pulsando como vaga-lumes de luz negra, faíscas ardentes de arrependimento.

Seu sonho sempre fora o mesmo desde que chegara a Curaçau: ser uma mulher livre, dona do seu nariz, sem a obrigação de obedecer a nenhum mestre. E faltavam apenas alguns meses para que isso acontecesse. Ela não iria mais varrer o chão de outra mulher ou escovar o cabelo dela, ou trazer cerveja e leite quente para um homem que a chamasse de *meisje*, termo holandês para menina, porque o nome dela não importava e ele nunca tinha se preocupado em decorá-lo.

Quando o dia 1º de janeiro finalmente chegasse, ela iria acender uma fogueira na praia para marcar o fim do seu contrato. E deixá-la acesa a noite toda.

Tudo poderia ter sido diferente se ela não tivesse entrado na sala de jantar às nove da manhã, uma sala em que ela entrava todos os dias para polir a prataria, usando luvas grossas de algodão, e para varrer a poeira vermelha que se infiltrava dentro da casa, mesmo quando as persianas de madeira estavam fechadas. Se ela tivesse vindo uma hora depois, se tivesse optado por adiantar o jantar, se tivesse lavado a roupa em vez de esperar o sol da tarde, seu destino seria outro. Como soube depois, ela chegou na hora exata.

O dia estava quente e ela usava a sua saia azul e o corpete azul, pois azul era a cor que os servos usavam, visto que era a tintura mais barata para a roupa. Ainda assim, o vestido exibia suas lindas formas e era curto o suficiente para mostrar suas longas pernas. Ela deu uma olhada no seu reflexo no espelho acima do aparador. Estranhamente, viu de relance o rosto da mãe em vez do seu próprio. Era uma visão surpreendente que a fez gelar. Na verdade, ela se parecia com Rebecca; tinha os mesmos olhos frios e cinzentos e traços delicados, embora já fosse mais alta e muito mais hábil na prática da magia. Mas mesmo uma bruxa pode ter os defeitos de uma mulher e os desejos de uma mulher. Maria achava que conhecia o seu futuro, mas estava errada. Qualquer um pode se apaixonar, apesar dos votos que fez para que isso nunca acontecesse. Qualquer mulher pode cometer um erro, especialmente quando ela é jovem e vê o homem errado através de um mormaço que o faz parecer algo que não é.

Maria usava os longos cabelos no alto da cabeça, presos com grampos de cabelo que ninguém suspeitaria que eram de prata, pois pareciam feitos de um material escuro e de má qualidade. Na posição dela, era melhor não ter nada e tudo o que ela tinha fazia questão de ocultar, incluindo o fato de agora ser fluente em holandês, espanhol e português. Ela estava descalça, pois suas botas vermelhas eram feitas para a neve e o mau tempo, não para dias de calor e tempo bom, e chamavam a atenção das pessoas. Todas as criadas andavam descalças, orgulhando-se das solas endurecidas dos seus pés. Aquela era uma ilha de pessoas que sabiam sobreviver numa terra árida, como as iguanas do deserto, que podiam passar semanas sem água. Aquele não era um lugar para os fracos e a beleza da ilha ocultava suas provações. Os ventos podiam arrancar um homem do chão e lançá-lo a quase um quilômetro de distância. Raramente chovia, mas, quando isso acontecia, a chuva era coletada em barris e tinha o gosto e o brilho do sal.

No dia em que conheceu o homem responsável por mudar o seu destino, Maria retornava do pátio ensolarado, com a pele ainda quente da luz do sol que se infiltrava por entre as folhas. Ela sempre detestava sair daquele lindo lugar, com seus azulejos decorados e uma fonte onde viviam três peixes dourados que se escondiam sob um nenúfar sempre que Cadin estava por perto. Ela estava tonta, com a cabeça quente do sol, quando entrou e encontrou um homem olhando para o mar através da janela, como se ele fosse o inimigo responsável por separá-lo de tudo com que estava acostumado, pinheiros e bétulas, campos de ovelhas, uma casa com venezianas pretas fechadas durante as tempestades de inverno, uma lareira acesa a noite toda. Mesmo antes de ver o seu rosto, Maria sabia que ali estava o homem que vira no espelho negro. Na visão, ele estava indo embora, por isso ela nunca via o rosto dele, mas ele era alto, usava um casaco preto e tinha navegado no mar, fitando as ondas, assim como esse homem estava agora.

Pega de surpresa, ela parou onde estava e começou a recitar um encantamento que a impediria de ter o mesmo destino da mãe e de muitas das mulheres que a procuravam à noite, quando os Jansen já estavam dormindo. Mulheres a procuravam quando viam uma vela acesa no quarto dela, quando o curiango voava de árvore em árvore, quando os espinhos da sebe eram tão afiados que arranhavam essas mulheres enquanto caminhavam pela trilha e as feriam em lugares tão profundos que nunca se recuperavam, perfurando a sua garganta, o seu sexo, o seu coração. A maioria das mulheres em Willemstad sabia que Maria Owens trazia de volta amores perdidos, amores interrompidos, amores abortados, amores que tinham se tornado uma febre apesar de todos os remédios. Elas a procuravam e Maria se sentia na obrigação de ajudá-las, assim como Hannah. Mas ela mesma, a quem poderia recorrer?

Cadin estava do lado de fora, batendo o bico na vidraça. Estava inquieto e frenético. Mesmo assim, Maria não o deixou entrar. Sabia o que ele diria a ela. *Queime mandrágora numa tigela de latão. Escreva o nome dele numa vela e jogue-a longe no mar. Repita três vezes: Voe para longe o mais rápido que puder.*

Ela pensou no modo como a mãe olhava para o seu pai, como se nada mais importasse. Era perigoso para uma mulher dar a um homem tamanho poder. Em voz baixa, Maria pronunciou o primeiro verso de uma invocação que tinha aprendido com Hannah, quando ela estava sentada ao pé do fogo num lugar que parecia saído de um sonho, se não fosse Cadin para lembrá-la de quem ela era e quem sempre seria. Ela era a mulher que não podia se afogar, que tinha fugido de incêndios e do país onde uma mulher não podia ser livre. Aquela era uma conjuração antiga que Hannah havia encontrado num livro chamado *Filosofia Oculta*, de Agrippa, talvez parte de um poderoso manuscrito chamado

O Quarto Livro. Ele estava entre os amuletos e encantamentos mais poderosos que Maria tinha copiado em seu Grimório.

Você não é meu, eu não sou sua, você não tem poder, eu caminho por onde quero, meu coração está protegido.

– Você não é meu... – continuou Maria baixinho. Mas ela estava sem alfinetes, sem linha vermelha tingida com raiz de garança, sem alecrim, sem erva-de-são-joão, sem mandrágora arrancada do chão, sem óleo de mirra, sem nenhuma força de vontade e por isso parou de entoar o encantamento antes de concluí-lo, no meio da frase, ficando indefesa. Foi quando ele se voltou para ela.

Eu nunca vou te amar, ela deveria ter dito, o último verso da invocação. Mas em vez disso ficou ali como uma idiota, não muito diferente das mulheres que a procuravam à noite, com os rostos úmidos de lágrimas, a mente obstinada, convencidas a transpor uma porta que sabiam muito bem que deveriam manter bem fechada.

Maria dissera à sra. Jansen que cultivava arruda no jardim para afastar as moscas, sem mencionar que a erva também controlava a luxúria, algo que suas clientes muitas vezes queriam administrar aos homens, juntamente com uma tintura de alface selvagem, para reduzir o desejo. Talvez Maria devesse beber tal mistura, talvez devesse se banhar em água de alface, como tinha sugerido a outras em situações terríveis, pois a água verde-clara ajudava a extinguir o desejo. Em vez disso, ela ficou onde estava e foi assim que ligou sua vida à de John Hathorne, apesar de ter jurado que nunca pertenceria a homem nenhum. O amor começa de maneiras curiosas, à luz do dia ou na escuridão, quando você está procurando por ele ou quando menos espera encontrá-lo. Você pode pensar que é uma coisa, quando, na verdade, é algo totalmente diferente: paixão, solidão, sedução.

John Hathorne estava tão imerso em pensamentos que só percebeu a presença dela quando se virou e a viu. No começo, ele acreditou que ela era uma imagem que ele tinha conjurado, pois dizia-se que era possível transformar um sonho em realidade e vivê-lo neste mundo. Ele tinha fé na bondade de Deus, mas também tinha certeza de que a vida era um mistério e que se deve lutar contra as forças que se opõem à humanidade. Ao mesmo tempo, ele era um homem de 37 anos, com os defeitos e as fraquezas de um homem. Nunca tinha visto uma jovem tão encantadora quanto Maria, e o que era ainda mais cativante: era evidente que ela nem sabia que possuía tamanho encanto.

– Cometi um engano – murmurou Hathorne. Era algo que ele diria para sempre depois; diria enquanto dormia, em sua própria cama, em casa, e em seu último dia na terra.

Ele era mais de vinte anos mais velho que Maria, mas isso não fazia diferença. Era alto, muito atraente, com feições marcantes e um olhar intenso. Ela viu a pessoa que ele era naquele momento, aquele em que se tornara assim que pisou nas docas de Curaçau. Ele tinha deixado para trás a escuridão que se se acumulara dentro dele em sua vida em Massachusetts, e com ela o fardo de ser filho de seu pai, pois William Hathorne tinha ido para o novo mundo em 1630 e se tornado um dos primeiros homens a se estabelecer na Colônia da Baía de Massachusetts. O Hathorne mais velho era um conhecido e respeitado magistrado e comerciante, conselheiro do governador e deputado da cidade de Salem há muitos anos, um feroz perseguidor dos quacres, mais livres-pensadores, e proprietário da maior parte da vila de Salem. Tudo o que John fizera fora para agradar a William Hathorne, mas o homem correto que se forçara a ser voou como um pássaro noturno em sua chegada à ilha, fazendo-o voltar a ser a pessoa que ele tinha sido quando menino, antes que também se tornasse um magistrado treinado para julgar os outros, antes de assumir a frota de navios da família, em que cada centavo devia ser contabilizado e cada negociata tinha de favorecê-los.

Ele tinha ido à casa onde Maria trabalhava para tomar café com o sr. Jansen antes de irem para o escritório dos Jansens, onde discutiriam negócios, mas as muitas portas do pátio o haviam confundido e ele tinha ido parar na sala de jantar em vez do escritório, e desencontrado o sr. Jansen, que, irritado com o visitante por deixá-lo esperando, já havia seguido para as docas. Jansen não era o único que estava frustrado. O próprio Hathorne sentia que a viagem provavelmente seria um desperdício, e estaria certo se não fosse por Maria Owens, que no momento usava uma fita azul no cabelo para lhe dar sorte e proteção.

Hathorne era um homem de um condado ao norte de Boston, que muitas vezes viajava para as Montanhas Brancas, chamadas assim porque ficavam cobertas de neve o ano todo. Ele tinha uma casa em Newburyport e outra em Salem. Seus navios levavam minério de ferro e madeira de Massachusetts para a Jamaica e Curaçau, onde eram trocados por tabaco, açúcar e café. Ele havia realizado essa viagem para conhecer melhor seu ramo de negócios e descobrir como poderia lucrar ainda mais. Achava que as Antilhas eram apenas um lugar que ele teria de tolerar por alguns dias, cheios de pessoas ignorantes e supersticiosas, mas, assim que saiu do navio, sentiu uma espécie de encantamento. O calor escaldante o deixara deliciado e os infinitos tons de azul do céu chegavam a ofuscar seus olhos com sua luz intensa. O charme e ardor da ilha lhe causaram uma mescla de sensações a qual não estava acostumado.

A Nova Inglaterra era um lugar sombrio que, à noite, causava medo. Animais selvagens vagavam pela floresta coberta de musgo e os povos nativos viviam cheios de ira por causa da grande quantidade de terra roubada e colonizada. No lugar de onde ele vinha, era preciso prestar conta de cada momento, na igreja e em casa, e as punições eram atrozes. Havia castigos para aqueles que cometiam crimes relativos tanto a questões jurídicas quanto a questões de fé. Havia regras que nunca deveriam ser quebradas. Mas ali em Curaçau, ele sentia que era um homem diferente e foi esse homem que Maria encontrou na sala de jantar.

Ela o viu não como ele tinha sido ou costumava ser, mas como ele era naquele instante. Ele tinha ficado algum tempo ouvindo os pássaros do lado de fora e estava iluminado pela luz do sol quando ela o avistou. Agora que estavam frente a frente, ele correu os dedos pelo cabelo preto, estranhando as próprias emoções. Hathorne estava com uma aparência mais jovem e se sentia como se não tivesse mais do que 20 anos. Não costumava ser um homem que se deixava levar facilmente pelos seus apetites carnais e nesse momento supôs que fosse alegria o que estava sentindo, e era uma dádiva se sentir assim. Certamente, estava tomado por uma sensação incomum.

Ele tinha vindo do Condado de Essex, em Massachusetts, que recebera esse nome em homenagem justamente ao lugar, na Inglaterra, de onde Maria tinha fugido, um presságio que ela só entenderia muito mais tarde, quando estivesse num gramado do lado de fora da casa dele, a um oceano de distância, um lugar onde as samambaias ficavam pretas no inverno e o mal era visto por aqueles que conviviam com o medo e a intolerância.

– Me enganei – repetiu ele. – Perdi seu pai de vista e deveria estar com ele no escritório agora. Se puder me ajudar, senhorita, eu agradeceria muito.

Era evidente que ele estava cometendo mais um erro, tomando-a por um membro da família.

– Posso levá-lo até lá – Maria ofereceu.

Grandes tinas de roupa para lavar a esperavam no pátio, assim como Juni a aguardava na cozinha para iniciarem os preparativos do jantar daquela noite, mas, em vez disso, ela voltou a atravessar o jardim, levando com ela o homem de Massachusetts, que seguia atrás, movido pelo que mais tarde juraria ser o mais puro encantamento. Ele já tinha sido avisado de que praticavam magia negra nas cavernas à beira-mar e que piratas eram bem-vindos na cidade de Willemstad, especialmente se estivessem dispostos a gastar o ouro roubado dos navios espanhóis. No entanto, enquanto andavam sob os arbustos de azevinho, a caminho do porto, ele se esqueceu da vida que levava antes. Esqueceu-se da sua casa, com suas louças finas trazidas da Inglaterra, e das pessoas que moravam naquela casa, em cômodos que permaneciam na penumbra o ano todo. No verão, o ar ficava cheio de moscas e outros insetos. No inverno, a escuridão caía às quatro da tarde. Mas aquilo tudo estava muito longe, a um mundo de distância...

Ele semicerrou os olhos à luz do sol e seguiu a garota de perto. Ela rescendia a sal e lavanda. Uma ou duas vezes, gesticulou para espantar um corvo negro, que parecia segui-la, voando em círculos numa fatia do céu e em seguida mergulhando na direção de Hathorne, de um modo que podia levá-lo a acreditar que era seu inimigo, se os pássaros pudessem pensar, sentir e planejar as coisas. Ele ainda não sabia o nome da garota, mas não conseguia tirar os olhos dela. Essa é a sensação de estar livre de tudo o que foi treinado para fazer. *Seja cauteloso, tenha autoconfiança, tome cuidado com estranhos e com mulheres que têm coragem de olhá-lo nos olhos, que o encaram como um igual, que fazem o que querem, que o agradam também, mas que nunca farão o que você mandar.*

Quando chegaram à praia, Maria olhou para trás. A água do mar era azul-esverdeada e tão transparente que podiam ver sombras de grandes e pesadas formas, lançadas na areia branca pelas criaturas que nadavam sob as ondas. John parou e se ajoelhou, para que pudesse vê-las melhor. Ele usava botas de couro feitas em Londres e que tinham custado mais do que a maioria das pessoas da ilha ganhava num ano inteiro.

– Um monstro – disse ele do imenso animal marinho que se aproximava da costa.

Maria se agachou ao lado dele para ver melhor. Ele viu que ela estava descalça e que a bainha do vestido era alinhavada com linha azul.

— Senhor, receio que esteja enganado — ela disse a ele. — Não é um monstro. É uma tartaruga-marinha.

Hathorne sorriu para ela e tirou as botas.

— Então vamos ver que bicho é esse.

Ele devia estar enfeitiçado, pois entrou no mar completamente vestido, com a camisa de linho solta, as calças e até mesmo o casaco. Só um homem possuído faria tal coisa. Hathorne estava tão longe da escuridão de Massachusetts que tudo parecia permitido. A água estava quente e a corrente o ajudou a ir para o fundo. Ele se lembrava de se sentir assim na infância, quando entrava no mar em agosto. O homem se aproximou da tartaruga, pois era de fato isso que ela era, e correu as mãos pela carapaça irregular do animal. Em seguida nadou ao lado dela, deslizando através da superfície, depois flutuando de costas, os olhos semicerrados, um sorriso nos lábios. Hathorne tinha feições generosas e belas, e um sorriso que mudava sua expressão a ponto de ele parecer outro homem, totalmente diferente. Ele se sentia dentro de um sonho, sem querer pensar em como explicaria as roupas encharcadas ao sr. Jansen, sem pensar em nada que não fosse aquela ilha, aquela mulher, aquele momento que vivia.

— Agora eu vejo o que é — ele gritou, alegre. — É um milagre!

Maria sabia o que estava acontecendo com ela. Ela tentou recitar um feitiço de trás para a frente, mas as palavras se dissolveram em sua boca. A jovem se lembrou do que Hannah lhe dissera um dia, que era difícil lançar um feitiço para si mesma. E agora, se não estava enganada, já era tarde demais.

Depois de nadar, Hathorne subiu uma escada para o cais, encharcado, mas com um sorriso nos lábios.

— Acho que agora eu é que pareço um monstro.

Talvez ele fosse, pois um homem sempre diz quem ele é no instante em que conhece uma mulher. Tudo o que ela tem a fazer é ficar atenta, mas, quando ele se aproximou para beijá-la, ela parou de pensar instantaneamente. Quando um homem beija uma bruxa, todas as moedas em seus bolsos ficam pretas, mas Hathorne só reparou nisso mais tarde e achou que a maresia é que tinha causado aquilo às moedas, e francamente não se importou com mais nada depois daquele beijo. Quanto à Maria, ela ficou surpresa com o ardor do beijo dele, que queimou seus lábios. Se estivesse ali, Hannah a teria avisado para que tomasse cuidado.

Se algo a queima é melhor deixar que vire cinzas. Tenha sabedoria e mantenha distância.

Havia oito convidados para jantar naquela noite, uma recepção grande demais para Maria e Juni assumirem tudo sozinhas. Duas cozinheiras foram providenciadas. Uma delas era Sybil, uma criada que morava nas proximidades, e a outra era Adrie, considerada pela família Jansen a melhor cozinheira da ilha. Na verdade, ela era famosa pela sua *arepa*, uma massa feita de milho moído, pelo seu pargo-vermelho assado e pelo seu delicioso *keshi yena*, um prato popular entre os escravos e que agora era apreciado à mesa dos mais ricos comerciantes. Embora esse prato tivesse sido criado pelos moradores mais pobres da ilha, usando cascas de queijo e restos de refeições, agora era feito do queijo mais fino e de carne temperada.

– Este é o momento perfeito para envenenar os patrões – falou Adrie rindo, enquanto sovava a massa para embrulhar o peixe. Ela trabalhava tão rápido que seus dedos pareciam voar.

– Não esta noite – disse Maria, sabendo que tudo o que uma pessoa oferece ao mundo volta para ela triplicado. – Há um homem à mesa que não merece tomar veneno.

– E há um que merece. – Para a surpresa de Maria, Adrie acrescentou: – Você sabe por que o sr. Jansen nunca deixou Juni ir embora?

Olhe para o rosto dela e saberá. – Era verdade que Juni se parecia mais com o dono da casa do que qualquer uma das suas três filhas. – Abra os olhos, garota. Olhe para os convidados que servirá esta noite e saberá que o proprietário desta casa não é o único homem cruel à mesa. – Adrie não ergueu os olhos, apenas salgou o peixe. – Eu soube disso no minuto em que ele passou por mim. Você tem a visão, precisa usá-la.

⁂

Com uma terrina azul e branca holandesa nas mãos, Maria serviu o jantar, usando seu melhor vestido de seda, que pertencera à filha mais nova dos Jansen. Ele era de um azul-celeste bem claro, do mesmo tom das paredes, de modo que ela parecia mais uma sombra do que uma mulher. Uma empregada deve se manter quase imperceptível num ambiente. E, de fato, nenhum dos convidados prestou a menor atenção nela. Quando as filhas, que visitavam os pais, e seus maridos queriam uma bebida ou um prato de comida, gesticulavam para ela como fariam com um cachorro. Ela estava envergonhada, pois agora o sr. Hathorne sabia que ela não era um membro da família e se dava conta da sua verdadeira condição social. Essa noite ela se recusou a ficar descalça; em vez disso, usou suas botas vermelhas. Que ele visse quem ela realmente era. Que se afastasse dela se era isso que ele desejava fazer.

Cadin não se cansava de bater o bico na vidraça, mas Maria não tinha escolha a não ser ignorá-lo. Ela estava em serviço e, se a família soubesse que ela mantinha um pássaro preto sob seu teto, ficariam furiosos. Não havia corvos na ilha, e animais negros de todos os tipos eram considerados de mau agouro. Além disso, Cadin antipatizou com John desde que pusera os olhos nele. Talvez estivesse com ciúme, assim como os familiares quase sempre ficavam, pois queriam viver mais perto do seu companheiro humano do que qualquer outra criatura. Maria fazia que não com o dedo na direção da janela e pensava *Vá embora*, embora o pássaro nunca fosse além do galho da árvore mais próxima.

Quando Maria serviu o prato de peixe a John, ele se deu conta da presença dela. Era evidente que ela não era filha do dono da casa, mas uma criada, o que não pareceu incomodá-lo.

– É carne de tartaruga? – perguntou ele em voz baixa, fazendo uma referência que só ela entenderia. Ela olhou nos olhos dele e mais uma vez percebeu a conexão entre eles, um fio que os aproximava.

– Não, senhor, mas se preferir tartaruga, vou ver se posso providenciar.

Hathorne riu e balançou a cabeça.

– Não, senhorita, está tudo bem. Mas me esqueci de lhe agradecer por me mostrar as docas.

– Agora sabe que não sou nenhuma "senhorita" – disse ela, quando percebeu que ninguém estava ouvindo a conversa.

– Você ainda é, sim. Sempre será para mim.

Ele falou baixinho e num tom sério, quando pediu que ela o encontrasse no pátio. *Você precisa ir, precisa ir*, implorou ele, algo que não costumava fazer. Ele mesmo pareceu surpreso com o próprio ardor. Mas, naquela noite, foi tão sincero e espontâneo que rapidamente se virou para observar os outros ao redor da mesa e ficou aliviado ao perceber que ninguém tinha notado seu comportamento.

– Por favor, senhorita, me encontre lá fora.

Quando Maria conseguiu escapar da cozinha, ela foi ao encontro dele. Corou ao pensar no que tinha conjurado, o primeiro homem a se apaixonar por ela. Ela tinha 15 anos, a mesma idade que Rebecca quando reparou pela primeira vez em Thomas Lockland. Maria deixou seu avental no balcão da cozinha, ao lado da pilha de pratos, e não disse nada ao ver a expressão de desaprovação de Adrie.

Os homens iam para a guerra e as mulheres se apaixonavam, sem nenhuma prudência e por razões que talvez nunca entendessem. Ela poderia recuar naquele momento e deixá-lo esperando. Poderia fazer um amuleto de proteção e repetir as palavras que o manteriam afastado. Poderia fazer um boneco de terra à imagem dele e enterrá-lo na terra, do lado fora da janela, onde as centopeias se aninhavam, e ele nunca mais voltaria. Em vez disso, ela passou um pente no cabelo e seguiu para o caminho que dava no pátio. *Volte*, dizia algo dentro dela, mas desde o incêndio havia um quê de desafio em sua alma. Rebecca tinha lhe dito que a vida era curta e ela deveria fazer o que mais lhe agradasse.

Eles se encontraram sob as macieiras jamaicanas, cujo fruto tinha forma de pera, a casca vermelha e a polpa branca. Cadin estava empoleirado num dos galhos e fazia tanto alvoroço que Maria acenou para ele se afastar. Mas, antes de obedecê-la, ele mergulhou na direção do estranho com as penas vibrando e arrancou o chapéu da cabeça de Hathorne.

– Que criatura mais tola! – declarou John.

– Não mais do que eu – disse Maria, magoada com as palavras depreciativas dele.

– Se acredita nisso, então estou enganado.

O pássaro tinha voado do jardim e não era mais uma ameaça para ele.

– Ele deve ser outro milagre.

– Ele é, na verdade.

– Se essa é a sua opinião, eu concordo.

– Concorda? – perguntou Maria, satisfeita.

Ele teria concordado com qualquer coisa naquele momento, pois recebeu um beijo por concordar com ela e depois muitos outros.

Juni estava dormindo com o rosto voltado para a parede, quando Maria finalmente foi para a cama. Os Jansens estavam em seus aposentos, esparramados nos lençóis recém-passados, trazidos de Amsterdã. Maria se sentou à janela ao voltar para o quarto, o cabelo em desalinho, a mente um turbilhão. Ela não sabia nada sobre aquele homem e ainda assim se entregara a ele. O que se abatera sobre ela? Uma espécie de loucura, poderosa e irreprimível, que tomou posse dela sem que fosse preciso uma poção, um feitiço. Ela não queria entender as atitudes da mãe, que sempre lhe pareceram temerárias e irresponsáveis, porém entendia.

É assim que acontece. Você entra *numa sala com paredes azuis. Beija um homem no jardim. Sente seu coração, seus ossos, seu sangue. E espera por ele como um pássaro na gaiola.*

※

Na segunda noite em que ficaram juntos, John jurou que a amava. Na terceira, ela pertencia a ele. Na quarta, ele lhe deu uma safira numa corrente de prata que ela jurou nunca tirar do pescoço. Na quinta, ele lhe trouxe um saquinho de diamantes para que ela fizesse com eles o que bem entendesse. Essa era a cena que ela tinha visto no espelho negro, seu futuro e seu destino. Ele lhe ofertara o que parecia um presente impossível para uma garota como ela e, ainda assim, ali estavam sete pequenos diamantes, brilhando na palma da mão dela.

Aquele era o futuro dela, um homem que prometia amar e cuidar dela. Isso a fez deixar que ele deslizasse as mãos por baixo do seu vestido, num canto escuro do pátio, deixar que ele fizesse o que queria, pois ela era o desejo do seu coração, disse ele, era ela que ele sempre adoraria. Ela disse a ele que, quando morassem juntos, ela plantaria lilases do lado de fora da porta e faria uma entrada especial para que Cadin pudesse vir vê-la e fosse embora quando quisesse. E ela sempre usaria azul, porque era a cor favorita de Hathorne.

Cinco dias de sonhos podiam parecer anos, era bem assim que ela pensava que o conhecia. Ela não precisava da visão, só deixar que o coração a conduzisse. Mas, na sexta noite, ele não apareceu. Maria sentou-se no pátio até o nascer do sol do sétimo dia, um número que representa tudo o que é bom e tudo o que é ruim. Havia sete céus e sete pecados capitais, pois sete era o número mais mágico de todos, aquele que levava à sabedoria mesmo àqueles que preferiam permanecer cegos para a verdade.

Em todas as outras noites, Cadin tinha ficado trancado, a mando de John, pois eles eram como inimigos. O corvo fazia o possível para afugentar Hathorne, atirando pedras do céu e mergulhando para puxar seu cabelo. *Cuidado*, Cadin gritava, mas os corvos são criaturas possessivas e Maria não prestou atenção nele. Agora ela tinha ido para o seu quarto e se ajoelhado ao lado da cama para consultar o espelho negro. Teve uma sensação de mau presságio antes mesmo de tirar o pano que cobria o espelho e contemplar seu reflexo. Ali estava um navio num mar frio e cinzento. Havia um coração negro num jardim, entre um emaranhado de ervas daninhas. Com um único olhar ela soube a verdade. Ele tinha ido embora.

Maria foi até a estalagem onde John estava hospedado, mas era tarde demais e, agora que ela estava lúcida e tinha recuperado a visão, nem precisou ir ao quarto dele para saber que o encontraria vazio. Ela foi ao escritório de Jansen e subiu as escadas até seu escritório. Ninguém que trabalhava lá tentou impedi-la. Não quando viram a expressão sombria em seu rosto.

– *Wat is er mis?* – Jansen perguntou quando ela apareceu na porta. *O que há de errado?*

Maria parecia em pânico. Seu cabelo estava despenteado, seus pés descalços. Isso é o que ela faz com você. Essa emoção ilógica e totalmente impraticável.

– *Waar is je gast naar toe?* – ela exigiu saber. *Para onde foi o seu convidado?* Ela não parecia uma criada, mas sim uma mulher traída e essas mulheres não se importam em elevar a voz ou olhar direto nos olhos de um homem. Jansen fechou a porta e se manteve de pé para enfrentá-la. Ele era muito mais alto que ela e não deveria estar nervoso.

— *Wat is jour zaak daar?* — Quando Maria se fosse, ele iria adquirir outra criada para substituí-la e tinha esperança de que a próxima fosse mais contida. *O que lhe interessa saber para onde o sr. Hathorne foi?*

Embora ela pertencesse legalmente a Jansen até janeiro, Maria não se importava com o que ele pudesse pensar dela e certamente não o temia. Sabia mais sobre o patrão do que gostaria e talvez fosse por isso que ele sempre se sentira desconfortável sob o olhar acusador da serva. Jansen sabia muito bem que ela não o admirava e isso o deixava irritado. Ele nunca tinha gostado muito dela, pois, na opinião dele, uma serva deveria manter os olhos baixos e simplesmente obedecer às ordens que recebia. As pessoas diziam que ela falava com o pássaro preto que a seguia até o mercado, às vezes na língua dela, às vezes na dele. Agora ali estava ela no escritório dele quando deveria estar fazendo seu trabalho na cozinha.

Tinha começado a chover, uma chuva forte e esverdeada, que causaria deslizamentos de terra nas colinas ao norte. Maria estremeceu com o vento que irrompeu pela janela. Ela mesma causara a chuva e por toda a ilha pequenas mágoas viriam à tona e as criancinhas chorariam sem motivo, sem conseguir se acalmar nem mesmo com a voz da mãe. Elas nunca tinham visto uma chuva daquela cor antes e algumas jovens a coletaram em potes para que pudessem se lavar com ela, pois verde é a cor do amor e da sorte, assim como do ciúme e da inveja.

— *Hij is teruggegaan waar his thuishoort* — disse Jansen a ela, com quantidades iguais de maldade e prazer. *Ele voltou para o lugar a que pertence.*

Massachusetts. O mar frio e cinzento. A casa com venezianas pretas.

༺❦༻

Maria saiu do escritório sem dizer mais nada. Correu ao longo do cais e não parou até chegar ao quarto que dividia com Juni. Ela não tinha como entrar em contato com Hathorne. Tudo o que sabia é que ele morava num condado chamado Essex, que recebera esse nome em homenagem ao lugar que ela havia deixado para trás.

Para parar de desejá-lo, ela escreveu o nome dele numa vela branca e jogou-a no mar o mais longe que pode, mas aquilo não foi suficiente. O amor de uma bruxa não desaparece assim, com tanta facilidade. Ela bebeu água de alface, despejou uísque numa panela de ferro, banhou-se em sal e vinagre e depois acrescentou ao banho sementes de anis e folhas de louro, e ainda assim não conseguiu se livrar das suas emoções. Hannah tinha avisado que era difícil, talvez até impossível, fazer magia para si mesma. O encantamento para esquecê-lo não surtiria efeito.

Maria temia que ele tivesse se perdido no mar, como tantos outros. Ou que tivesse aprisionado ou contraído uma doença e não pudesse deixar sua cama em Massachusetts, nem mesmo para lhe escrever uma carta. Logo ela mesma adoeceu, vomitou durante vários dias, incapaz de manter a comida no estômago. Quando percebeu sua condição, foi até a praia e, em fúria, se atirou nas ondas, mas simplesmente flutuou de volta para a areia, o cabelo uma massa de gavinhas se arrastando atrás dela.

Naquele mar de águas quentes, ela percebeu que havia uma razão para ela ter caminhado pelo estuário do Tamisa, uma razão para ter cruzado o mar vasto e frio. Ela estava destinada a salvar a si mesma, com ou sem magia. Estava destinada a enfrentar seu próprio futuro. E já tinha visto, no espelho negro, essa filha que iria ter.

⁂

Janeiro chegou e findaram-se seus cinco anos de servidão. Ela foi até o escritório do sr. Jansen para pegar os documentos oficiais, que fariam dela uma mulher livre. Jansen examinou o rosto de Maria com olhos frios, satisfeito por se livrar dela. Juni fora influenciada por Maria e agora era uma garota sonhadora, que muitas vezes não atendia ao chamado dos patrões. Os servos da vizinhança juravam que Maria fazia feitiços, podia falar de trás para a frente e vagava até tarde da noite por cavernas onde havia espíritos. Eles podiam acreditar no que quisessem, pois Jansen sabia exatamente quem Maria era e não ligava nem um pouco. Ela tinha 16 anos e estava grávida. Não havia necessidade de saber mais do que isso. Sua barriga havia crescido e Maria já podia sentir o bebê se mexendo dentro dela.

– Eu quero o mesmo para Juni – Maria anunciou quando já tinha se libertado da família. Do contrário, ela explicou, iria procurar a esposa de Jansen e contar a ela toda verdade que descobrira com Adrie. Um homem devia cuidar da sua filha e Juni devia receber uma pequena casa fora de Willemstad, uma das muitas que ele havia adquirido.

– Contrate uma criada e pague um salário a ela – sugeriu Maria. – É hora de Juni ter sua própria vida.

Jansen praguejou contra Maria Owens, mesmo sabendo que isso não surtiria nenhum efeito, pois ele sabia o que ela era e temia o conhecimento que ela tinha. De qualquer maneira, ela tinha prendido algumas flores de lavanda na bainha do vestido alinhavado com linha azul, e fora protegida da ira dele. Quando ela se afastou, não devia mais nada ao antigo patrão. Ela foi feliz morar com Juni e Adrie, que concordaram em dividir a casa com ela. Embora a casa que o sr. Jansen dera a Juni fosse minúscula, elas dariam um jeito.

Na lua minguante, Maria fazia o sabão preto de Hannah, adicionando ingredientes da região, como babosa e hibisco. Era uma noite quente e Maria estava ao pé do fogo, mexendo as maiores panelas de ferro da casa. O sabão era tão perfumado que as abelhas acordavam, os pássaros cantavam numa hora em que deveriam estar em silêncio e bebês agitados passavam a dormiam a noite toda. Quando ela terminou de fazer o sabão, caiu na cama e só acordou dezoito horas depois.

A preparação daquela receita secreta da família exigia uma grande dose de energia e concentração, o que conferia ao sabão incríveis propriedades terapêuticas e rejuvenescedoras, propiciando a qualquer um que o usasse uma aparência até dez anos mais jovem. Pela manhã, as mulheres de Willemstad e de todo o interior da ilha iam comprar as barras embrulhadas em papel pardo e amarradas com barbante. Até Adrie ficou impressionada com os lucros da venda do sabão. Ela mesma o experimentou e, quando olhou no espelho, ficou surpresa ao descobrir que recuperara a beleza de quando era menina.

⁂

Durante três meses elas moraram juntas, felizes como há muito tempo não se sentiam. Quando havia uma tarefa a fazer, entravam num acordo sobre quando ela seria executada. Acordavam a hora que queriam e lavaram os lençóis e as roupas para elas próprias, não para os Jansen. O tempo parecia passar devagar, sendo cada dia um prazer diferente. Até que um dia, o tempo começou a acelerar, trazendo uma grande mudança.

No dia em que o bebê nasceu, a lua estava escondida atrás das nuvens. Era a estação dos ventos, uma primavera imprevisível, mas logo o vento parou, o que significava sorte. O que é uma filha a não ser um golpe de sorte, por mais complicada que ela pudesse ser. Maria arrastou seu colchão de palha para fora, em seguida desenhou um círculo no chão de terra, ao redor do local que escolhera para dar à luz, que estaria protegido contra o mal. Cadin se acomodou num galho baixo, observando cada movimento que ela fazia com seus olhinhos brilhantes. Parecia que tinha se passado muito tempo desde que ele encontrara um bebê na neve, enrolado numa manta azul, o cabelo tão preto quanto suas penas. Agora a noite estava quente e a terra era arenosa, mas a manta preparada para esse bebê era a mesma que Rebecca tinha tricotado, tarde da noite, na casa dos Lockland. Hannah tinha dobrado a manta no fundo da bolsa de Maria, perfumada com alfazema para afastar as mariposas.

Quando o trabalho de parto começou, Maria pegou uma tesoura. Segurou a longa trança negra que chegava até a cintura e cortou-a na altura dos ombros, algo incomum para uma mulher daquela época e lugar. Ela sabia que ter uma filha exigiria sacrifícios e aquele seria o primeiro dos vários que ela faria.

Naquela noite, ela perdoou sua própria mãe, que havia dado à luz sozinha na neve e abandonado a filha para o bem dela. Esse abandono endureceu o coração de Rebecca. Mesmo assim, foi o nome dela que Maria chamou quando sentiu a pior das dores. Adrie mandou que Maria respirasse e ela obedeceu. A anciã já tinha trazido uma centena de crianças ao mundo durante sua longa vida e a própria Maria já tinha visto dezenas de bebês nascer na mesa de madeira de Hannah e muitas vezes ajudara no parto. Hannah dava nós numa corda, em seguida cortava a corda entre os nós, lançando um feitiço para facilitar o parto. Ali não se conhecia essa tradição e o trabalho de parto era difícil.

Maria pediu à Juni uma tigela com água e, quando fitou a tigela, viu que a superfície da água estava negra e profunda. Aquele era o momento em que os mundos se abriam e revelavam a vida e a morte, o futuro e o passado. Ela viu um homem na neve que sentia a falta dela e uma casa cercada por um jardim onde havia erva-moura e mandrágora, e os lilases eram tão doces que as abelhas vinham de todo o condado experimentar seu néctar. Ela jogou no fogo a trança de cabelo cortada, para marcar o fim da sua antiga vida e o início de uma nova, que viveria dali em diante. A fumaça ficou vermelha, uma herança de sangue transmitida de mãe para filha enquanto o tempo existisse.

Era 20 de março e ela queria que seu bebê nascesse antes da meia-noite, pois o dia 21 de março era conhecido como o dia mais agourento do ano. Juni e Adrie espalharam sal na terra para banir os espíritos que poderiam fazer o bebê nascer doente. A essa altura, Maria já estava amaldiçoando o mundo que tinha feito dela uma mulher. Mas, quando a criança finalmente chegou, oito minutos antes da meia-noite, tudo mudou. Ela tinha visto o rosto da filha no espelho negro quando ela mesma era uma criança, mas não esperava sentir o que sentia agora. Nada mais importava.

– É linda! – exclamou Adrie com aprovação.

Todas as amigas de Adrie foram visitar o bebê, mulheres mais velhas que um dia também tinham sido bonitas. Mas aquele bebê tinha algo de incomum. Todas elas podiam ver isso, mesmo as mais descrentes. As mulheres mais práticas, lógicas e realistas só deram graças a essa nova vida. Não havia dúvida de que essa criança tinha a visão. Os olhos dela eram prateados, o cabelo tão ruivo quanto o de Rebecca. Nas costas da mão esquerda, tinha uma marca negra em forma de lua crescente, um sinal claro de que era uma bruxa.

O bebê logo estava seguro nos braços da mãe, embrulhado na manta alinhavada com linha azul. Como o futuro parecia ter se aberto naquela noite, assim como o coração de Maria, ela chamou a filha de Faith*. Se Hannah estivesse presente, teria falado a verdade a Maria, neste dia que não seria como nenhum outro.

Este bebê é o seu coração, que você segura em suas mãos. Tome cuidado com ele, não se perca e não se esqueça de que amei você assim também, embora não tenha nascido do meu ventre.

⁂

Quando Faith tinha 5 meses, Maria se despediu de Juni e Adrie com um beijo. Chorou ao deixá-las, pois elas tinham sido as únicas pessoas que lhe demonstraram bondade. Mesmo assim, seu destino a aguardava e por isso ela guardou suas coisas num saco, costurou os diamantes

---

* Fé, em inglês. (N. da T.)

na bainha do vestido, onde estariam a salvo de roubos, e foi para as docas, em busca de um navio que a levasse a Massachusetts. Antes de sair, fez um bule de Chá da Coragem, pois precisaria de bravura para cruzar os mares. Adrie tinha providenciado um pequeno cesto de vime para a viagem e Cadin pulou dentro dele quando Maria o chamou com um assobio.

Nenhum dos navios americanos iria aceitá-la, pois um bebê nunca era bem-vindo a bordo e diziam que seu choro e suas doenças não traziam nada além de má sorte. Felizmente, havia outra possibilidade. Os judeus tinham fundado a primeira sinagoga naquela parte do mundo e também o primeiro cemitério judeu, fundado em 1659 e chamado *Beth Haim*, a "Casa da Vida", onde os túmulos eram feitos de coral. Embora a comunidade judaica tivesse prosperado, muitos judeus tinham ido para o mar, carregando os rolos da Torá das sinagogas, que haviam sido incendiadas na Espanha e em Portugal.

Muitos eram mercadores, tradutores, comerciantes e marinheiros, embora alguns destes fossem, na verdade, piratas, que atacavam os navios espanhóis por achar que era seu dever se vingar do país que havia torturado e assassinado seu povo. Os portugais estavam atrás de ouro e mercadorias, mas também eram conhecidos por transportar livros, incluindo aqueles considerados ilegais por supostamente incitar a rebelião dos escravos. Alguns que embarcavam em seus navios só com a intenção de roubar suas mercadorias encontravam apenas caixas de livros, sem valor para alguns, mas considerados um tesouro para outros.

Segundo relatos do historiador Josefo, do século I, existiam piratas judeus, pois os judeus muitas vezes eram obrigados a viver no mar, pois nenhum país lhes autorizava a entrada. Sinan, que navegava com o famoso Barba Ruiva, dedicou sua vida à destruição da armada imperial espanhola. Yaacov Kuriel foi capitão da frota espanhola até ser capturado durante a Inquisição. Muitos desses homens tinham cavilhas de ouro nas orelhas, muitas vezes para marcar o número de entes queridos que tinham perdido. Eles muitas vezes escondiam sua verdadeira identidade, mas alguns eram reconhecidos pela corrente de ouro que usavam como amuleto no pescoço, onde estava impressa a letra hebraica *Ei*. Faziam salsicha de frango, pois, se fossem desafiados e lhes pedissem para comer carne de porco para provar que não eram da tribo de Israel, tinham sua própria carne falsa. Esses homens viajavam até os confins da Terra e muitos iam até a costa da Barbária, onde muitas vezes se juntavam aos piratas mouros do norte da África, que viviam de uma dieta de arroz de sangue, feito com o sangue de lampreias, uma criatura mais antiga que o tubarão, um verdadeiro fóssil vivo.

Os marinheiros eram homens muito rudes e achavam que não tinham nada a perder, além da própria vida. Adrie disse à Maria para ficar longe deles, mas, quando Maria foi rejeitada pelos outros navios, ela procurou o capitão de uma escuna chamada *Rainha Ester*, com destino à Nova Inglaterra. Estava programado que o navio iria para Newport, Rhode Island, onde havia uma comunidade judaica desde 1658, mas a primeira parada seria no porto de Boston, pois havia um grande mercado naquela cidade para o rum que carregavam no navio. A bebida era transportada em enormes barris que exalavam um aroma tão inebriante que diziam embebedar os marinheiros, mesmo que não tomassem um gole.

O capitão, Abraham Dias, ia sugerir que Maria fosse para casa, mantivesse a filha em segurança e deixasse o mar para os homens, quando seu filho Samuel desmaiou no cais. Samuel usava um casaco preto pesado, decorado com botões feitos de espinha de tubarão, e por baixo, um colete, uma camisa de linho grossa e calças de couro.

Mesmo com o tempo bom, Samuel estava tão febril que tremia à luz do sol brilhante. Sua pele cor de oliva estava acinzentada e os olhos, fundos. Mesmo assim, ele era um homem atraente, com um corpo forte e esguio e os braços e as costas fortes de um marinheiro. O cabelo comprido, negro e encorpado, estava preso e amarrado com um cordão de couro, e ele usava três cavilhas de ouro na aba interna da orelha, que marcavam a vida de três pessoas que ele tinha amado e perdido para a crueldade do mundo. Ele era jovem, mal tinha completado 23 anos, um número que ele sempre considerara de bom agouro, embora tivesse começado a se perguntar se realmente era um homem de sorte.

Ele tinha recentemente contraído dengue, uma doença que muitos chamavam de febre quebra-ossos, pois fazia os ossos da pessoa doerem tanto que era de fato como se estivessem se partindo e causando uma dor insuportável. Muitas vezes, os enfermos tinham hemorragias internas e cuspiam sangue. No final, muitos ficavam cegos e perdiam os movimentos. A agonia era tamanha que alguns tiravam a própria vida, incapazes de suportar as agonias que a febre causava. Aqueles que sobreviviam juravam que a doença os fazia se sentir como se fossem feitos de vidro e um martelo empunhado por um inimigo feroz fosse usado para massacrar seu corpo e sua alma. A doença era contraída em áreas pantanosas infestadas de mosquitos e as ilhas próximas estavam repletas desses lugares, charcos onde nuvens de insetos se erguiam sob a luz fraca do crepúsculo, transformando o céu numa escuridão vibrante, mais perigosa do que a maioria dos campos de batalha, onde as baixas eram provocadas por um inimigo que os combatentes nunca tinham enfrentado.

Samuel Dias estava encostado no parapeito do cais, os olhos vidrados de dor. Podia ser charmoso ou impetuoso, dependendo do que a ocasião exigisse, e era um navegador tão habilidoso que havia quem jurasse que usava magia negra para se orientar no mar, quando na verdade apenas tinha um profundo conhecimento de matemática e das constelações, usado para mapear o céu e o mar.

Abraham Zacuto, um professor judeu de astronomia e navegação, havia criado uma tabela com as posições dos astros, que permitia aos marinheiros se localizar no mar, mesmo quando não podiam se basear na posição do sol. Por isso, a maioria dos exploradores tinha a tradição de navegar com navegadores judeus e matemáticos a bordo. Samuel Dias tinha nascido na Espanha, fugido para Portugal e se criado no mar. Tinha olhos castanhos com centelhas douradas, falava seis línguas e ficaria muito satisfeito em falar com uma mulher bonita como Maria se não estivesse lutando para respirar.

Samuel podia sentir gosto de sangue na boca e, quando olhou para o mar, viu uma enguia preta nos estertores da morte e achou que talvez esse fosse um sinal de que sua própria morte estava próxima. Nesse dia, ele jurou que, se Deus lhe permitisse viver, ele mudaria os rumos da sua vida. Ele era jovem e indomável, mas isso não importava mais. Estava nas mãos do Todo-Poderoso, e, se sobrevivesse, seria um homem mais sério e menos arrogante.

Maria observou Samuel, reparando na sua palidez e no sangue que ele cuspia no cais, então se virou para o pai dele.

– Se ele embarcar no seu navio, estará morto antes de vocês chegarem a Boston. – Ela parecia tão segura de si que até Samuel Dias começou a ouvir o que dizia, apesar do acesso de dor que dificultava sua respiração. – A menos que me levem com vocês – acrescentou ela. – Eu não vou deixá-lo morrer.

Ela tinha com ela todos os ingredientes para a cura da febre quebra-ossos, que Adrie havia lhe ensinado. Ela já tinha acrescentado a receita do remédio ao seu Grimório, com tinta feita com caule de hibisco, uma flor de uma vibrante cor coral, de modo que as anotações eram quase tão vermelhas quanto sangue.

Abraham Dias não confiava em Maria. Ele era um homem prático, que nunca tinha pensado em passar a vida no mar, mas agora já visitara os quatro cantos do mundo a bordo do seu navio. Abraham sabia reconhecer uma bruxa e Maria carregava um pássaro preto numa gaiola e falava o que pensava, como se fosse um homem. E, verdade seja dita, ele também não confiava em ninguém que não fosse um parente de sangue, mas o filho implorou que ele deixasse Maria viajar com eles. Pela primeira vez, Samuel estava realmente com medo, embora tentasse ao máximo não demonstrar o temor que sentia.

– Que mal pode haver se a levarmos conosco? – ele perguntou ao pai.

Samuel tinha visto aquela doença vitimar outros homens. Eles muitas vezes sangravam até a morte e se tornavam como conchas vazias, com os olhos brancos e a pele pálida, como os mortos-vivos de que falavam os moradores locais. Um dia ele morreria, como todos os homens devem morrer, mas não era assim que ele queria deixar este mundo.

– Ela tem uma filha – disse o pai. – E um navio não é lugar para um bebê. O mais provável é que essa mulher só queira chegar à Boston e diga qualquer coisa para conseguir o que quer.

Samuel olhou para Maria e ela devolveu o olhar. Ele a examinou com atenção pela primeira vez, vendo-a de verdade. Ela realmente parecia encrenca pura, mas ele guardou a conclusão para si mesmo.

– Vamos correr esse risco – disse ele ao pai, e Abraham não teve outra escolha a não ser concordar. Samuel era seu filho amado, seu único filho ainda com vida, e ele concordaria com qualquer coisa que pudesse salvar sua vida.

Samuel fez questão que Maria e o bebê ficassem em sua cabine, não no convés, onde havia colchões de palha espalhados para a tripulação, mas não havia muita segurança.

Maria levou o bebê diretamente para a pequena cabine abafada, antes que um dos dois homens pudesse mudar de ideia. Havia um beliche para o homem enfermo, onde ele mal conseguia subir para se deitar, e uma rede onde Maria e o bebê dormiriam. Imediatamente Maria ferveu água sobre uma chama e fez um chá de tawa-tawa, a poderosa erva que mais parecia uma erva daninha.

– Esse mato não é o que se dá para as cabras comerem? – Samuel perguntou com sua voz grave. Ele suava muito por causa da febre e sua camisa de linho estava encharcada. Samuel não tinha valorizado sua vida e agora se arrependia muito. Já tinha visto outros homens morrerem – na verdade, tinha contribuído com algumas dessas mortes quando lutara contra os espanhóis em alto-mar, mas nunca tinha pensado na possibilidade de que ele próprio fosse morrer tão jovem.

– Então você vai ser o meu cabrito – disse Maria, enquanto media a febre com a mão na testa dele. – E você vai comer o mato que eu lhe der.

Ela sabia que a febre estava alta porque enxergava uma aura vermelha em volta da cabeça da pessoa quando isso acontecia. No entanto, nunca saberia disso pelo comportamento dele. Samuel Dias recusava-se a demonstrar seu sofrimento, mas, quando ela foi buscar mais água e ele achou que ela não poderia ouvir, ele soltou um gemido e amaldiçoou seu estado, fazendo o coração dela se condoer por ele. Um navio era um lugar horrível para uma pessoa enferma, pois a cabine era abafada e o convés, úmido e gelado. Maria ministrava o remédio a Samuel com uma colher de chá na boca, de hora em hora. Ela mandou que lhe dessem todo os mamões que havia a bordo e triturou as folhas até produzir uma tintura que deu para ele beber. Quando Samuel recuperou um pouco das suas forças, ela passou a alimentá-lo com fatias da fruta, dando-lhe pedacinhos na boca. Maria muitas vezes carregava Faith no colo quando tratava o seu paciente e a menininha imitava os movimentos da mãe, dando tapinhas na cabeça de Samuel.

– Você não tem medo que ela pegue a minha doença? – ele perguntou.

– Ninguém contrai a febre quebra-ossos de outra pessoa, Cabrito – Maria dizia a Samuel, usando o apelido carinhoso com que passara a chamá-lo. – Só com a picada de insetos do pântano.

– Como pode ter tanta certeza?

– É fácil ter certeza quando se fala a verdade. Até um cabrito deveria saber disso – ela brincou.

Maria continuou a cuidar dele com o chá de mato do qual ele reclamara no início, mas que agora bebia de boa vontade, por mais amargo que fosse. Em poucos dias ele já começou a se sentir mais forte. Samuel tinha fé em Maria, um sentimento louco e alegre, que muitas vezes o fazia rir em voz alta, pois finalmente a febre estava cedendo. E então, um dia, a dor diminuiu, o martelo parou de golpeá-lo e ele não tinha mais a impressão de que era feito de vidro. Sem nenhum dos dois perceber, ele pegou na mão dela. Foi quando aconteceu, o ardor entre eles. Ali estava ela vestindo pouco mais do que uma túnica e seu avental, as pernas nuas, como se os dois estivessem morando juntos. Maria se afastou e cuidou de alimentar Cadin com um pedaço de fruta. Ela se perguntou o que o pássaro pensaria daquele homem.

– Você se importa se eu soltar meu corvo? – ela perguntou. O pobre Cadin estava preso em seu cesto, observando cada movimento com seus olhinhos inquietos. – Ele vai comer qualquer mosquito que se aproximar.

Como Samuel não se opôs, ela abriu o cesto para Cadin sair. Ele voou sem demora e se empoleirou numa viga, piando alegremente e olhando para Samuel com um olhar sagaz e amigável.

– Você viaja com um corvo em vez de um marido – disse Samuel, pensativo. – O corvo eu entendo. Ele parece um sujeito esperto. Mas onde está o seu homem?

Maria fez uma careta.

– Isso é da sua conta?

Samuel apontou para a safira que ela usava. Sentia uma ponta de ciúmes.

– Foi o pai de Faith quem lhe deu a joia?

– Você também vai parecer um sujeito esperto se deduzir por si mesmo – ela brincou. – Quase tão inteligente quanto Cadin.

– Isso é um elogio? Se for, eu agradeço.

Um largo sorriso apareceu no rosto de Samuel, o primeiro que Maria via em sua convalescença. Ela piscou e deu um passo para trás. Por que a expressão risonha dele a afetava tanto?

– Você vai encontrá-lo em Boston – adivinhou Samuel. – Mas ele sabe que você está chegando?

– Ainda não. – Ela não era do tipo que mentia, mesmo quando a mentira podia pôr um ponto final na conversa.

– E você ao menos sabe onde ele está?

– No Condado de Essex – disse ela com afetação, como se aquele fosse um endereço muito distinto para um homem.

– Condado de Essex e Boston não são a mesma coisa. Aquelas terras são uma vastidão, Maria. Não é a ilha de Curaçau.

Ela lhe lançou um olhar sombrio.

– Você faz perguntas demais.

– É o que dizem – disse Samuel.

Ele sentia que algo não estava certo. Já tinha conhecido homens que enganavam as mulheres com informações falsas, que tinham duas esposas em lugares diferentes, que partiam no meio da noite, desaparecendo com todos os objetos de valor da família. Samuel estreitou os olhos para ver melhor a pedra que o tal homem tinha dado a Maria. Ele sabia o valor das joias e aquela não tinha brilho nenhum. O azul era fosco, morto por dentro.

– Não sei se essa pedra é verdadeira...

Maria riu alto.

– Eu sei o que está querendo fazer. Só quer causar problemas. Ele é um puritano de muito bom caráter.

– Eu conheço os homens e lamento dizer que um puritano é um homem como outro qualquer. Um homem que desaparece ou está morto ou quer que você pense que está. Talvez seja melhor que você pense assim.

Maria olhou de lado para Samuel.

– Você fala demais.

– Achei que as mulheres apreciassem homens que gostam de conversar – disse ele, sabendo que iria irritá-la e querendo fazer isso por razões que ele estava apenas começando a entender. – Isso é o que me disseram.

– É mesmo? Quantas mulheres lhe disseram isso? Umas cem? – ela brincou. Ele tinha olhos tão negros que era melhor que ela não olhasse para eles por muito tempo.

– Eu não contei – ele admitiu. – Mas posso fazer isso agora se você está assim tão interessada.

– Não estou – ela foi rápida em dizer.

– Bom. Eu detestaria deixar você com ciúmes.

– Nem precisa se preocupar com isso, Cabrito. Apenas se preocupe em viver por tempo suficiente para que as mulheres possam continuar lhe contando mentiras.

Ele riu, sentindo prazer em discutir com ela. Ela não era como nenhuma das mulheres que ele conhecera, pois não tinha medo de argumentar e muitas vezes o superava, fazendo-o se sentir um tolo, com o rosto corado, até que todas as outras mulheres fossem esquecidas.

À noite, Maria se enrodilhava na rede com a sua filhinha e cantava para ela dormir, a mesma música que Hannah cantava para ela.

O rio é largo, não posso atravessar,
Nem que eu tenha asas para voar
Me dê um barco para levar nós dois
E vamos remar, eu e o meu amor.

Me reclinei contra um carvalho
Achando que nele eu podia confiar.
Mas o tronco se dobrou e depois quebrou;
e o mesmo aconteceu com meu falso amor.

Maria estudou o rosto da criança à luz pálida que se infiltrava através da escotilha. Ela tinha o cabelo ruivo da avó e a boca carnuda de Maria, assim como os mesmos olhos prateados. Suas feições eram afiladas como as do pai, com as maçãs do rosto altas e um nariz reto. Apesar dessas semelhanças, ela era única, uma flor de criança cuja beleza Maria poderia contemplar por horas a fio.

– Todos os que dormem deviam sonhar como ela – disse Samuel Dias uma noite, pois muitas vezes ficava acordado até altas horas, pensando na vida, consciente de que estivera muito perto da morte. A criança o lembrava de tudo o que era bom neste mundo e muitas vezes ele contava a ela histórias que sua própria mãe lhe contara. Havia uma sobre um gato que era muito mais inteligente do que o dono, outra sobre um lobo que tinha sido homem até ser enfeitiçado e outra ainda sobre uma criança perdida na floresta.

– Shhh – Maria fazia para ele, com o dedo sobre os lábios. – Tente dormir. Isso é o que você precisa.

Maria fechou os olhos e imaginou Faith num grande jardim, o mesmo que ela tinha visto no espelho negro, onde as árvores tinham flores brancas e lilases cresciam ao lado da porta. Ela estava naquele jardim de tons vibrante, no meio do sonho, quando Cadin acordou-a, antes da primeira luz da manhã. Ele bateu com o bico no braço dela e soltou um estalido alto. Ela ouviu um som agoniado de luta, como se alguém tivesse sido pego numa rede. Num instante, Maria já estava bem acordada, o coração batendo forte. Samuel estava tendo convulsões. Ela deixou o bebê na rede e envolveu Samuel com os braços, para garantir que ele não se machucasse enquanto se debatia. A febre ainda estava em seu corpo, como sempre estaria, e havia momentos em que ela voltava sem aviso. A doença tinha lhe roubado um pouco das forças e ele estava magro e enfraquecido, não fosse isso Maria nunca teria sido capaz de segurá-lo. Ele gritava para ela soltá-lo, como se estivesse acorrentado e não apenas preso num abraço, mas ela o segurou até que ele se acalmasse, prostrado pelo ataque provocado pela febre.

– Você vai ficar bom – Maria disse a ele, acariciando seus cabelos. – Você está aqui comigo.

Ela encheu uma panela com água de chuva do barril que ficava do lado de fora, em seguida tirou a camisa dele e o lavou com água fria e sabão preto, as mãos dela acariciando seu peito e seus braços. O corpo dele doía tanto que ele imaginou que devia ser essa a sensação de ser colocado num aparelho de tortura e depois esticado sem piedade. Samuel virou a cabeça para que ela não visse que ele chorava. Tinha feito coisas cruéis e terríveis na vida, atos que não queria compartilhar com ninguém, e podia estar pagando por eles agora, depois de ser julgado por Deus. Ele tinha sido um ladrão. Tinha conhecido muitas mulheres de que se lembrava muito bem e outras de que havia se esquecido completamente. Mesmo assim, ele queria Maria. Quando olhou para ele, ela soube. Depois disso, ela procurou manter as mãos afastadas dele. Ela havia se prometido a outro e não era uma mulher que deixava de cumprir suas promessas.

– Talvez seja melhor você desistir de mim – disse Samuel. Ela ainda estava ao lado dele e ele podia sentir o coração dela bater. Seu próprio coração estava aos saltos, descontrolado devido à febre. – Não se preocupe que meu pai não vai jogá-la no mar. Ele é um homem melhor do que parece. E provavelmente merece um filho melhor.

A essa altura, Samuel já estava exausto. Maria sabia que a doença piorava antes de melhorar. Para ajudar na cura, ela o fazia falar, pois assim evitava que ele se entregasse. No fundo, ele era só um homem que adorava contar histórias.

– Você quer que eu conte a história do lobo ou a do gato? – ele perguntou.

– Quero a história do cabrito – disse Maria. – Me fale de você.

E assim ele fez, embora raramente falasse do passado, e por um bom motivo. Quando era menino, ele tivera uma família, uma mãe e duas irmãs, mas isso tinha sido há muito tempo. Ele e o pai tinham partido de Portugal e viajado para o Brasil, mas a Inquisição os perseguiu e logo o mar se tornou o único lugar que restava para eles. Por mais de dez anos, eles comandaram navios espanhóis e lutaram contra as pessoas que tinham massacrado e expulsado tão cruelmente seu povo. Por causa disso, Samuel não contava as mortes pelas quais tinha sido responsável. Até aquele navio em que estavam tinha sido roubado da armada espanhola. Embora pai e filho tivessem começado seus dias no mar como ladrões, eles agora eram comerciantes respeitáveis. No entanto, ainda consideravam qualquer coisa que pertencesse aos espanhóis como algo passível de roubo. Quando os ventos estavam ruins ou quando o comércio era difícil, eles não pensavam duas vezes antes de retornar à sua forma original de fazer negócios.

– Você me julga mal por isso? – ele perguntou a Maria.

– Meu próprio pai era um ladrão – admitiu Maria. – Então eu não posso julgar. – Era menos ofensivo dizer que Robbie era um ladrão do que admitir que ele tinha sido um ator em uma trupe de teatro itinerante.

Quando Maria perguntou o que havia acontecido com a mãe de Samuel e as irmãs dele, ele balançou a cabeça.

– Minhas irmãs foram convertidas e casadas com homens que nem conheciam. Minha mãe foi queimada na fogueira.

Primeiro eles queimavam livros, depois as pessoas que os escreviam, depois aqueles que os liam. Eles queimavam livros sobre medicina e magia, livros em hebraico e em espanhol e em português. A mãe de Samuel sabia ler e escrever. Ela era curandeira e parteira, e tinha escrito um livro sobre curas, mas havia apenas uma cópia e ela fora destruída. Era por isso que Samuel e o pai sempre transportavam livros, mesmo aqueles que haviam sido proibidos pelos donos de escravos nas Índias Ocidentais.

– Ainda bem que sei de memória as histórias da minha mãe – disse Samuel. – Assim elas nunca poderão ser esquecidas.

Maria sentiu um aperto no peito quando soube do destino das mulheres da família dele. Ela só esperava que ele não tivesse visto o que ela viu na Inglaterra, os últimos momentos de uma vida, extinta pelas chamas. Ela decidiu que faria a bainha de todas as roupas dele com linha azul, para protegê-lo da crueldade humana.

– Uma mulher como a minha mãe é assustadora para os que estão no poder – disse Samuel.

Maria entendeu que uma mulher com suas próprias crenças e que se recusava a se curvar àqueles que ela acredita estarem errados pode ser considerada perigosa. No condado onde ela tinha crescido, na Inglaterra, eles a chamariam de bruxa, diriam que ela tinha um rabo e falava com Satanás, mas na Espanha e em Portugal eles diziam que os judeus tinham poderes das trevas, que podiam controlar os mares e as estrelas, que podiam fazer magia para amaldiçoar as pessoas ou mantê-las vivas.

A viagem transcorreu como num sonho. Depois que Samuel Dias começou a falar, não parou mais. Falou sobre o Brasil e o Marrocos, e dos grandes bandos de pássaros na África e das praias de Portugal, tão escondidas que jamais se encontrava um homem ali, e das ilhas a quilômetros de distância da costa, onde os únicos habitantes eram as tartarugas. Ele contou a ela sobre lugares onde os homens usavam lenços escarlates e pintaram os olhos com kajal e as mulheres vestiam seda e chita, e andavam com a cabeça coberta. Com o tempo, Maria também se abriu, admitindo que o pai ladrão podia repetir as falas de peças shakespearianas inteiras de um fôlego só.

– Mas por que um homem em sã consciência memorizaria as palavras de outro homem em vez de falar por si?

– Isso é o que um ator faz. – Maria encolheu os ombros. – Ele finge que é alguém que não é.

Mas não era isso que eles estavam fazendo ali? Ele fingindo ser um homem que não tinha passado a vida toda fugindo e ela fingindo ser uma mulher que podia revelar seu verdadeiro eu. E ainda assim eles conversaram tanto que mal perceberam quando os mares mudaram de cor, de azul para cinza.

Sempre que a dor de Samuel piorava, Maria ia para a cama dele e se acomodava ao seu lado, colocando os braços em torno do navegador para que ele não se debatesse em seus acessos. O corpo dele ardia de febre, embora os outros sintomas – dores de cabeça, erupções cutâneas e sangramento – tivessem desaparecido. Noite após noite, ela ia até ele espontaneamente, apesar de sua promessa de fazer o contrário. Aquilo não passava de um sonho, dizia a si mesma. Apenas nas horas fugazes da madrugada, horas em que se dizia que a alma podia viajar livremente, ela ia para a cama dele sem embaraço, desejando estar em nenhum outro lugar que não fosse ali com ele, em meio ao mar vasto e cintilante.

À medida que se aproximavam de Boston e a saúde de Samuel melhorava, ela passou a conhecer as histórias dele e a conhecê-lo melhor. Ela não entendia como Rebecca podia amar um homem que só conseguia repetir as palavras escritas por outros homens, e ficou satisfeita que Samuel não fosse nada parecido com o pai dela. Ali estava um homem cheio de palavras, que deixava Maria intrigada. Acontece que Hannah a havia criado para valorizar as palavras acima de tudo e Samuel não conseguia parar de falar, enquanto ela não conseguia parar de ouvi-lo.

Uma noite, quando eles foram dormir, ela pensou ter ouvido ele dizer *Não me deixe*, mas, ao amanhecer, ela se convenceu de que era tudo imaginação dela. Homens como Samuel Dias não dizia essas coisas, assim como ela também não. Eles haviam sido endurecidos pela vida e tinham boas razões para não confiar em ninguém.

Cadin muitas vezes se acomodava ao lado do homem doente, fazendo ninho em sua colcha e deixando que ele acariciasse suas penas, embora normalmente só deixasse que Maria o tocasse. O pássaro tinha pelo menos 16 anos e provavelmente guardava suas próprias dores e sofrimentos. Sempre que Samuel virava a cabeça, Cadin tentava roubar um dos brincos de ouro que ele usava.

– Um ladrão reconhece outro – dizia Samuel calorosamente para o pássaro. Ele tinha um profundo afeto pela criatura agora. – O que aconteceria se você o deixasse livre? – perguntou ele a Maria.

– Ele voltaria para mim. – Ela se sentia sufocada por algum motivo, o que não era comum em se tratando dela. Então tentou se convencer de que a sensação era causada pelo confinamento naquela cabine e pela chama na qual ela cozinhava um caldo de ossos de peixe para fortalecer Samuel.

– Não duvido – disse ele. – Por que ele não voltaria?

Samuel teria voltado para ela também e ele sabia disso. Mesmo sem correntes e sem gaiola. Mas ele não disse nada. Não havia por que dizer, embora ele tivesse visto a linha azul que agora alinhavava todas as suas roupas, pontos que o deixavam intrigado e cheio de ternura. Havia outro homem, Samuel sabia, alguém que ele suspeitava que fosse um mentiroso, na melhor das hipóteses, pois a safira sem dúvida era falsa e só uma pessoa falsa poderia dar um presente que não fosse autêntico. Mesmo assim, não importava quem ele fosse, o sujeito era pai de Faith e provavelmente não vivia a vida no mar, o que já fazia do outro um homem melhor do que ele próprio.

<hr />

A maioria da tripulação ficou grata quando viu gaivotas pairando no céu, um sinal de que a terra estava próxima, mas Samuel se recusou a olhar para fora e deixou com seu assistente os mapas que ele mesmo havia traçado. O navio seguiu a costa para o norte, pois eles descarregariam sua carga de rum em Boston e Newport e, depois carregariam outros produtos em Nova York: todos os tipos de tecidos, chás e especiarias, com cerâmicas inglesas e vinhos franceses. Agora Faith já estava balbuciando algumas palavras. *Mamma, Caw Caw,* para chamar Cadin, e *Bitu,* ao se dirigir a Samuel, seu jeito infantil de falar Cabrito.

– Esse é o meu nome? – ele perguntou, rindo quando a garotinha assentiu com uma expressão séria no rosto. – Eu acho que você tem falado sobre mim para ela, Maria.

– Não tenho, não – Maria insistiu, embora, na verdade, ela muitas vezes falasse, sim, e tinha até inventado uma música que fazia Faith bater palminhas de alegria.

O que vamos fazer com o Cabrito?
Vamos lhe dar o jantar?
Vamos lhe dar o chá?
Vamos fazê-lo acordar?
Ou vamos deixá-lo descansar?

Um dia, Samuel ouviu a canção por acaso. Ele não sabia se ficava satisfeito que Maria cantasse uma música sobre ele ou magoado por ela pensar nele um pouco como um animal de estimação.

– O que vamos fazer com o Cabrito? – ele cantou, num tom mais sombrio do que Maria teria esperado. – Vamos fazê-lo viver ou vamos deixá-lo morrer?

– Claro que eu quero que você viva, do contrário não estaria aqui falando comigo. Esse foi o acordo que fiz para poder viajar neste navio.

– Então foi só por isso? Se não fosse obrigada a me curar, não estaria aqui?

Maria não soube o que responder.

– Você sabia do acordo. Estava lá nas docas.

Ele deu as costas para ela, claramente magoado. Aquela noite ela percebeu que ele estava apenas fingindo dormir. Quando ele realmente dormia, falava em seus sonhos, relembrando todos que conhecera e todos os países em que esteve, tudo o que tinha perdido e descoberto. Ultimamente, quando dormia, ele dizia o nome dela. Uma única palavra e nada mais. Maria apenas.

– Você ficou ofendido – disse Maria a ele. Ela tentou deslizar para cama ao lado dele, mas ele não abriu espaço para ela.

– Quer dizer que, se eu não estivesse doente, você não ia querer nada comigo?

– Mas você estava doente e eu cuidei de você.

– De fato. – Aparentemente, ele não passava de um acordo que ela tinha de cumprir. Ele continuou de costas para ela e ela subiu no beliche para se sentar ao lado dele. Mas, quando ela tentou deslizar as mãos sob sua camisa, ele se afastou. Seu corpo ainda estava queimando, mas agora era de raiva.

A chuva caiu e se transformou em névoa. O céu estava nublado e o mar ficou cada vez mais agitado à medida que viajavam para o norte. Quando o sol rompeu através das nuvens, foi possível entrever penhascos e focas espalhadas sobre as bordas das rochas. Ao longe, via-se uma bruma esverdeada. Massachusetts era realmente enorme e selvagem.

— Você fez o que prometeu — disse Abraham Dias à Maria quando chegaram mais perto da costa. Ele estava satisfeito com o resultado do acordo entre eles.

Ele tinha o filho ao seu lado, vivo e bem, e Maria ganhara seu respeito. Ele quase parecia alegre, usando um boné de couro impermeabilizado com sangue e gordura animal, e ostentando um sorriso no rosto bronzeado.

— Você também cumpriu o prometido — respondeu Maria com Faith no colo. Como sempre, o cabelo brilhante da menina era como um farol naquele navio sombrio. — Obrigada por nos trazer a Boston. Sei que você não achava uma boa ideia.

— Eu estava errado — admitiu. — Ele vai ficar bem agora? — Abraham perguntou, referindo-se ao filho. Embora o velho fosse durão, seu profundo amor pelo filho era evidente.

— Melhor do que nunca — Maria assegurou.

Ambos riram. Samuel tinha sido um garoto difícil, argumentativo e com ideias próprias, e ele se tornara um homem difícil, que nunca se esquivava de uma briga.

— Então Samuel é ele mesmo de novo! — comemorou Abraham Dias, aliviado. O filho era a sua razão de viver e Maria entendia o capitão do navio, pois ela também carregava no colo a sua razão de viver, uma garotinha de cabelos ruivos.

Samuel já estava forte o suficiente para voltar ao convés e aos seus mapas também. Os navegadores eram muito valorizados nos navios, pois sem eles tudo não passava de suposição, e as costas do norte estavam repletas de navios naufragados, que não tinham conseguido evitar os recifes e as rochas. Ele ainda se cansava com facilidade e sentia frio, por isso não tirava seu casaco preto mesmo nos dias de clima bom. No entanto, parecia saudável, como devia estar antes de a febre quebra-ossos abatê-lo. Ele fazia questão de evitar Maria, dormindo no convés com o resto dos homens, cobertos com lençóis de linho alcatroados para protegê-los da chuva e da água do mar. Agora que tinha de volta sua saúde e liberdade, descobriu que não queria nenhuma das duas. Preferia ficar doente se isso significasse que Maria ainda cuidaria dele. Não estava mais com raiva, mas estava magoado, e isso era pior.

Ao se aproximarem do porto de Massachusetts, Maria pôde ver uma cidade de docas e ruas que eram as antigas trilhas por onde as vacas vagavam livremente e os mercadores vendiam bacalhau, ostras e amêijoas. Tantas casas estavam sendo construídas que o barulho de martelos ecoava constantemente. Enormes nuvens brancas se enfileiravam no céu como num varal e o porto estava cheio de navios. Maria estava no convés com Cadin, finalmente livre do seu cesto, quando Samuel se aproximou. Ele mancava ligeiramente devido à dor nas pernas, mas isso só era perceptível para quem o conhecia. Fazia dias que eles não se falavam.

– Você vai libertá-lo? – Eles geralmente falavam em inglês, mas agora Samuel falava em português. Sua voz era mais musical e mais urgente, e suas perguntas e intenções eram mais difíceis de ignorar. Ele quase parecia um homem sério. Depois da doença, tinha passado a ver o tempo de uma maneira diferente. Ele não era infinito, como a maioria dos jovens acreditava que fosse. Na verdade, ele tinha tão pouco tempo que podia segurá-lo nas mãos, e mesmo assim ele ainda escorria entre os dedos, mesmo sob a pálida luz do sol, bem próximo ao porto de Boston, ao lado de uma mulher que ele não queria perder.

– Ele sempre foi livre – disse Maria. – Eu já falei isso.

Quando Cadin se ergueu no céu, eles o viram voar em direção à costa. O porto de Boston era frio e cinzento, mesmo num dia de verão. Como a maioria dos marinheiros, Samuel sabia costurar e tinha feito para Faith uma bonequinha que ela adorou ganhar de presente.

– Cuide bem dela – disse ele, e a menininha acenou com a cabeça solenemente, agarrada à boneca.

Quando Samuel foi para o tombadilho ajudar a conduzir o navio até a costa, a menina gritou por ele, mas ele não respondeu. Samuel Benjamin Dias, navegador e ladrão, o homem que gostava tanto de falar que não parava nem durante o sono, ficou quieto naquele dia, como se tivesse medo do que poderia dizer. Ele tinha visitado muitos lugares e perdido muitas pessoas para ver sentido numa separação prolongada. Ele se foi antes de Maria se dar conta, deixando-a ali para pensar em como seria sua nova vida depois que encontrasse John Hathorne, embora, na verdade, ela nem conseguisse se lembrar mais do rosto dele. Quando fechou os olhos, tudo o que via era Samuel Dias, o que era claramente um erro.

Ele não deixou o navio depois que atracaram. Disse ao pai que deveriam seguir para Newport logo que os negócios em Boston estivessem concluídos. Não havia razão para se demorarem ali. Maria olhou para trás e o viu estudando seus mapas. Talvez ele estivesse muito ocupado para se despedir; ele pretendia estudar os mares e as estrelas e não havia nada para ele ali em terra. Um homem que falava tanto quanto ele sabia quando havia chegado ao fim de uma história, embora houvesse quem insistisse em dizer que, depois que você salva uma vida, essa pessoa fica ligada a você eternamente. Maria poderia ter ido até ele e pedido que ele se explicasse e dissesse o que queria dela, mas era tarde demais. Ali estava a cidade de Boston e, mais além, as colinas verdes do segundo Condado de Essex.

Era para lá que o destino a levava.

PARTE DOIS

Talismã

1680

I.

O verão em Massachusetts era quente, úmido e atormentado por tempestades, e agosto era o pior dos meses de verão. Nem uma bruxa do tempo poderia fazer muito ali, quando confrontada com as intempéries. Ocasionalmente, pedras de granizo tão grandes quanto a mão de um homem caíam ruidosamente, lançadas do céu contra os telhados e vielas de paralelepípedos. As ruas estavam cheias de lixo, e as temperaturas tinham subido tanto que as pessoas não conseguiam mais dormir. Homens suados vagavam pela cidade, flertando com problemas. Mulheres decentes dormiam nuas e sonhavam com lagos e riachos, muitas vezes acordando com os cabelos molhados e poças d'água aparecendo misteriosamente no assoalho de madeira debaixo da cama.

Mas, apesar dos problemas que a estação trazia, cada alma na colônia concordava que o verão acabava cedo demais. Ninguém desejava um inverno na Nova Inglaterra. Essa estação era extremamente severa em toda a região, melancólica e muito mais violenta do que os invernos da Inglaterra. O frio rigoroso chegava a congelar os portos, e havia quem acreditasse que o frio desse país era forte demais para os ingleses, muitos dos quais morriam em nevascas, congelados em suas próprias camas. Os nativos juravam que a cada dez anos não havia inverno, mas que os anos anteriores a esse décimo primeiro compensavam em rigor essa época abençoada. Era uma terra de extremos e parecia que ali tudo havia em excesso, desde os desastres até as promessas, e as mães sussurravam que a causa de haver tantos gêmeos no Colônia da Baía de Massachusetts era que tudo ali era duplicado, até mesmo a vida humana.

A terra em si era uma vastidão sem fim, com territórios inexplorados de selva e, segundo alguns, habitados por feras e nativos que os colonos haviam traído e agora temiam. O próprio Condado de Essex era imenso, com muitas cidades e aldeias. Até que Maria conseguisse descobrir o paradeiro de John Hathorne, ela permaneceria em Boston, perto da School Street, onde a primeira escola pública, a Boston Latin, tinha sido inaugurada, em 1635. Como sempre, ela mantinha a janela aberta para Cadin, de modo que ele pudesse entrar e sair quando quisesse.

O pássaro continuou trazendo presentes para Maria, de todos os bairros de Boston. Balas, anzóis, uma pérola azul, conchas de vieira, contas coloridas, uma chave que parecia caber em qualquer porta. O corvo ficava empoleirado nas vigas do quarto dela, mas à noite parecia saber que ela se sentia solitária, pois dormia ao lado dela, fazendo um ninho no cobertor, embalando seu sono com seus estalidos. Várias penas de Cadin já tinham ficado brancas nessa época e Maria se preocupava com ele, ainda que os corvos pudessem viver até 20 anos e, embora raros, havia casos em que essas criaturas viviam 30 e poucos anos ou até mais. *Não me deixe*, ela sussurrava para o corvo, as mesmas palavras que Samuel Dias tinha dito tantas vezes em seu sono. Mas não que ela pensasse nisso, ou nele, ou considerasse o que ele significava para ela.

Havia uma casa de chá na pensão em que Maria morava e, em troca de cama e comida, ela trabalhava como cozinheira. Além do que aprendera em Curaçau, ela sabia o básico da culinária simples de Hannah e rapidamente aprendeu as especialidades preferidas dos clientes. Por mais estranhos que aqueles pratos fossem para o seu paladar, ela logo se acostumou com a comida que servia todas as noites. Bacalhau e purê de batata, feijões que ficavam de molho em água fria durante a noite e depois eram cozidos por horas com carne de porco curada com sal, abóboras cozidas, legumes amarelos e verdes nativos, empadas de todo tipo, amêijoas cozidas, pudins de cereja e ameixa, além de um prato conhecido como pudim indiano, o favorito de Faith, que era uma mistura celestial de leite, farinha indiana, melaço, canela e gengibre.

Maria teve de aprender a diferenciar os vários tipos de peixes; bacalhau era bom para ferver e tinha listras brancas, e o hadoque era melhor para fritar e tinha listras pretas. Às terças-feiras, ela fazia bolos de Shrewsbury, amanteigados e aromatizados com água de rosas. Aos sábados, havia pudim ninho de passarinho, feito de maçãs com sementes e creme de ovos. O melhor dia de todos eram os domingos, quando ela preparava bolinhos de maçã, maçãs fritas e cobertas com açúcar e cidra, ou, em ocasiões especiais, uma torta de maçãs que Faith adorava. Para quem gostava de sobremesas azedas, havia fatias de torta de especiarias e uva-do-monte, com noz-moscada e canela, ou pão de gengibre duro, que durava semanas. O Chá da Coragem sempre era necessário, especialmente quando uma mulher tinha que tomar uma decisão difícil ou quando não conseguia encontrar as palavras certas, embora precisasse dizê-las.

Todas as manhãs, Maria fazia para a filha um café da manhã com mingau de aveia, que ficava de molho em água fria e era fervida com passas, açúcar e uma pitada de sal e noz-moscada. Faith começou a andar muito cedo e, no final no verão, já cambaleava entre as mesas, com sua boneca favorita na mão. Maria ria ao pensar que a boneca tinha sido feita por um marinheiro que travava batalhas no mar e não via nada demais em se envolver num derramamento de sangue. Ela se lembrou do charme de Samuel, seu sorriso aberto e sua temerária autoconfiança, que a fazia rir em voz alta, pois, na opinião dele, não havia nada que ele não pudesse fazer. Ela olhava para a boneca e pensava que talvez isso fosse verdade. Os marinheiros passavam tempo demais no mar, horas em que aprendiam o que normalmente se considerava artes femininas. Eles faziam caixas maravilhosas decoradas com conchas, tricotavam cachecóis e aprendiam a costurar.

Maria se lembrou das vezes em que dormiu ao lado de Samuel, quando ele ainda estava ardendo de febre e mais perto da morte do que ela queria admitir. Ela ainda sentia falta daquela intimidade. Toda aquela conversa, todas aquelas histórias, eram como um rio em que ela mergulhava. Ela dizia a si mesma que era natural pensar nele, pois eles se abraçavam e uma vez ou outra iam um pouco mais além. Mas talvez seus pensamentos fossem atraídos para ele porque ela o salvara e sua conexão com ele não era diferente da que tem uma pessoa com um cachorro que resgatou de um lago gelado ou um pássaro que salvou de um emaranhado de espinhos, nada mais.

Faith muitas vezes chamava pelo marinheiro, intrigada com o fato de ele não estar mais em sua vida. Nesses momentos, Maria balançava a cabeça e explicava:

– Ele está no mar.

Quando a criança não parava de chamar *Bito*, Maria a levava até o cais e apontava para o porto e para as ondas, mais além.

– É lá que ele está – dizia ela à filha. – Ele se foi em seu navio.

Era difícil guardar segredos, até mesmo em Boston, e os comentários sobre os talentos de Maria logo se espalharam pela cidade, com uma cliente falando para outra e passando o endereço dela. Essas indicações eram como nós numa corda, brotos numa árvore, pássaros que cantavam, convocando outros que talvez precisassem de um tônico ou uma cura. Logo uma fila de mulheres esperava na porta dos fundos depois de escurecer, com xales cobrindo a cabeça, para que nenhuma vizinha as reconhecesse caso passasse por perto.

Algumas chamavam Maria Owens de curandeira, outras diziam que ela era uma bruxa. Aquelas que temiam a magia pediam a ajuda dela assim mesmo, independentemente do que os pais ou maridos pudessem dizer se soubessem que as filhas e esposas estavam procurando uma especialista na Arte Sem Nome. As doentes, as idosas, as apaixonadas, as de coração partido, as abandonadas, as esperançosas, as amaldiçoadas, as febris, as decaídas, todas chegavam depois de escurecer, quando as ruas estavam vazias, o porto tranquilo e os ratos perambulando pela cidade. Como sempre, a maioria a procurava com o coração partido. Maria não se surpreendia com isso, pois acontecia o mesmo no Campo da Devoção, e Hannah sempre dizia que as dores de amor afligiam a maioria das mulheres que batiam à sua porta. Em muitos casos, uma simples cura bastava. As poções de amor mais confiáveis eram aquelas que Maria tinha aprendido enquanto observava Hannah praticando sua magia. As mulheres podiam ter de plantar uma cebola e mantê-la no peitoril da janela, escrever o próprio nome e o do pretendente numa vela branca e acendê-la sem nunca deixar que a chama se apagasse, trançar uma mecha do próprio cabelo com o cabelo do seu amado e manter a trança sob o travesseiro. Quando os oito feitiços mais leves não surtiam efeito, Maria recorria à Poção Número Nove, que não fazia mal e não forçava o amor, só o convidava a entrar suavemente pela porta.

Poção do Amor Número Nove

250 ml de vinho tinto
9 folhas de manjericão
9 pétalas de rosa

9 cravos

9 sementes de maçã

9 sementes de erva-doce

9 gotas de vinagre

Combine todos os ingredientes na nona hora do nono dia do mês.

O efeito é mais forte quando realizado no nono mês do ano.

Mexa nove vezes.

Que aquele que beba este vinho me conceda o verdadeiro amor divino.

A Poção do Amor Número Dez, aquela que Rebecca lançara sobre Lockland, também estava descrita no Grimório de Maria, mas ela tinha jurado nunca usá-la, nem oferecê-la a nenhuma mulher que viesse procurá-la, por mais desesperada que estivesse. E, sobretudo, nunca prepará-la para si mesma. Tratava-se de um feitiço escrito com sangue, capaz de virar a cabeça de uma pessoa, assaltando-a com uma emoção descontrolada. Além disso, ela não podia ser revertida sem trazer consequências graves.

A Número Dez era um feitiço perigoso, assim como grande parte da magia antiga. Ela invocava poderes elementares que podiam transformar o coração da pessoa amada em pedra se o menor erro fosse cometido em sua preparação, e os ingredientes também poderiam causar total destruição se não fossem usados corretamente. Hannah tinha feito o seu melhor pela mãe de Maria, procurando corrigir os efeitos dessa poção, mas, no final, tudo o que pôde fazer foi revertê-la. O oposto do amor é o ódio, e Thomas Lockland estava dominado por esse sentimento quando incendiou a cabana. A Número Dez era considerada indestrutível e nada neste mundo deveria ser assim, pois tudo o que existe ou existirá precisa mudar um dia.

O inverno de 1680 em Boston foi uma estação que se resumiu a muito trabalho e a dias que escureciam às quatro da tarde. As temperaturas estavam tão baixas que era possível ouvir o barulho do pão chacoalhando no prato, e as pessoas usavam todas as suas peças de roupa ao mesmo tempo, camada sobre camada. Não era um bom momento para procurar John no Condado de Essex e Maria decidiu ficar na pensão até o tempo melhorar.

Durante o tempo em que trabalhou ali, ela e a proprietária, a sra. Henry, tinham se tornado amigas. Ambas eram mulheres independentes, afinal, e estavam dispostas a abrir a porta para quem quer que precisasse. Os talentos de Maria eram evidentes e a fila do lado de fora da sua porta cresceu até se tornar surpreendentemente longa. Havia aquelas que eram aconselhadas a deixar debaixo da cama dois ovos (que nunca deveriam ser comidos), para limpar a atmosfera pesada. Aquelas que deveriam usar sementes de mostarda-preta para repelir pesadelos. Aquelas que eram instruídas a usar vinagre para melhorar o desempenho do marido na cama e aquelas que eram instruídas a dar castanhas e ostras ao seu homem para inflamar o desejo. Também havia aquelas que pediam o Chá do Seja Sincero Comigo, para oferecer a um marido infiel, e outras que procuravam Maria para obter um remédio feito de alho, sal e alecrim, o feitiço mais antigo do mundo para afastar o mal. Muitas pessoas disputavam os chás de Maria, preparados tarde da noite, à luz de um lampião. O Chá da Febre era composto de amora, gengibre, canela, tomilho e manjerona. O Chá da Frustração era feito de camomila, hissopo, folhas de framboesa e alecrim. O Chá da Coragem era o grande favorito, a velha receita de Hannah, e vários bules dele eram servidos todos os dias.

Quando a sra. Henry olhava para Maria, ela via uma curandeira, não uma bruxa, e sempre seria grata pelo chá de lírio-do-vale que Maria lhe servira para tratar a palpitação no peito, no dia em que ela desmaiou. A sra. Henry jurava que estaria no túmulo se não fosse aquele chá, o que a levou a abrir o coração para Maria e sua garotinha encantadora, e a querer dividir com ela suas próprias receitas de remédios.

Remédios de Boston

Mel e leite, para vermes.
Sal e melaço, para cortes.
Mirtilos fervidos, para dor de estômago.
Botões de Bálsamo de Gilead fervidos até formar uma pasta, para feridas.
Violetas azuis-escuras em forma de tintura, para feridas na boca.
Erva-estrela, para prevenir dores de dente.
Sal e vinagre fermentados, para cólicas.
Óleo de rícino, leite e açúcar é um bom tônico para crianças.

Maria havia confidenciado à sra. Henry que estava em busca de um certo homem, assim como muitas mulheres abandonadas pelos pais e maridos, que tinha vindo para o Novo Mundo com a promessa de mandar buscá-las e depois haviam desaparecido em cidades ou regiões inóspitas. Isso não era nenhuma surpresa para a sra. Henry. Mulheres à procura de homens não eram novidade em Boston. Havia cartazes pregados em postes de luz e em bancas de mercado, com descrições de maridos perdidos, às vezes incluindo a imagem de um rosto desenhado com capricho pela desolada esposa. Quando preparava uma panela de água para vidência, Maria muitas vezes conseguia ver onde estava a pessoa desaparecida e dava às mulheres o endereço dos homens perdidos, que em muitos casos desejavam tudo menos ser encontrados. Ela avisava às clientes que às vezes era melhor não encontrar esses homens perdidos, pois eles poderiam não ficar satisfeitos quando seus entes queridos os localizassem.

Por mais que tentasse, Maria não conseguia ver a imagem de John nem na água nem no espelho negro, que ela guardava com cuidado, embrulhado numa flanela azul para não quebrar. Hannah tinha lhe ensinado que o espelho mostrava apenas o que a pessoa precisava ver, não o que ela desejava. John nunca apareceu no espelho. Ela só conseguia vê-lo nas feições da filha – as maçãs do rosto salientes, os braços e pernas esguios, a maneira peculiar como ela ria, jogando a cabeça para trás, exatamente como o pai tinha feito ao entrar na água azul-turquesa e descobrir que o mundo era um milagre.

Foi a sra. Henry quem ajudou Maria a ir para Salem. Era início de primavera e Faith já tinha feito 1 ano de idade. O gelo estava derretendo nas ruas e, como sempre naquela época do ano, o porto estava coalhado de navios. Um hóspede da pensão que retornava de Londres mencionou que estava voltando para casa, que ficava no Condado de Essex.

– Quantas pessoas pode haver num condado? – a sra. Henry perguntou a Maria. – Talvez ele conheça o homem que você procura.

Maria levou ao cavalheiro uma porção da sua torta de maçãs, feita com maçãs assadas cobertas por uma crosta crocante, um desfecho delicioso para um jantar, e quando ele agradeceu, ela perguntou se ele por acaso já teria ouvido falar de um homem chamado John Hathorne. Na verdade, disse ele, havia um magistrado bem conhecido em Salem com esse nome, um homem muito abastado.

– É um vilarejo muito rígido, com os puritanos estabelecendo regras não apenas para si próprios, mas para todos.

Maria não temia regras e agradeceu ao homem pela ajuda.

– Agora vou perder minha cozinheira – lamentou a sra. Henry tristemente, quando ela viu a expressão no rosto de Maria, pois não era preciso ter o dom de prever o futuro para saber o que aconteceria a seguir.

Naquela noite, Maria demorou para dormir. Quando finalmente caiu no sono, sonhou com um navio no mar. No sonho, ela segurava seu Grimório nas mãos, aberto numa página na qual havia o desenho de um mapa das estrelas. Não era um mapa que ela conseguisse interpretar e ela se sentia tão perdida e sozinha quanto estava no campo nevado, quando Cadin a encontrou e pousou na borda do seu cesto, recusando-se a deixá-la. E, de repente, ela não estava mais sozinha. Hannah estava sentada na frente dela no sonho, tão real quanto no último dia que passaram juntas. O navio onde se encontravam estava à deriva na imensidão do mar sem fim, mas ela sentia um grande conforto na presença de Hannah, mesmo que só se tratasse de um sonho.

O seu destino é você quem faz. Você pode tirar o melhor proveito dele ou pode deixar que ele leve a melhor sobre você.

Os peixes nadando sob o barco eram sombras enormes e escuras, mas Maria não deu importância a eles. Estrelas caíam do céu. Nuvens apareciam, cinzentas e pesadas, prenunciando tempestades. O mundo estava frio, mas havia uma chama queimando dentro dela. Hannah se inclinou para a frente e sussurrou.

A vida não é o que você pensa. Lembre-se disso. Lembre-se de mim.

Quando Maria acordou, ela já tinha decidido que deveria partir para o Condado de Essex sem demora. O futuro estava à sua espera e seria melhor que ela descobrisse logo o que o destino lhe reservava. Ela já tinha ficado tempo demais em Boston. E por que não conseguiria encontrar John Hathorne sozinha se já tinha encontrado inúmeros homens perdidos para tantas mulheres? Mas havia um problema que a frustrava, isso era evidente. Ela começou a preparar um Bolo de Amor, usando a receita que Hannah lhe ensinara. Era um bolo de frigideira, feito no fogo, cuja massa mudava de branco para vermelho à medida que assava.

Depois de pronto, ela colocou o bolo para esfriar, mas uma hora depois voltou e descobriu que o bolo estava infestado de formigas. Era mau sinal, mas ela ignorou o aviso e jogou fora o que restava do bolo.

Acredite no que a vida lhe mostra e não queira arranjar desculpas. Veja o que está bem diante dos seus olhos. Mas, em vez disso, Maria disse a si mesma que era impossível controlar todas as coisas vivas e todas as ocorrências. Nem mesmo a magia podia fazer isso.

Havia muitas fazendas em torno de Salem, com campinas salpicadas de margaridinhas amarelas, e mais adiante, uma floresta densa de árvores antigas. A primavera era uma explosão de cores na Nova Inglaterra, pois tudo ganhava vida de uma só vez. Pinheiros, carvalhos, castanheiros, ameixeiras, olmos, nogueiras, freixos, hamamélis e cerejas-silvestres cresciam nos bosques. Nas regiões pantanosas, havia malvas e heléboros-brancos em grande profusão, usados como remédio para feridas e dores, e tufos de salgueirinhas, com suas flores de um roxo intenso. À sombra das árvores, era possível encontrar beladona-negra, meimendro, absinto e sanguinária.

O rio Norte fluía para o interior e havia pântanos e poças de maré pontilhando a terra. A própria Salem era um lugar febril e sempre fora assim, não importava a hora do dia. Essa comunidade marítima tinha se estabelecido em 1626, no mesmo local onde havia uma aldeia indígena, e era o segundo assentamento mais antigo de Massachusetts. Ela recebera esse nome em homenagem à palavra hebraica para paz, *shalom*. Ali que a primeira igreja puritana tinha sido construída por homens fugidos da Inglaterra em busca de liberdade. Porém, depois que os refugiados chegaram a essa terra e a reivindicaram como sua, tornaram-se tão intolerantes quanto seus perseguidores. Insistiram numa pureza que não se desviasse de suas crenças, procurando assegurar que todos vivessem segundo as Escrituras conforme eles as viam e rejeitando os caminhos do pecado praticados na Inglaterra. Diziam que a alma se dividia em duas metades, a metade imortal, que era masculina, e a metade mortal, que era feminina, criada pelo pecado original de Eva. Por isso as mulheres eram mais propensas a carregar o pecado, a mantê-lo no coração e a se desviar do caminho dos justos. Os colonos acreditavam piamente que o mundo vindouro já estava predestinado. Alguns seriam condenados ao inferno pela eternidade, enquanto outros receberiam a graça divina, não importava quais fossem suas ações na terra. A única misericórdia era a que vinha do Alto. Não cabia aos homens perdoar. Eles estavam aqui apenas para fazer cumprir as regras de Deus e certificar-se de que fossem obedecidas. O descumprimento das regras acarretava punições severas – açoitamentos, chicotadas, o tronco, a prisão, o exílio em terras selvagens.

As mulheres do Condado de Essex não podiam usar roupas de tecidos finos, pois tal traje podia despertar os impulsos malignos tanto dos demônios quanto dos homens. Esperava-se que se vestissem com recato, usando austeros vestidos de tom acinzentado, uma cor conhecida como "fígado". O marrom e o azul-escuro às vezes também eram usados, pois a tintura era barata, mas apenas os ricos se vestiam de preto, pois era uma cor de produção dispendiosa.

A vaidade não era bem vista e as roupas de seda e renda eram consideradas pecaminosas, assim como os lenços e os bordados. Pouco tempo antes, na cidade vizinha de Newbury, mulheres tinham sido presas por cobrir a cabeça com lenços de seda. Cabelos longos à mostra tinham sido banidos, por despertar desejos libidinosos, assim como as luvas de pelica e os sapatos bordados com linha de seda, além das joias de ouro ou prata.

Os puritanos davam significado à cor das roupas. O preto simbolizava humildade. O castanho-avermelhado e o marrom, feitos com tintura de raiz de garança, era a cor da pobreza. O cinza significava arrependimento, e o branco, a cor das capas e dos punhos e colarinhos, significava pureza e virtude.

Era fácil encontrar maldade nessa parte do mundo. As mãos deviam estar sempre ocupadas para evitar más ações e para manter o povo nas graças de Deus, o que muitos pensavam que tinham perdido, depois de vários anos de colheitas ruins e fome. Era em nome de Deus que os puritanos faziam seus ataques contra os nativos e os franceses, um empreendimento cruel chamado Guerra do Rei Philip, em homenagem ao chefe Wampanoag que adotou o nome de Philip e liderou uma revolta sangrenta que durou quatorze meses.

Os ingleses pegavam o que queriam, convictos de que Deus é que lhes dava o que tomavam; terras que reivindicavam em nome de Deus, mas reservavam para uso próprio. As pessoas deviam ter cuidado para se manter na luz de Deus e não nas trevas do Diabo. As mulheres deviam manter os olhos baixos e as vozes baixas. Não deviam pedir o que não mereciam, pensar nelas próprias acima de outros ou buscar satisfazer quaisquer necessidades ou desejos vis.

A sra. Henry aconselhou Maria a manter a cabeça coberta, para que ninguém visse seu cabelo negro e brilhante. Os puritanos rejeitavam a beleza da mulher, ela avisou, assim como temiam a independência no sexo que eles consideravam responsáveis pela queda de Adão e pelas provações que todos os homens sofreram depois.

Maria carregava a filha apoiada nos quadris e Cadin, em seu cesto de vime. Desde o começo, o corvo deixara claro que estava insatisfeito com a viagem para Salem, produzindo estalidos desagradáveis, como se reprendesse Maria. Cadin fazia tamanha alvoroço que ela, por fim, parou na rua para soltar o pássaro. Ele olhou para ela com seus olhos brilhantes, de mau humor como no dia em que Rebecca Lockland bateu à porta de Hannah, tão irritado quanto na época em que John Hathorne visitou Curaçau.

– Pode sair – ela disse quando ele olhou para ela com uma desaprovação feroz. Cadin sempre seria seu amigo mais querido, mas talvez ele tivesse ciúmes de John. Sem dúvida, o pássaro nunca tinha gostado dele. – Você pediu para ser solto. Agora vá dar uma olhada na cidade.

O corvo desapareceu acima dos telhados, um raio negro no céu. Se ele não queria ajudá-la a encontrar John, que fosse. Depois eles fariam as pazes; sempre faziam, pois tinham um temperamento semelhante, frio e desconfiado. Mas, no final das contas, sempre perdoavam um ao outro.

Ela tinha decidido que não teria mais dúvidas. Qualquer um poderia ter um coração negro e ela iria ignorar a imagem vista no espelho. Aquele era o dia em que ela daria um passo na direção do futuro. Usava um vestido de sarja costurado à mão pela sra. Henry especialmente para a ocasião, tingido com um corante azul barato, feito de índigo, bastante comum em Boston, mas que se destacava ali em Salem, onde as mulheres só usavam a cor cinza. Ela calçava suas botas vermelhas, ainda praticamente novas, e no cabelo usava os grampos de prata enegrecida, que usava para dar sorte, mesmo que as bruxas é que fizessem sua própria sorte e a prata significasse para ela só uma recordação. Seu lindo rosto brilhava ao sol, talvez até mais do que em qualquer outro lugar, pois a luz do sol era uma ocorrência rara naquela cidade.

Maria tinha trazido bolinhos de fubá para Faith comer na viagem e bacalhau defumado para ela e, enquanto caminhavam pela estrada, ela colheu um punhado de amoras maduras. A menina estava com fome, mas o estômago de Maria estava tão contraído de nervoso que ela não conseguiu comer nada. Sempre que fechava os olhos, ela se via segurando um coração negro nas mãos.

Pense uma vez antes de amar, duas antes de trair, três antes de partir um coração.

Maria era jovem, e seus cabelos pretos, seus olhos cinza-prateados e seu corpo ágil e esguio lhe davam uma aparência marcante. Como Samuel Dias a avisara, *os puritanos são homens. Não importa quantas orações eles façam.* Instintivamente, ela resolveu procurar a ajuda de uma mulher e a encontrou numa estalagem no cais. Quando ela mencionou o nome Hathorne para a garçonete, a moça enfatizou duas ruas, a Washington e a Court Streets. Se Maria estivesse em busca do magistrado, era lá que ela iria encontrá-lo, ou no tribunal ou na prefeitura. A casa dele ficava na Washington Street também.

– Mas se eu fosse você, não chegaria nem perto – confidenciou a garçonete, uma protestante holandesa, que se esforçava ao máximo para sobreviver no mundo dos puritanos. – Eles têm lá suas regras e é melhor ficar longe deles.

Maria seguiu as instruções da moça e chegou ao endereço que ela lhe dera. Parou na esquina da rua de pedras e observou uma fileira de casas elegantes. Melhor encontrá-lo em casa, ela concluiu, assim como se encontraram na sala de jantar azul, em Curaçau. Ela saberia qual era a casa dele quando a encontrasse. Quando fechou os olhos, viu em sua mente a grande casa com venezianas pretas, que eram abertas nas manhãs de verão antes que o calor ficasse insuportável, e as janelas embaçadas de onde ele contemplava a neve caindo nos dias escuros de inverno.

Sentindo uma força arrastá-la, ela de repente se viu parada na frente da casa de John Hathorne, a um mundo de distância do país quente e iluminado em que tinham se conhecido, onde as mulheres andavam descalças e os homens mergulhavam de roupa na água azul-turquesa, sem que esse comportamento chamasse a atenção de ninguém.

Os tijolos na frente da casa tinham forma de diamante, um formato que diziam trazer azar, mas Maria não iria pensar em sorte agora. Ainda assim, a marca em seu braço começou a queimar, como uma estrela cadente. Quando a marca de uma bruxa queima, é melhor que ela fique alerta para os perigos que a cercam, pois é um aviso que nunca deve ser ignorado. Hannah a ensinara a não desprezar sua intuição, desviando os olhos do perigo ou supondo que tudo ficaria bem se ela assim quisesse. *Preste atenção, fique atenta, ouça a sua voz interior.*

Os dois grandes olmos no quintal da casa exibiam uma folhagem preta peculiar. Quando as folhas caíam no outono, um tapete negro levava até a entrada de formato triangular, mas no verão as árvores proporcionavam uma sombra convidativa. Quando Maria se aproximou, as folhas que tinham acabado de se abrir começaram a cair dos galhos, como se o outono tivesse chegado mais cedo. Ela não conseguia ver nada através das pequenas janelas da casa, com painéis chumbados em forma de diamante. Para que John fosse atraído até ela, Maria esfregou os pulsos com óleo de lavanda. Ela tinha um punhado de ossinhos de pássaros, que havia encontrado nas pastagens de Boston e depois amarrado num cordão que usava nos pulsos. Eram feitiços para o amor e para despertar lembranças. Ela também usava no pescoço um amuleto com uma pena preta de Cadin.

Maria e Faith esperaram quase duas horas, até que o bebê começou a ficar irritado e com fome. A pequena Faith não era tão paciente quanto Maria quando bebê. Ela tinha um temperamento forte, como costumam ter as crianças ruivas. Maria tentou aquietá-la, mas algumas coisas têm apenas um remédio. Como o bebê precisava ser alimentado e não havia outro lugar para ir, Maria percorreu a trilha até o jardim, onde se sentou ao sol, para amamentar a filha. Ali havia um jardim de ervas muito bem cuidado, com mudas de salsinha e cerefólio, segurelha, tomilho, sálvia e hortelã. As folhas pretas dos olmos continuavam a cair, formando corações negros na relva.

◆

Ao se aproximar de casa, John Hathorne avistou um corvo na árvore. Um arrepio transpassou seu corpo, embora o dia estivesse bom, ou pelo menos era o que parecia até aquele exato momento. Ele tinha verdadeira aversão por aqueles pássaros e, desde Curaçau, quando aquele animal de estimação horrível da empregada dos Jansens cuspira pedras nele.

Hathorne estava acompanhado pelo capitão de uma das suas frotas de navios, que logo partiria para as Índias Ocidentais. Uma pedra o atingiu enquanto eles falavam de açúcar e escravos, arranhando sua bochecha e deixando no lugar um vergão avermelhado. Ele olhou para cima e lá estava a feroz besta emplumada. Embora poucos homens pudessem distinguir um corvo do outro, ele podia jurar que se tratava do mesmo pássaro asqueroso que havia conhecido nas Índias Ocidentais e tinha prazer em atormentá-lo. Foi o brilho nos olhos da criatura que o delatou, a maneira como ele alteava a cabeça com orgulho, como se fosse tão bom quanto qualquer homem. Se fosse de fato o pássaro que ele conhecia, ocorreu-lhe que estava sob ameaça.

Ele rapidamente se desculpou com o capitão. Sentia muito ter de alterar seus planos, mas teriam que conversar só no dia seguinte, pela manhã. Disse que não estava passando bem e talvez de fato não estivesse. Não conseguia pensar direito e sentia o estômago revirado. Como muitos neste mundo, ele tinha duas almas em conflito dentro dele: o homem que ele desejava ser e o homem que realmente era. Ali no Condado de Essex, ele era o homem que fora treinado para ser, o filho do seu pai, um magistrado que não se esquivava do seu dever, cujos julgamentos eram sempre lançados sobre os outros, nunca sobre si mesmo.

Ele avistou a figura de uma mulher no jardim da sua casa e ficou absolutamente perplexo. Era como se visse um lobo deitado ao lado do canteiro de malvas-rosa do seu jardim ou um lince subindo no telhado ou, pior, uma bruxa vindo em seu encalço, através dos mares. Era ela. Ele a reconheceu assim como reconhecera o corvo. Seus desatinos voltavam para assombrá-lo.

John esfregou os olhos esperando que a visão desaparecesse, mas a cena permaneceu igual: uma mulher calçando botas vermelhas, que eram proibidas naquela cidade, concentrada na criança em seus braços. Ele nunca tinha imaginado ver aquela cena na paisagem onde as nuvens ondulavam, o céu ficava cinza no final do dia e folhas pretas caíam. E elas caíam agora, como se alguém sacudisse as árvores, o mundo tivesse desmoronado e nem mesmo as estações soubessem mais sua hora e lugar.

Ela ainda era uma beldade, mas ele agora era outro homem, aquele que nascera para ser, filho do seu pai, e Curaçau era apenas um sonho para ele. Até seu próprio comportamento naquela ilha era um verdadeiro mistério. Os homens se perdiam de maneiras misteriosas. Eles paravam de pensar e apenas sentiam, quando queriam o que não lhes pertencia, e muitas vezes faziam o que queriam num país estranho, onde pássaros cor-de-rosa se sustentavam sobre uma única longa perna, num mar azul-esverdeado, e um homem podia ser enfeitiçado pelas mulheres, se não tomasse cuidado, não tivesse a cabeça no lugar e não se lembrasse exatamente quem ele era – um homem que era dono de uma frota de navios, atracadouros e armazéns e uma casa com venezianas, cujo pai e o avô eram homens de honra, ambos magistrados, cidadãos respeitados que mantinham a palavra e obrigavam os outros a manter a deles. Esses eram homens que nunca teriam entrado no mar totalmente vestidos, gritando de alegria, sorrindo como tolos, como se um demônio tivesse entrado e se apossado da escuridão dentro deles, para cumprir seus propósitos ímpios.

※

Maria estava sentada ao lado de um arbusto de flox-estrelada, alto e branco como a neve. Ali perto, no jardim de ervas, erva-doce, repolho-roxo e rabanete logo seriam cultivados. Não havia lilases, como ela vira no reflexo do espelho negro, mas certamente ela poderia plantá-los ali quando fosse esposa de John e aquela fosse a casa dela. Ela teria lilases-persas em tons de roxo, violeta e azul, com flores tão doces que as mulheres que passassem seriam obrigadas a parar, sem conseguir seguir adiante, atraídas para o local como se tivessem ouvido alguém chamá-las pelo nome.

Uma abelha foi examinar o cabelo de Faith, vermelho como uma flor sob a luz do sol. Maria fez um movimento com a cabeça para afugentar o inseto.

– Vá para outro lugar – ela sussurrou e a abelha felizmente obedeceu.

Na árvore de folhas pretas, Cadin estava cacarejando e jogando pedras. Maria lhe lançou um olhar soturno e só, não lhe deu mais atenção. Ela não podia deixar um corvo tomar decisões por ela. O destino dela pertencia a ela e a mais ninguém, e Maria certamente tiraria o melhor proveito dele antes que ele levasse a melhor sobre ela.

Ela colocou o bebê adormecido sobre a grama. Para chamar John para ela, tirou uma folha de louro da bolsa e segurou-a na palma da mão, em seguida ateou fogo na folha com um único sopro, sem se importar que ela chamuscasse sua pele. A fumaça era verde e fina, tão perfumada que era impossível ignorar. Ela disse o nome dele ao contrário, entoando-o baixinho. Por trás do portão, ele sentiu a emoção de vê-la novamente. Ela era como nenhuma outra mulher que ele já tinha visto ou conhecido, e, quando o chamou, ele sentiu o desejo por ela na boca do estômago. Pecados eram cometidos a todo instante e estava claro que aquela mulher tinha algo de incomum. Mas quem entre eles já não tinha cometido um pecado? Os tormentos eternos do pecado original estavam à espera da humanidade desde o momento em que Adão comeu a maçã, que foi entregue a ele por Eva, uma prova para ele e seus irmãos de que as mulheres eram espiritualmente inferiores aos homens, subjugadas pela fragilidade humana, pecaminosas em sua essência.

John entrou no jardim e fechou o portão atrás dele, para não atrair azar. Ele estava vestindo o mesmo casaco preto que não tinha se dado ao trabalho de tirar quando nadara ao lado da tartaruga, quando não sabia a diferença entre um milagre e um monstro. Ele tinha sido lavado com água quente e sabão de soda cáustica, mas ainda tinha areia nas costuras.

Ele olhou para Faith, cochilando à luz do entardecer. Ela podia ser qualquer coisa, um anjo ao lado do flox de neve, um duende malvado enviado sob o disfarce de uma garotinha ruiva, mas suas feições não eram diferentes das dele, o mesmo nariz estreito e maçãs do rosto salientes. Ela era com certeza filha dele. Ele amoleceu então e talvez tenha até sorrido, pois quando Maria ergueu os olhos para vê-lo, ela acreditou ter visto o coração dele batendo sob o casaco.

Maria voltou a atenção para a abelha que agora tinha voltado para picar Faith. A criança soltou um grito tão cheio de dor e surpresa que todos os pardais do jardim alçaram voo ao mesmo tempo. Por um momento o céu ficou escuro e as folhas do olmo negro começaram a cair ainda mais, cobrindo o caminho como morcegos caindo dos galhos. Maria rapidamente removeu o ferrão do braço do bebê, em seguida esfregou um pouco de óleo de lavanda no vergão que já começava a inchar.

– Shhh – fez ela para a criança. – Já vai melhorar.

Ela pegou a abelha moribunda e a lançou no canteiro de flores. Algumas criaturas não ligam se você é educado ou não com elas. Vão machucá-lo mesmo sem motivo, por isso tudo o que você pode fazer é se arranjar com os ingredientes que tem à mão.

O coração de John estava dividido entre o que ele queria e o que deveria fazer. Ele pegou as mãos dela nas dele e depois as baixou. Ele a abraçou então, e por isso foi uma surpresa quando disse:

– Precisamos sair deste lugar.

– O que você quer dizer? Eu trouxe sua filha para você conhecer.

Hathorne olhou para o cabelo da criança. Aquela era uma época em que muitas pessoas acreditavam que mulheres ruivas eram bruxas e imaginavam que as mais sardentas tinham sido marcadas pelo diabo, especialmente se fossem canhotas, outra característica maligna. Dizia-se que as ruivas tinham um temperamento violento, uma natureza enganadora e más intenções. Mas o bebê encantador sorriu para o pai.

– Bito – disse ela com sua vozinha doce.

Maria riu. O bebê achava que Samuel Dias tinha voltado.

– Não, não. Esse não é Cabrito. É outro homem.

A menção de outro homem e com um nome que evocava o Satanás fez Hathorne explodir de ciúme. O que era dele ninguém mais punha a mão, mesmo quando ele não tinha certeza se queria o prêmio ou não.

– Eu não sou o pai dela?

– Sim, você é – Maria lhe assegurou. Samuel era um paciente dela, nada mais do que isso. Um amigo, talvez, um confidente, o homem das mil histórias, que agora estava muito distante e longe da mente dela. Aquele que ela abraçava na cama, que permitia que a beijasse até ela queimar de desejo, mas que ela sempre detinha antes de se entregar. Ela tinha que pensar em John, em ser leal a ele, na filha deles. – Claro que ela é sua filha.

– Então precisamos sair daqui agora. É mais seguro.

Ele a conduziu para fora do jardim, com o bebê ainda choramingando. Quando por fim chegaram ao final da rua, Hathorne atraiu Maria para o umbral de uma porta para poder beijá-la. Depois de começar, ele não conseguiu mais parar, embora ela segurasse o bebê nos braços.

Ele sabia que seu desejo poderia ser sua ruína. Ele não era jovem, mas era bonito o suficiente para que as mulheres da cidade não conseguissem baixar os olhos quando passavam por ele, ousando sorrir e talvez até lhe dar o braço, para deixar seu interesse mais claro. Mas aqueles eram flertes inconsequentes, nada mais. Aquilo era como um feitiço e ele, que julgava os outros com rigor quando estavam diante dele no tribunal, não julgou a si mesmo pelos seus erros. Havia bruxaria em ação ali agora e, assim como havia pulado na água em Curaçau, ele a abraçou, mas apenas por um instante, pois não era hora nem lugar para se fazer aquilo.

Eles foram para os arredores da cidade, passando por pastagens e bosques tão densos que era difícil andar entre os galhos. Apesar das muitas árvores que tinham sido cortadas à medida que mais e mais terras eram desmatadas para dar lugar ao milho indiano e outras lavouras, as florestas ainda eram vastas e profundas.

Salem parecia destinada a crescer até se encontrar com a floresta e reivindicar todas as terras, mas, por ora, ainda era um lugar cheio de perigos e mistérios. Havia grandes corujas cinzentas nas árvores. Mosquitos coalhavam o ar e plantas venenosas cresciam nas proximidades – urtigas-de-cavalo, arônias e cerejas silvestres tóxicas, cujo caroço continha cianeto. Tudo ali era tão escuro, úmido e verde que o mundo parecia ter escurecido. Corações negros cresciam nas folhas rendadas das samambaias e havia cogumelos nas sombras, e os negros não-me-
-esqueças que murchavam à luz do sol.

Enquanto caminhavam, John explicou que o pai dele era um homem severo e autoritário e que ali, em Salem, o tribunal e os magistrados considerariam uma criança nascida fora do casamento um crime. Ele poderia ir parar na prisão, pois aquele mundo era diferente de Curaçau, com regras que não podiam ser quebradas. Sem casamento, um filho seria sempre um pária. Ali, explicou ele a Maria, as pessoas procuravam monstros, não milagres.

– O que vamos fazer? – Maria perguntou, com o ânimo cada vez mais sombrio. Talvez fosse a paisagem desconhecida que fazia aquele homem também parecer tão pouco familiar. E, no entanto, Maria ainda acreditava que agora que ela e Faith haviam chegado, Hathorne voltaria a ser o homem que ela conhecera. O homem que tinha se apaixonado por ela estava dentro dele. – Nossa filha já está aqui – disse ela. – Quem pode nos culpar se não houve tempo para nos casarmos?

O encontro de Faith com a abelha tinha deixado o bebê exausto e ela havia adormecido no ombro da mãe, o rosto quente e marcado pelas lágrimas. De vez em quando, Maria dava tapinhas nas costas da filha.

– Eles podem nos culpar – disse Hathorne. – Mas não precisamos culpar a nós mesmos.

Ele olhou para ela do jeito que fazia na ilha e Maria ficou aliviada ao reconhecer o homem que conhecera. Ela seguiu John, que era tão alto que projetava uma sombra diante dele. Ela podia sentir o calor da mão dele na dela. E assim continuaram, passando por olmos e cerejeiras já carregadas de frutos, com caroços cheios de veneno.

Ele sabia de uma cabana abandonada que normalmente era ocupada por caçadores no outono, mas ficava deserta em todas as outras estações. Maria e o bebê ficariam seguras ali até que ele pudesse decidir o que fazer. Elas ficariam bem longe da cidade, disse Hathorne. *Escondidas*, Maria pensou. *Não somos adequadas para conviver com as outras pessoas.*

Quando chegaram, Maria espiou dentro da cabana. Folhas cobriam o chão, cinzas enchiam a lareira e utensílios de cerâmica estavam quebrados e espalhados pelo chão. Talheres, deixados sujos, estavam espalhados sobre uma pequena mesa de madeira. Num canto havia caminhas de palha e vários cobertores de lã puídos.

Uma vez lá dentro, Maria encontrou uma colher para atirar porta afora, como a mãe tinha lhe ensinado, para mandar o azar embora. Mas a colher era de estanho, não de prata. Não ficou preta ao seu toque e, em vez de cair à certa distância, aterrissou aos pés ela, batendo em suas botas vermelhas.

Havia dezenas de corvos nas árvores, mas Cadin não estava entre eles. Ele estava se mantendo afastado, demonstrando assim seu aborrecimento evidente, como sempre fazia quando ela estava com John.

Maria embrulhou a filha na manta com o nome dela bordado num ponta e o nome de Faith bordado embaixo, com a linha azul que

Rebecca lhe dera. Azul para proteção e lembrança. Hathorne abraçou Maria com força. Ele a teria ali mesmo se ela não o tivesse impedido. As mãos dele estavam por todo o corpo dela, tão quentes que queimavam sua pele. Ela pensou na folha de louro em chamas em sua mão. Ela o chamara, mas agora hesitava. *Faça o bem,* Hannah sempre dizia, *mas não espere o mesmo em troca.*

– Se existem regras nesta cidade, vamos agir de acordo com elas – disse Maria.

Se aquele mundo fazia questão do casamento, que houvesse casamento. Ali, naquela floresta, no segundo Condado de Essex que ela conhecia, Maria pensou na cabana de Hannah em chamas. A maioria das bruxas temia a água, mas Maria temia o fogo. Ela pensou no dia em que Lockland e seus irmãos chegaram, deixando o ar impregnado com o odor dos caules e das pétalas das plantas venenosas. Os olhos dela tinham ardido por dias depois disso, talvez por causa da fumaça, talvez pelas lágrimas que não conseguiu derramar.

Era tão fácil cometer um erro nas questões do coração. Quantas mulheres tinham atravessado o Campo da Devoção convencidas de que precisavam conquistar o homem errado. Maria fazia o máximo para ajudar aquelas que a procuravam em Boston, mesmo as que sabiam que deveriam abrir mão desse amor. Agora ela esperava se casar com um homem, mesmo que seus pensamentos estivessem em outro. Havia uma cura para isso, ela sabia, mas lançar um feitiço sobre si mesma era perigoso e ela poderia deter tais pensamentos com a sua força de vontade, se tentasse. *Amor* significa afeição, ternura, paixão. Foi o que Samuel Dias tinha dito durante o sono, e só agora Maria percebia que ele poderia estar falando com ela.

– Minha proposta é a mesma – Hathorne disse a ela.

Por ora, ele traria tudo o que ela pudesse precisar para ficar na cabana: roupa de cama e potes e panelas, cestos de maçãs e cebolas, gengibre, manteiga e ovos, vegetais estranhos que Maria nunca tinha visto antes.

Ele voltou na noite seguinte e na seguinte... Eles ceavam juntos a comida que ela preparava no fogo. Antes de sair de Boston, a sra. Henry a ensinara a preparar o pudim de Salem, um prato muito apreciado, feito de farinha, leite, melaço e passas, tudo fervido por horas; e a preparar bolinhos de fubá, com ovos, um pouco de açúcar, sal e carbonato de sódio. John elogiava o chá que ela preparava e dizia que ele lhe dava força e coragem para tentar fazer a coisa certa.

Com o tempo, Maria cedeu à vontade dele e, enquanto Faith dormia, ela o levou para a sua cama, o catre de palha onde os caçadores dormiam, quando vinham para atirar em veados e pássaros selvagens. A primavera passou e veio o verão, e algumas noites John não conseguia ir ver Maria. Naquelas noites não havia nada além de escuridão e o brilho dos vaga-lumes, criaturas desconhecidas na Inglaterra. Eles subiam entre as árvores, pequenos orbes de uma suave luz amarela, sinalizando uns para os outros.

Isso é que é amor?, Maria um dia tinha perguntado à Hannah Owens, que fora traída por um homem que afirmara que ela falava com Satanás e jurara, diante dos juízes, que por baixo das saias ela tinha uma cauda. *O amor não é mais do que isso?*, ela poderia ter perguntado à mãe, que devotara a vida a um homem que a encantava com palavras que não eram dele.

Em seu coração, Maria sabia que havia algo errado, mas aí John voltava, como se nunca tivesse partido, cheio de desculpas e promessas. Era a família dele, ele explicava, e a sua visão austera do mundo que estava em questão, e as diferenças entre eles. Maria não tinha sido criada dentro de nenhuma religião, não vivia segundo os princípios das crenças puritanas e tinha uma filha sem ter os benefícios do casamento. Ela não seria aceita, mas ainda assim ele voltava. Ele não conseguia ficar longe dela, confessou. *Isso era amor?*, ela poderia ter se perguntado, se não temesse a resposta.

Nas noites em que ela passava sozinha no segundo Condado de Essex, não podia deixar de se perguntar se não teria sido ela que confundira um monstro com um milagre. Ela estava a um mundo de distância do Campo da Devoção, longe de tudo o que conhecia. Podia ouvir as corujas e o som dos camundongos nas agulhas dos pinheiros. À noite, quando estava sozinha na cama, depois de John ter partido, podia ouvir seu próprio coração bater. Ela já tinha visto isso antes, uma mulher chegando na porta de Hannah, depois de o amor ter azedado, depois de o amor ter dado errado, um amor que não era amor de forma alguma.

Outubro veio rapidamente, um mês glorioso que deixou os campos dourados. As folhas podiam parecer verdes à sombra, mas, quando a luz do sol perfurava as nuvens, viam-se raios escarlate e laranja. Tantos pombos cruzavam o céu que eles bloqueavam a visão do sol e o dia parecia noite. Quando ela se ajoelhava à beira do lago que diziam não ter fundo, Maria sentia que havia um poder naquele lugar. A vegetação à beira do lago era o lar de pássaros que ela nunca tinha visto antes – cardeais escarlates, pica-paus vermelhos e pretos, pica-paus-americanos, corujas brancas que dormiam nas árvores ocas. Ela imaginou que se sentia como Hannah quando deixou o mundo dos homens e cruzou o Campo da Devoção, para entrar num mundo de magia e silêncio. O único som que ela ouvia era a canção da terra, quando se deitava na relva dourada. Talvez isso tenha sido uma bênção, pois nessa época as linhas da sua mão esquerda começaram a mudar e ela viu por si mesma que, se tivesse força, poderia mudar seu próprio destino.

Os corvos tinham permanecido durante todo o outono anterior, como sempre faziam. Eles não tinham receio das neves que se aproximavam, criaturas destemidas que eram, e conseguiam sobreviver comendo bagas de azevinho e roubando ovos de galinheiros. Durante o outono, os rumores se espalharam sobre uma jovem que vivia na floresta. As pessoas diziam que ela era corajosa, pois vivia numa floresta selvagem e espinhosa, com criaturas que nunca tinham sido vistas na Inglaterra. Porcos-espinhos, cervos com mais de três metros de altura e tão fortes que os nativos enfileiravam os dentes dos filhotes em colares e os colocavam no pescoço dos bebês, para ajudar na dentição. Havia castores que supostamente continham os dois sexos e cuja cauda era triturada até virar um pó que, misturado ao vinho era, segundo alguns médicos charlatões, um remédio para curar doenças de estômago. E raposas de pelo prateado, vermelho ou preto, além de morcegos de todos os tipos, cintilando durante a noite. Guaxinins que viviam em árvores ocas podiam abrir as portas e janelas das casas na cidade, como se tivessem mãos humanas, e se esgueirar para roubar farinha e pão. Os esquilos eram tão famintos que devoravam milharais inteiros, inspirando fazendeiros a pagar uma recompensa de dois centavos para cada esquilo morto e levado até a prefeitura. Que mulher viveria num lugar assim com uma criança pequena se não fosse uma feiticeira, uma selvagem ou uma bruxa?

Uma noite azul, quando bandos de pardais e mariquitas estavam começando a migrar para o sul, Maria viu uma enorme criatura escura de mais de 150 quilos no lago, em solene silêncio, farejando o ar frio. Talvez houvesse monstros no Condado de Essex. Certamente as pessoas ali acreditavam nessas coisas. Lobos que rastreariam um homem por semanas e o devorariam inteiro, cobras venenosas que protegiam mulheres jovens e diziam que se escondiam sob suas camas, pássaros que faziam buracos nas tábuas de madeira de uma casa, como se tivessem uma lâmina no bico, coelhos marrons que ganhavam uma pelagem branca quando a neve caía, num passe de mágica, na frente dos seus olhos.

As pessoas na cidade juravam que uma serpente marinha residia no lago cheio de sanguessugas onde Maria e a filha se banhavam. Os nativos sempre tinham acreditado que havia uma criatura misteriosa nas profundezas, que se arrastava para o interior através do porto, quando as marés e as inundações provocadas por uma onda de tempestades engolfavam a floresta. Talvez isso não passasse de uma história para afugentar os invasores ingleses. No entanto, mesmo depois que o povo nativo foi despachado dessa região, nem uma única criança da cidade mergulhava naquele lago, nem mesmo nos dias mais quentes, quando um mergulho era o único alívio que garotos sufocados pelo calor poderiam ter. Em vez disso, eles ficavam na beira da água, jogando pedras, sem que nenhum se aventurasse a molhar mais do que os dedos dos pés. Homens da região já tinham procurado pela serpente sem sucesso e alguns desses indivíduos haviam desaparecido. Como o lago não tinha fundo, eles nunca mais eram vistos, deixando esposas e filhos lamentando suas mortes.

Cadin se sentia em casa nessa floresta. Ele muitas vezes desaparecia para vasculhar a cidade em busca de tesouros que pudesse trazer para casa – uma fivela de sapato, um pião de madeira entalhada, um dedal de prata que imediatamente ficava preto nas mãos de Faith, pois ela tinha magia em seu corpo. Ela podia chamar os pássaros com um único grito estridente, e, no lago, as sanguessugas nunca ousavam chegar perto quando ela entrava entre as taboas, levada pela mão da mãe, pois Maria a avisava de que nunca deveriam ir para o fundo. Uma vez Faith encontrou um sapo, murcho e moribundo, que reviveu quando ela o segurou delicadamente nas mãos. Em pânico, o sapo saltou das mãos dela e desapareceu por entre os arbustos de amora. Maria por acaso viu esse acontecimento e se encheu de um profundo orgulho. A filha era uma curandeira nata.

Se estivesse lá, Samuel Dias teria aplaudido todas as proezas de Faith, pois ela sempre brilhava aos olhos dele. A menina ainda cantava as canções de ninar em português que Samuel cantava para ela.

— Bito — Faith disse em tom sério enquanto colhiam as amoras que cresciam perto do lago, pois as bagas a lembravam do homem que sempre dividia com ela as frutas que Maria insistia que ele comesse para se recuperar mais depressa, incluindo mamão, manga e amoras, estendendo-as para Faith e aplaudindo quando ela as comia.

— Ele está longe, no mar — Maria dizia à garotinha, embora na verdade era ela mesma que precisava se lembrar de que Samuel Dias não fazia mais parte da vida delas.

O inverno chegou cedo, com enormes flocos caindo quase todos os dias, sem que nada tivesse mudado na vida delas.

Três vezes por mês, Maria vagava pela escuridão, atravessando pomares de peras, carregando a filha adormecida para que pudesse encontrar Hathorne, no armazém que ele tinha nas docas. Ela usava preto para não chamar a atenção de ninguém. Percorria trilhas estreitas tarde da noite, embora estivessem cobertas de gelo e ela estremecesse nas sombras. Ainda assim ela não era invisível e, enquanto caminhava numa noite de céu encoberto, a lua saiu de repente no céu e um fazendeiro, pensando ter visto um corvo voando através dos campos, atirou nela, salpicando seu casaco com chumbo grosso. Felizmente, Maria só sofreu um arranhão no braço e Faith saiu ilesa, embora tenha se assustado nos braços da mãe. Antes que pudesse se conter, Maria proferiu uma maldição. "Quem tentou me ferir por sua vez será ferido."

Na manhã seguinte, o fazendeiro espalhou, para quem quisesse ouvir, a notícia de que havia bruxas à solta. Toupeiras haviam se enterrado no solo duro e gelado da sua fazenda e um bando de corvos descera sobre a casa dele. Um dos corvos tinha entrado pela chaminé e causado a maior confusão na sua sala de estar, enquanto a esposa gritava e cobria a cabeça com uma colcha.

– Era uma bruxa – ele jurava. – Espere e verá. Ela vai aparecer para outros como apareceu para mim, uma mulher que pode se transformar num pássaro preto.

Cada vez que Maria estava com Hathorne, ela sentia uma palpitação, uma dor sob as costelas, como se a ponta de uma lança tivesse se alojado dentro dela. Ele estava cada vez mais distante, até lhe dava as costas para ela se vestir. O espelho negro havia mostrado seu destino, um homem que trazia diamantes, como Hathorne. Mesmo assim, ela se lembrou das palavras de Hannah, de que deveria sempre procurar amar alguém que pudesse retribuir o seu amor.

Você faz do amor o que quiser, Hannah dizia a ela. *Você decide. Ou caminha na direção dele ou se afasta.*

Maria se lembrava das mulheres que cruzavam o Campo da Devoção, movidas por uma paixão da qual não conseguiam renunciar, mesmo quando se sentiam despedaçadas por ela. E então, uma noite, ela soube a resposta para sua própria pergunta. Aquilo não era amor.

Maria Owens fez 18 anos durante seu primeiro inverno no segundo Condado de Essex, o inverno mais frio em mais de quarenta anos. Os portos congelaram e a neve estava tão alta que os cavalos se afogavam nos pastos, com montes de neve de quase 2,5 metros de altura. Aqueles que moravam nas fazendas mais distantes da cidade só seriam vistos na primavera seguinte.

Mas o tempo estava passando cada vez mais rápido. Faith estava crescendo ali, assim como Maria tinha crescido na floresta do primeiro Condado de Essex, na Inglaterra. Aquele era o lar de ambas, com ou sem John Hathorne, e por isso Maria pendurou o sino de latão de Hannah do lado de fora da porta. Quando o vento soprava, o som do sino a confortava. E ela fazia o melhor que podia para terem uma vida um pouco melhor. Cortava lenha todos os dias e tinha a sorte de ter armazenado batatas, cebolas e maçãs de inverno. Quando ficou sem provisões, começou a frequentar o armazém dos Hatch, onde trocava ervas desidratadas por comida.

Anne Hatch, a esposa do dono do estabelecimento, muitas vezes acrescentava às compras de Maria algo especial para Faith, um pouco de doce de melaço ou um pacotinho de açúcar para ajudar na dentição. Como sempre, Cadin seguia com elas, mas esperava Maria empoleirado nas árvores mais altas, pois, ao contrário da sua protegida, ele nunca considerara esse lugar seu lar.

O céu estava negro e estrelado quando Maria foi ao lago pegar gelo para fazer água potável. Quando ela se ajoelhou, divisou o futuro escrito no gelo negro. Ela se viu amarrada a uma cadeira e John indo embora em seu casaco preto, enquanto diamantes caíam das mãos dela. Ela também viu uma árvore com enormes flores brancas, cada uma do tamanho da lua.

Por mais que tentasse, não conseguia juntar essas duas imagens. Hannah tinha dito que as mulheres muitas vezes não entendiam o que na verdade não queriam saber, e talvez Maria já soubesse a verdade, pois não ficou surpresa quando uma noite fez sua caminhada noturna até o porto apenas para encontrar a porta do armazém de John trancada. Ela esperou, mas ele não apareceu. Toda noite ela ouvia os passos dele se aproximando, mas, sempre que o sino de latão do lado de fora da porta tocava, era apenas o vento soprando.

Quando março chegou, Maria celebrou o aniversário de 2 anos de Faith sozinha com o bebê, preparando uma torta com as maçãs que ela tinha armazenado num barril e adicionando o resto da canela que tinha trazido de Curaçau. Faith era um deslumbre. Ela já sabia conversar muito bem, era bem-comportada, adorava ajudar na coleta de ervas, um anjo que ouvia com atenção Maria recontar as histórias de Samuel Dias sobre um gato e um lobo e uma criança que tinha se perdido na floresta.

Saiba quem você é, Hannah dizia a Maria. *Saiba o que você é*, Rebecca tinha dito a ela.

Agora ela sabia exatamente quem ela era. Ela era a mulher que decidiu ir a pé até a cidade no dia em que a neve derreteu, embora Hathorne a tivesse avisado para não ir.

– As pessoas não vão entender você – ele disse a ela. – O seu jeito, as roupas que você usa, o que somos um para o outro.

– O que somos um para o outro? – ela disse, com o rosto quente.

– Somos o que Deus permite que sejamos – ele disse, o que não era a resposta que ela queria.

Era primavera, com o mundo repentinamente vivo e verdejante, como se recuperasse a vida por meio de um passe de mágica. Maria caminhava rapidamente, pois a neve derretida deixava tudo enlameado e ela não queria que o barro manchasse suas botas vermelhas.

Na Washington Street, Cadin mergulhou do céu, arrancando fios do cabelo dela, até que ela conseguiu afugentá-lo. Era evidente que ele desaprovava o caminho que ela tomava. Mas ser um corvo e ser uma mulher eram coisas bem diferentes e havia coisas que, na opinião dela, ele não podia compreender. Ela havia escrito uma carta com tinta feita com o próprio sangue, uma última tentativa para ver se John tomaria a atitude certa.

A casa com venezianas pretas ficava a apenas alguns passos de distância. Os olmos negros estavam enfeitados com mil botões escuros que logo seriam folhas em forma de coração. Maria estava parada embaixo da árvore quando viu uma mulher e um menino do outro lado da cerca, no sol quente de primavera. Ruth Gardner Hathorne e seu filho, John, de 3 anos, estavam cuidando do jardim.

Ruth usava uma touca branca escondendo o cabelo loiro, sua pele clara manchada por causa de horas de jardinagem. Foi então que as folhas pretas novas começaram a cair. Os olmos não suportavam Maria, nem ela a eles. Uma rajada de vento úmido soprou as folhas caídas para longe. Ela tinha visto Hathorne se afastar dela numa visão onde havia água negra e um coração negro partido na grama. Ela tinha descoberto a razão por que ele nunca poderia ficar com ela, por que a mantinha escondida nos arredores da cidade, por que tinha começado a evitá-la. Ele sempre fora casado. Mesmo uma mulher com a visão podia ser feita de tola nas questões do coração.

Maria não conseguia tirar os olhos de Ruth, cujos pais eram quacres perseguidos pelos magistrados puritanos de Salem, devido às suas crenças religiosas. Eles tinham sido forçados a deixar Massachusetts e a seguir Ann Hutchinson para Rhode Island, deixando para trás a filha de 14 anos, Ruth. Hathorne, de 33 anos, acolheu a garota, depois se casou com ela. Ruth estava agora com 19 anos e seu filho era tudo para ela. Hathorne traíra ambas, em Curaçau e agora de novo, e Maria tinha motivo para queimar de raiva. As folhas em torno das botas de Maria pegaram fogo e se transformaram em cinzas, e as faíscas voaram e entraram pelas chaminés de toda a cidade, de modo que as mulheres tiveram que encharcar suas lareiras com jarros de água.

Ruth tinha um cesto no braço, enquanto colhia a primeira salsa e a primeira sálvia da estação. Ela pediu ao filho que não pisasse na flox, os primeiros botões a florescer na estação, mas ele apenas sorriu e soltou um grito de alegria antes de desaparecer entre as flores brancas quase da altura dele, atropelando algumas em seu caminho. Ele era um menino peralta e encantador de 3 anos, que logo tomaria uma bengalada do pai para seu próprio bem, pois o mau comportamento não era tolerado.

O garotinho foi até a cerca e, quando percebeu que não estava sozinho, segurou na cerca e olhou para Maria, pois ela parecia um anjo escondido atrás da flox. Havia pétalas em seu cabelo, de modo que os fios pretos pareciam entrelaçados com o branco, como se o inverno já tivesse voltado depois de apenas alguns dias de uma primavera alegre e lamacenta. O menino tinha os olhos escuros de John. Os olhos de Faith, por outro lado, eram cinza-prateados, os olhos da mãe, mas mais claros ainda. Faith acenou para o menino e ele olhou para ela, observando-a. As feições das duas crianças tinham uma certa semelhança. Nariz reto e orelhas pequenas, as maçãs do rosto salientes do pai, a pele clara, bochechas vermelhas. Maria se agachou e colocou a carta entre as grades da cerca. Se aquele era seu inimigo, nunca houve um inimigo mais doce. Ela lançou um sorriso para a criança, que no mesmo instante retribuiu.

– Seja um bom menino – ela disse numa voz suave. – Dê isso ao seu pai.

O filho de John assentiu com uma expressão séria, uma criança que não sabia nada da crueldade do mundo. Mas ele viu as folhas pretas caindo e o corvo vindo pousar no ombro da mulher, e naquela cidade até mesmo alguém em tão tenra idade procurava o mal em todos os lugares, não confiando no sorriso de um estranho. Talvez ela não fosse um anjo, no final das contas.

Maria levou um dedo aos lábios.

– Não se esqueça da carta.

Quando a mãe chamou o menino, Maria soube que ele tinha o nome do pai e, perante a lei, era seu único filho. Maria se virou e correu, Faith encaixada em seu quadril.

O amor era aquilo que despedaçava o coração. É o que fazia você acreditar nas mentiras que lhe contavam, por mais óbvias que fossem. Era quase impossível ver seu próprio destino enquanto isso estava acontecendo a você. Era só depois, quando tudo já estava consumado, que a sua visão clareava. Ela pensou no homem que se voltou contra Hannah e no marido de sua mãe, cruzando o Campo da Devoção, com seus irmãos e a vingança em mente, e em seu pai, tão bonito e vaidoso que não tinha pensado duas vezes em vendê-la como serva.

O amor é o que você faz dele e ela fizera dele a sua ruína. Enquanto caminhava pelas terras cultivadas nos arredores de Salem, as fileiras de trigo por onde Maria passava murchavam nos campos. Seu cabelo estava cheio de nós, sua tez, pálida. Como num transe, ela nem percebia os arbustos cheios de espinhos rasgando sua pele e o sangue pingando dos cortes, chamuscando a relva. Em seu colo, Faith deu um tapinha nas lágrimas que escorriam pelo rosto da mãe, mas as lágrimas de uma bruxa eram tão perigosas quanto raras e queimaram os dedos da criança. Nem mesmo Faith, cujo toque poderia curar um pássaro com uma asa quebrada, poderia curar o desespero da mãe. Nada poderia devolver o tempo que ela havia desperdiçado com um homem sem valor.

Elas foram para o lago, onde Maria se ajoelhou para jogar água no rosto. Certamente John iria lhe responder, pois uma carta escrita com sangue tem consequências tanto para o remetente quanto para o destinatário. Este nunca mais esqueceria o que leu. Ele teria que responder. Faith era filha dele, afinal, e merecia o nome e a consideração dele. Qual seria sua resposta, ninguém poderia prever, pois o destino de um homem muda todos os dias, dependendo de suas atitudes.

Quando Maria fitou a superfície escura e espelhada do lago, pôde ver fragmentos do seu futuro. A árvore com flores brancas, a mulher no lago. O verão chegaria e o mundo ficaria mais verdejante, e ela já podia ver que John iria desapontá-la. Percebeu que nunca houvera amor entre eles, pois não é possível amar alguém que nunca se conheceu.

⁂

Talvez os vizinhos tenham contado a John que uma mulher de cabelos negros tinha sido vista rondando o jardim da casa dele e falado com seu filho. Alguns até podem ter afirmado que ela parecia pairar acima do chão. Disseram que um pássaro preto a seguia, o que era um sinal de má sorte e um prenúncio de morte e desastre. Não havia quem não percebesse que ela não era como qualquer outra mulher da cidade. Ela vestia azul em vez de cinza, não tinha uma touca cobrindo o cabelo e suas botas de couro eram vermelhas. Era evidente que ela fazia o que bem entendia, apesar das regras dos magistrados.

Se de fato ela fosse uma bruxa com más intenções, poderia facilmente já ter tido sua vingança. Poderia ter roubado o menino Hathorne e deixado um substituto no lugar, um boneco sem rosto, feito de palha. Até uma mulher comum que se sentisse traída poderia ter pensado em pôr fogo no jardim, uma chama que teria se espalhado rapidamente para o telhado e as paredes da casa. Mas Maria não causou nenhum dano. A vingança não era algo da sua natureza. Ela sabia muito bem que tudo o que enviasse ao mundo voltaria triplicado para ela, fosse vingança, fosse bondade.

Cadin, no entanto, não era assim tão generoso. Quando Hathorne chegou em casa no final do dia, ficou intrigado ao ver as pedrinhas cinzentas sobre o telhado, como se algum diabrete tivesse marcado sua casa para que a desgraça se abatesse sobre ela. No inverno anterior, ele se esforçara ao máximo para deixar para trás sua outra vida, aquela que o enfeitiçara. E sempre que sentia falta de Maria, ia para um galpão atrás da casa, tirava o casaco e a camisa de linho e se açoitava com uma corda, deixando vergões nas costas para lembrá-lo dos pecados da carne. Ele tinha pensado em falar com o pai, um homem severo e ilustre que liderara as tropas responsáveis por levar a vitória ao rei na Guerra do Rei Philip contra o povo nativo, e que muitos consideravam o homem mais honrado de Massachusetts. Mas ele sabia o que o pai diria a ele: até um tolo deve pagar pelos seus erros. John não estava pronto para pagar, mas o que estava feito não poderia ser desfeito. Afinal, havia uma prova do seu pecado. Havia a criança.

Quando John entrou em casa, viu a carta sobre a mesa da sala de estar, dobrada e selada com cera de vela derretida.

– O que é isso? – perguntou à esposa.

– O menino disse que uma bruxa deu a ele.

Ruth tinha ficado preocupada o dia todo, desde que o pequeno John depositara a carta no cestinho de ervas. A mulher da carta tinha um pássaro preto com ela, o filho havia dito, e usava botas vermelhas. Essas não são características de uma bruxa? Ruth manteve as venezianas fechadas e a porta trancada o dia todo. Garantiu que o filho permanecesse num quartinho sem janelas, onde estaria seguro. Havia mal neste mundo, assim como havia o bem, e não custava ter cautela. Ruth nunca contrariava o marido nem o questionava sobre o que acontecera aos seus pais, mas ela não era burra. Havia algo errado ali.

Ela lavou as mãos três vezes depois de tocar a carta. Tinha uma sensação de apreensão na boca do estômago, como se tivesse engolido pedras. Durante toda a tarde, ouviu pedregulhos batendo contra o telhado e estremecia cada vez que um era atirado. Agora que o marido tinha finalmente voltado para casa, ela mantinha os olhos baixos, como sempre fazia quando falava com ele. Ele a salvara de ter o mesmo destino de muitos quacres e ela sentia que devia tudo a ele. Por que, então, seu coração parecia doer ao bater contra as costelas?

– O menino inventou essa história. – Hathorne se dirigia à esposa como se falasse com uma criança, fazendo o máximo para convencê-la e tentando se convencer também de que falava a verdade. – Não seja boba. – Ele abriu a carta, desdobrou a mensagem que havia dentro, então rapidamente redobrou o pergaminho e enfiou no casaco. – Isso é uma bobagem qualquer – disse ele à esposa. – Não passa disso.

Ele foi para o escritório e trancou a porta, dizendo à esposa que não queria ser incomodado. Ruth estava acostumada a fazer o que ele mandava e não fez perguntas, embora tivesse notado a expressão sombria do marido. Ela achou que ele poderia estar escrevendo um sermão, pois falava frequentemente na igreja, ou talvez estivesse redigindo contratos para o seu negócio de navegação, quando na verdade, ele se trancara para poder queimar a carta de Maria numa tigela de latão.

A fumaça era fétida e vermelha, e ainda assim o fez sentir algo, uma onda de desejo, o mesmo que sentira no pátio de azulejos em Curaçau, as emoções libidinosas de um homem inconsequente. Ele ficou sentado ali com uma dor de cabeça latejante, esparramado na cadeira de couro que outrora pertencera ao pai. Sabia que os homens deviam pagar pelos seus erros, pois até mesmo aqueles que tentavam fazer o bem neste mundo eram tocados pelo pecado original. As perversidades eram fruto de momentos de fraqueza diante dos caminhos pecaminosos deste mundo e dos seus fascínios indecentes. As mulheres podiam destruir os homens, ele tinha certeza disso, assim como Eva havia tentado Adão. Era por isso que as mulheres não tinham permissão para falar na igreja. Bastava um olhar na direção delas e um homem poderia ter pensamentos vis, que em breve poderiam se transformar em atitudes. Hathorne acreditava que Deus e seus anjos caminhavam pelo mundo dos mortais, mas o diabo andava entre eles também.

Naquela noite, ele admitiu para si mesmo que havia errado e se desviado para caminhos escuros e inesperados. Hathorne não poderia dar mais desculpas. Ele havia pecado. Caíra numa espécie de loucura enquanto seus dois lados guerreavam: o homem que nadara com uma tartaruga e o outro, filho do seu pai. Ele ficou na janela, olhando para a escuridão. No meio da noite, quando as estrelas pontilhavam o céu,

Hathorne pensou na possibilidade de romper com tudo e com todos e voltar com Maria e a filha para Curaçau. Mas aqueles pensamentos traiçoeiros não duraram mais que uma ou duas horas, um período insensato de pecado e luxúria, durante o qual ele se esqueceu de que era um homem com uma família e um dever para com o mundo em que vivia.

Hathorne foi para o galpão e açoitou-se até que suas costas sangrassem e ele engasgasse com a dor que infligia à sua carne. Ele não poderia fazer o que queria. Aquela não era a terra das tartarugas e dos pássaros cor-de-rosa, mas um mundo cuja paleta só continha o preto e o branco, onde era difícil pensar, mover-se ou respirar, e dormir muitas vezes era impossível, pois com o sono vinham os sonhos e isso era algo que ele tinha que evitar.

As pessoas diziam que um pássaro preto voava em círculos todos os dias sobre a casa do magistrado. Pedras caíam, numa sucessão, e o barulho ecoava por toda a rua. No verão, as pessoas se glomeravam na Washington Street, para poder espiar a casa de longe, boquiabertas. A maioria delas acreditava que as pedras no telhado pressagiavam uma maldição e, embora o calor se tornasse insuportável, os vizinhos começaram a manter as venezianas fechadas, assim como Ruth Hathorne tinha feito da primeira vez em que a bruxa apareceu. O azar pode passar de uma casa para outra, é contagioso. E se havia magia, era melhor sempre trancar portas e janelas.

O corvo roubava as flores dos jardins e, quando avistava sapatos de criança deixados nas varandas para que a lama das solas secasse, ele os roubava também. O pássaro abria as venezianas com o bico e invadia as casas para roubar dedais de prata, que naquela cidade substituíam as alianças de casamento, pois um anel só aumentava a vaidade, ao passo que o dedal podia ser um instrumento útil.

Os dedos das mulheres sangravam de tanto que costuravam e muitas se pegavam chorando e desejando outra vida, pois o corvo as lembrava de quem poderiam ser se pudessem fazer suas próprias escolhas. O corvo era tão descarado que ousava tirar a touca branca da cabeça das mulheres, quando iam à igreja aos domingos. Ele acordava bebês recém-nascidos com seu grito e deixava os nervos das pessoas à flor da pele.

John Hathorne viu o corvo do seu jardim e decidiu que era preciso tomar uma providência. De vez em quando, o pássaro se empoleirava nas árvores de folhas pretas, como se quisesse anunciar a culpa de John. Ele não podia deixar que aquela criatura o denunciasse para a cidade toda.

Hathorne reuniu os homens da cidade para dizer que o corvo não era simplesmente uma praga. Era uma criatura enviada por forças malignas, um mal que eles tinham que dizimar. Os homens saíram com seus rifles, vasculhando os campos que separavam a cidade de Salem das florestas, onde não muito antes esses mesmos homens costumavam perseguir os índios Wampanoags, assassinando e decapitando tantos quanto pudessem encontrar.

Os colonos achavam que aquelas terras lhes pertenciam agora. Eles a tinham conquistado depois de uma batalha e um corvo não ia assustar suas famílias e escapar impune do que não era apenas uma travessura, mas claramente algo mais sombrio, que fazia o sangue ferver. Um grande número de corvos ficava empoleirado nas árvores nos arredores da cidade e, para homens com a intenção de matar, qualquer corvo servia. Decidiram, portanto, que melhor seria matar todos eles.

Os homens percorreram plantações de milho e centeio, margeadas por amoreiras e pequenas mudas que se tornariam pereiras, se não fossem pisoteadas pelas suas botas. Passaram por lírios vermelhos, que não cresciam em nenhum outro lugar. No céu, as nuvens se acumulavam. A caça fazia os homens se sentirem capazes de proteger o que era deles. Os ânimos estavam exaltados e por quilômetros era possível ouvir os gritos e as urras que se erguiam da turba.

Eles esperaram passar o calor do meio-dia e o entorpecimento de uma tarde sufocante, até o cair da noite, quando o ar ficou pesado de mosquitos pretos. Foi então que um estranho silêncio se instalou, deixando todos um tanto desconfortáveis. Ainda não viam nenhum corvo no céu.

Um grupo de homens foi enviado na frente para afugentar os pássaros, Hathorne na liderança, pois seus vizinhos estavam lutando contra o mal em nome dele. Ele desejava, particularmente, que o corvo de Maria desaparecesse da face da terra e a levasse junto, como um sonho febril que se desvanece num piscar de olhos. Mas, quando a escuridão estava prestes a engolir os campos, bandos de corvos surgiram ao norte, milhares de aves ou até mais. Imediatamente os homens começaram a disparar seus rifles. Atiravam descontroladamente e às cegas, vários tiros atingindo de raspão seus companheiros de caça, por acidente. Um sujeito foi baleado na garganta e jazia numa poça de sangue e nem mesmo um lenço amarrado ao redor do pescoço foi suficiente parar estancar a hemorragia. Os homens enlouqueceram quando não conseguiram despertar o infeliz e começaram a disparar com mais fúria ainda, como se estivessem numa guerra.

John recuou um pouco, pois se destacava do grupo pela sua estatura. Era o mais alto entre eles, e o mais rico também, e a razão pela qual uma morte tinha ocorrido naquele dia. Ele sabia com que facilidade as pessoas se voltavam umas contra as outras, como um homem poderia ser um herói num minuto e causa de ressentimento no minuto seguinte. Como ele desejava nunca ter pisado naquela ilha amaldiçoada! Ou ido para o mar ou contado à Maria sobre o Condado de Essex! E, mesmo assim, ele ainda se via mergulhando naquela água azul-turquesa, a milhares de quilômetros dali, numa terra onde ninguém seguia regras, onde um pecado podia flutuar como uma flor numa fonte e um homem era livre para fazer o que quisesse.

Maria ouviu o caos causado pelos caçadores. As armas, os ecos da morte, os gritos de homens e pássaros. Ela não teve escolha a não ser deixar Faith dormindo em seu catre e correr no escuro, descalça, em seu vestido azul. Os primeiros vaga-lumes da estação pairavam no ar, globos de luz bruxuleante entre as folhas de grama, subindo e descendo entre as árvores. Maria sentia o perigo ao seu redor, queimando como sal numa ferida. Foi então que percebeu que não vira Cadin o dia todo. Ela sentiu o coração bater tão rápido quanto o dele.

Quando chegou ao pasto, os pássaros estavam mergulhando do céu, uma chuva negra de penas. Quando um corvo morre os outros se unem e vão ao encalço do assassino, atacando os responsáveis. Centenas de pássaros atacavam os homens da cidade, cravando o bico e as garras em sua carne, seus gritos roucos incutindo medo no coração daqueles que se julgavam valentes pelo ato covarde de atirar em pássaros desavisados.

Maria sentiu o braço queimando e foi só então que percebeu seu sangue pingando no chão, preto e ardente. Na louca rajada de balas e chumbo grosso, ela havia levado um tiro. Escondeu-se entre as árvores, com a respiração ruidosa, sentindo-se como no dia em que se ocultara na floresta para assistir à cabana de Hannah queimar. Murmurou um feitiço de proteção, em latim e de trás para a frente, citando o livro de magia de Salomão e, quando fez isso, as armas dos homens começaram a falhar. Ela clamou aos céus, e aglomerados de nuvens de chuva surgiram no horizonte, avançando como uma onda no mar.

Os corvos perceberam que não poderiam vencer a luta contra a artilharia e, em resposta, se dividiram em dois grupos, metade voando para o leste, os outros para o oeste. A carne desses pássaros não costumava ser usada como alimento, pois era escura e malcheirosa, e suas penas eram tão duras que não serviam para rechear travesseiros ou edredons. Eles não valiam nada para esses homens e só tinham sido mortos porque foram considerados pragas carniceiras, porque decidiram que eram seres malignos.

Os homens recolheram centenas de corpos emplumados, comemorando com gritos de alegria sua grande proeza, quando tudo o que tinham feito poderia ter sido obra de um bando de meninos de 10 anos, armados de estilingues e dos rifles dos pais. Não havia nenhuma razão para que isso tivesse acontecido, mas o que estava feito não poderia ser desfeito. Até uma bruxa sabia disso. Não há feitiços para muitas das tristezas deste mundo e a morte é uma delas. Não se pode trazer de volta aqueles que foram para o outro mundo e, mesmo que se tentasse, eles não seriam os mesmos. Seriam criaturas antinaturais, criadas pela força de um desejo insano ou por magia negra.

Maria encontrou Cadin no meio do mato, um coração negro imóvel no chão. Os homens da cidade não sabiam distinguir um corvo do outro, mas ela reconheceu seu amigo mais querido assim que o viu. Rasgou a saia do vestido e o envolveu no tecido, aos prantos. O choro de Maria podia ser ouvido até no cais. Carregado pelo vento, viajou até o mar, e os homens que coletavam os corpos sem vida dos corvos pararam por um instante, assaltados pelo medo. Era como se a fêmea de um corvo pranteasse a perda do seu companheiro. Um arrepio os transpassou, embora estivessem encharcados de suor. Estavam exultantes com sua caçada selvagem, mas até o mais ousado entre eles agora se sentia espicaçado pelo medo, envergonhado por seu tolo ato de crueldade.

Debaixo de uma pereira, onde ele estava parado no escuro, John Hathorne sabia exatamente o que tinha ouvido. O grito de agonia de uma mulher, que soava acima dos tiros, mais lancinante do que os últimos gritos dos corvos no céu. Ele conhecia aquela voz, e por que não deveria? Ele era a causa da tristeza que a despedaçava.

Maria não poderia enterrar Cadin e deixá-lo para sempre ligado à terra. Em vez disso, ela fez uma fogueira numa pedra plana, não muito longe da lagoa, e queimou o corpinho emplumado do pássaro. A fumaça era tão branca quanto a neve no Campo da Devoção, no dia em que ele a encontrara. Seu querido coração negro, seu companheiro, seu familiar, seu amigo. Ela afundou no chão e se desfez em lágrimas, só se afastando das cinzas ao amanhecer, quando o vento as carregou para o céu, o lugar a que o pássaro pertencia.

Maria estava enfraquecida pela bala de metal alojada em seu braço, pois o ferro é uma maldição para as bruxas. No interior da Inglaterra, todas as prisões tinham correntes de ferro nas celas, com algemas pequenas o suficiente para envolver os punhos de uma mulher.

Maria foi para a cabana e, enquanto Faith ainda dormia, pegou uma faca para retirar a bala, embora a mão também estivesse machucada. Enquanto fazia isso, pronunciou algumas palavras ao contrário, pedindo justiça por Cadin. Depois, fez um cataplasma de bálsamo de Gilead e sálvia para fechar a ferida, em seguida colocou uma tipoia no braço, usando o xale bordado com pássaros de Curaçau, a terra onde era tão fácil sonhar com milagres. Enrolou uma faixa branca na mão, mas sem esconder o hematoma na forma de corvo que havia surgido em sua pele.

<hr />

Quando ela foi para a casa de Hathorne, usava um vestido preto, pois estava de luto tanto quanto qualquer viúva, e os dois grampos de prata no cabelo, um deles presente de Cadin e o outro de sua mãe. Aquele era o tipo de adorno que as mulheres puritanas eram proibidas de usar, mas Maria não dava a mínima para regras. Enquanto ela descia a Washington Street com a filha nos braços, os vizinhos espiavam de longe e faziam comentários à boca pequena. Alguns saíam de casa e esperavam atrás das sebes para ver o que aconteceria a seguir. Mais de duzentos corvos tinham sido alvejados e havia quem jurasse que Maria estava entre eles e usava uma tipoia para disfarçar o que não era um braço, mas uma asa.

– Ela muda de forma – os vizinhos sussurravam. – Olhe para a bainha limpa da saia dela.

Ela tinha caminhado pelos campos e suas saias não estavam enlameadas. Aquilo só podia ser fruto de magia, insistiam alguns, e havia aqueles que espalhavam o boato de que, todas as noites, Maria voava sobre a copa das árvores, atirando pedras nos telhados. Outros diziam que a filha ruiva dela era um demônio, não uma menina.

Sabendo muito bem o que as pessoas pensavam, Maria ia batendo nas cercas com um pedaço de pau, conforme passava na frente das casas, fazendo o barulho ecoar pela vizinhança. O ruído lembrava o crocitar dos corvos e causava calafrios em quem o ouvia. As portas se fechavam. As vidraças sacudiam. Logo a rua estava deserta.

Ela parou na frente da casa com venezianas pretas e bateu na porta, chamando por John Hathorne. Ninguém respondeu, então ela bateu mais forte, quebrando um pequeno osso da mão que, para sempre, lhe causaria dor nos dias úmidos. Com a morte de Cadin, algo dentro dela havia mudado. Agora ela sabia que tinha interpretado mal o espelho negro. Talvez John tivesse conquistado a confiança dela porque, embora fosse uma criada, ele aparentemente a vira como algo mais. Ou então ela desejara que fosse esse o motivo. Ela tinha caído na água, caído sob o poder de um feitiço, apaixonada pela ideia de se apaixonar. Ela já tinha visto isso acontecer uma centena de vezes, quando se sentava no escuro e ouvia Hannah aconselhar as mulheres que a procuravam. É o homem que você quer ou o sentimento *dentro de você quando se sente amada?*

Na sala da sua casa, Hathorne ouvia chamarem seu nome. Aquilo soava como uma maldição, pois ele o ouviu depois sendo pronunciado de trás para a frente. Quando ele não apareceu, Maria olhou pela janela e viu uma figura espiando para fora. Ruth Hathorne em breve teria um segundo filho e rezava para que fosse outro menino. O coração de Ruth batia descompassado. Ela reconhecia uma bruxa quando via uma. Até o filhinho de Ruth a reconhecia pelo que Maria era. Agora a mulher tinha um estranho livro preto nas mãos e recitava o que lia em suas páginas, os lábios se movendo rapidamente. Ruth sabia que os livros tinham poder, por isso ela secretamente estudava as letras para poder decifrar as Escrituras. Mas aquela mulher à sua porta certamente sabia ler muito bem, portanto era até mais perigosa do que Ruth tinha imaginado. Ela escondeu o filho num guarda-roupa e disse para ele não fazer barulho.

– Se uma mulher de vestido preto vier pegar você, não vá com ela – disse a mãe.

Ruth nunca fazia nenhuma exigência nem levantava a voz, mas agora chamava o marido num tom frenético.

– Venha aqui agora. Ela está procurando você!

Maria podia ouvir Ruth Hathorne gritando atrás da porta. Ótimo, ela pensou. *Ele terá que me enfrentar. Terá que assumir Faith como filha dele.*

A essa altura, Ruth já estava com medo demais para olhar pela janela. Em vez disso, ela ergueu um grande espelho e o virou para a rua, na tentativa de reverter qualquer feitiço que a bruxa pudesse lançar sobre ela. A mãe dela era do interior da Inglaterra e tinha lhe ensinado a medicina popular que Ruth mantinha em segredo, curas que o marido nunca teria aprovado. Aquela noite ela iria se banhar com sal e vinagre para se purificar e afastar os maus pensamentos. Mas Maria não tinha más intenções com relação à Ruth, apenas compaixão. Elas eram como irmãs, na verdade. Se as duas tivessem colocado as palmas das mãos uma ao lado da outra, veriam que as linhas do amor tinham o mesmo traçado até o meio da palma, depois desse ponto se desviavam.

É *nesse ponto que ele vai machucar você*, é nesse ponto que *você vai se culpar. E é aí que estará a sua salvação, é isso que você verá se abrir os olhos.*

Hathorne entrou na sala furioso ao ouvir Ruth exigindo que ele desse um jeito em Maria Owens. Era culpa dele que tinha sido enfeitiçado? Ele era uma vítima tanto quanto Adão, ao ser tentado por Eva.

– Por que você não a mandou embora? – ele perguntou à esposa.

Ruth lhe lançou um olhar desesperado, mas ele insistiu.

– Isso é função de mulher – disse ele. – Mande-a embora assim como faria com um mascate.

※

Ruth sussurrou uma prece para se proteger ao abrir a porta. Ela usava um vestido cinza, com a touca cobrindo o cabelo. Era bonita, tinha a pele pálida e parecia confusa, mas o que mais se destacava era seu olhar apavorado.

– Ele disse para você ir embora – disse ela à Maria. A voz soou baixa e fraca, até mesmo para seus próprios ouvidos.

– Não estou aqui para fazer mal a você. – Maria sentiu um aperto na garganta. Aquela era a mulher que ela nunca esperava ser, alguém que partira o coração de outra mulher. – Por favor, entenda. Eu não sabia sobre você.

– Eu imploro. – Ruth fechou os olhos, como se assim pudesse fazer aquela beldade de cabelos negros desaparecer. Ela não queria olhar nos olhos de Maria. As pessoas diziam que eram prateados como os de um gato. – Não nos faça mal.

Maria pegou a mão de Ruth e a moça arregalou os olhos. Olhos de um azul claríssimo. Maria pôde sentir o calor do sangue da outra, correndo rápido nas veias. Soltou a mão dela. Tudo o que queria era que a mulher a ouvisse.

— Deixe que ele mesmo venha me dizer – disse Maria – e nenhum mal acontecerá a vocês.

Ruth entrou e fechou a porta, o coração batendo contra o peito. Ela tinha pouco mais de 19 anos, perdera os pais quando criança e agora era a mãe do único filho de John Hathorne. Sua própria amada mãe tinha sussurrado em seu ouvido antes que ela e o marido fossem exilados para o deserto de Rhode Island: *Não confie em ninguém exceto em você mesma*.

John estava esperando por ela, a expressão circunspecta. Aquela noite ele parecia mais velho do que de costume. Ela podia ver o homem que ele seria quando envelhecesse, sem sua boa aparência, com o humor sombrio, um homem que só sabia julgar os outros. Quando faz certas escolhas, você muda o seu destino. Olhe para a sua mão esquerda e você verá as linhas mudando de acordo com a pessoa que se tornou.

— E então? – ele perguntou.

Aos 14 anos, Ruth era grata por ele tê-la desposado, pois ela não tinha mais ninguém e não sabia nada deste mundo. Tudo o que conhecia era aquela cidade. Os olmos com suas folhas pretas. As ruas de pedras e as casas com venezianas de madeira. Os campos onde os corvos invadiam os milharais. Os barcos nos ancoradouros, tentando se livrar de suas amarras, os invernos intermináveis e cheios de neve. Na primeira noite em que ficaram juntos, ele disse a ela para fechar os olhos e rezar. E disse para ela não chorar, pois isso desagradaria a Deus. Ela obedecera aquela noite e desde então, mas agora ergueu o queixo ao falar com ele:

— Ela vai falar apenas com você.

— E eu a culpo por isso! – murmurou Hathorne.

— E eu a você! – Ruth disse baixinho.

Por fim, ele saiu vestindo o casaco, com uma expressão tenebrosa no rosto. À luz brilhante de Curaçau, ele não tinha visto Maria pelo que ela realmente era, mas agora certamente via. Ele já tinha ouvido falar de tais criaturas, mulheres que estavam além da vigilância de Deus, que devoravam a alma de um homem e zombavam da decência. O comportamento incomum da esposa era mais uma prova do poder de Maria.

– Você não devia vir atrás de mim – ele repreendeu Maria. Sabia que os vizinhos estavam assistindo à cena. Estavam sempre em busca de mexericos naquela cidade. Ele se manteve do lado de dentro da cerca.

– Que covarde manda a esposa fazer o que ele teme?

– Não vamos brigar. Isso não vai ajudar em nada.

– Eu não devia vir atrás de você, mas você foi atrás de mim muitas vezes. – As palavras de Maria deixaram o rosto dele em chamas. – Alguma vez me disse que tinha uma esposa?

Maria tinha características que ele nunca percebera antes, traços suspeitos. Uma marca preta na curva interna do cotovelo. Olhos cinza-prateados que brilhavam no escuro. O cabelo preto como as penas de um corvo. O braço numa tipoia. Folhas pretas caindo fora de época e amontoando-se aos pés dela.

– E agora você matou meu amigo – disse Maria.

– Amigo? – disse ele. – Era só um corvo.

– Se tivesse metade das qualidades dele, meu senhor, você seria um homem melhor.

Em vez de responder, Hathorne enfiou a mão no casaco e tirou dali um saquinho. Ele se atreveria a compensá-la pelo seu desgosto com um punhado de moedas? *Toda mulher faz papel de tola pelo menos uma vez na vida*, Hannah tinha dito a ela.

– Vai pagar pelos meus serviços? – ela disse num tom que ele nunca tinha ouvido antes. Ela não era uma garota fraca que ele pudesse comandar, embora ele tivesse feito o máximo para controlar a situação. Ela era mais do que isso.

– Um dos meus navios vai partir amanhã – ele disse a ela. – Isso vai pagar sua passagem. Eu lhe dei a safira e os diamantes, e agora estas moedas. Certamente é o bastante. – Ele baixou a voz. – Sugiro que faça o que estou dizendo. Não estamos em Curaçau agora, senhorita.

Maria acenou com a cabeça para Faith, nos braços dela.

– E, no entanto, aqui está uma prova daquela época.

Ruth estava olhando da janela, por trás do vidro embaçado. Ela se forçava a assistir à cena, não através de um espelho, mas com os próprios olhos. Não se atreveria a sair de casa sem a permissão do marido, nunca tinha ido além dos limites da sua propriedade se não fosse para ir ao mercado ou à igreja. Mais tarde, Ruth não perguntaria nada a John sobre Maria, quando ele finalmente fosse para a cama. Ela não diria nada, morderia a língua, mas agora ela observava Maria e imaginava como seria ser livre, como um pássaro, um navio, uma mulher na rua com o cabelo descoberto.

– Não pense que não sei o que você é – disse Maria.

– E o que eu sou?

– Um mentiroso, senhor.

Sempre é possível desmascarar um mentiroso, pois ele não olha nos olhos quando fala e muitas vezes tem manchas brancas nas unhas, uma para cada mentira que contou. Mas nenhum homem gosta que o chamem de mentiroso, mesmo que seja a verdade. Hathorne agarrou o braço de Maria, mas ela o soltou com um puxão. Não iria obedecê-lo, como se ela fosse igual àquela ali, que usava touca branca e espiava pela janela, com medo de sair no próprio quintal.

Ela despejou na mão o conteúdo do saquinho. Dez moedas de prata. O pagamento de um ano pelos serviços de uma lavadeira ou de uma empregada. No momento em que ela tocou as moedas, a prata escureceu. Ela podia ver o pânico com que ele observou a bruxaria.

– É melhor que você não volte mais – disse ele.

— Você está enganado — Maria disse a ele. — É melhor que *você* fique longe de *mim*.

⁂

Naquela mesma noite, Maria desembrulhou o espelho preto e fitou a superfície, pois finalmente ela conseguia ver com mais clareza. Viu a si mesma sem o colar de safira. Lembrou-se do que Samuel Dias tinha dito a ela, que aos olhos dele a pedra não era verdadeira. Ela tirou a pedra do pescoço e foi até o lago, onde a colocou sobre uma pedra. Então pegou seu Grimório e, segurando-o pela lombada, golpeou a pedra com ele. A pedra se estilhaçou em mil pedaços como se fosse vidro, pois não passava de uma pedra falsa, tão falsa quanto o homem que tinha lhe dado de presente. Onde havia uma mentira, sempre se descobriam outras. Ela fez um corte na barra da saia e deixou que os diamantes se espalhassem sobre a pedra. Depois pisou neles com a sola da bota. Eles se quebraram também, peças sem valor, bugigangas destinadas a comprar amor e nada mais, estilhaçados em partículas brilhantes.

Quando alguém sonda o próprio futuro, pode enxergar apenas o que quer e, mesmo a mulher mais sábia pode cometer um engano, especialmente em questões do coração.

Desde o início, ela tinha desejado o homem errado.

⁂

Diga a uma bruxa para ir embora e ela plantará os dois pés no chão e ficará exatamente onde está. Em vez de obedecer, ela cravará uma faca no próprio braço e deixará seu sangue pingar no chão, reivindicando assim a terra para si mesma e para todas as suas futuras gerações. É o futuro que ela está reivindicando, o direito de ser uma mulher livre para fazer o que bem entender.

Quando voltou para a cabana, Maria tirou o livro da bolsa, pois o que estava escrito ali abriria o próprio mundo. Enquanto folheava o Grimório, pensou na mulher que a levara de um campo nevado e lhe dera o sobrenome Owens, compartilhando com ela tudo o que sabia sobre a Arte Sem Nome. *Tome posse da sua própria vida*, Hannah dizia a ela. *Nunca dependa de ninguém. Proteja aqueles mais próximos a você.*

Quando foi ao tribunal, Maria estava ciente de que uma mulher na situação dela não deveria chamar atenção. Pelo menos por enquanto. Ainda não. Ela usava uma touca branca que havia costurado usando o algodão branco do forro do corpete do seu vestido azul. Tinha colado punhos brancos numa muda de roupa cinza, para que parecesse mais apresentável. O cabelo estava preso para que ninguém pudesse ver que não era longo o suficiente para ser trançado, mas cortado na altura do queixo, como se ela fosse um rapaz. Um documento oficial valia pouco, pois as leis eram feitas para servir aos homens que as criaram e raramente honravam as mulheres, mas era difícil tirar uma terra do seu legítimo dono.

Ela manteve os olhos baixos quando se dirigiu ao magistrado e falou num tom cortês. Cuidado com o que diz quando está diante de homens como esses, pois eles encontrarão culpa na inocência e mal no que é mais natural. O magistrado aprovou sua maneira de falar e permitiu que ela comprasse o terreno da casa que tinha habitado até então, pois era considerado uma terra inútil. Ela usou as moedas de Hathorne, pois, ao contrário das pedras, eram autênticas. E sentiu prazer ao pensar que o homem que desejava sua partida tinha lhe dado a chance de ficar e ser proprietária daquelas terras. Naquele mesmo dia, sua propriedade foi registrada no livro de escrituras, carimbado com as iniciais do escrivão. Mulheres casadas não podiam possuir bens, mas uma mulher sem marido era livre para fazer o que quisesse.

Maria Owens fez exatamente isso.

1685

II.

Aos 5 anos, Faith era uma menina carismática e bem-comportada, com talentos próprios. Ela já tinha aprendido que, em todo lugar do mundo, haveria quem a julgasse, portanto precisava manter em segredo seus pensamentos, seus feitos e seus atributos. A mãe dela avisara que ser diferente das outras pessoas podia lhe causar alguns pesares, pois os seres humanos muitas vezes destruíam o que não podiam entender. Quando a criança perguntou quem era o pai dela, pois com toda certeza ela tinha um, Maria simplesmente disse que havia coisas que era melhor não saber e que esse homem, quem quer que fosse, tinha uma filha maravilhosa.

Faith entendeu que ela e a mãe viviam num mundo de segredos. Ela não dizia a ninguém que podia fazer fogo simplesmente imaginando uma chama vermelha ou que podia pular do telhado e pousar suavemente nos calcanhares. Faith podia chamar os pássaros e os peixes e por isso logo descobriu que certas lendas da cidade eram, na verdade, a mais pura realidade. Havia de fato uma serpente no lago Leech, uma grande criatura parecida com uma enguia, que ela logo adestrou, para comer migalhas na palma da sua mão. A menina não contou a ninguém sobre a existência da serpente, pois ela tinha visto o que os homens faziam com quaisquer criaturas que considerassem monstros.

Naquele inverno, ela viu dois caçadores arrastando uma loba do seu covil. Eles a assassinaram na neve, com o filhote. Lobos eram proibidos na colônia e os homens tinham começado uma matança, como tinham feito com os povos nativos. Uma das primeiras leis que os puritanos aprovaram em 1630 foi a que estabelecia uma recompensa para quem caçasse lobos, e isso incluía cães indianos, que pareciam uma mistura de lobo e raposa. O pelo de um lobo preto valia mais e a pobre mãe loba tinha uma pelagem dessa cor. Faith estava escondida atrás das amoreiras, com a mão sobre a boca para que não ouvissem seus soluços. Foi uma coisa terrível para uma criança testemunhar e mudou quem ela era. A menina sentiu dez vezes mais a diferença entre ela e as outras pessoas, e a parte dela que era humana sentiu vergonha da própria espécie.

Outro filhote, esquecido pelos caçadores porque era muito pequeno e fraco, logo saiu do covil. Seus olhos entreabertos eram cinza-prateados, do mesmo tom que os de Faith, e seu pelo totalmente preto o fazia passar despercebido à noite. Ele foi até Faith como se soubesse que ela estava esperando por ele. Sentiu que ela era confiável e que pertenciam um ao outro.

Faith correu para casa carregando o filhotinho sobrevivente. Maria deu a Faith uma luva de couro com leite de cabra para que o filhote pudesse mamar, sugando por um orifício que ela fez na ponta de um dos dedos. Faith deixou que o lobo dormisse em sua cama naquela noite, para garantir que ele ficasse aquecido. Ela o chamou de Guardião, pois não pretendia deixá-lo ir embora. Algum tempo depois da meia-noite, o cachorro parou de choramingar e logo eles estavam sonhando o mesmo sonho, tanto a menina quanto o lobo. Um sonho onde havia sangue na neve, leite morno e uma cama para dormir sem medo ou preocupações.

De manhã bem cedo, Faith carregou Guardião através da escuridão até o pequeno galpão onde ficavam duas cabras e encheu a luva com leite. Maria a encontrou lá quando o sol nasceu, dormindo na palha com o lobo ao seu lado. Ela reconhecia um familiar quando via um. Essa criatura sempre se aproximava por conta própria. Não se pode escolhê-lo, pois é ela quem deve escolher seu protegido. Depois de escolhê-lo, o familiar será leal pelo resto da vida, assim como Cadin tinha sido.

– Nesta cidade, as pessoas matam os lobos – disse Maria à filha naquele dia. – Mas se você disser que ele é cachorro, todos vão acreditar.

Faith assentiu solenemente. Ela sabia que as pessoas na cidade olhavam com curiosidade para o seu cabelo ruivo e algumas o consideravam uma marca do próprio diabo. Também olhavam com espanto para as botas vermelhas da mãe. Tudo o que elas eram devia ficar um segredo e o mesmo podia-se dizer do seu lobo. Desde o primeiro dia, quando Guardião era um filhotinho que nem enxergava direito, ele fazia o possível para seguir Faith aonde quer que ela fosse, recusando-se a se separar dela, com uma lealdade feroz. Ela ria e o chamava de seu cabritinho, pois ele logo aprendeu a correr atrás das cabras no celeiro, querendo ser alimentado, e brincava com as tolerantes caprinas, mordendo seus cascos e correndo entre elas, até que, fartas da brincadeira, elas lhe davam umas cabeçadas e o afugentavam do celeiro.

Maria se perguntava se a filha ainda se lembraria do homem que elas chamavam de Cabrito, pois ainda dormia com a boneca que ele tinha feito para ela. Maria nunca disse a ninguém que Samuel Dias estivera a um passo da morte e escapara por um milagre. Mesmo assim, ele tinha continuado a falar, como se não houvesse tempo suficiente para dizer tudo o que estava dentro dele. Suas histórias muitas vezes pareciam contos imaginários de monstros marinhos e tempestades, mas o conselho que ele deu a Maria era verdadeiro. Ele a aconselhara a ter cuidado em Massachusetts, pois os homens continuavam sendo homens, especialmente num lugar cheio de hipocrisia como Salem, e os juízes continuariam a julgar aqueles que estavam diante deles.

***

Depois que Faith aprendeu a ler e a escrever, Maria apresentou a ela o Grimório, seu maior segredo, mantido na cozinha trancado a chave, numa gaveta da escrivaninha com fundo falso, de modo que, mesmo se alguém arrombasse a gaveta, não encontraria nada além de duas grandes colheres de pau.

– Isso será seu um dia – disse Maria a Faith.

Faith ficou encantada com a notícia.

– Que dia será esse?

– Um dia em que você estiver muito crescida e eu já for uma mulher muito velha.

Maria contratou um carpinteiro que viajava de cidade em cidade. Ele consertou as rachaduras nas paredes da cabana e reformou o galpão das cabras, de modo que ele não balançasse mais com o vento. Também ajudou Maria a fazer um caminho de pedras azuis que lembrava o da cabana de Hannah. Quando Maria disse que havia um rio subterrâneo nas proximidades, o carpinteiro duvidou e cavou a contragosto, mas ficou surpreso quando descobriu um poço de água limpa e fresca.

– Ser capaz de encontrar água é um grande dom – disse ele.

As pessoas diziam que apenas as bruxas eram capazes disso, pois não podiam se afogar e tinham uma afinidade com a água que as pessoas usavam contra elas. Havia quem dissesse que elas podiam sentir o cheiro da água e que ela tinha o cheiro da doce flor de íris para essas mulheres.

Maria planejava pagar o carpinteiro com a última moeda de prata que lhe restara, mas em vez disso ele pediu a ajuda dela em troca do trabalho que faria na casa. Ele tinha dores de cabeça excruciantes e suas mãos tinham começado a tremer. Com o tempo, ele não seria mais capaz de ganhar o próprio sustento. Ele tinha descoberto que Maria Owens praticava a Arte Sem Nome e, se ela pudesse ajudá-lo, não teria que pagar nada a ele. Maria colheu cevada e verbena no jardim, ferveu-as e embrulhou as ervas num pano branco para colocar na testa do homem. Ela disse palavras numa língua que ele não reconheceu, depois as repetiu de trás para a frente, pelo que parecia. Ele não conseguiu manter os olhos abertos e dormiu a noite toda no celeiro com as cabras, sem ter pesadelos nem sonhos. Pela manhã, sentiu a cabeça leve e voltou para agradecer à Maria.

— A senhora tem um talento muito raro — disse ele solenemente.

Foi nessa ocasião que ela soube qual seria seu futuro. Maria abandonaria o amor totalmente e voltaria seus talentos para as artes da cura. Ela acendeu um lampião na varanda que o carpinteiro havia construído e esperou. Estava longe da cidade, mas o lampião podia ser visto por qualquer um que se dispusesse a se aventurar floresta adentro. As pessoas iriam ver a luz amarelada, depois a cerca e, então, o jardim bem cuidado e saberiam que eram bem-vindas.

Jardim de bruxa simples

Sálvia, para dor de cabeça.
Segurelha-das-hortas, para cólicas.
Absinto verde, para feridas (misturar com vinagre ou rum e em seguida aplicar).
Hissopo, para os pulmões.
Tussilago e semente de linhaça, para a tosse.
Agripalma, para acalmar os nervos.
Erva-cidreira, para baixar a febre.
Rábano misturado com vinagre quente, para dores nos pés.
Malvas embebidas em leite, para disenteria.

Segurelha, para dar sorte.
Salsa, para ver o futuro e fazer boas escolhas.

Anne Hatch, a esposa do dono do armazém, que sempre era tão gentil com Maria, foi a primeira a procurá-la. Anne não tinha mais do que 20 anos e seu marido, Nathaniel, estava perto dos 50. Não era uma combinação incomum na colônia. Os homens chegavam a se casar três, até quatro vezes, pois muitas mulheres morriam de parto. Mas, no caso de Anne, não se tratava de um bom casamento. Anne temia o marido, pois ele a tratava mal. Ainda assim, ela saiu da cama furtivamente uma noite e cruzou os campos sozinha, embrenhando-se na mata escura para chegar à cabana que muitos diziam ser encantada.

As pessoas na cidade não tinham se esquecido de Maria Owens. Eles a viam quando ela ia uma vez por mês à cidade fazer compras, com a filhinha sempre escoltada pelo seu cachorro preto. Era costume Maria usar um vestido azul e aquelas botas vermelhas, que algumas pessoas diziam que eram da cor do sangue e outras insistiam em dizer que eram da cor de rosas.

– Prenda a respiração quando ela passar – diziam as mães aos filhos.

Nos dias em que Maria ia ao mercado, Ruth Gardner Hathorne sempre saía no portão para observá-la, assim como a maioria das mulheres da Washington Street. Elas nunca trocavam uma palavra com Maria ou a cumprimentavam. Mesmo assim, se sentiam atraídas por aquela desconhecida. O que ela poderia fazer por elas se pedissem? O que poderiam encontrar do lado de fora dos seus próprios portões? Os magistrados tinham permitido que Maria comprasse terras no Condado de Essex. Ainda assim, recomendavam que ninguém falasse com Maria ou fizesse amizade com ela, do contrário essa pessoa também poderia ser considerada suspeita e correr o risco de passar por um interrogatório. As pessoas juravam que um dia haveria provas suficientes para que Maria fosse julgada por bruxaria.

– O que a faz pensar que pode desafiar as leis e o protocolo? – as mulheres sussurravam entre si.

Anne Hatch subiu os degraus da varanda com o coração batendo freneticamente contra o peito. Ela tinha ficado órfã. Primeiro de mãe, que tivera febre, depois de pai, que desaparecera na Guerra do Rei Philip. Deveria ser grata ao homem que evitara que fosse para um reformatório, para onde teria sido enviada pelos Superintendentes dos Pobres. Porém, depois da primeira noite com o novo marido, ela já não sentia mais nenhuma gratidão por ele.

– Que Deus me abençoe – Anne Hatch sussurrou para o Altíssimo, que zelava por ela. Suas mãos tremiam. – Não me julgue pelo que vou fazer – ela suplicou ao Senhor.

Maria tinha feito sabão mais cedo naquela noite e o caldeirão estava do lado de fora, as brasas ainda queimando num tom pálido de vermelho. O sino de latão soou ao vento e ela sabia que alguém havia chegado. Quando atendeu à porta, seu cabelo estava molhado, pois ela tinha acabado de lavá-lo com um jarro de água do lago, para tirar as cinzas. Maria torceu o cabelo molhado e o prendeu com seus grampos de prata. Já era tarde e a filha estava na cama, mas o cachorro preto rosnou para a visitante, que se encolheu de medo.

– É só um filhote – Maria assegurou à Anne.

Quando ela disse ao cachorro para se calar, ele obedeceu, enrodilhando-se ao lado da cama da menina. Maria já esperava uma visita, pois a vassoura havia caído apenas uma hora antes, o que sempre significava que teriam companhia. Ela já havia feito um bule de Chá da Coragem.

Elas sabem o que querem, Hannah dizia à Maria. *Faça as perguntas certas e você terá as respostas certas. Mesmo aquelas que têm medo de falar dizem a verdade quando precisam.*

– Eu não deveria estar aqui – disse Anne se desculpando. Ela olhou para a porta e por um instante pareceu que poderia fugir. – Já é tarde.

– Talvez não seja tarde demais, mas é claro que você é quem decide. Pode ir ou ficar, faça como quiser.

Anne se recompôs um pouco. Depois que o marido descobrisse que ela não estava em casa, ficaria furioso. Aquela era provavelmente sua única chance de conseguir a ajuda de Maria.

– Eu vou ficar.

Maria fez um gesto, indicando a mesa, para que pudessem se sentar. Ela ainda não tinha 22 anos, mas era dois anos mais velha do que a jovem infeliz diante dela, e agora Maria já sabia um pouco mais sobre amor. Ela entendeu a situação assim que Anne retirou a capa e desabotoou os ganchos da frente do vestido. Anne ergueu o queixo em desafio ao se expor, mas, antes mesmo disso, Maria já sabia o que seria revelado: hematomas da mesma cor dos que tinha Rebecca no dia em que procurara Hannah Owens. Em Boston, Maria era procurada para fazer curas e magias de amor. Isso era algo totalmente diferente.

– Ele faz isso para me punir quando sou desatenta ou ajo como uma idiota – disse Anne. – Se cobro o preço errado ou queimo o jantar, ou se falo muito alto... – Ela tinha pensado em matá-lo durante o sono, mas não tinha estômago para essas coisas, apenas imaginação.

Maria deu à esposa do dono do armazém uma pomada de calamina e bálsamo de Gilead, para seus hematomas, e um amuleto feito de contas de vidro azuis enfileiradas numa linha azul, para proteção.

Anne Hatch balançou a cabeça, descontente.

– Isso não é forte o suficiente para resolver o meu problema.

As duas mulheres se olharam nos olhos. Para vir de tão longe sozinha, uma mulher precisava estar muito disposta a correr riscos. O que ela queria deveria querer desesperadamente. Maria preferia não se envolver em dores de amor, ainda assim seu coração se condoeu por Anne. Na verdade, aquilo não era amor, mas um amor que dera errado, uma coisa bem diferente.

– O que você tinha em mente? – Maria perguntou.

— Eu preciso de um veneno – Anne disse baixinho, o queixo erguido, os olhos fixos nos de Maria.

Muitas poções tóxicas poderiam ser feitas com as plantas da região, como a ambrosia, o lírio-do-vale, a mamona, a tanásia, a erva-moura, o louro-da-montanha, as folhas de teixo, a erva-de-são-cristóvão, o meimendro, a urtiga, a erva-tintureira, o cianeto dos caroços das cerejas silvestres. Mas o que é feito não pode ser desfeito e a vingança sempre volta para quem a praticou.

— Ninguém quer ter sangue nas mãos – Maria disse a ela. – O que fazemos volta para nós e cobra um preço alto demais.

Os olhos de Anne estavam inchados de tanto chorar.

— Como vou me livrar dele, então?

— Você tem que ter certeza de que é isso mesmo que quer. – Maria olhou por cima do ombro. Faith ainda dormia pacificamente. – Porque depois que ele se for, não vai mais voltar.

Anne Hatch sorriu, seu primeiro sorriso em muito tempo. Ela estava pronta para começar.

Maria mandou Anne cortar uma mecha do próprio cabelo e queimá-la num prato de latão. Esse seria o fim da sua antiga vida e o início de uma nova, e a transição tinha de ser marcada. Com um pano preto e linha vermelha, Maria costurou um pequeno boneco, recheado com abrunheiro e casca de cereja, e bordou nele o nome do marido de Anne, *Nathaniel*. Depois Anne não se importou em fazer um furo no dedo e pingar algumas gotas do seu sangue no tecido, ela já tinha sangrado muitas vezes por causa do marido. O encantamento para acabar com o amor foi escrito num pedaço de papel, que Maria enrolou numa vela cuja chama se alongou, brilhante.

Que o nosso vínculo seja quebrado pelos poderes do Alto. Você vai querer correr e não vai olhar para trás. Do que eu esperava de você, nada vai restar. De mim nenhuma lembrança vai ter e, para mim, nada mais você vai significar.

Essa era uma magia que precisava de palavras, pois a magia verbal era a que continha mais poder. Quando chegasse em casa, Anne deveria enterrar o boneco do lado de fora da casa, ao lado da porta da frente, depois queimar o encantamento e percorrer o perímetro da propriedade, espalhando as cinzas. Quando ela entrasse em casa, deveria polvilhar suas roupas com sal.

– Isso vai afastá-lo – disse Maria. – Depois que o seu marido for embora, o destino dele não lhe dirá mais respeito, e nem você nem eu seremos responsáveis pelo que acontecer a ele daí em diante.

Nathaniel Hatch ficou fora de casa durante quinze dias, depois um mês. O verão chegou e ele ainda não tinha sido visto. Anne tomou conta do armazém sozinha e, depois de seis meses, foi ao tribunal e se declarou viúva. Um grupo de busca encontrou as botas do marido e a arma do outro lado do lago Leech. Presumiram que ele tivesse se afogado enquanto caçava o monstro marinho, como outros antes dele, pois havia um amontoado de sal perto dos seus pertences e o sal era considerado uma substância que atraía criaturas de água salgada. Ninguém além de Maria tinha visto as pegadas dos pés do marido de Anne continuando além da lagoa, movido por um desejo irresistível de deixar Massachusetts.

Por ser viúva, sem herdeiros do sexo masculino, Anne Hatch tinha autorização para ter propriedades em seu nome, por isso o armazém agora era dela. Ela nunca mais cobrou nada de Maria por nenhuma das suas compras, fosse melaço, chicória ou farinha.

Quando havia itens difíceis de encontrar, laranjas espanholas, por exemplo, ou óleo de mirra do Marrocos, artigos de luxo que ocasionalmente chegavam, quando os navios que visitavam terras distantes atracavam no porto, Anne os guardava para Maria Owens.

Logo após o desaparecimento de Nathaniel Hatch, as mulheres que precisavam de curas começaram a bater na porta de Maria, sempre tarde da noite, quando a maioria das pessoas de respeito da cidade já estavam na cama. Os maus-tratos que Anne Hatch sofrera não eram tão secretos quanto ela gostaria que fossem e logo era de conhecimento de todos que a moça obtivera ajuda para melhorar de vida.

Nessa época, a maioria das pessoas recorria a remédios caseiros, que muitas vezes podiam causar mais danos do que benefícios. Elas acreditavam que os bebês que morriam no berço tinham a vida sugada por emissários de Satanás ou por gatos, considerados criaturas do mal, traiçoeiras. Achavam que a pele da enguia podia curar reumatismo e que bater numa criança que sofria de convulsões, com um galho fino cortado de uma árvore jovem, fazia o diabo sair do corpo dela. Agora, para o bem de si próprias e dos filhos, elas recorriam à Maria Owens para obter outros tipos de remédio.

> *Chá da Frustração para dar ânimo. Bom para quem sofre.*
> *Chá de Prevenção para crianças rebeldes, como meninos que carregam espingardas ou sonham em fugir para o mar.*
> *Chá da Febre, para cortar a febre alta pela raiz. Feito de amora, gengibre, canela, tomilho e manjerona.*
> *Chá da Coragem serve como antídoto para o medo, para a tristeza e para enfrentar as provações deste mundo. Uma xícara lembra você de sempre ser quem de fato é.*

Nessas noites, Faith se sentava em sua cama no escuro, com Guardião ao lado dela e sua boneca favorita por perto, enquanto ouvia as vozes na cozinha. Ela rapidamente entendeu que as visitantes muitas vezes vinham pedir a cura de doenças e, quando se tratava de amor, Maria só aceitava fazer alguns tipos de cura. O amor que fazia uma mulher querer cruzar um campo de amoreiras tarde da noite e implorar por um remédio era um deles. Quanto a ela mesma, Maria nunca mencionava o nome de John Hathorne. Mesmo assim Faith sabia que a mãe havia sido traída por um homem que era juiz. Quando elas iam para a cidade em dias de mercado e passavam pelo tribunal, Faith ficava para trás, fechava os olhos e imaginava o tal juiz em sua escrivaninha. John sempre sentia um calafrio quando a filha fazia isso e ia olhar pela janela. Cada vez que ele a avistava parada nas ruas de pedras, fechava as venezianas e se afastava da janela.

– O que está fazendo parada aí? – a mãe perguntava.

– Nada – dizia Faith.

Mas quanto mais ela crescia mais se convencia... E em seu aniversário seguinte, quando fez 6 anos, Faith Owens já tinha jurado que nunca se apaixonaria.

III.

Havia uma mulher que andava pelos campos à noite, mas, ao contrário das clientes de Maria, ela nunca batia à porta da cabana. Martha Chase não acreditava em magia e, ainda assim, se sentia atraída por aquele lugar, obrigando-se a sair da cama e caminhar pelos campos de camisola. Ela tinha avistado Faith Owens à beira do lago, correndo pelas pedras sem meias ou sapatos, como se fosse uma criança selvagem. Martha costumava voltar para observar Faith brincando, escondendo-se atrás dos arbustos de azevinho, chorando lágrimas quentes e salgadas.

Martha usava o cabelo claro preso sob uma touca branca, que ela tirava apenas uma vez por mês, para lavar o cabelo numa bacia, trancada num cômodo. Ela já tinha sido casada, mas o marido morrera de febre maculosa e ela tivera que cavar o túmulo sozinha e ficar de quarentena por três meses após enterrá-lo. Na verdade, ela não se incomodou de ficar sem marido. Ele era um homem cruel e distante e ela não sentia nenhuma falta dele. Para falar a verdade, ela tinha uma aversão feroz pelo marido e nunca tinha aprovado sua luxúria e os desejos que aumentavam e diminuíam dependendo de quanto rum ele tomava. O que a dilacerava era que ela parecia não ter mais futuro desde o dia do funeral do marido, pois sua ausência na terra significava que ela nunca teria um filho.

Ela fazia o possível para não ser orgulhosa, para seguir as Escrituras e nunca se desviar do caminho correto. Mas também tinha um anseio tão forte que às vezes ardia como uma chama em seu peito, fazendo um buraco no vestido e chamuscando o tecido, como se o seu coração não pudesse conter o que queria mais do que paciência, mais do que obediência, mais do que honra, mais do que libertação. Ela queria uma filha. Seu casamento tinha durado anos e ela tentara todos os remédios. Agora estava na floresta, espreitando detrás das árvores, enquanto observava a garota ruiva escalar as pedras ao redor do lago ou colher hortaliças no jardim exuberante e achava muito injusto que uma bruxa pudesse ter o que ela mais queria no mundo.

Martha Chase estava no armazém comprando tecido para um vestido cinza novo, pois os seus já tinham sido lavados e passados tantas vezes que estavam desbotados e puídos. Foi nesse momento que ela avistou a criança perto das latas de farinha, araruta e açúcar. Por um instante, achou que o Senhor tinha ouvido suas preces e atendido ao desejo do seu coração, entregando a ela aquele anjo de criança, a mesma que ela observava de longe quando perambulava pela floresta de camisola, pois, desta vez, a menina parecia estar ali sozinha. Ela estava prestes a ir falar com ela quando, de repente, a mulher de cabelos escuros, aquela que as pessoas chamavam de bruxa, atravessou o corredor para pegar a mão da criança.

Martha sentiu nuvens de rancor se acumulando dentro dela, tomando as proporções de uma tempestade. Ela era uma mulher modesta, mas não tanto quanto julgava ser, pois na sua arrogância acreditava que havia sido escolhida para estar na luz do Senhor. A inveja estava se transformando num desejo implacável e foi essa intensa emoção que lhe deu uma ideia.

Usando vestidos coloridos que Maria havia costurado, com saias roxas, tingidas com folhas de cedro e lilases e corpetes amarelos, coloridos com folhas de louro, mãe e filha percorriam os corredores do armazém, conversando alegremente. Ali havia farinha indiana e centeio, guardados em barris, com uma pedra fria para mantê-los resfriados e impedir que fermentassem, o que poderia causar todo tipo de doença, incluindo náuseas e alucinações. A mãe da menina estava comprando feijão, um pote de mel produzido na região, algumas ameixas secas e um saco de farinha de trigo. Martha ouviu a bruxa dizer à garotinha que iria preparar um pudim indiano para o jantar. A bruxa separou um pacote de chá inglês, que não custava barato. Martha não desperdiçava suas economias em grãos de café ou chás caros quando havia substitutos caseiros, como o Chá da Liberdade, feito com uma planta nativa chamada lisimáquia ou uma mistura de morango, groselha e sálvia.

Algumas pessoas na cidade ficavam tão apavoradas ao cruzar com Maria Owens que faziam o sinal da raposa, levantando o dedo mínimo e o dedo indicador para se proteger, mas havia mulheres que acenavam para ela como se a conhecessem ou talvez apenas porque achavam mais prudente ser educadas com uma bruxa. Quanto à Martha, ela não dizia nada. Estava esperando um presságio que a orientasse sobre que atitude tomar. Ela sentia algo verde e amargo por dentro. Sementes de inveja tinham brotado em profusão no seu peito, criando gavinhas que se enredavam em seus pulmões, fígado e coração.

A bruxa deixou a criança sozinha e foi falar com Anne Hatch, que, em vez de somar as compras de Maria, mostrou a ela uma fazenda que tinha recebido pouco tempo antes da Inglaterra, uma chita tingida com anilina, estampada e muito superior ao tecido caseiro que a maioria das mulheres usava para confeccionar suas roupas. Era o tecido perfeito para o vestido de uma menina se ela não fosse filha de uma puritana que só usasse cinza ou marrom, os tons das folhas mortas.

– Meu presente para você – disse Anne Hatch, claramente de bom humor, como ela sempre ficava quando Maria ia à cidade.

Enquanto as duas mulheres examinavam o tecido, Martha foi até Faith, que estava ocupada contando botões dispostos sobre uma bandeja.

– Você é muito boa com números – disse Martha. Crianças adoram elogios, embora essas coisas pudessem incentivar a vaidade.

Faith se voltou para a desconhecida e, ao ver dentro do coração da mulher, ficou perplexa. Havia algo escuro ali, como uma nuvem encobrindo o sol.

– Você está triste? – Faith perguntou.

Os olhos de Martha ficaram marejados de lágrimas.

– Claro que não. – Ela enxugou rapidamente as lágrimas, pois chorar em público seria tão vergonhoso quanto querer roubar algo que pertencia a outra pessoa.

– Minha mãe pode ajudar você.

Aos olhos de Faith, Martha não parecia diferente das mulheres que visitavam a mãe à noite, tirando os sapatos na varanda para não sujar a cabana de lama. Aquelas mulheres queriam algo, achavam que a vida não tinha lhes dado o que queriam, não conseguiam dormir ou comer ou se preocupavam com o destino de um filho ou de uma filha. Faith viu uma sombra escura em torno da mulher, mas ela era muito criança para entender a reviravolta sombria que o desejo podia causar numa pessoa.

– Ela pode? – Martha sentiu um arrepio e deu uma olhada na bruxa, que estava juntando suas provisões numa cesta. Ela usava o cabelo preto solto e botas vermelhas. Uma crinolina preta dava volume às saias do vestido. Quem era aquela mulher para usar roupas de baixo pretas? Martha era viúva e tinha usado roupas pretas no período de luto, depois voltou a usar o vestido cinza apropriado. – E como ela poderia me ajudar? – perguntou à criança, pensando consigo mesma que a resposta era muito simples. Bruxaria.

Foi então que Maria se virou e avistou Martha. Imediatamente percebeu que havia algo errado ali. Viu a astúcia maliciosa da desconhecida e um anseio tão ardente que poderia abrir um buraco no corpete do vestido. Havia uma nuvem de fumaça tão densa no ar que Martha poderia pegar com a mão.

– Venha para cá, Faith – chamou Maria. – Fique ao meu lado. – A menina sorriu para Martha e correu obediente para a mãe. – Você quer alguma coisa? – Maria perguntou à estranha.

O rosto de Martha corou e seu desejo brilhou em seus olhos, como duas chamas. Ela queria algo desesperadamente. Para os fundadores da cidade, ela estava entre os humildes. Tinha sido uma boa esposa, que não reclamava, e agora era uma viúva sozinha no mundo. Mas Maria enxergou uma mulher que fazia intrigas e alimentava uma inveja além das palavras. Ler a mente de outra pessoa era uma prova de bruxaria e o ardor no peito de Martha começou a queimar com mais intensidade sob o olhar de Maria.

– Se você quer algo, fale – disse Maria.

– Não quero nada de você – Martha respondeu secamente. Ela se virou nos calcanhares e foi para a parte de trás do armazém, temendo cair morta se ousasse olhar para trás, pois tinha contado uma mentira e sabia disso.

Quando Maria e a filha foram embora, Martha foi até o balcão pagar por uma caixa de potes de vidro, que precisava para acondicionar sua geleia de framboesa. A propriedade que herdara do marido logo seria tomada pelos magistrados, pois ela não tinha meios de saldar a dívida que ele deixara e a terra serviria de pagamento por tudo o que deviam. A única coisa que crescia ali era um matagal de arbustos de framboesa. Durante todo o verão, ela fazia geleias de suco de frutas e frutas picadas, que vendia de porta em porta. Mas cada pote de geleia continha também a sua amargura, e cada família que ela via a deixava mais revoltada, até que por fim sua pele começou a arder com uma camada de inveja.

– O que você acha dessa fulana aí? – ela perguntou à Anne Hatch, apontando Maria com a cabeça enquanto a observavam pela janela. A bruxa afastava-se saltitando ao lado da filha, como se ela mesma fosse uma garotinha, sem nenhuma preocupação com o mundo, as botas vermelhas à vista de todos. Um grande cão preto as seguia, uma criatura furtiva, com estranhos olhos prateados.

– Eu considero Maria Owens uma mulher boa e generosa – respondeu Anne Hatch.

– É mesmo? – Martha disse, pensativa. Ela tinha dúvidas sobre Anne também, pois onde estava o marido dela? E como podia viver tão alegre sendo obrigada a arcar com o fardo de tocar sozinha um armazém? Martha escondia no coração suas suspeitas, com seu anseio, que continuava a arder. Ela tinha visto o que queria e pretendia ter: uma filha, uma garotinha ruiva, que já sabia contar e saltitava pela rua sem preocupar com o mundo ou temer os estranhos, mesmo que fosse melhor que temesse.

⁂

A carta foi enviada aos juízes num dia de primavera, quando as pereiras já começavam a florescer e o sol brilhava pelo menos uma hora por dia. Não havia nenhuma assinatura no pergaminho, e a caligrafia trêmula era quase ilegível. Demorou a manhã toda para que o funcionário decifrasse a mensagem e, quando conseguiu, apresentou a reclamação aos magistrados, que se reuniam para discutir a expansão do porto, bem como uma lista de queixas que deviam atender: a entrega de um porco que não tinha sido pago, uma cerca levantada fora dos limites entre duas propriedades, a surra e o castigo de crianças em lugares públicos.

O conteúdo da carta lhes pareceu desconcertante no início, mas, quando analisaram as acusações que continham, ninguém ficou surpreso que esse dia houvesse chegado. A queixa dizia respeito a uma mulher que zombava das regras e vendia barras de sabão preto que muitos maridos encontravam com as esposas. A carta anônima acusava Maria Owens de uma variedade de atos malignos, incluindo falar com espíritos, fornecer veneno, roubar almas, provocar abortos e enfeitiçar homens inocentes.

John Hathorne não disse nada durante o debate entre os magistrados, mas seu coração batia acelerado. No final da tarde, não existia mais dentro dele nenhum traço do homem que tinha sido em Curaçau. Aquele tolo nadou de roupas, quebrou seus votos de casamento e seus votos a Deus. Ele certamente não era o John Hathorne que tinha unido sua sorte com a dos seus colegas juízes, concordando que a bruxaria só levava a mais bruxaria e a mais mulheres com a ideia de que podiam fazer o que quisessem. No final do dia, John Hathorne se levantou e declarou que havia motivos suficientes para se instaurar um processo contra Maria Owens.

Naquela noite, deitado na cama, suas mãos começaram a sangrar. Ele correu para fora de casa e derramou sobre as palmas das mãos água de chuva de um barril, mas não conseguiu remover o sangue. De manhã, Ruth percebeu que ele usava luvas. A mãe dela havia lhe dito que isso era o que faziam os homens culpados, depois de cometer um crime. Eles não conseguiam encarar seu ato covarde e escondiam isso dos outros e de si mesmos, mas a marca ficava ali do mesmo jeito, pois o que estava feito não podia ser desfeito.

Bateram na porta de Maria Owens na noite seguinte. Já era tarde, estava escuro e os sapos coaxavam, como faziam toda primavera. Por um instante, foi como se Cadin tivesse voltado e batesse o bico na janela, mas quando Maria acordou viu que a chama da lareira estava preta, indicando que o mal espreitava lá fora. Ela se levantou da cama, com sua camisola branca, e recitou um feitiço de proteção, mas quem quer que tivesse vindo continuava lá fora. Foi então que ela sentiu o mesmo arrepio que teve quando Thomas Lockland e seus irmãos cavalgaram pelo Campo da Devoção, pensando em cometer um assassinato. Ela pegou a caixa de madeira cheia de sal que guardava na cômoda, em seguida despejou uma linha fina ao longo das paredes e da porta. Mas o sal evaporou numa nuvem branca assim que caiu no chão. Nada iria adiantar. Era tarde demais para qualquer proteção. Guardião começou a rosnar e a arranhar a porta.

– Prenda seu cachorro – gritou um homem.

Diga a uma bruxa para amarrar uma criatura selvagem e ela fará o oposto. Maria abriu a janela dos fundos.

– Vá! – ela disse ao Guardião. O lobo se recusou a sair do lugar. Ele só obedecia a uma voz. Faith tinha acordado com a confusão e estava sentada na cama, segurando a boneca, apavorada com a gritaria lá fora.

– Diga a Guardião para correr – Maria disse à Faith. Ela sabia que ele iria lutar até a morte para proteger a criança, e sentia que os homens do lado de fora ficariam satisfeitos se tivessem uma desculpa para atirar nele. – É para o bem dele.

Faith pediu ao lobo para ir e ele relutantemente saltou a janela, com a cauda entre as pernas. Elas podiam ouvi-lo nos bosques, uivando. Foi nesse momento que Maria se perguntou se não deveria ter enviado Faith com ele, como Hannah fez, ao mandá-la fugir. Mas era tarde demais para pensar nessa possibilidade. A porta foi aberta por um policial com um machado na mão, pois ele estava pronto para derrubá-la caso Maria não a abrisse. Quando ela estava prestes a proferir uma maldição, enviando-os para longe dali, para o inferno se necessário, o policial a agarrou, embora ele tenha lamentado fazer isso, pois seus dedos queimaram com o calor da carne dela.

O segundo policial teve então uma oportunidade para fechar as algemas de ferro em torno dos pulsos dela. É assim que uma bruxa era capturada. Preocupada com a filha, Maria lutou contra um homem, mas se esqueceu do outro. Os homens viram a pilha de livros que Maria comprara enquanto estava em Boston e os recolheu como prova. Então a empurraram porta afora, descalça, de camisola, sem nenhum pertence, enquanto a filha sufocava as lágrimas.

Faça o seu destino ou você será o que ele fizer de você.

– Ei, você me queimou! – gritou o primeiro policial. Bolhas surgiram em seus dedos, quando ele a agarrou. Ele não ousou tocar Maria novamente. – Você foi acusada com razão.

– De que fui acusada, eu gostaria de saber – disse ela.

– Vê como ela é? Orgulhosa – murmurou o policial para seu irmão. Ele teria espancado Maria ali mesmo se não tivesse tanto medo dos poderes dela. Só teve coragem de arrancar o amuleto que ela usava, com a pena de Cadin dentro. E quando ela protestou, ele decretou que a angústia dela era a prova de que era mesmo uma bruxa.

Depois que a informaram de que estava sendo levada para a prisão, eles a puxaram pelas correntes fixadas nas algemas. Pela manhã seria levada ao tribunal.

– Eu tenho uma filha! – Maria protestou. – Vocês não podem nos separar.

Faith os seguiu, agarrada às saias da mãe. Muito quieta e pálida, a criança se esforçava para relembrar os remédios e os encantamentos que tinha visto no Grimório, mas nada se adequava ao momento, exceto um feitiço sombrio que fazia brotar chamas do chão quando se atirava seis pedras pretas. Mas ela não tinha essas pedras e estava apavorada demais para invocar qualquer magia da *Filosofia Oculta,* de Agrippa, que tinha sido cuidadosamente transposta para o Grimório.

— Não sei que palavras dizer — lamentou ela à mãe.

Maria silenciou a filha com um aviso.

— Não diga nada. — Ela já sabia que quaisquer palavras que falassem seriam usadas contra elas, e até mesmo uma criança poderia ser considerada um emissário do mundo sinistro que esses homens viam em toda parte. — Eles vão ter o que merecem.

— Está ouvindo essa bruxaria? — o primeiro policial disse ao irmão. Eles encheram as orelhas de mato para que não pudessem ser enfeitiçados.

Maria não teve escolha a não ser levar Faith com ela, como as mulheres condenadas muitas vezes faziam. Ela já tinha passado na frente da prisão, uma pequena construção de madeira numa esquina arborizada da Federal Street, e tinha ouvido vozes infantis e o choro de bebês lá dentro. *Que tipo de mundo é este?*, ela se perguntava. Este segundo Condado de Essex era, em muitos aspectos, bem pior do que o primeiro.

Enquanto caminhavam, Maria notou uma mulher em pé na beira da estrada, usando um capuz na cabeça para afastar o frio da noite.

— O que a senhora faz aqui? — o primeiro policial perguntou à mulher.

— Sou uma simples vizinha — disse a mulher. — Prezo pela minha cidade e estou aqui para ver o bom resultado dos acontecimentos desta noite.

A mulher passou a andar ao lado de Maria. Ela era Martha Chase, que estava no centro dos acontecimentos em curso.

— Estou aqui por sua causa, irmã. — Martha era uma mulher simples e pálida. Sua boca era uma linha fina, mas ela tinha manchas vermelhas nas bochechas, talvez causadas pela agitação ou por uma febre, ou talvez um pouco de ambas. Ela deu uma olhada em Faith e seu olhar se suavizou. – Você não quer que eles prendam a menina também, não é?

Maria olhou para a mata escura e viu olhos prateados os observando.

– Fique longe – ela disse ao lobo, que tinha se escondido na escuridão.

Ela não suportaria ver Faith testemunhando o sangue do seu lobo ser derramado. Martha entendeu que a mensagem para Guardião era para ela.

– Sou apenas uma vizinha que quer ajudar. A criança me conhece.

Maria olhou para Faith e viu nos olhos da garota que era verdade.

– Como ela conhece você?

– Ela estava no armazém da sra. Hatch. Foi lá que nos conhecemos. – Faith sentiu que tinha feito algo errado ao omitir o fato da mãe. – Ela gosta de botões.

– Ela gosta? – Maria observou com mais atenção a mulher e se lembrou do dia em que ela estava falando com Faith. Então ela queria de fato alguma coisa, no final de contas, mas Maria achava que a mulher queria só ir à cabana pedir uma cura.

Martha se apresentou, sussurrando que era apenas uma vizinha que desejava o melhor à mãe e à filha.

– Dizem que você tem poderes. Não pode falar algo que a liberte ou encante esses homens? – Martha perguntou. – Certamente pode proferir uma maldição para deter esses guardas. Livre-se deles.

Maria lhe lançou um olhar sombrio.

– Quem lhe disse que é isso o que eu faço está enganado.

– Eu não falei por mal. Mas você não quer que uma criança pequena seja levada para aquela prisão imunda, quer? – perguntou Martha Chase, agora satisfeita por saber que Maria não iria ou não poderia se defender usando a Arte Sem Nome. – Tem ratos lá, irmã, e não há nada que gostem mais do que a carne doce de uma criança. É frio e úmido e muitos que entram lá nunca chegam a sair.

Eles haviam chegado ao pasto onde os corvos tinham sido alvejados. Havia pedras afiadas por todo lugar, que machucavam os pés descalços de Maria, ou talvez fossem os ossinhos pontiagudos dos pássaros. A mãe pegou Faith no colo. Cabeceando de sono, a menina apoiou a cabeça no ombro da mãe, o que a deixou ainda mais pesada.

— Sabia que crianças já foram julgadas por prática de bruxaria? — disse Martha Chase. — São chicoteadas, levadas de casa e tratadas como criminosos comuns.

Martha tinha se banhado em sal e vinagre naquela noite, para ter certeza de que se purificaria do seu desejo. Ela agora estava limpa e era uma mulher séria e bondosa, com ótimas intenções.

Maria estava andando mais devagar, pois a cada passo estava mais perto da prisão. Hannah nunca discutia na época em que estava na prisão, quando acreditavam que ela tinha uma cauda que, segundo os mexericos, tinha sido cortada com uma faca de trinchar. Os carcereiros a mantiveram nua, para que pudessem ver sua cauda no momento em que ela começasse a crescer novamente.

— Continue andando. — O primeiro policial fez uma careta, esperando que Maria fizessem algum truque a qualquer momento. Ele não seria enganado outra vez e agora, em vez de tocar Maria, ele a empurrava com a coronha do rifle. A grama estava úmida por causa do sereno e a bainha da camisola de Maria estava molhada. Faith falava no sono, como Samuel Dias costumava fazer, e, embora fosse apenas um murmúrio, Maria a entendeu.

— Quero meu cachorro, quero a minha cama, quero dormir até de manhã.

— Me deixe ajudá-la, irmã. — Martha estendeu uma mão gentil na direção do braço de Maria, como que se quisesse pegar Faith no colo. — Nós duas somos mulheres e sabemos que as necessidades de uma criança vêm em primeiro lugar. Passe o seu fardo para mim.

Tinha começado a garoar e Maria passou a mão sobre o cabelo úmido da filha. De fato, uma cela de prisão era um lugar muito frio, pois o piso deveria ser de terra, e as paredes, de tijolos à vista. Eles estavam no limite entre o campo e a cidade, onde logo haveria girassóis. Maria podia ouvi-los crescendo dentro da terra naquele instante.

– Você deve fazer isso agora, enquanto pode – disse Martha. – Antes que cheguem à cidade e aí será tarde demais. Faça isso e nós duas agradaremos a Deus.

Ainda estava escuro quando Maria entregou a filha nos braços de Martha. Faith resmungou alguma coisa e Martha a silenciou. Maria olhou por cima do ombro e viu que o lobo as seguia.

– Leve o cachorro dela também – pediu Maria. – Ela deve ficar com ele.

– O cão não é problema. – Quando Martha se aproximou, Maria sentiu um cheiro estranho, como se um fogo queimasse dentro da mulher. – Faça algo para chamar a atenção dos guardas, assim não vão prestar atenção em mim.

Eles estavam perto da casa do fazendeiro que atirara em Maria por achar que ela era uma bruxa capaz se transformar num corvo. Foi ali, no campo onde Cadin morrera, que Maria se jogou no chão e começou a proferir uma maldição em latim. Suas palavras não surtiriam nenhum efeito enquanto ela estivesse usando algemas de ferro e, na verdade, cada palavra queimava sua língua, como se a maldição tivesse se voltando contra ela mesma, mas ela conseguiu o que queria. Tirou a atenção de Martha. Os policiais entraram em pânico e se voltaram para ela, tomando cuidado para manter distância e cutucando-a com seus rifles.

– Levante-se agora! – disse o policial encarregado da prisão.

Com a camisola toda enlameada, Maria olhou por cima do ombro a tempo de ver o brilho do cabelo ruivo da filha e Martha se escondendo atrás do celeiro do fazendeiro. Quando se levantou do chão, ela olhou para os guardas.

— É melhor vocês torcerem para que eu não pratique a arte das trevas.

Mais tarde, eles jurariam que ela tinha um sorriso no rosto e que fazia a chuva cair em torrentes e os sapos virem em massa por meio da lama, fazendo até a própria terra tremer sob seus pés.

Eles podiam ver através do tecido da camisola de Maria Owens e logo sentiram o diabo atiçando-os, respirando no pescoço deles, agitando suas almas. Quando viram o corpo jovem e quase perfeito de Maria, isso os fez pensar em tudo o que poderiam fazer com ela e culparam a prisioneira por isso. Ela era a causa dos seus pensamentos maliciosos. E das más ações que viessem a praticar, ela era culpada também.

A essa altura, já havia lágrimas nos olhos de Maria. Ela olhou por sobre o ombro, em direção ao campo vazio, e viu os ossinhos brancos e afiados dos pássaros assassinados em cada fissura do chão. Foi assim que tudo começara, e ela sabia que isso aconteceria desde o dia em que Hannah lhe disse para correr. Uma mulher sozinha que sabia ler e escrever sempre era vista com suspeita. As palavras eram mágicas. Os livros não eram confiáveis. O que os homens não conseguiam entender, eles queriam destruir.

Não concederam a ela nenhum conforto na cela da prisão. Nem um cobertor, nem um copo d'água. Mas, pela manhã, uma mulher trouxe um mingau e um jarro com água. Disse que era uma mulher da região, chamada Lydia Colson, e que viera acompanhada da neta de 8 anos. Elizabeth Colson era uma criança tímida, que ficava sempre de cabeça baixa para esconder as brotoejas que deixam seu rosto e seu pescoço todo vermelho e pioravam quando ela ficava nervosa. Lydia tinha procurado Maria em outra ocasião, desesperada, quando a querida neta fora acometida por uma tosse que a fazia escarrar um catarro preto. Maria tinha dado a ela um xarope de casca de cerejeira e sabugueiro, sem nem sequer cobrar a cura, e com o tempo a criança melhorou. Lydia não tinha se esquecido da gentileza de Maria. Os guardas tinham avisado para ela não falar com a acusada nem a olhar nos olhos dela, mas ela tinha compaixão da prisioneira e havia lhe trazido um pão escondido no xale da neta.

– Você retribuiria o favor que lhe fiz? – Maria implorou. – Tudo o que eu peço é que veja se a minha filha está bem.

Quando Lydia Colson concordou, Maria segurou a mão da mulher e pediu a ela mais um favor: que lhe trouxesse papel onde ela pudesse escrever, com tinta e uma pena.

– Você pode esconder no xale da pequena Elizabeth.

No final de semana, Lydia voltou. Ainda não tinha conseguido ver Faith, mas conseguiu levar um caderno de capa azul. Em troca do favor, Maria pediu à Lydia que levasse a neta outra vez à cela. Quando a criança e a avó estavam ali juntas, Maria disse à Lydia para desenhar um círculo de proteção ao redor delas. Maria estava presa com uma argola de ferro, então fez Lydia recitar um encantamento que Hannah tinha lhe ensinado, para trazer sorte e saúde.

Quando Lydia e a neta deixaram a prisão naquele dia, as brotoejas que sempre atormentavam a menina tinham desaparecido, e sua pele estava limpa e fresca. Elas ficaram em silêncio à luz daquele milagre e, quando alguém perguntava, a avó dizia que a criança tinha adormecido na floresta com o rosto apoiado numa erva com propriedades de cura.

Quando ficou sozinha em sua cela, Maria começou a escrever no caderno. Ela fazia isso com as algemas queimando sua pele. E manteve seu diário escondido atrás de um tijolo solto na parede. Ela o escrevia para o futuro, para sua filha e as netas que poderia ter um dia.

*Cuidado com o amor. Saiba que, para a nossa família,
o amor é uma maldição.
Eu deveria tê-lo visto como um inimigo, em vez disso
achei que tinha me apaixonado
e cometi o erro de declarar o meu amor.
Eu estava errada ao pensar que era amor.
Eu era muito jovem para saber a diferença.*

A esposa de um guarda foi incumbida de cortar o cabelo preto de Maria com uma ferramenta enferrujada que ela usava para tosar ovelhas. Acreditava-se que o cabelo tornava as mulheres poderosas e Maria, de fato, gemia de fraqueza enquanto a mulher cortava o cabelo dela tão curto, a ponto de deixar o couro cabeludo à mostra.

Depois, Maria foi obrigada a desfilar pela cidade até o tribunal, sob o sol forte. Ela ainda estava vestindo sua camisola enlameada e nada por baixo. Homens e rapazes se aproximavam para vê-la passar, embora rapidamente desviassem os olhos quando ela devolvia o olhar, mortificados e chocados com seus próprios pensamentos libidinosos. Maria continuava acorrentada e agora seus pulsos sangravam, mas ela tinha conseguido escrever a noite toda, até que a tinta acabasse.

O tribunal na Endicott Street tinha sido construído com granito trazido das Montanhas Brancas. Maria foi acorrentada ao seu assento, de frente para os três magistrados. John Hathorne estava entre eles e ela esperava que ele não agisse contra ela e que o sentimento que um dia tinham nutrido um pelo outro enchesse seu coração de compaixão. Porém, quando ele olhou além dela, como se Maria não existisse, ela soube que estava ali sozinha.

Perguntaram à Maria seu nome e sua data de nascimento, e ambos ela revelou livremente. Então lhe perguntaram o nome do marido, ao que ela respondeu:

– Não tenho.

A carta que o tribunal havia recebido foi então lida em voz alta. Ela a acusava de todo tipo de perversão, incluindo transformar-se num corvo que voava sobre os campos e um súcubo que roubava a alma dos homens. Apesar da situação, Maria sorriu, achando graça.

– Esta lista de males a diverte? – perguntou o magistrado mais velho.

– Só acho ridícula. – Ela se virou para John, que desviou os olhos. – Alguns de vocês sabem que isso é tudo mentira – ela ousou dizer.

– As mulheres não a procuram para pedir poções?

– Vêm em busca de ervas para curar doenças, sim.

– E para obter magias, vinganças, feitiços, obras do demônio.

– Não. – Agora ela tremia, como se um bloco de gelo tivesse sido colocado sobre ela. Mesmo agora, John não dizia nada. – Faço curas.

– Você não pensou em encantar os policiais que vieram trazê-la, nem pensou em matá-los? – perguntaram a ela. Mas não eram perguntas, ela entendeu depois. Eram declarações de fatos aos olhos desses homens. Com Hannah, deveria ter começado assim também. Com mentiras, com medo, com um homem se recusando a olhar para ela.

– Não, senhor – ela conseguiu dizer.

– Falar com falsidade é pecado, você sabe – disseram a ela.

Um dos policiais tinha jurado que tinha uma marca de mordida no ombro. O outro que estava com febre desde que ele a tocara.

– Tratar alguém com falsidade também é pecado. – Maria olhou fixamente para Hathorne. Ele deve ter sentido os olhos dela sobre ele, pois finalmente voltou o olhar para ela. Mas era como se nunca tivéssemos se conhecido.

– Não permitirás que uma bruxa viva – disse o velho magistrado, citando o Êxodo. Era a mesma citação que se encontrava na capa de *A Descoberta das Bruxas*, escrito por Matthew Hopkins, o homem que tinha levado tantas mulheres à morte, no primeiro Condado de Essex, na Inglaterra.

Uma mulher foi chamada à sala. Ela estava coberta com um véu que ia até o chão, para esconder sua identidade. Por ser uma testemunha contra Maria, ela pediu para permanecer anônima, temendo por sua vida. Voltar-se contra uma bruxa era algo perigoso e por isso os apelos da mulher foram atendidos. Enquanto estivesse diante do conselho, ela deveria responder acenando com a cabeça, para que Maria não reconhecesse sua voz e não a amaldiçoasse. Sem as algemas de ferro Maria teria reconhecido a mulher no mesmo instante graças à visão, mas, agora, sua inimiga poderia ser qualquer mulher da cidade.

A testemunha velada confirmou com a cabeça quando lhe perguntaram sobre os encantamentos, sobre uma promessa de assassinato, sobre as maldições, sobre as perversidades sexuais, sobre falar com o diabo. Ela a tinha visto voar? Sim, de fato, ela tinha. Tinha visto penas caírem e a carne aparecer, cobrindo os ossos da bruxa? Sim, também. Penas negras brotando da sua pele? Sim, mil vezes sim.

— Mentirosa! — disse Maria antes que pudessem contê-la. — E vai pagar caro por essas mentiras.

— Você está ameaçando fazer bruxarias bem aqui diante de nós? — o chefe dos magistrados perguntou.

— Que provas ela tem de tudo o que afirmou? — Maria quis saber.

— As provas são as palavras de uma mulher temente a Deus.

Maria recostou-se na cadeira. Hannah contou a ela que pessoas tementes a Deus tinham pregado a gata dela na porta da cabana, enquanto ainda estava viva. Assim como negaram a ela um pão e um copo d'água quando estava na prisão. Assim como a despiram e examinaram seu corpo para ver se ela tinha um rabo.

As algemas de metal já haviam deixado os pulsos de Maria ensanguentados. Um sangue negro que queimava o chão de madeira. *Não deixe que ninguém veja, não deixe ninguém saber*, Hannah a alertara, caso o destino um dia a levasse para a cela de uma prisão. *Não fale nem discuta. Não proclame sua inocência. Eles querem que você seja culpada, querem zombar dos seus pecados, querem mantê-la a ferros, e certamente gostariam de vê-la queimar numa fogueira.*

<hr>

O julgamento durou três dias, durante os quais foram interrogados vários acusadores, alguns que Maria conhecia e outros que ela nunca tinha visto antes. O fazendeiro que atirou nela. Uma mulher que tinha perdido a visão e insistia em dizer que Maria havia escalado a janela do quarto dela, fazendo que ela ficasse cega para poder ter relações com o marido. O próprio marido, que concordou e usou uma venda nos olhos, para que não tivesse que olhar para Maria e talvez cair sob o domínio dela mais uma vez. Um vendedor de frutas da região, que tentou lhe vender limões podres e ela se recusou a pagar.

John Hathorne foi quem disse que ela não deveria continuar vestida apenas com sua camisola e, na verdade, muitas das esposas da cidade também reclamaram. Havia crostas de sangue em seus pulsos por causa da fricção do metal contra a carne. Lydia Colson conseguiu dar a ela outro frasquinho de tinta, sem que ninguém visse, e durante toda a noite ela escreveu no diário azul.

Onde quer que você esteja, ela escreveu para a filha, *saiba que eu não queria deixar você.*

Ela foi considerada culpada, devido a evidências espectrais, boatos e fofocas que não poderiam ser provados, apenas aceitos, com base em nada mais do que uma marca de mordida aleatória, uma pena de corvo preto, um homem que jurava que ela tinha aparecido nos sonhos dele. Agora eles pretendiam testá-la com a água. Se ela fosse uma bruxa, flutuaria. Se fosse uma mulher, iria se afogar. De qualquer maneira, provavelmente morreria. Eles a fizeram calçar um par de botas pretas cheias de pedras, que a fariam afundar como qualquer mulher normal, e ela foi obrigada a usar uma roupa branca com bolsos, onde colocaram mais pedras. Ela estava levando tanto peso que mal conseguia andar e teve que ser carregada sobre a cadeira na qual estava amarrada. Eles a levaram até o lago sem fundo, cujas águas eram escuras e as margens, cheias de ervas daninhas. Maria olhou para as folhas verdes das árvores, perguntando-se se seriam as últimas coisas lindas na terra que ela veria. Ela repetiu o nome da filha, o nome da mãe e o nome de Hannah. Nenhum dos nomes foram ditos em voz alta, mas seus lábios se moveram rapidamente, num canto silencioso. Certas pessoas na multidão juraram que ela estava lançando um encantamento e que toda Salem pagaria caro pelo que lhe faziam naquele dia, quando libélulas pairavam sobre as águas escuras, o sol brilhava e aqueles que tinham dúvida não ousaram se apresentar para não serem acusados de oferecer ajuda e consolo a uma bruxa.

Eles carregaram a cadeira de Maria até a água, embora os homens que fizeram isso estivessem trêmulos de medo, pois todos acreditavam que havia um monstro no lago. Ainda assim, foram até o fundo, convencidos de que o diabo poderia aparecer diante deles se o chamassem pelo nome. Eles entraram na água até os tornozelos, depois até os joelhos, então empurraram a cadeira na água, para as profundezas sem fundo, onde lírios flutuavam, flores brancas cujas gavinhas chegavam à margem, envolvendo com fios viscosos as pernas dos homens, fazendo parecer que poderiam ser puxados para baixo também, se não recuassem.

No meio do lago, a cadeira começou a afundar. As pedras puxaram Maria para baixo, pois nenhuma bruxa poderia flutuar carregando tanto peso. Para Maria, o mundo inteiro ficou verde, as folhas verdejantes das árvores acima dela e a água esverdeada que cobria sua cabeça. Ela só desejava uma coisa, ver a filha, e ainda assim estava grata por Faith não estar ali, presente no assassinato da própria mãe. Depois de testemunhar tal brutalidade, nunca mais seria possível apagar das suas lembranças aquela cena. Isso mudaria quem Faith era e roubaria dela sua infância. O mesmo tinha acontecido com Maria quando ela estava naquela encosta, assistindo à casa de Hannah pegar fogo. Ela tinha chorado durante horas, mas a fumaça havia tornado suas lágrimas negras e ela percebeu que seu choro nunca traria de volta o que ela tinha perdido.

Mesmo de onde estava, debaixo d'água, Maria conseguia ver os homens na margem do lago, em meio à vegetação, vestidos com seus casacos pretos. E era como se estivessem se dissolvendo diante dos olhos dela. Peixes flutuavam em volta, pequenas sombras prateadas e brilhantes. Ela não tinha escolha a não ser desistir. Era impossível lutar contra a força da água.

Quando a criatura veio até ela, ela a sentiu antes de vê-la, serpenteando pelas suas pernas. Ela não era escamosa, mas lisa, uma reminiscência da capa do Grimório de Maria. A serpente tinha se adaptado àquele lago, devorando sapos e sanguessugas, mas também tinha sido alimentada com migalhas de pão pelas mãos de Faith e assim fora domesticada.

Uma criatura que conhece a bondade pode retribuir o que recebeu. A serpente nadou até debaixo da cadeira, levantando-a em meio às bolhas verdes. Nas margens, os homens piscaram e recuaram quando viram a cadeira se erguendo e se movendo em direção ao raso. Cavalgando até lá, como uma rainha amarrada ao seu trono, estava Maria Owens, quase nua em sua roupa molhada. Ela parecia um anjo, mas aquilo era claramente obra do demônio, pois era contra a natureza. Uma mulher amarrada a uma cadeira deve se afogar, mas não era isso o que estava acontecendo.

Maria cuspiu a água engolida. As cordas que a amarravam tinham se afrouxado e ela se levantou, ficando os pés na lama. Havia mulheres na multidão que desmaiaram ao vê-la, agora a salvo na margem do lago. Homens caíram de joelhos. Maria passou pelos lírios da parte rasa, depois passou pelo mato tão alto quanto um homem. Hannah dissera a ela um dia que os animais podiam ser humanos e os homens podiam ser demônios. *Cuidado com aqueles que estão no poder, reis e juízes e homens que pensam que você lhes pertence.*

Se Maria não estivesse usando algemas de ferro, teria feito com que a relva onde os magistrados pisavam queimasse suas botas, mas seus talentos naturais estavam bloqueados pelo ferro. Ela não resistiu quando eles a agarraram e a cobriram com um saco de sarja, para que não pudesse fazer mal a eles. Usaram contra ela o fato de não ter se afogado para declarar que ela já havia dado a eles todas as provas de que precisavam. Ela era uma criatura que não podia se afogar, que evocava monstros e feras para ajudá-la e causava todos os impulsos mais imundos nos homens. O que eles tinham nas mãos era uma bruxa. Sobrevivendo ao teste da cadeira, ela tinha provado que era uma emissária do mundo da escuridão e do invisível.

Maria Owens sentou-se na prisão, sabendo qual seria o seu destino. Ela já tinha visto o enforcamento na palma da sua mão esquerda, a sina que tinha atraído ao ir para Salem. Quando Lydia Colson lhe trouxe o jantar, Maria não conseguiu comer. Não porque o pão estivesse duro e o guisado frio, mas porque tudo em que ela conseguia pensar era na filha.

– Eu a encontrei para você – Lydia sussurrou. Ela tinha colocado a neta de guarda para garantir que o policial não ouviria nada.

Maria olhou para ela sem entender.

– Fui até a casa de Martha Chase. Disse a ela que você pediu para ver a criança. – Maria foi tomada de gratidão, mas Lydia balançou a cabeça com pesar, pois a visita não tinha corrido bem. – Ela se recusou. Disse que a prisão não é lugar para uma criança e que eu não tinha nada que obedecer às suas ordens. Ela olhou para mim de uma forma que me assustou, como se suspeitasse de mim, de alguma ação infame que eu tivesse praticado, quando tudo o que fiz foi levar uma mensagem a ela. "E você?", ela me disse, bem na frente da minha Elizabeth, "Tem certeza de que o próprio diabo não a enviou aqui?".

Faith foi mantida dentro de casa durante essa conversa, mas depois Lydia tinha visto a criança olhando pela janela, antes que uma mão a afastasse dali.

– Volte lá – Maria implorou. – Peça novamente para ela trazer a minha filha. Eu pago qualquer preço!

– Não me atrevo a voltar lá. Ela disse que me denunciaria como sua cúmplice se eu voltasse. Que escreveria aos magistrados se fosse obrigada, assim como já fez.

Foi assim que Maria soube que Martha a acusara em benefício próprio. Ela tinha sido uma tola por confiar naquela mulher, por acreditar que fosse uma pessoa simples, que se preocupava com os vizinhos e com sua cidade. Algumas pessoas podem mentir enquanto olham você nos olhos e conseguem esconder sua falsidade. Tamanha deslealdade é uma forma de magia, um talento abominável, tão raro quanto desprezível.

– Certamente não vão acreditar nas mentiras dela. Vão ver que roubou minha filha.

– Você é um estranha aqui – disse Lydia. – Eu morei toda a minha vida neste lugar e sei que as pessoas acreditam no que querem.

– Somos todos estranhos se decidirem que somos – disse Maria. – E podem atacar qualquer um se isso beneficiá-los. – Ela então perguntou se Lydia ficaria de olho em Faith, a distância se necessário, para ter certeza de que ela não estava sendo maltratada. – Eu faria o mesmo por você se precisasse de mim. Algum dia vou pagar o que lhe devo.

Embora tivesse apenas 8 anos, Elizabeth Colson logo se prontificou a ficar de olho em Faith. Por causa disso, a avó cedeu e disse que também tentaria cuidar do bem-estar da menina da melhor maneira possível.

Naquela noite, Maria sonhou com a filha, pois as algemas de ferro bloqueavam a sua visão, mas não podiam impedir seus sonhos. Na casa de Martha Chase, onde os arbustos de framboesa batiam nas vidraças das janelas e os coelhos se amontoavam no quintal, Faith Owens teve o mesmo sonho. Ela ouviu a mãe dizendo que nunca perdemos as pessoas que amamos, não importa o que possa acontecer. Apesar da maldição, apesar das perdas que podemos ter de suportar, ela sabia agora que o amor era a única coisa que durava para sempre. Ele estava dentro de você e ficava com você por toda a eternidade.

O dia D se aproximava. Era primavera e o mundo estava verdejante, mas na prisão o chão de terra e as paredes eram frios. Maria ouviu o besouro chamando, o mesmo que Hannah tinha procurado em sua cabana, o sinal de alerta de que uma morte estava para acontecer. Maria cobriu os ouvidos com as mãos, mas não adiantou. Ela fechou os olhos e tentou sonhar mesmo durante o dia, pois era sua única fuga daquele lugar úmido e horrível. Em seu sonho, a neve caía, com flocos enormes batendo em suas faces e cílios. Quando abriu os olhos e olhou pela janela, pareceu ver flocos brancos, embora a manhã estivesse quente e agradável.

Maria foi até a janela e passou as mãos entre as barras, tanto quanto as algemas permitiam, para coletar a neve, deixá-la derreter e beber a água. Foi então que descobriu que não era neve que caía, mas grandes pétalas brancas. Ela imaginou como aquilo podia estar acontecendo e se realmente era um milagre.

Foi então que viu um rosto conhecido, olhos negros olhando para ela. O homem que não conseguia parar de falar tinha ido ao Condado de Essex trazer uma árvore florida que pertencia a um gênero antigo, de vinte milhões de anos atrás, e existia desde antes do surgimento das abelhas, por isso era polinizada por besouros. Aquela árvore tinha vindo da Martinica, onde as pessoas a conheciam como tulipeiro ou magnólia. Dizia-se que as flores originais da Terra eram muito parecidas com as daquela árvore, com pétalas coriáceas brancas e folhas cerosas e duras, impermeáveis e resistentes a besouros ou formigas.

Na ilha que o povo do Caribe chamava de *Madinina*, "Ilha de Flores", Samuel Dias conhecia um homem que lhe contara sobre uma espécie de árvore que, segundo se dizia, faria qualquer mulher se apaixonar se ficasse sob seus galhos. Ele achou que, se ele levasse aquela árvore para Maria Owens, o coração dela se abriria, pois ele já estava convencido de que o dele pertencia a ela desde que ela salvara sua vida.

Samuel contratou dois homens para levá-lo para as colinas e, quando viu a árvore, ele se sentou e chorou, o que deixou os nativos que o acompanhavam intrigados. Eles baixaram os olhos e desenterraram as raízes da árvore, se recusando a aceitar as moedas que Samuel ofereceu. Era evidente que aquele homem tinha sido amaldiçoado e amava com mais intensidade do que qualquer outro.

Quando Dias chegou a Salem, fazia tanto tempo que estava viajando com a árvore que um dia seria chamada de magnólia (em homenagem ao botânico francês que iria classificá-la) que ele já se afeiçoara a ela e estava começando até a falar com ela, contando-lhe histórias de outras árvores. A mãe dele uma vez tinha lhe contado sobre um homem que amava uma mulher, mas não conseguia dizer isso a ela, pois, quando tentava se expressar, suas palavras ficavam presas na garganta. Ele então levara uma árvore para sua amada e, quando a árvore floresceu, a moça entendeu o que ele guardava no coração. Talvez a mãe tivesse lhe dado o conselho para que ele o usasse quando preciso, e ele precisava dele agora.

Depois de ancorar o *Rainha Ester* em Boston, ele providenciou um cavalo e uma carroça e viajou para o Condado de Essex. Passou por campinas verdes e florestas sombrias, cheias de pássaros que cantavam canções que ele nunca tinha ouvido antes. Ele preferia luz e calor, e o que tinha visto da cidade de Salem já o fazia detestar aquele lugar.

Recebeu várias ofertas para sua árvore milagrosa, que ninguém nunca tinha visto em Massachusetts, mas rejeitou todas as propostas e se apressou a seguir adiante. Ele não tinha interesse naquelas pessoas vestidas com roupas cinzentas, rostos pálidos e olhos claríssimos. Seu pai havia lhe dado uma semana de folga para completar seu plano maluco de conquistar Maria, presenteando-a com a árvore. Era óbvio para Abraham que o filho ainda estava apaixonado, mas ele não sabia se era correspondido. A ideia de arrastar uma árvore pela Colônia da Baía de Massachusetts lhe parecia desnecessária, especialmente para um homem que sabia como conseguir o que queria simplesmente com palavras.

– Diga simplesmente a ela o que você sente – sugeriu Abraham Dias, embora soubesse o quanto era difícil dissuadir Samuel depois que ele enfiava uma ideia na cabeça.

– Direi através desta árvore – disse Samuel.

Assim que eles chegaram a Boston, grandes botões apareceram nos galhos, atraindo uma multidão. Samuel então cobriu a árvore com uma musselina para garantir que ninguém tentaria roubá-la. Agora, aqui em Salem, ele andava pelas ruas de pedras perguntando às pessoas se conheciam Maria Owens, mas ninguém parecia disposto a ajudá-lo e a maioria o olhava com desconfiança.

Quando chegou ao armazém, Anne Hatch disse que não sabia nada da mulher que ele procurava. Aquele homem de pele morena era um estranho que usava brincos de ouro nas orelhas e claramente pertencia ao mar.

– É melhor você ir embora – disse Anne. – Não há ninguém com esse nome na cidade.

Samuel Dias reconhecia uma mentira de longe. Parecia uma mentirinha à toa, mas ele sentiu seu ferrão, como uma vespa feita de palavras. Ele esperou Anne sair do armazém e a seguiu até em casa, esperando-a do lado de fora. Horas se passaram e ele ainda estava lá com sua carroça, seu cavalo e sua árvore. Enfim, decidiu que só havia uma maneira de persuadir aquela mulher a ficar do seu lado. Ele tirou a musselina dos galhos e expôs a gloriosa magnólia, coberta de botões. Pelo que ele sabia, não faltavam muitas horas até que desabrochassem, portanto ele não tinha tempo a perder.

Ao passar em frente a uma janela de casa, Anne ficou encantada ao ver aquela árvore, com tantos botões que logo se abririam, como estrelas brancas. Talvez a magnólia tenha falado com ela e, se falou, disse que nenhum homem com más intenções viajaria com uma grande árvore florida. Ela saiu de casa e levou para Samuel um prato de fricassé de frango com cebola, pelo qual ele ficou muito grato.

– O que você quer com Maria? – Anne perguntou.

– Sou amigo dela – disse Samuel. Quando a mulher deu uma boa olhada nele, deduzindo que o relacionamento sem dúvida era mais do que isso, ele acrescentou – Ela salvou minha vida.

– Se você é um amigo e deseja o bem dela – Anne advertiu –, não vai gostar do que vai saber.

Ela o levou até a prisão, onde ele ficou sentado a noite toda, esperando Maria vir até a janela. Ele podia ver que aquela cidade era um lugar de pessoas frias e sem coração, um dos piores que já tinha conhecido. Ele tinha visto mulheres com a cabeça coberta e os olhos baixos. Passara por rebanhos de gado nas colinas e pela forca construída entre duas tílias, sob o céu cheio de nuvens. Samuel usava o seu casaco preto, embora fosse primavera, pois ele ainda tinha sequelas da febre quebra-ossos. Ele desprezava o frio, mas ali estava ele em Massachusetts, um lugar que o deixava perplexo, pois os considerados justos naquele novo país não eram diferentes das turbas inflamadas da Espanha e de Portugal.

Quando Maria viu as flores nevadas, seu coração se abriu para o mundo que ela não queria deixar e, quando avistou Samuel Dias, que a tinha esperado a noite toda, ouviu o que a árvore lhe disse, tudo o que o homem que não conseguia parar de falar não conseguia dizer. A árvore a convenceu de que ele estava apaixonado, mas justamente nesse instante ela ouviu os carcereiros agarrarem suas correntes e as chaves. Era tarde demais para ela retribuir o sentimento.

Maria tinha salvado a vida dele e agora Samuel deveria salvar a dela. Antes que os carcereiros fossem levá-la, antes que lhe contassem sobre a decisão do tribunal de permitir que ela lavasse as mãos e os pés pela última vez, Samuel Dias contou-lhe a verdade do mundo como ele a conhecia. *Eles sempre querem queimar uma mulher que desafia as regras. Querem transformar mentiras em verdades.* Daquela vez, não seriam tão bárbaros a ponto de queimá-la numa fogueira. Eles se consideravam piedosos demais para tais práticas pagãs e deixavam o fogo e a água para aqueles idiotas descuidados da Europa. Impingiriam sua punição de maneira civilizada e a enforcariam no alto da colina, na orla da cidade, onde as flores roxas da erva-moura-do-campo vicejavam. Já havia uma multidão à espera. Meninos e rapazes haviam escalado as árvores, procurando uma visão panorâmica.

Samuel agradeceu à árvore por tê-lo levado ao Condado de Essex. Ele ficou arrasado ao ver a forma como eles tinham tratado Maria. O cabelo dela tinha sido cortado tão rente que só alguns tufos ainda cobriam a cabeça e seu lindo rosto estava pálido e abatido. Ela estava quase morrendo de fome, pois não conseguia comer mais nada. Parecia devastada ao contar a ele que a filha tinha sido levada por uma vizinha que se recusava a devolvê-la ou ao menos deixar que a criança fosse visitá-la.

– Como você pode me ajudar? O que pode fazer? – ela perguntou através das barras de ferro da cela. – Vai falar sem parar até que eles mudem de ideia só para você se calar? – ela brincou apesar da sua situação lastimável.

Sim, ele poderia falar sem parar com certeza, mas pretendia fazer algo bem diferente.

– Só posso lhe dizer uma coisa. Você pode ser levada para a forca, mas não vai morrer.

– Conhece alguma magia para evitar isso? – ela perguntou, incrédula. – Pode falar diretamente com Deus?

Do lado de fora da cela, Samuel avistou um besouro preto escavando a madeira. Ele fazia um barulho horrível, como um estalido. Diziam que não havia maneira de impedir esse besouro de anunciar as poucas horas de vida de uma pessoa, mas Samuel Dias nunca tinha ouvido falar de um besouro que anunciava a morte. Ele se aproximou e pisou nele com a sola da bota, esmagando o inseto.

– O que você fez? – perguntou Maria, surpresa por não poder ouvir mais o horrível estalido.

– Era só um besouro. – Samuel encolheu os ombros. – Eu o matei.

– Tal coisa só podia acontecer quando o destino da pessoa que estava para morrer fosse alterado. Samuel Dias não tinha conseguido salvar a mãe ou as irmãs, mas ele tinha aprendido muitas lições desde aquela época. A presença dele havia mudado o destino de Maria e a morte não a perseguia mais.

– Confie em mim – disse Samuel, e como o besouro não estava mais no seu encalço e aquele homem carregara uma árvore por quilômetros para presenteá-la, ela disse que acreditava.

Pela manhã, a magnólia estava plantada no jardim de Maria. Durante horas Samuel tinha trabalhado com uma pá que roubara de um fazendeiro. Uma chuva verde-clara encharcava tudo e, no final, ele já estava cavando em meio a um lodaçal, com braços e pernas sujos de terra. Mas, por fim, o trabalho foi concluído. Ele acordou antes do amanhecer e encontrou a árvore em plena floração, um caramanchão de estrelas brancas, contra um fundo de folhas verde-escuras. Ele ouviu a árvore falar com ele quando inclinou cabeça contra o tronco acinzentado.

Você era só um menino. Agora é um homem que entende que precisa combater a crueldade do mundo.

Samuel tinha a sorte de ter os conhecimentos e as habilidades de um marinheiro que outros homens podiam não ter. Ele tinha se desviado do azar dezenas de vezes, tantas que as linhas da sua mão esquerda eram uma miscelânea que indicava todos os destinos possíveis que ele tinha conseguido evitar. Ele se perguntava se teria trazido a árvore para falar não com Maria, mas consigo mesmo, para lhe dar coragem e lembrá-lo de quem ele era, um homem regido pelo amor.

O dia já estava quase amanhecendo. Certamente não era um dia para se morrer, mas sim para se alegrar com as belezas deste mundo. Ele cavalgou pelas campinas no escuro, até a colina perto da cidade, que estava deserta àquela hora, exceto pelos pássaros que acordavam nos arbustos. Ali ficava a forca que haviam construído. Ele amarrou o cavalo a uma árvore, na orla da floresta. A relva estava úmida e ele ainda não estava acostumado a andar com os pés na terra, sem o balanço do convés de um navio. Seu andar era ondulante, como se o oceano estivesse embaixo dele, não a terra negra do Condado de Essex. No ombro, carregava uma bolsa de couro manchada de sal. Tinha um sorriso no rosto, apesar das circunstâncias. Dentro da bolsa estava a única coisa que poderia libertar Maria Owens.

⁂

Uma mulher que estivesse a caminho da forca tinha de estar descalça. Tinha que caminhar pela cidade presa a correntes de ferro e subir a colina numa carroça puxada por bois. Havia pastagens de ambos os lados, pois todas as árvores tinham sido cortadas. Só nuvens de gafanhotos restariam ali quando os homens por fim percebessem que apenas gente obtusa corta todas as árvores de uma floresta, com exceção de algumas poucas em cujos galhos agora se sentavam garotos à espera do mórbido espetáculo.

Maria usava uma longa túnica branca e nada mais. Ela não tinha permissão para usufruir dos confortos deste mundo, pois estava prestes a ser julgada na vida após a morte e aqui na terra já não havia quem pudesse ajudá-la. Ela havia sido considerada culpada de bruxaria, de conversar com espíritos, de más ações praticadas em benefício próprio e a serviço de Satanás.

O velho magistrado tinha ido até ela e mandado que confessasse seus pecados e repetisse suas conversas com o diabo, mas ela não obedecera. Quando chegou sua vez de fazer seu relatório no tribunal, John Hathorne pediu uma chance para falar com a bruxa. Ele era um homem culto, de uma família muito respeitada, e por isso o tribunal concordou. Hathorne ficou do lado de fora da cela e pediu ao carcereiro que os deixassem a sós.

– Você veio me libertar? – Maria perguntou.

Ela estava sentada no chão, pois não havia nem cama na cela, só o cobertor de lã que Lydia Colson lhe trouxera.

– Diga a eles o que querem ouvir – disse John Hathorne. – Confesse que você serve ao diabo. Vou ajudá-la a sair daqui.

– Vai me ajudar com joias falsas? – Como era possível que ele parecesse um completo desconhecido aos olhos dela agora?

– Com prata e uma carroça para levá-la a Boston ou Nova York. Posso ficar com a menina.

Maria se levantou. Ela podia sentir algo palpitando dentro dela agora, apesar das correntes de ferro.

– Já conversei com minha esposa – continuou Hathorne. – Concordamos que é a coisa certa a fazer. Vamos ficar com a criança e criá-la como se fosse nossa.

– Ela é sua. Mas você nunca a terá!

Ele recuou, vendo a febre nos olhos de Maria.

– Então leve-a com você quando sair deste lugar, se é o que deseja. Apenas assine uma confissão.

– Confesso que era uma jovem tola que não sabia de nada. Mas e você? Qual é a sua desculpa?

– Está recusando a minha ajuda?

– Ao contrário de você, não sou mentirosa. Não tenho nada a confessar. Nem mesmo sobre quem pode ser o pai da minha filha.

Hathorne baixou a cabeça e desejou que o mundo fosse um lugar diferente. Mas não era. Ali não havia tartarugas no mar, nem um pátio repleto de macieiras jamaicanas. Ele parou onde o carcereiro cochilava num banco. O ar estava claro e o céu, muito azul. Um homem não tinha escolha a não ser viver no mundo que lhe é dado viver.

– Pode levá-la – disse Hathorne ao carcereiro, antes de voltar para a sua casa na Washington Street, onde as folhas pretas estavam caindo em profusão e continuariam a cair até que não restasse nenhuma.

※

Enquanto Maria era levada pelas ruas, Hathorne se fechou em seu gabinete. Ele não suportaria vê-la passar, mas Ruth foi para o jardim e parou na cerca, as mãos segurando com força as estacas de madeira. Ela não sabia por que seus olhos arderam quando viu Maria ou por que seu rosto estava molhado de lágrimas. Ela gostaria de poder atravessar o portão, sair de casa e deixar para trás a vida que conhecia.

Maria fora instruída a só olhar para o chão, mas ergueu os olhos para Ruth, que sentiu uma farpa de culpa, embora não tivesse participação em tudo o que acontecera ou estava prestes a acontecer. Talvez fosse porque elas tivessem linhas do coração muitos parecidas na palma da mão esquerda, que só tomavam rumos diferentes na metade da palma, quando seus caminhos divergiam.

John Hathorne estava tão gelado que saiu no jardim para se banhar na luz do sol. Foi então que viu a esposa ali, com lágrimas nos olhos.

– Você precisa pegar a criança! – disse ela.

Ele nunca a ouvira falar naquele tom antes. Talvez a menina ruiva fosse de fato um fardo que teriam de carregar. Ele concordou com a cabeça e atravessou o portão, mas, antes de informar Martha Chase sobre a sua decisão, foi até a Colina da Forca, oferecer o perdão a Maria em seus momentos finais, com um missal nas mãos.

Para Maria, a caminhada até a encosta foi longa, e pretendiam mesmo que fosse assim. Que fosse um trajeto difícil e doloroso, como a sentença para crimes de bruxaria deveriam ser. Os pés da acusada deveriam sangrar. Sua túnica branca, que era tão transparente quanto sua camisola, não a protegiam dos arbustos cheios de espinhos.

O tempo todo, Maria pensou em Faith. *Minha querida*, ela pensava. *Escrevi no caderno azul as lições que você precisa saber*. Ela tinha dito a Samuel onde o caderno estava escondido, na parede da cela da prisão, e também onde ele iria encontrar seu Grimório na cabana, na gaveta da cômoda, caso o plano não funcionasse como ele pretendia. *Não vou precisar ir buscá-los*, ele assegurou a ela. *Você estará aqui para dar a ela seus livros*.

Só estou dizendo por precaução, ela disse.

Farei como quiser, ele garantiu a ela.

Maria tinha pouca fé neste mundo, onde toda mulher tinha de se comportar. Ela havia crescido longe da mãe biológica e agora Faith provavelmente cresceria também. Ela esperava que Martha mantivesse Faith dentro de casa nesse dia e fechasse as venezianas, e, quando falasse sobre Maria, dissesse pelo menos que ela amava a filha. Esperava também que, quando Samuel Dias fosse à casa de Martha, encontrasse a porta destrancada, pois ele concordara em pegar Faith e criá-la como filha dele, se necessário, e mostrasse a ela que havia outros mundos, além-mar.

Havia andorinhas no ar, enquanto cruzavam o pasto onde Cadin fora assassinado. Maria concentrou-se nas lâminas de grama e no calor do sol em seus ombros. Quando chegaram à colina, havia uma multidão reunida, não uma turba ruidosa e sedenta de sangue, mas uma multidão solene, como se estivessem todos sentados em bancos de igreja, alguns até com um hinário nas mãos.

Os policiais assumiriam o papel de carrascos. O mais velho já tinha assistindo a um enforcamento, mas o mais jovem, chamado Ellery, não. Ele tinha passado mal durante toda a manhã e chegara ao lugar do enforcamento atrasado, sendo obrigado a correr para se preparar. A moldura de madeira da forca era uma construção simples, suspensa, construída às pressas para o acontecimento. Não havia nem escadas que levassem até o cadafalso. Maria teve que ser carregada pelo carcereiro, que usava luvas grossas para não ter de tocá-la e correr o risco de ser enfeitiçado, pois só olhar para uma bruxa já era considerado perigoso.

Arriscado ou não, as pessoas não conseguiam tirar os olhos de Maria Owens. A maioria das mulheres que havia pedido a ajuda dela tinha ficado em casa, recusando-se a comparecer ao enforcamento. Algumas temiam ser consideradas cúmplices de Maria. Outras não conseguiam suportar tamanha injustiça. Outras, porém, as mais gratas, estavam presentes.

Anne Hatch estava ali, fazendo o possível para não chorar. Nesse dia ela perdia a fé, não em Deus, mas na humanidade e naqueles que julgavam e viam o mal onde não havia nenhum.

Era um belo dia, do tipo em que era até possível esquecer as neves do inverno, pois o mundo estava fresco e verdejante. Perguntaram à Maria se ela queria que seus olhos fossem vendados, mas ela disse que não. Ela se lembrou de que, no dia em que consultara o espelho negro, ela não tinha visto seu destino terminar numa corda.

Os magistrados tinham se reunido ali para observar o cumprimento da sentença. Estava tudo tão quieto que os gritos dos andorinhões ecoavam e os corvos chamavam uns aos outros, reunindo-se como costumavam fazer quando um da sua espécie era ameaçado.

Se fosse o destino de Maria viver, ela queria ter certeza de que todos os presentes saberiam disso. Ela acenou para o carrasco pedindo para falar.

– Se eu não morrer, serei considerada inocente e terei minha liberdade de volta? – ela perguntou aos magistrados. Maria parecia tão jovem com o cabelo curto e a túnica branca esvoaçante!

– Sim, irmã – disse o primeiro magistrado. – Mas isso é improvável.

Enquanto colocavam a corda em volta do seu pescoço, Maria olhou para a fileira de árvores. Viu um cavalo branco amarrado a uma árvore e pensou no dia em que o pai fora buscar sua mãe e o olhar de alegria no rosto de Rebecca. Foi nesse momento que Maria decidiu que nunca se apaixonaria. Aquele tinha sido o seu erro.

Quando o laço já estava posicionado, os policiais tiraram suas algemas de ferro. Maria mais uma vez sentiu o calor da sua linhagem de bruxa se agitando dentro dela, transmitido de mãe para filha desde o início dos tempos. Ela viu John Hathorne entre a multidão e não conseguiu se conter. Gritou uma maldição que abriria os céus, formando uma tempestade. Uma chuva torrencial começou a cair, que iria inundar cada fazenda e cada casa. O homem que a fizera ir para o Condado de Essex estava ali no campo e quase se afogava na chuva. Ela iria proteger a si mesma, às suas filhas e a todas as gerações seguintes da sua família de traições no futuro.

– Que esta maldição recaia sobre qualquer homem que um dia amar uma Owens. Que o destino o leve à ruína, que seu corpo e sua alma se despedacem e jamais se recuperem.

Se alguém tivesse se importado em olhar para o magistrado, teriam visto que ele estava branco como cera e tremendo dos pés à cabeça, embora ainda fosse o mesmo homem de constituição forte que subiu a Colina da Forca. Se ele tivesse olhado a palma da própria mão, teria visto ali a verdade. Seu destino estava mudando naquele dia. Ele pensou em correr, mas não conseguiu sair do lugar. Não conseguiu parar de olhar para ela.

Maria saltou da plataforma, com a corda em volta da garganta. A chuva parou tão repentinamente quanto havia começado e o silêncio reinou enquanto as folhas caíam das árvores. A multidão prendeu o fôlego, esperando ver as contorções horríveis de uma pessoa enforcada que balança no ar, mas em vez disso a corda se rompeu. Ouviu-se um estalo e Maria caiu com os pés na lama, a corda ainda em volta do pescoço, mas tão viva quanto qualquer um ali, tão viva quanto sempre esteve.

As pessoas começaram a fugir, apavoradas. Correram pelo campo enlameado, carregando as crianças assustadas, que tinham trazido para testemunhar o enforcamento. Homens que antes se achavam corajosos ficaram com medo de olhar para trás, pois se lembraram de que um indivíduo que olha para trás, na direção do mal, pode ser transformado numa estátua de sal. Havia aqueles que viram um cavalo se aproximando e um desconhecido pegando na mão de Maria e puxando-a para a garupa. Depois alguns disseram que era o diabo que estava esperando por ela e que tinham sido testados e falharam, mas outros afirmaram que Deus sempre concede o perdão aos justos e o fato de Maria não ser morta era a prova de sua inocência.

Aqueles que ridicularizavam a Arte Sem Nome passaram a duvidar que tribunais e leis pudessem controlar a magia. Não havia por que saberem que Samuel Dias havia substituído a corda original naquela manhã por outra que ele usava no mar, apodrecida pelo sal e pela exposição às intempéries. Ele tinha usado a corda para amarrar a magnólia e, quando ela se partiu, ele se convenceu de que a árvore era que tinha salvado Maria.

Daquele dia em diante, a magnólia passou a florescer todos os anos, sempre no mesmo dia, quando a primavera chegava ao Condado de Essex. E a árvore era um milagre e uma alegria para todos que viam suas flores brancas, a glória do mundo.

Eles cavalgaram para a casa de Martha Chase, onde a chaminé estava caindo e as janelas estavam fechadas. Nem sinal de vida. Quando apearam do cavalo, Maria sentiu uma onda de escuridão que a atingiu como o calor de um forno. A filha era sua vida e agora ela se sentia oca. Ao abrir a porta da casa, viu que Marta tinha deixado potes cheios de geleia de framboesa para esfriar sobre a mesa e o lugar tinha um cheiro adocicado e pegajoso. Ela viu a pequena cama onde Faith dormia. Todo o resto se fora. Tinham saído às pressas.

Maria foi para o jardim. Samuel tentou confortá-la, mas ela não conseguia encontrar conforto ali. Então ouviu um gemido vindo do porão onde Martha Chase armazenava suas provisões e seus potes de geleia. Samuel foi ajudá-la a abrir a fechadura e depois as pesadas portas de madeira. Quando olharam para o cômodo escuro, viram o lobo, Guardião, acorrentado à parede, com as costelas à mostra, morrendo de fome, abandonado. Estava agressivo devido aos maus tratos e rosnou quando avistou uma forma humana.

Samuel colocou a mão no braço de Maria quando ela fez menção de avançar.

– Este animal é perigoso – disse ele, preocupado.

– Toda criatura maltratada é perigosa – respondeu ela.

Ela desceu correndo os degraus de madeira apodrecida e, em meio à escuridão, soltou o lobo da corrente. Ele apenas olhou para ela com seus olhos prateados, antes de subir correndo os degraus e sair do porão, numa busca frenética por Faith. Quando descobriu que ela não estava lá, ele se deitou ao lado da cama onde ela havia dormido, exausto e rouco depois de semanas de uivos. Martha o enganara, jogando as roupas de Faith escada abaixo, para que ele descesse até o porão. Ela então jogou uma corrente em volta do pescoço do lobo, presa à parede. Sempre que Faith ouvia uivos, Martha dizia que era o vento e jurava que o vento ali sempre soava como um choro e era melhor ignorá-lo.

Eles atravessaram a floresta, com o lobo seguindo a distância. No lago, Maria tirou a túnica branca que usava havia semanas. Samuel não conseguia tirar os olhos dela, por isso nem tentou. Ele deu a ela o casaco para vestir depois que se banhasse, depois falou com ela em português.

– Vamos vasculhar cada casa deste maldito condado.

Mas a visão tinha voltado à Maria e ela podia ver e sentir o que uma mulher comum não podia. Sabia que a filha não estava mais em Massachusetts. A chuva verde que tinha invocado sobre o povo de Salem também apagara qualquer rastro que Martha pudesse ter deixado, impedindo que o lobo rastreasse Faith. Guardião também sabia disso. A menina tinha desaparecido.

Passaram a noite na cabana, Samuel numa rede na varanda. Quando viu que não conseguia descansar, Maria foi se deitar ao lado dele.

– O que o fez vir para esta cidade agora? – ela perguntou.

– A árvore. – Eles podiam ver a magnólia, as flores como estrelas brancas. Ele tinha ido a Salem para deixar que a árvore falasse por ele. O coração dele batia contra o peito e ele esperava que Maria não sentisse seu ritmo irregular, apesar da maldição que ela havia invocado na forca. Ele, um homem que falava com qualquer pessoa em seis línguas, na presença dela parecia não ter palavras. Se ele tivesse, diria que a magnólia era o coração dele, que ele dera a ela, para que ela fizesse o que bem entendesse com ele.

<hr />

Quando Maria acordou antes de o sol nascer, descobriu que Samuel tinha ido ao porto e voltado com notícias. Martha tinha pagado duas passagens para Nova York. Ela estava com uma menina ruiva.

Maria o abraçou, como fazia quando ele estava à beira da morte. Ela achava que ele não sabia o quanto estivera perto do fim, mas ele sempre soubera, assim como sabia que ela iria pedir que ele a levasse ao porto de Nova York e ele concordaria.

– Você não achará Nova York parecida com nenhum outro lugar – ele avisou. – Você pode chegar lá de um jeito e sair de outro.

Vasculhar uma cidade de quase cinco mil pessoas seria quase impossível. Era fácil desaparecer em Nova York. Achavam-se na cidade homens casados que desejavam desaparecer sem deixar rastro. Mulheres que ansiavam por um mundo onde não houvesse regras. Marinheiros que, depois de abandonar o navio, descobriam que nenhum xerife jamais conseguiria encontrá-los ali e holandeses que se embrenhavam nas terras selvagens além do muro que marcava os limites da cidade e logo eram esquecidos.

Antes de partirem, Maria entrou em sua cabana pela última vez. Antes ela estava descalça, mas agora calçava as botas vermelhas que a mãe lhe comprara no primeiro Condado de Essex. Ela pegou a manta azul e a boneca que Samuel tinha feito para Faith e os embrulhou com o Grimório e o espelho negro. Deu uma olhada no espelho antes de guardá-lo, mas não se reconheceu. Maria era mais espiritual do que mortal, mas até uma bruxa pode ser transformada pela tristeza. Nada seria como antes, mas Hannah lhe ensinara que havia raros momentos em que o que estava feito podia ser desfeito.

PARTE TRÊS

Divinação

1686

I.

Eles fixaram residência em Manhattan, numa rua chamada Maiden Lane, não muito longe do riacho Minetta, onde as terras ao redor eram cultivadas por homens livres que já tinham sido escravos. Chamada originalmente de Maagde Paatje pelos holandeses, a rua antes não passava de uma trilha, perto do riacho onde amantes frequentemente se encontram e as mulheres se reuniam pela manhã para lavar roupa. No extremo sul, ficava o Fly Market, onde se vendiam peixes, vegetais e frutas, um local lotado e imundo em que as donas de casa podiam comprar tudo de que precisavam e bruxas podiam encontrar ingredientes raros, como a casca e as frutas da *Dracaena draco*, a árvore de resina vermelha do Marrocos e das Ilhas Canárias, se soubessem onde procurar.

A casa de Maiden Lane era bem mobiliada, com cortinas de cetim e tapetes persas feitos à mão e tingidos de azul-marinho. Havia porcelanas francesas e talheres caros, que escureceram assim que Maria os tocou, embora cada faca e cada colher tivessem a marca do carimbo de um bom ourives de Londres. Havia um jardim onde plantar ervas, incluindo as aromáticas como a sálvia e o alecrim, com a matricária e o absinto, e arbustos de groselha cujas folhas mais novas Maria usava para fazer uma mistura perfumada com raspas de limão e alecrim, que adicionava ao Chá da Boa Viagem, ótimo para prevenir o escorbuto. Na parte de trás do jardim, havia uma cerca com pontas de lança para garantir que as crianças da vizinhança não encontrassem certas plantas e ingerissem por engano ervas que lhes fizessem mal, os ingredientes mais sombrios das poções de Maria, como a agridoce beladona, a dedaleira, o louro e as sementes de mamona.

O pai de Samuel, Abraham, costumava se sentar no jardim nos dias de tempo bom, desejando estar no mar ao lado do filho. Ele ainda usava o chapéu de couro que sempre estava em sua cabeça ao velejar. O velho era um homem charmoso, com mil histórias para contar, mais até do que seu filho, mas estava doente e Samuel tinha comprado a casa para que o pai pudesse viver confortavelmente seus últimos anos em Manhattan. A pequena mansão tinha sido comprada do primeiro residente judeu de Nova York, Jacob Barsimon, que chegara à cidade em 1654, depois de partir de Amsterdã com a Companhia Holandesa das Índias Ocidentais.

Embora Samuel tivesse comprado a casa para o pai, era Maria que ele tinha em mente ao fazer negócio. Logo ele trouxe uma equipe de trabalhadores para demarcar a horta e cortar as ervas daninhas e as urtigas, que cresciam desordenadamente, e se certificou de que houvesse um quarto para Faith, pronto para quando ela fosse encontrada.

Quando eles chegaram na casa pela primeira vez, Maria se trancou em seu quarto com o Grimório. Ela tentou cada feitiço capaz de trazer uma pessoa desaparecida para casa. Acendeu velas, espalhou pedras e penas de pássaros no assoalho de madeira, cortou as palmas das mãos para que seu sangue pudesse clamar por Faith. Retalhou um dos vestidos de Faith e jogou o tecido numa chama, em seguida adicionou agulhas de pinheiro e flores de calêndula, um feitiço para levar uma pessoa à porta de casa em menos de 24 horas. Nada disso funcionou. Por mais que tentasse, ela não conseguia usar a visão para encontrar a filha.

Quando olhava no espelho negro, tudo o que via era uma terra que parecia se estender até o horizonte, onde havia centenas de coelhos e nada mais.

Durante as primeiras semanas em Nova York, Maria não comeu nem bebeu nem dormiu, e não respondia quando Samuel batia na porta. Sua perda era muito grande. Ela não suportava falar com outra pessoa. No início da manhã, escapulia para perambular pelas ruas da cidade, na esperança de ter a sorte de encontrar uma menina de cabelos ruivos. Ao longo dos dias, ela encontrou várias, mas nenhuma era sua filha, o que a fazia voltar para casa exausta. Depois de um tempo, pareceu desistir. Deitou-se na cama e dormiu por vários dias, até que Samuel a acordou e disse que ela deveria pelo menos beber água ou ficaria doente.

– Quando ela voltar, precisará de você viva – disse ele.

Ele fez *adafina*, um ensopado de frango que a mãe costumava servir e que era feito de frango, favas, cebola, grão de bico, alho e cominho, e um pão de ló chamado *pan de España*, que era preparado por judeus na Espanha desde o ano 1000, muitas vezes usando batatas em vez de farinha. Quando Maria se sentou à mesa, ela percebeu que estava morrendo de fome. E ainda estava jantando quando Abraham resolveu ir para a cama.

– Você acha que assim vai me conquistar? – ela perguntou a Samuel, quando terminou. A comida estava deliciosa e ele tinha passado horas na cozinha. Também tinha feito um bolo de chocolate usando uma receita da mãe, que era tão embebido em rum que uma única fatia podia deixar uma pessoa embriagada. Por alguma razão, Maria se sentiu viva novamente e culpada por seu coração ainda bater, embora estivesse partido.

– Eu não preciso conquistar você. – Samuel encolheu os ombros. – Já conquistei.

Maria não pôde deixar de rir da arrogância dele.

– Isso foi antes. Agora há uma maldição.

– Não me importo – respondeu Samuel. – Eu já a amava antes de essa maldição existir.

Ambos ficaram chocados com a declaração de amor, mas não disseram nada. Só comeram mais, deliciando-se com as laranjas da Espanha, doces e perfumadas. Em seguida, eles discutiram sua situação e o modo como estavam vivendo, incluindo o fato de que ele não deveria amá-la, pois era muito perigoso. Ela voltou a pensar no dia do enforcamento, no modo como olhou para John Hathorne e lançou uma maldição sobre qualquer um que pudesse se apaixonar por um membro da família Owens. Ela tinha tentado proteger a si mesma e a filha e qualquer um de seus descendentes da dor que tinha conhecido.

– Você não pode estar apaixonado por mim – disse Maria a ele.

– Se você insiste, direi que não.

A manteiga que estava num prato sobre a mesa já havia começado a derreter, um sinal de que alguém na casa estava apaixonado.

– Por que isso está acontecendo? – Maria perguntou quando viu a manteiga derretida.

– Quando está quente, as coisas derretem.

– Entendo. – Maria também se sentia quente.

– O que é o amor? – Samuel encolheu os ombros. – Você não pode segurá-lo nas mãos. Não pode vê-lo. É algo que você só sente. Talvez não seja mesmo real. – Ele achou seu argumento excelente, até que Maria começou a rir.

– Para quantas mulheres você já contou essa história? – ela quis saber.

Mas Samuel ficou sério.

– Só para você.

Com isso, ele ganhou a discussão e eles foram para a cama. Maria insistiu para que não fizessem votos um para o outro, nenhum contrato de amor, nenhuma promessa, nada que pudesse invocar a maldição.

Claro que ele concordou, ele teria concordado com qualquer coisa para tê-la de volta.

Quando Maria acordou na manhã seguinte, olhou para as amplas espáduas de Samuel, enquanto ele dormia, e sentiu algo na boca do estômago que não conseguiu identificar. Talvez fosse desejo, ou afeição, ou talvez fosse algo mais, a tal coisa que não podia segurar nas mãos ou ver com os próprios olhos, mas existia do mesmo jeito.

Fosse o que fosse, era um erro. Quando tinha 10 anos de idade, Maria tinha jurado nunca se apaixonar. Tinha visto o que acontecera à Hannah e à Rebecca e às mulheres que procuravam Hannah tarde da noite, desesperadas, em busca de feitiços. Ela só tinha se apaixonado por John Hathorne, uma paixão infantil, e os resultados tinham sido desastrosos.

Ela definiu limites mais rígidos para si mesma com relação a Samuel. Iria dormir na cama dele quando ele estivesse em casa e cuidaria do pai dele quando ele estivesse no mar, mas nunca lhe pediria mais do que isso. O problema era que eles não conseguiam cumprir as regras e não conseguiam manter as mãos longe um do outro. Viveram assim por quase um ano, a vida noturna dos dois em segredo, de modo que Maria muitas vezes ignorava Samuel por completo durante as horas do dia. E, então, uma manhã, Maria viu um besouro no quintal e sentiu um arrepio. Após examiná-lo mais de perto, descobriu que não era o infeliz besouro que anunciava a morte. Mesmo assim, ela temeu pela segurança de Samuel. Já estava de luto por Faith e não achava que conseguiria sobreviver se perdesse outra pessoa. A partir daquele dia, ela trancou a porta do seu quarto e não respondeu quando ouviu Samuel à noite. Uma manhã, descobriu que ele tinha dormido no corredor. Quando acordou, Samuel se levantou para encará-la. Estava claro que ele se magoara com a rejeição.

– Se quer que eu vá embora, diga logo – disse ele à Maria. – Irei agora mesmo. Hoje.

– Esta casa é sua. Tem certeza de que *você* me quer?

Ele tinha certeza absoluta, mas não respondeu.

Naquela noite, ela recitou um encantamento para mandar o amor embora. Na manhã seguinte, ele fez as malas para partir.

– Você não deve ir embora – disse Abraham ao filho. – A vida é curta e fica mais curta a cada minuto. Sei que você quer Maria. Fique com ela.

– Ela não vai deixar. – Samuel continuou fazendo as malas. – Diz que somos amaldiçoados.

– Todo mundo é amaldiçoado – garantiu o velho. – A vida é assim. – Ele balançou a cabeça e pensou que os jovens eram uns tolos. – Você podia muito bem fazer o que quer.

Samuel fez uma coisa que sabia que Maria não gostaria que ele fizesse. Deixou um saquinho de couro sobre a mesa. Dentro havia uma safira numa corrente de prata.

Esta é de verdade, ele escreveu no bilhete que deixou, em português. *Você não pode fingir que algo real não existe.*

Depois da partida de Samuel, Maria e Abraham se acostumaram à rotina de duas pessoas de luto. Eles consolavam um ao outro, pois ambos conheciam a tristeza. Homens que tinham sido marinheiros raramente se acostumavam a viver em terra, e Abraham Dias ansiava pela vida que um dia tivera. Passava os dias esperando pelo filho, embora Samuel pudesse demorar meses para voltar. A memória do velho tinha começado a falhar mais a cada dia, mesmo assim ele sabia que estava em Nova York e que morava na casa do filho, com uma linda mulher cujo nome ele às vezes esquecia, especialmente à noite, quando Maria voltava da busca pela filha e servia-lhe uma taça de vinho do Porto.

Abraham, no entanto, contava suas histórias para ela todas as noites, enquanto bebia da sua taça.

Ele sempre se lembrava daquelas histórias, embora muitas vezes se esquecesse do que havia comido no jantar. Ele contava a ela sobre a alegria de cavalgar nas costas de uma baleia, sobre o gosto do sal enchendo sua boca e sobre uma terra onde todos os ursos eram brancos e fazia tanto frio que a terra ficava coberta de gelo mesmo em meados de agosto, e sobre a Costa da Barbária, onde os leopardos e os leões comiam carne na palma da mão se você tivesse a coragem de alimentá-los, e onde os diamantes brilhavam em buracos na terra, como se não houvesse estrelas apenas acima mas abaixo também. As histórias que ela mais adorava eram as que Abraham contava sobre os primeiros dias do filho no mar, quando o jovem Samuel ficava tão encantado com o céu estrelado que não dormia à noite. Em vez disso, deitava-se de costas no convés, gravando na memória a posição das estrelas para que pudesse mapear o céu.

Abraham Dias cansava-se com facilidade e ia para a cama logo depois da sua refeição noturna. Maria achava isso bom, porque ele poderia ficar confuso com todas as mulheres que batiam na porta em busca de remédios, depois do cair da noite. Provavelmente teria procurado a esposa entre elas, que já estava ausente havia muito tempo. Ela era jovem e bonita quando Abraham a conhecera e ele a amava muito, tanto que ela ainda aparecia em seus sonhos, embora tivesse sido morta na fogueira havia muito tempo. O nome dela era Regine, mas a chamavam de Reina, pois, para Abraham, ela era, de fato, uma rainha.

Maria tinha um profundo carinho pelo velho, que a ensinara a fazer o bolo embriagado de chocolate. Ela detestava deixá-lo sozinho quando saía de casa, pois ele tinha o hábito de sair vagando pela cidade e muitas vezes era encontrado a caminho da região perigosa das docas. Uma vez, tinha sido amarrado num poste por um grupo de delinquentes, que o deixaram ali na chuva, incapaz de se soltar das cordas que o prendiam, até que Guardião finalmente o achou e Maria foi libertá-lo. A partir de então, sempre que ela saía em busca da filha, um hábito diário, contratava uma garota chamada Evelyn para vigiá-lo, mesmo que ele ficasse irritado quando deixado aos cuidados de outra pessoa.

– Ela não dá a mínima para as minhas histórias – reclamava ele da sua cuidadora, uma garota um tanto displicente, que muitas vezes caía no sono quando devia estar cuidando dele. – Ela não é como você.

– Finja que ela sou eu – Maria dizia, para acalmá-lo. – Quando perceber, eu já estarei de volta.

Ela continuou procurando Faith, mas cada vez que voltava para casa sem sucesso ela se voltava para o Grimório. Mesmo assim, não conseguir nenhum resultado. Maria não tinha ideia do que bloqueava sua visão, tornando impossível localizar Faith. Ela estava começando a pensar que havia perdido o seu dom. Agora era conhecida na vizinhança como a mulher da filha roubada, pois já tinha batido de porta em porta, perguntando se alguém teria visto Faith.

As outras mães tinham pena dela quando a viam coberta com o véu preto curto, que usava quando estava em público. Ela pagava informantes, mas aqueles que diziam ter visto uma garota ruiva aos cuidados de uma mulher alta e magra ou forneciam uma pista antiga ou estavam inventando coisas para ganhar uma moeda de prata.

Guardião estava sempre ao lado de Maria, enquanto ela procurava Faith mais ao norte, na região selvagem além do muro construído pelos holandeses para manter afastados os povos nativos, os piratas e os britânicos. A Wall Street, construída em 1685 ao lado da muralha, cruzava a antiga trilha indígena, agora chamada Broadway. Maria seguia a margem oeste do rio, que levava à estrada chamada Love Lane, um local de encontros noturnos e caminhadas nas terras altas, onde ainda havia imensas fazendas holandesas. Ela cruzava bosques onde ainda havia alguns índios Lenape, escondidos na antiga floresta onde havia árvores tão grandes que eram necessários dez homens para circundar o tronco de uma delas.

As pessoas se acostumaram a ver Maria e Guardião. Algumas gritavam uma saudação ao ver o incansável cão preto e a mulher de véu, mas também havia aquelas, como os antigos fazendeiros que estavam entre os colonizadores da Nova York de sessenta anos antes, que reconheciam o lobo pelo que ele era. O povo Lenape também era capaz de reconhecer o lobo, mas o chamavam de irmão, pois sabiam que os holandeses e os ingleses, quando reclamavam aquela terra, tratavam a espécie de Guardião assim como tratavam os nativos, apenas com a intenção de tomar posse e destruir.

Nada ajudou Maria Owens a encontrar a filha, nem mesmo as últimas páginas do Grimório, que continha os feitiços de Agrippa e de *A Chave de Salomão*, usados apenas nos momentos de maior necessidade. Por fim, ela cometeu um ato de desespero. Nua, deitou-se de costas dentro de um pentagrama desenhado no assoalho com carvão. Em torno do pentagrama, havia velas acesas, uma tigela de latão com sangue, aparas de unhas e fios de cabelo em chamas. Uma pequena figura de cera, com as características de Martha, agora se retorcia no calor do fogo. Tratava-se de magia da mão esquerda, perigosa para todos os envolvidos.

Use apenas quando for muito necessário, Hannah Owens tinha escrito em sua caligrafia perfeita. *E saiba que vai pagar caro por isso.*

Sempre havia um alto preço a pagar quando a magia era usada de forma egoísta, para o benefício do próprio praticante, mas Maria não se importava mais. A figura de cera tinha sido perfurada com um único alfinete e agora estremecia enquanto derretia no fogo. Isso era magia simpática: fazer a um objeto o que você desejaria de fazer ao indivíduo. Um representava o outro.

Ut omnia quae tibi. Pegue o que quiser.
Quid enim mihi est meum. Me dê o que é meu.

Maria sentou-se perto da janela, à luz da manhã, antes de sair para vasculhar a cidade. Talvez um dia Faith passasse por aquela rua de pedras. Ela podia voltar num dia normal, como uma manhã azul de maio ou uma tarde nevada no meio do inverno. Um dia Martha é que desapareceria, o feitiço de Maria era a garantia disso, e, quando isso acontecesse, Faith encontraria seu caminho para casa, na Maiden Lane, onde Maria tinha plantado lilases perto da porta dos fundos, pois onde havia lilases sempre haveria sorte.

༺❦༻

Na primavera do terceiro ano após a partida de Salem, Samuel Dias voltou a Manhattan com sintomas da sua antiga doença. Ele sempre voltava a cada poucos meses e dormia no celeiro, fazendo o possível para ignorar Maria. Ultimamente, eles mal se falavam e ela sentia falta do homem que não conseguia parar de falar. Desta vez, ele não disse absolutamente nada. A febre quebra-ossos era o diabo dentro dele, mas era também uma professora, pois o lembrava de sua própria mortalidade e lhe mostrava que os homens muitas vezes são impotentes diante do próprio destino.

Ele chegou numa carruagem alugada e desembarcou com a ajuda do cocheiro, pois estava fraco demais para andar sozinho. Maria tinha insistido em dizer que não queria nada dele, mas ainda usava a safira escondida sob a gola da blusa. E sempre pensava no outro presente que ele lhe dera, a magnólia que tinha ficado no Condado de Essex e previra a sua liberdade. Ela era uma árvore da fortuna, que não florescia na época certa, mas quando queria. Mesmo agora, na amarga e austera Colônia da Baía de Massachusetts, onde as mulheres eram presas cada vez que uma vizinha as acusava de amaldiçoar vacas e ovelhas ou provocar varíola nos filhos, mancomunada com o diabo, embora a acusada muitas vezes estivesse a quilômetros de distância, dormindo em sua cama, a magnólia florescia durante todo o inverno. Algumas pessoas diziam que a própria árvore era obra do diabo, mas havia também quem fosse se sentar ao lado dos seus galhos floridos, mesmo quando havia neve no chão.

Nenhum outro espécime poderia se comparar àquela árvore milagrosa, mesmo assim Samuel trazia outras árvores para Maria sempre que voltava de viagem. Cada vez que fazia isso, ele oferecia a ela seu coração. As árvores falavam por ele agora, se ao menos ela ouvisse o que ele tinha a dizer. Samuel tinha dado a ela tamareiras e piornos-brancos; árvores jujuba, chamadas *zufzuuf*; tamargueiras; cedros; araucárias e paineiras. Algumas dessas árvores eram delicadas demais para o clima de Nova York e precisavam ser mantidas em vasos na sala de estar, durante o inverno. Maria nunca dizia o quanto ficava contente com as árvores, mas ele podia adivinhar pelo olhar extasiado em seu rosto.

Desta vez, ele tinha encontrado um espécime em St. Thomas chamado "A Árvore do Céu". Fizera uma caminhada com alguns homens da região para encontrá-la e eles tinham zombado dele por estar tão apaixonado a ponto de abrir caminho pelo mato com um facão, para chegar à muda perfeita. Na primavera, as encostas de St. Thomas ficavam vermelhas como sangue e os pássaros migravam das terras do norte, a milhares de quilômetros dali, para construir ninhos nos galhos dessa árvore. Mesmo que não fosse uma árvore milagrosa, seria a única da sua espécie na ilha de Manhattan.

Samuel parecia mais endurecido do que nos últimos anos. Agora que ele comandava o *Rainha Ester*, muitas vezes se via em situações em que a crueldade era a única escolha, mesmo para um homem justo. Já havia fios grisalhos em seu cabelo preto espesso, mas quando sorria ele ainda parecia um jovem na casa dos 20 anos, assim como era quando

Maria o conheceu. Com o passar do tempo, ele descobriu que não gostava simplesmente de conversar, ele queria *alguém* com quem conversar, mas não os estranhos que encontrava em terras estrangeiras e nunca mais via, não os marinheiros que bebiam a ponto de esquecerem suas histórias enquanto ele as contava. Ele queria alguém que realmente o conhecesse. Ele queria Maria.

Quando ela o viu por uma janela aberta no dia em que voltou a Nova York, ela sabia que havia algo errado. Foi recebê-lo sem se preocupar em calçar as botas ou fechar a porta. Não importava o quanto ela o queria longe, ele ainda era o homem que salvara sua vida com o truque da corda e estava ao lado dela quando seu coração se partiu, no segundo Condado de Essex.

Ela pagou rapidamente o cocheiro e ajudou Samuel a entrar em casa. Como sempre, ele chegava sem aviso prévio e não tinha ideia de quanto tempo ficaria.

– Não estávamos esperando você – disse Maria, com repreensão na voz, preocupada com o estado dele.

Normalmente ele se preocupava com sua aparência, mas agora as roupas de Samuel estavam em mau estado e muito folgadas em seu corpo. Ele havia perdido peso e um pouco do seu vigor também havia desaparecido. Ainda assim, era o homem bonito cujas histórias Maria nunca se cansava de ouvir. Seu cabelo escuro estava preso com uma tira de couro e suas botas não eram limpas há meses. Maria também não estava com a sua melhor aparência.

– Não estava preparada... – Ela tinha terra do jardim sob as unhas e seu cabelo estava todo emaranhado.

A febre de Samuel estava aumentando e ele ainda era um homem que falava muito ou não dizia nada. Quando entraram, ele imediatamente se sentiu em casa, um conforto que experimentava apenas quando visitava Nova York. Mas aquele dia estava agitado demais. Samuel descobriu que precisava se sentar por um instante e recuperar o fôlego antes de cumprimentar a todos adequadamente.

– Ora, o que temos aqui? – disse Abraham Dias com a voz trêmula ao ver o filho. Ali estava um homem bonito, de olhos negros, que parecia exausto e vestia um casaco preto muito familiar. – Você parece meu filho.

– Não é coincidência – Maria assegurou ao velho. – Isso é exatamente o que ele é.

Samuel reuniu forças e foi abraçar o pai. Os dois homens não tinham medo de demonstrar seus sentimentos quando estavam juntos. Tinham visto e feito coisas terríveis e trabalhado lado a lado a vida toda, até o dia em que Abraham passou a não conseguir mais ficar em pé por mais de alguns minutos sem sentir dor nas costas e nas pernas. A idade tinha chegado, roubando-lhe a juventude, e o ferimento que sofrera ao tomar seu navio de uma frota real e o rebatizar de *Rainha Ester* piorara com o passar dos anos a ponto de fazê-lo mancar e impedi-lo de andar muito.

Neste dia, nenhum dos dois homens conseguiu ficar em pé por muito tempo. Abraham podia suportar o peso da velhice, mas ver seu filho com a saúde tão ruim o deixava arrasado.

– É aquela maldita febre – declarou Abraham. – Ela não vai deixar você em paz. – Ele se virou para Maria, frustrado. – Pensei que você tinha curado meu filho!

– Eu o curo todas as vezes em que a febre ataca. Essa é a única maneira de tratar essa doença. Algumas enfermidades retornam não importa o que se faça e precisamos tratá-las quando isso acontece.

– Estou bem – Samuel insistiu. – Posso ficar no celeiro.

Mas Maria insistiu para ele ficar no quarto reservado para a volta de Faith. Samuel ficou mortificado por ela ter que ajudá-lo a subir as escadas e ainda assim se perguntou se não teria desejado a doença para poder voltar, se ter os braços dela em torno dele não era tudo o que ele queria, apesar do alto preço que pagaria. Tudo dentro dele doía, como se seus ossos fossem feitos de vidro mais uma vez. Um único toque era uma agonia e ainda assim ele ansiava pelo abraço de Maria, pois o vidro podia queimar assim como quebrar. Uma vez na cama, ele soltou um gemido e virou o rosto para a parede. Odiava mostrar fraqueza, mas não tivera forças nem para descalçar as botas.

– Você devia ter voltado para casa antes – Maria disse a ele. – É evidente que está assim há muito tempo.

Abraham tinha o direito de culpá-la, mas a febre quebra-ossos era uma doença traiçoeira, que se escondia dentro do corpo da pessoa. Você a afugentava, apenas para vê-la retornar inesperadamente. Samuel se sentiu confortado ao ver as coisas de Faith que tinham sido guardadas naquele quarto, a manta com a costura azul, a boneca que ele havia feito.

– Aí está ela! – ele disse, feliz ao ver a boneca. – Você a guardou.

– Claro que sim – respondeu Maria. – Você não me disse para mantê-la a salvo?

Ela foi pegar as folhas secas de tawa-tawa que estavam armazenadas em seu armário de ervas e preparou um bule do chá com propriedades para combater a doença. Quando voltou, Samuel já estava dormindo. E estava falando enquanto sonhava, desta vez com a morte da mãe na fogueira.

Os prisioneiros estavam vestidos com roupas de juta, com desenhos de dragões e chamas nas camisas e nos chapéus. Tinham cordas ao redor do pescoço e eram forçados a carregar contas de rosário e velas verdes e amarelas. Samuel era assombrado pela cena chocante que tivera de testemunhar na infância e, em seus sonhos, costumava revisitar a praça onde tudo acontecera. A fumaça que subia dos corpos queimados era ocre e sangrenta. E ele podia ouvir a voz da mãe no meio de uma multidão de mil pessoas.

Maria tirou as botas de Samuel e se deitou na cama ao lado dele para que pudesse segurar um pano frio e úmido em sua testa. Ela enfiou a mão debaixo da camisa e viu que ele estava queimando de febre, o coração em brasa.

– Não me deixe – disse ele, convencido de que era ela o seu verdadeiro remédio, não o chá amargo que ela insistia que ele tomasse ou o caldo de peixe que preparava para mantê-lo forte.

No início, Maria pensou que ele estava falando com a mãe em seus sonhos, até que a abraçou e a chamou pelo nome. Isso era o que acontecia toda vez que ele estava em casa. Se ela o beijasse uma vez, não pararia mais. Estava errado e ela sabia disso. Era perigoso também. Ela falava com ele e com a maldição:

– Não diga mais nada e não fale de amor. Isso não é amor, é outra coisa, é minha vida entrelaçada à sua. Você só está em casa porque está doente, não porque olha para mim desse jeito. Você deve ir embora assim que puder, para o outro lado do mar, onde estará seguro. Isso é um sonho, não é real, não afetará você. Eu nunca serei sua.

Samuel Dias arrancou as roupas e Maria o ajudou. Ele estava queimando e ela também. O caldo na mesa de cabeceira teria de esperar. O mundo também poderia esperar. Lá fora, a chuva tinha começado a cair. Maiden Lane estava silenciosa e verdejante, mas nada fora do quarto importava. Logo a colcha começou a queimar e eles a jogaram no chão. A cidade havia se tornado tão pequena que incluía apenas um cômodo. Samuel manteve os olhos abertos para poder ver Maria o tempo todo. O mundo era ela e mais ninguém.

Ele se lembrou do jeito como ela tinha saltado da forca, os olhos dela encontrando os dele enquanto ele esperava entre as árvores com o coração na boca, rezando para que a corda estivesse desgastada o suficiente para que arrebentasse. O mundo acabou e recomeçou quando isso aconteceu.

Você sabe o quanto eu a queria, ainda a quero e sempre vou querer?

Na caminha do quarto sob o beiral do telhado, ela disse que ele não deveria amá-la.

– Se você quer viver – disse Maria –, deve ficar longe de mim. É por isso que eu sempre digo para você ir embora.

– Esse é o único motivo?

– Você é muito chato, é verdade.

Ambos riram.

– Assim como você – ele disse, os braços ao redor dela.

Ele estava convencido de que o que eles faziam não importava. Ele já estava condenado. Que tipo de maldição poderia ser pior do que ver a mãe na fogueira, naquele dia escaldante em Portugal? Se a vida dele tinha que acabar, que fosse assim; que a última coisa que ele visse fosse a chuva na vidraça, as paredes brancas, os cabelos pretos de Maria espalhados sobre os ombros dele, o amanhecer sobre Manhattan, um céu que era o mais puro azul-cobalto, o azul do paraíso, que, não importava o que eles pudessem desejar ou o que pudessem fazer, significava o fim de uma noite de amor.

※

O ancião sabia sobre eles. Ele muitas vezes não lembrava em que ano ou em que país estava, mas certas coisas eram inconfundíveis e inesquecíveis. Os sons do amor, por exemplo, eram evidentes. Ele os ouviu à noite e ficou feliz que seu filho pudesse encontrar prazer neste mundo cruel. Agora Maria estava atrasada para o café da manhã e Abraham riu ao pensar no motivo. Ele estava sentado à mesa, depois de ter conseguido descer as escadas. Guardião e ele agora esperavam para serem alimentados. Eles eram pacientes, embora a hora do café da manhã já tivesse passado e a barriga dos dois roncasse. Na maioria dos dias, Maria estava acordada muito antes de o velho se levantar da cama, antes mesmo do amanhecer do dia. Mas hoje o sol já estava alto havia horas e o velho e o lobo ainda estavam esperando.

Quando Maria finalmente desceu, estava usando seu vestido preto abotoado até o pescoço. Ela passara algum tempo penteando o cabelo emaranhado e havia lavado o rosto com sabão preto. Parecia revigorada, embora mal tivesse dormido.

– Pensei ter ouvido algo ontem à noite – disse Abraham quando Maria finalmente entrou na cozinha. – Bem tarde, quando as pessoas deveriam estar dormindo.

– Você não ouviu nada – Maria insistiu enquanto fervia a água para preparar o chá de Abraham.

Abraham Dias gostava de beber seu chá forte com uma rodela de limão, quando Maria conseguia encontrar um daqueles cítricos preciosos nas barracas de frutas do mercado.

– Eu sei o que ouvi. Talvez agora ele fique.

O velho sempre comia pão com manteiga pela manhã, que Maria colocava na mesa diante dele. Guardião era alimentado com uma porção de carne e ossos.

– Ele não vai ficar.

– Nova York seria bom para ele – insistiu o velho. Agora, Samuel Dias era um homem rico e poderia muito bem se dedicar a outro ramo de trabalho, algo que estivesse dentro da lei. Poderia importar rum de Curaçau ou seda da França. Poderia encontrar um galpão e um escritório nas proximidades de onde moravam, em Maiden Lane. – Se ele ficasse, você saberia quando ele estivesse com a febre. Ele estaria sob seus cuidados.

Maria lançou um olhar para Abraham.

– Isso não vai acontecer – ela assegurou, preparando uma xícara de Chá de Desapego para ela mesma, uma mistura que afrouxava os laços de amor entre duas pessoas, especialmente quando combinado com licor de ervas amargas e raiz de rabanete fresco.

– Ele poderia ser convencido a ficar – disse Abraham. – Especialmente se você me ajudasse com isso.

Na opinião de Abraham Dias, se um homem decidisse viver em terra, não havia opção melhor do que Manhattan. Os judeus portugueses tinham ido para o Brasil em 1654, ano em que Portugal recuperou o Brasil dos holandeses, e levaram a Inquisição com eles. Esses portugais originais foram recebidos pelo governador Peter Stuyvesant, que não queria aceitar o grupo de 23 almas sem país e sem em casa, até ser pressionado a aceitá-lo pelo proprietário original da casa de Maiden Lane, Jacob Barsimon, que trabalhava para a Companhia Holandesa das Índias Ocidentais. Os novos imigrantes não estavam autorizados a construir uma sinagoga, mas os homens se encontravam diariamente, e Abraham Dias costumava ir a essas reuniões nas noites de sexta-feira, numa casinha perto do porto. Em 1655, os contribuintes judeus pagaram quase dez por cento do preço para construir o muro, que mais tarde se tornou a Wall Street, para separar a cidade das terras selvagens mais além.

Embora fossem estranhos, os judeus eram relojoeiros, alfaiates, açougueiros e importadores de rum, chocolate e cacau. Manhattan era uma cidade tolerante e, se a pessoa não provocasse os vizinhos nem chamasse muita atenção, podia fazer o que quisesse e ter a religião que mais lhe agradasse.

– Deixe seu filho ser quem ele é – disse Maria a Abraham. – Um homem do mar.

– Um homem pode mudar – garantiu Abraham Dias. Afinal, ele mesmo gostava de cultivar hortaliças no quintal, com as mãos mergulhadas na terra, um inesperado prazer que ele só descobrira em idade avançada.

Maria foi ao rio Norte, no lado oeste da cidade, comprar hadoque e bacalhau, pois queria cozinhar um caldo de ossos de peixe para a ceia de Samuel. Ele tinha descansado durante o mês inteiro e melhorado muito da febre. À tarde, ele se sentava no jardim com o pai, sob a luz do sol verde-pálido, ouvindo histórias que já tinha ouvido dezenas de vezes e se deliciando com cada detalhe. Um pouco antes, tinha ajudado o pai a plantar um canteiro de alfaces, o que deixara Maria angustiada. Por que Samuel se preocupava em plantar hortaliças se ele não estaria ali para vê-las crescer?

Ela esperava que ele fosse embora no final de semana, pois longe dela estaria seguro. O *Rainha Ester* estava atracado e era provável que a maior parte da tripulação estivesse começando a ficar de bolsos vazios e logo estaria ansiosa para volta ao mar. Se Maria não estivesse enganada, ela parecia ver nos olhos de Samuel uma ponta de saudade do mar quando o vento ficava mais forte e o mar esfriava o clima. Era um anseio pela sua antiga vida, em que ele não tinha que se sentar à mesa de jantar na hora das refeições, ali onde as estrelas não eram tão brilhantes quanto no mar. Ele se sentia atraído para o porto, onde fitava com nostalgia o horizonte, além do Portão do Inferno. Nova York era azul e cinza, uma cidade cercada de água, que o chamava, embora ele desejasse ficar. O largo rio Norte, mais tarde renomeado Hudson, corria de duas maneiras: a água do mar corria para o norte e a água doce fluía para o oceano. Era um rio que não conseguia se decidir e Samuel gostava disso. Ele tinha nascido sob um signo da água e ele próprio muitas vezes tinha duas opiniões. Ansiava por ir embora e ao mesmo tempo não queria ir.

Para divertir Maria, ele tinha feito um barquinho de papel, dobrando uma folha várias vezes. Homens que passavam meses navegando encontravam todo tipo de passatempo para se entreter enquanto estavam no mar. Coisas como cartões do dia dos namorados enfeitados com conchas; dobraduras de papel em forma de garças, pássaros, peixes e barcos; contar histórias ou ficar em completo silêncio. Quando Maria colocou o barco de papel no rio, ele virou para um lado e depois para o outro. No final, não seguiu adiante nem para o norte nem para o sul. Em vez disso, continuou flutuando em círculos até que Samuel o tirou do mar. Era um sinal da própria indecisão dele. Em algumas manhãs, ele fazia as malas. Em outras, não conseguia se imaginar partindo de Nova York.

No Fly Market, que ficava no fim da Maiden Lane, Maria notou uma pessoa suspeita mais à frente, comprando limões na barraca de frutas. A compradora era uma mulher elegante, que usava um vestido lilás bordado e costurado ao estilo francês. O cabelo dela era claro e estava preso com pequenos pentes de prata enegrecida. Um cachorrinho branco a seguia, devotado à dona. Se Maria não estivesse enganada, a mulher usava botas vermelhas.

— Eu não ficaria encarando a srta. Durant por tanto tempo — o peixeiro avisou Maria, enquanto pesava o hadoque. — É um pouco arriscado.

— Por que diz isso?

Maria usava um véu preto sobre o rosto sempre que estava em público. No dia em que ela finalmente encontrasse a filha, iria jogar fora o véu ou queimá-lo sobre uma pilha de gravetos ou rasgá-lo em pedaços. Por enquanto, ele causava o efeito desejado: as pessoas se afastavam dela e a evitavam, pois ninguém queria chegar muito perto da tragédia. E ainda havia quem tivesse pena dela, entre elas o peixeiro, pois ela era sem dúvida uma mulher de luto.

— Catherine Durant é uma feiticeira — confidenciou o peixeiro num tom baixo, enquanto acenava com a cabeça para a mulher. — Você pode chamá-la de bruxa.

— Bruxa? — Maria esticou o pescoço para ver melhor, pois a mulher de que falavam já estava se afastando, de costas para eles. O cachorrinho, porém, olhou para Maria com seus olhinhos brilhantes antes de correr atrás da dona.

– Eu lhe vendi um peixe e ela me acusou de não estar fresco. Nos dois meses seguintes, não consegui vender nada – o peixeiro continuou. – Nem uma posta nem um filé. As pessoas passavam como se eu fosse invisível e as que me viam tapavam o nariz, como se minhas mercadorias fedessem. Então mandei entregar um saco de mexilhões na casa dela e depois disso os negócios voltaram a ser como eram. Agora mando mexilhões ou amêijoas para ela de presente no primeiro dia de cada mês. Funciona bem para nós dois.

Maria logo se dirigiu para a barraca de frutas, mas, antes que pudesse escolher qualquer uma das mercadorias, o vendedor entregou a ela uma sacola.

– Mas, senhor! – disse Maria, surpresa com a ousadia. – Eu ainda não sei o que vou levar.

– Não importa. Ela sabe. – Ele acenou com a cabeça na direção da mulher de lilás, que já dobrava a esquina. O vendedor parecia um pouco constrangido, mas, quando uma bruxa pede que se faça algo, o melhor é obedecer. Dentro da sacola havia dez maçãs, já pagas, de um tom vermelho brilhante. – Ela disse que é para fazer uma torta.

– Ela disse? – Apesar de tudo, Maria sorriu. Alguém a vira pelo que ela era, provavelmente uma irmã da Arte Sem Nome.

– E disse que a senhora não se arrependerá. É para assar uma torta por semana e colocá-la no peitoril da janela.

Se aquilo era magia, era feita de ingredientes simples e práticos. De qualquer maneira, Maria foi para casa e cortou as maçãs, depois começou a fazer a torta. Abriu a massa e, quando acrescentou as maçãs, as fatias brancas ficaram vermelhas. Talvez as frutas não fossem tão comuns quanto ela imaginara. Maria sentiu suas esperanças se renovarem enquanto a torta assava no forno de tijolos ao lado da lareira e ela enviava uma mensagem mental para Faith, onde quer que ela estivesse: *Faça o que tiver que fazer até que estejamos juntas novamente, mas nunca acredite numa palavra do que ela lhe disser. Acredite apenas em si mesma. Você é minha filha e só minha, estejamos juntas ou separadas.*

Quando a torta ficou pronta, Maria a deixou esfriando no parapeito da janela. Ela ficou ali, vermelha como um coração; a cobertura castanha, perfeita. A partir daquele dia, ela passou a fazer uma torta toda semana, com maçãs que passavam da cor branca para a vermelha. As pessoas que andavam na rua sentiam o aroma da torta no ar e se lembravam de casa e ansiavam por reencontrar seus entes queridos. Isso era tudo o que Maria desejava. Era tudo o que ela queria no mundo. Olhar pela janela e ver sua querida menina no portão. Convidá-la a subir pelo caminho de pedras e abrir a porta.

II.

Num lugar chamado Kings County, originalmente chamado de *Breuckelen* pelos primeiros colonos holandeses, os recém-chegados se deparavam com uma terra pantanosa, pontilhada por nuvens brancas como a neve, onde o horizonte se estendia em faixas de azul até finalmente encontrar o mar. Essas terras baixas faziam os holandeses se lembrarem da sua terra natal e muitos caíam de joelhos e choravam ao chegar naquele lugar selvagem, onde o céu estava repleto de patos e gansos, e os peixes saltavam nos riachos. Trabalhadores braçais, fazendeiros e pescadores tinham fundado as primeiras aldeias nas terras onde os nativos Lenape viviam, antes de serem massacrados e expulsos, primeiro pelos holandeses e depois pelos britânicos, que substituíram os invasores originais. Num mundo que começara com uma carnificina, sempre haveria crueldade, apesar da beleza da costa e do mar.

Cinco cidades tinham sido fundadas pelos holandeses no Condado e a sexta, Gravesend, era povoada por aqueles que queriam começar vida nova. Tinha sido construída em 1645, num lote de terras que originalmente pertencia à *lady* Deborah Moody e seu filho, *sir* Henry, ambos perseguidos pelos puritanos da Colônia da Baía de Massachusetts e em busca de liberdade religiosa. *Lady* Moody tivera a sorte de ganhar da Coroa um pedaço de terra no Condado de Kings. Ela tinha começado sua vida na Corte inglesa e terminado seus dias feliz, no Brooklyn, onde era livre para fazer o que queria e tinha sido enterrada num cemitério no final de uma trilha indígena. O filho havia desaparecido. Algumas pessoas diziam que ele estava enterrado ao lado da mãe, outras juravam que ele partira para territórios inóspitos ao oeste e que preferia os nativos aos ingleses.

O assentamento original havia sido destruído pela população indígena devastada pela guerra e que havia perdido milhares na ocasião da invasão holandesa e outras centenas nas mãos dos britânicos, embora tenha lutado bravamente. No final, os índios foram derrotados e sua população praticamente desapareceu. Quando Faith foi levada para Gravesend, aquele era o posto avançado mais distante do que era chamado de País Plano por detratores e admiradores, e povoado por almas resistentes, que não temiam o isolamento.

Martha Chase pagou uma ninharia aos anciãos da aldeia para poder ocupar uma casa abandonada, coberta de trepadeiras e ervas daninhas. Ela desejava morar num lugar que estivesse em pouquíssimos mapas e o mais longe possível das multidões de Manhattan, pois no ano anterior ocorrera uma epidemia de febre que matara dez por cento da população.

Gravesend era muito frio no auge do inverno, como gelo cobrindo as taboas e os juncos, mas fazia um calor escaldante no verão, quando o sol era abrasador. A casa delas ficava longe o bastante da aldeia para que centenas de gaivotas e andorinhas-do-mar voassem pelo céu durante todo o dia e nenhum outro som fosse ouvido. Era um local muito bom, pois elas podiam pescar nos riachos e cultivar um jardim, embora o solo arenoso fosse uma verdadeira provação. Era fácil se esconder naquele local desolado, onde ninguém perguntava sobre uma garota com o cabelo tingido de preto, com uma tinta feita de amoras esmagadas e a casca fervida de nogueira; uma criança silenciosa e pensativa, que não se parecia com a mulher nervosa e pálida que insistia que Faith a chamasse de mãe. Quando Faith repetia que ela já tinha mãe, Martha Chase dizia calmamente que Maria não a queria, que a tinha dado à Martha, caso contrário ela teria ido para um orfanato. Faith chorava à noite e, quando fitava o céu noturno, ansiava receber um sinal, em seus sonhos ou em sua vida desperta, de que a mãe ainda a amava e pensava nela.

※

Quando elas chegaram, o Brooklyn era povoado por duas mil almas, e embora ficasse do outro lado do rio, em frente a Manhattan, era como se fosse um outro mundo. Ao partir de Massachusetts, Martha dissera à Faith que havia pessoas más atrás dela e que elas tinham de fugir ou o diabo as pegaria. A mãe de Faith com certeza aprovaria a mudança para Nova York, dissera à menina. Afinal, se ela tinha dado sua única filha à Martha para proteger a filha, isso não era prova suficiente de que aprovaria a mudança?

 Faith podia estar disfarçada, mas ela não deixava de ser quem era e suas inclinações naturais surgiam uma vez ou outra. Quando fechava os olhos e cantava uma música num idioma que Martha nunca tinha ouvido, uma suave garoa verde começava a cair. Quando assobiava, pardais iam pousar na palma da mão dela. Ela podia prever tempestades e o tempo ensolarado, acender uma vela com seu hálito, encontrar água potável simplesmente seguindo seu cheiro e uma vez Martha a ouvira falar com a mãe, pedindo à Maria que viesse procurá-la.

 Martha sabia que havia maneiras de restringir a magia e que as bruxas tinham aversão ao ferro, pois o metal lhes tirava a visão e diminuía seus poderes. Depois que Faith colheu uma flor que floresceu na palma da sua mão fora de época, num dia em que havia neve no chão, Martha mandou um ferreiro soldar pulseiras em torno dos punhos de

Faith. Foi caro, mas valeu a pena, pois Martha deixou de se preocupar. Numa casa decente e piedosa como a dela, não se podia permitir nenhum tipo de blasfêmia.

– Isso é para que eu sempre possa encontrar você – disse Martha para confortar Faith quando a pulseira queimou a sua pele, mas a verdade é que ela queria ter certeza de que a menina não fugiria.

Depois que as pulseiras foram soldadas nos seus punhos, Faith passou a sentiu um leve entorpecimento. Ela não conseguia mais chamar os pássaros nem ver o que estava para acontecer. Não conseguia fazer as nuvens se moverem nem pedir ao céu para chover. Quando ela mergulhava as mãos nos riachos, os peixes nadavam para longe. Ela era uma prisioneira, sem dons, sem esperança. Mas, à noite, era livre para sonhar e, em seus sonhos, via a mãe chorando ao lado de uma árvore florida. Foi assim que Faith soube que a mãe ainda estava viva.

Ela não tinha sido esquecida.

Elas viajavam constantemente no início, quando moravam na parte baixa de Manhattan. Depois mudaram para uma fazenda no assentamento de Bergen, em Nova Jersey, um lugar assolado por mosquitos e pela ilegalidade. Onde quer que fossem, a porta sempre era mantida trancada para garantir que nenhuma daquelas pessoas más de Massachusetts arrebatasse a criança. Quem eram aquelas pessoas, Faith não sabia, pois tudo o que conseguia se lembrar era de uma mãe amorosa, um homem que contava histórias quando ela era quase um bebê e um cachorro preto que a seguia para todo lado.

E Martha ainda dizia à Faith que elas tinham que viver disfarçadas para se proteger. A mãe adotiva adotara o nome de Olive Porter e Faith tinha um novo nome cada vez que se mudavam, mesmo que todos soubessem que mudar o nome de uma pessoa dava azar. Ela já tinha sido chamada de Temperance, Charity, Patience, Thankful e Verity*. Quando estava sozinha, Faith escrevia esses nomes em tinta preta, em seguida riscava-os com linhas grossas, como se isso pudesse bloquear suas falsas identidades.

Por fim, elas chegaram ao Condado de Kings, onde o ar azul tinha gosto de sal e as aves marinhas largavam mariscos nas estradas de terra para abri-las e fazer um banquete. Aquele era o último posto avançado e o lugar onde se estabeleceriam. Como sempre, Faith era obrigada a chamar de "mãe" a senhora que cuidava dela, mas a palavra continuava a não passar pela sua garganta. Ela tinha certeza de que se, tivesse paciência, a verdadeira mãe iria encontrá-la e nesse dia, quando ela abrisse os olhos pela manhã, Maria Owens estaria lá.

⁂

Faith tinha completado 9 anos quando elas foram morar em Gravesend, a terra das aves marinhas e dos párias. Poucos forasteiros passavam por aquele lugar e a maioria dos moradores tinha razões para viver numa cidade que parecia estar nos confins da terra. Ali havia maridos que tinham abandonado a família, mulheres que tinham sido expulsas de casa e ladrões que estavam cansados de fugir da polícia.

– Vamos ficar a salvo aqui – disse Martha à Faith, embora a salvo de quê, Faith não sabia. Ela agora se chamava Comfort, um nome que desprezava, embora não houvesse muita gente ali para chamá-la pelo nome. A tranquilidade era uma certeza naquele lugar e era possível ficar semanas sem ver vivalma, quer se estivesse andando pelas estradas de terra ou pelos campos arenosos. Com exceção das mudanças climáticas, todos os dias eram iguais. Ansiosas para ver alguém de fora, as

---

* "Temperança", "Caridade", "Paciência", "Gratidão" e "Veracidade", em português. (N. da T.)

pessoas da cidade viviam esperando um mercador ambulante, que aparecia toda última sexta-feira do mês. Os moradores o procuravam para comprar pregos ou peças de tecido ou potes e panelas e tinham que se arranjar sem isso até que ele aparecesse, pois ninguém tivera a coragem de abrir um comércio naquele local remoto.

Faith Owens podia ver o mar do seu quarto no sótão, onde o inquilino anterior tinha morrido de febres devido às nuvens de mosquitos que havia naquelas terras baixas nas noites de verão. Uma em cada três crianças nascidas na região morria antes do primeiro aniversário e várias mulheres da cidade vestiam luto, não importava o ano ou a estação.

Com o passar dos anos, Faith tinha cada vez mais perguntas, mas, como não ousava perguntar, todas ficavam sem resposta. Se Maria estava viva, por que não tinha ido atrás dela? Onde estava seu leal cachorro-lobo, que nunca saía do seu lado por vontade própria? Por que Faith não devia mostrar a verdadeira cor do seu cabelo? Desde aquele dia em que os guardas surgiram em sua cabana, no Condado de Essex, sua vida mudara. Agora ela se dividia em duas partes. Havia o *antes*, quando ela morava com a mãe, e o *depois*, desde que Martha a levara a bordo do navio com destino a Nova York, obrigando-a a passar aqueles anos todos no Brooklyn.

Faith muitas vezes caminhava até o final da antiga trilha indígena, que levava a um cemitério. Ela deixava conchas ali para decorar a sepultura de *lady* Moody, pois sentia que a inglesa tinha viajado até aquele deserto por ser um espírito livre, assim como Faith. Na noite mais curta do ano, a menina saiu de casa depois do escurecer, quando havia apenas fragmentos de luz prateada deslizando pelas nuvens. Ela levava uma vela branca em homenagem à fundadora da cidade. Faith sempre ouvira que não devia esconder quem ela é por dentro, mas tudo o que ela era tinha sido escondido até dela mesma.

Agora ela entendia que estava vivendo uma mentira. Com o passar dos anos, conseguiu ganhar a confiança da mãe adotiva. Sempre se comportava bem e obedecia sem reclamar. Ela nunca respondia e, quando iam à cidade no dia em que o mascate visitava o lugar, ela já sabia muito bem que não devia falar com estranhos. Martha Chase dizia à Faith que ela era uma criança perfeita e, se ser perfeita significava que ela podia ver o coração amargo de Martha e saber que ela não era de confiança, então ela de fato era. Quando ela fez 11 anos, Martha concordou em deixar Faith se chamar Jane, um nome simples que a menina gostava muito mais do que Comfort, que a fazia se sentir como se fosse um cobertor ou um cachorro velho. Com o tempo, Faith obteve permissão para passear sozinha pelas praias e até mesmo para ir à aldeia na última sexta-feira do mês, quando a carroça do mascate chegava à cidade.

Numa dessas sextas-feiras, ela roubou algumas moedas de Martha e comprou um espelho de mão do mascate, um inglês afável e modesto chamado Jack Finney, que tinha pouco apego a este mundo e usava um casaco azul surrado e botas grandes demais para seus pés. Faith perguntou se ele teria um pouco de tinta preta, para revestir a superfície do espelho. Quando a tinta secou, ela olhou no espelho negro. Lá estava a mãe, de vestido preto, chorando no meio da noite. Lá estava seu cachorro, parado no portão. Ela sonhou que a mãe lhe falava: *Faça o que tiver que fazer até que estejamos juntas novamente, mas nunca acredite numa palavra do que ela lhe disser. Acredite apenas em si mesma. Você é minha filha e* só minha, *estejamos juntas ou separadas*.

Sempre que podia, Faith fazia o que tinha vontade. Ela tinha comprado do mascate alguns livros velhos e manchados, e muitas vezes podia ser vista andando pelas ruas enquanto lia um livro, que fazia questão de esconder antes que Martha Chase pudesse pegá-lo. Na opinião de Martha, uma mulher só deveria aprender a ler para ter acesso às Escrituras. Todas as outras leituras eram coisas do demônio, que inflamavam a imaginação das pessoas com histórias que não eram verdadeiras e ideias que poderiam levá-las para o caminho da rebelião.

Um espírito independente e uma mente curiosa eram sinônimos de problemas. Para Martha, uma mulher que passava seu tempo lendo não era melhor do que uma bruxa.

Martha Chase acreditava no mal. Ela estava absolutamente certa de ele que caminhava ao lado delas todos os dias, na estrada e nos campos, tentando-as para que deixassem a graça do Senhor. A bruxaria era um tipo de maldade do qual Martha esperava que elas tivessem escapado ao deixar Massachusetts, pois bruxas nasciam e eram criadas naquela colônia. Ela teria ficado chocada se soubesse que a filha adotiva pulava a janela à noite para ir ao cemitério.

Faith tinha arranjado um caldeirão para fazer o sabão preto pelo qual a mãe era conhecida. Comprou ou furtou ingredientes que se lembrava de que eram úteis desde a época em que via Maria praticar a Arte Sem Nome. Gengibre; limão; sal; casca de olmo; arônias; caroços de cereja; velas brancas e velas pretas; um pano preto; linha vermelha; contas azuis; penas; beladona silvestre, que era perigosa e agitava o espírito; samambaias de um verde-amarelado brilhante, pois o relâmpago nunca cai onde crescem samambaias. Ela começou a oferecer seu sabão em troca de livros e ervas, e Finney, o mascate, dizia que todas as mulheres que compravam uma barra do perfumado sabão preto retornavam, implorando por mais.

Aos sábados, Faith se sentava com Martha para ler *A Bíblia de Genebra*, as Escrituras que formavam todas as crenças puritanas. A mulher sempre lavava as mãos e o rosto antes de ler, para não sujar as páginas. Aos olhos de Martha, o Brooklyn era uma terra de descrentes, onde todas as denominações, com exceção dos quacres, eram bem-vindas. Havia protestantes reformistas holandeses, alguns católicos, e diziam que havia até mesmo algumas famílias judias de Amsterdã. Era um lugar livre e selvagem em comparação à Colônia da Baía de Massachusetts, e era preciso vigiar o tempo todo para não se desviar do caminho estreito.

Faith não parecia natural com seu cabelo tingido de preto e um vestido cinza muito maior do que ela. A mãe adotiva insistia que ela usasse o vestido o tempo todo, com um par de botas pretas pesadas que ela tirava sempre que ia à cidade, pois preferia andar descalça. As pessoas a consideravam a mais estranha das criaturas. Uma garota bem-educada, com certeza, com cabelos negros não naturais e sobrancelhas claras, e que sempre estava com o nariz enfiado num livro. Quando não estava lendo, ela estava falando consigo mesma, recitando receitas para ter certeza de que não as esqueceria. O Chá de Seja Sincero Comigo, uma bênção para os enamorados. O Chá da Boa Viagem, um tônico para manter o vigor do viajante. O Chá da Frustração, garantia de bom humor e alegria mesmo nos arredores do Condado de Kings. O Chá de Clarividência, preparado com artemísia, alecrim e erva-doce, que ajudava a ver além do véu entre os dois mundos. E o favorito de Faith, o Chá da Coragem, que incentivava a bravura e coragem, e era feito de baunilha, groselha e tomilho. Cada vez que Faith recitava a receita de um remédio, ela sentia um arrepio, como se estivesse destrancando uma porta para seu verdadeiro eu. E sempre que fazia isso, as pulseiras de ferro queimavam e esfolavam sua pele. Mas ela havia aprendido a ignorá-las, como um cachorro que ignora a coleira ou um cavalo que aprende a suportar as rédeas.

Faith caminhava pela cidade uma tarde, a caminho de casa, depois de ver o mascate, com um novo e valioso livro de sonetos de Shakespeare na mão, quando ouviu soluços. Uma mulher chorava do lado de fora de uma pequena cabana com o telhado inclinado, certa de que seu filho morreria das tosses devastadoras que o atormentavam. Naquele instante, Faith se lembrou de uma cura para aquele mal. Ela só tinha 6 anos quando a tinham separado da mãe, mas sempre prestara atenção quando ela praticava a Arte Sem Nome. Faith correu de volta até o mascate e pediu sementes de marmelo e mel, que aqueceu num fogareiro, na própria carroça do camelô.

– O que é isso? – perguntou o mascate.

Jack Finney tinha se afeiçoado àquela garota estranha com que costumava fazer negócios, pois a menina tinha uma personalidade cativante. Em suas viagens, ele sempre procurava livros de que ela pudesse gostar. O mascate tinha vindo da Cornualha, com uma mão na frente e outra atrás, depois que a esposa e o filho tinham morrido de varíola. Queria ficar tão longe da Inglaterra quanto possível, mas se sentia um tanto perdido naquelas terras vastas e planas do Brooklyn e era um prazer falar com alguém com quem ele se sentia à vontade. Pelo que ele sabia, a garota era uma pária assim como ele, solitária por natureza ou por circunstância. Embora ela só tivesse 11 anos e vivesse naquele fim de mundo havia quase três anos, era menos criança do que qualquer outra da idade dela que ele já tivesse conhecido. Faith falava com segurança, mas sem a vaidade e o egocentrismo típicos da infância. Mordia o lábio quando estava pensando e estreitava os olhos, e agora estava concentrada na mistura que aquecia no fogareiro.

– É um remédio – disse ela a Jack Finney. – Se me der um dos seus potes de vidro, posso lhe contar o segredo.

Ela passou a ensiná-lo a curar tosse. Ele gostaria de ter conhecido aquela cura quando tinha uma filha que sofria de uma doença semelhante, algo doloroso de assistir quando é a própria filha que não consegue respirar.

Finney deu à Faith um pote com tampa de rolha para acondicionar a mistura.

– Onde você aprendeu isso? – ele perguntou.

Faith encolheu os ombros. Ela se lembrava de fragmentos e às vezes de feitiços inteiros, mas a verdade é que já tinha nascido com aquele conhecimento. Faith voltou à casa onde tinha visto a mulher chorando, bateu na porta e disse à mãe desesperada que uma colher cheia do tônico, administrado duas vezes ao dia, curaria a tosse do menino. A mulher ficou desconfiada, mas, depois que Faith foi embora, ela testou a cura provando ela mesma uma colher. Não sentiu nenhum efeito nocivo, então deu uma dose ao filho. A tosse parou naquela mesma noite e em pouco tempo ele já estava brincando fora de casa, saudável como qualquer criança.

As mulheres de Gravesend ficaram sabendo da cura da criança. Embora Faith fosse apenas uma menina, começaram a procurá-la. Ela parecia muito jovem para ser uma bruxa experiente, mas pelo visto tinha um talento natural para a Arte Sem Nome. Com o tempo, as pessoas necessitadas já sabiam onde encontrá-la: dentro dos portões do cemitério, nas noites de sexta-feira, o horário tradicional para se fazer feitiços de amor, magia com espelhos, tônicos para melhorar a saúde e poções para a reconciliação. Faith frequentemente sugeria óleo de mamona, leite e açúcar, um tônico infantil que a mãe preparava em Boston, com segurelha para cólicas. Ela usou muitas vezes a receita Do Chá da Febre, para cortar altas temperaturas pela raiz, feito de canela, amora, gengibre, tomilho e manjerona.

Faith pulava pela janela sem se importar com o tempo que fazia, logo depois que Martha Chase ia para a cama, pois ela odiava desapontar suas clientes, algumas das quais esperavam horas ela aparecer e vinham de cidades distantes, como Bushwick e Flatlands. Faith tinha comprado, pouco tempo antes, um caderno de capa preta do mascate, para usar como diário.

Finney adicionou um pequeno frasco de tinta e uma caneta à sacola de compras, e ela passou a escrever ali tudo o que conseguia lembrar das noites em que as mulheres necessitadas iam bater à porta da sua mãe. Como acabar com dor de dente, insônia e erupções cutâneas, como combater pesadelos e a tristeza, como acabar com desavenças ou encontrar a felicidade.

Por seus serviços, Faith recebia o que quer que a cliente pudesse oferecer. Um saco de maçãs, garfos e colheres, moedas, tortas, e uma vez ela recebeu um par de meias pretas para o frio. O pagamento não importava. O que mais importava era que Faith ainda era ela mesma, mesmo que as pulseiras de ferro a impedissem de usar todos os seus talentos. Ela tinha que confiar no que as clientes diziam, pois era incapaz de ler a mão direita ou esquerda das mulheres. A primeira, pelo que ela se lembrava, revelava o futuro predestinado e a segunda, o futuro que a pessoa construía com suas atitudes.

Nessa época, Faith Owens já tinha se tornado uma garota alta e desajeitada, e as algemas de ferro estavam cravadas na sua carne. Ela se perguntava se, sem elas, ela seria capaz de voar para longe dali e encontrar a mãe. Ela conhecia o mapa do céu e poderia traçar o mundo de norte a sul. Faith tinha conhecido um homem chamado Cabrito que sabia ler as estrelas e as apontava para ela. Ela pensava na possibilidade de fugir, mas não sabia o nome do lugar de onde tinha vindo, de modo que pudesse voltar. Só se lembrava de que havia um lago sem fundo nas proximidades e uma serpente marinha que comia na palma da sua mão, e um cachorro preto selvagem que ela encontrara na floresta e que nunca saía do seu lado.

A maioria das pessoas que procuravam Faith era analfabeta e o fato de ela não só saber ler e escrever, como também saber recitar passagens em latim e grego que aprendera sozinha, maravilhava as mulheres de Gravesend. Faith acabou descobrindo que tinha uma memória prodigiosa e conseguia se recordar dos encantamentos de Agrippa e Salomão registrados no Grimório de Maria. Ficou claro que a bruxaria era uma segunda natureza para ela.

Em Nova York, a magia não era proibida e livros de magia eram vendidos nas ruas, camuflados dentro de capas pretas, disponíveis a um preço alto para quem estivesse disposto a pagar. Era possível encontrar cópias de *A Chave de Salomão*, com conjurações e maldições e feitiços escritos à mão, descrevendo o conhecimento e a sabedoria daquele antigo rei. *O Alfabeto Místico, O Selo Místico de Salomão, Os Pentáculos de Salomão*, com *A Chave Menor*, um grimório escrito por Cornélio

Agrippa, com a explicação secreta dos mistérios da humanidade e da natureza –, tudo podia ser encontrado se a pessoa soubesse onde procurar. Finney tinha conseguido alguns desses livros, mas os preços eram altos demais para Faith. Ela tinha que depender da memória e das anotações que fazia aos poucos em seu caderno preto.

Eu estou com o Todo e o Todo está dentro de mim.

As letras piscaram na página e depois desapareceram, mas, quando ela passou a mão sobre o pergaminho, pôde senti-las. Desse modo, sozinha e abandonada, presa com algemas de metal que não podia tirar e fingindo ser alguém que não era, ela começou sua prática da Arte Sem Nome, pois não era necessário ter os talentos de uma bruxa para praticar essa arte. Só era preciso o desejo de ver além do que estava bem à sua frente.

※

Na época em que chegaram a Gravesend, Martha Chase havia plantado trinta arbustos de framboesa no jardim, mas o solo era muito arenoso e, uma a uma, as plantas foram murchando até sobrar apenas uma arvorezinha mirrada. Faith agora tinha o seu próprio pedaço de terra e, apesar do solo infértil, seu jardim cresceu tanto que ultrapassou os limites da cerca que protegia as plantas dos coelhos.

No Brooklyn, viam-se coelhos em toda parte e havia um lugar perto do mar com tantas dessas criaturas que ele foi chamado de Ilha dos Coelhos. Nos pântanos, havia patos, veados, perus e todos os tipos de pássaros pernaltas, mas a terra em si era bastante árida. Era um milagre que o jardim de Faith tivesse vicejado. Ali ela cultivava matricária para a saúde, roseira-brava e escutelária para a cura e lavanda para a sorte.

Ela tinha arrancado a beladona-negra para começar o cultivo a partir da semente. Martha viu o caule saindo do chão, as flores negras já em flor. Faith estava de pé entre as flores, o cabelo tingido de preto-azulado sob a luz forte, os lábios se movendo enquanto ela recitava um encantamento para Hécate, a antiga deusa da magia, que detinha o poder sobre o céu, a terra e o mar. Martha assistiu a tudo e juntou as mãos no peito. Apesar de todos os seus esforços, ela começava a acreditar que Faith tinha sido infectada pelo sangue da mãe, e nem mesmo as algemas de ferro seriam suficientes para mudar quem ela era. Quanto mais a menina crescia, mais convicta Martha ficava de que era seu dever curar a criança da sua herança de sangue. A filha de uma bruxa precisava ser observada de perto. Depois que ela plantara a beladona, tudo podia acontecer.

III.

No mês de junho, Abraham Dias foi dormir e não conseguiu se levantar mais. No começo ele tentou. Samuel e Maria o seguraram pelas axilas e o ergueram, mas ele logo afundou na cama outra vez, balançando a cabeça. Abraham não tinha mais forças nem apetite pela vida. Ele conhecia aquela fraqueza, pois já a vira em outros homens. Ela surgia no final da vida, como se a pessoa estivesse desistindo de viver. Na verdade, era a aceitação do fim.

Abraham parou de comer, recusando até um pedaço do seu bolo de chocolate favorito. E o que era ainda mais revelador para um homem da família Dias: ele parou de falar. Foi nessa época que Maria ouviu o besouro que anunciava a morte. Ela ficou de quatro para vasculhar debaixo dos móveis, depois vasculhou o sótão e cada centímetro do porão de tijolos úmidos, mas não conseguiu encontrar o inseto miserável. Ele continuou com seus estalidos, pois depois de começar só pode parar quando ocorre uma morte na casa.

Samuel não tinha detido o besouro mensageiro da morte ao pisar nele, na porta da cela em Salem. A morte do besouro tinha anunciado, isto sim, que Maria não seria enforcada. Aquele não era o caso agora, pois o besouro não aparecia e esse era um mau sinal. Maria se lembrou de Hannah fazendo uma busca na cabana do Campo da Devoção, depois de ouvir o besouro, mas sem nunca conseguir tirá-lo das paredes, por mais que tentasse, pois ele previa um dia de fogo e destruição, quando ela seria pregada na porta da frente de sua casa, destruída num incêndio.

Maria recorreu ao seu Grimório e folheou as suas páginas durante horas, experimentando cada remédio que pudesse ajudar o ancião a recuperar sua vitalidade. Verbena, matricária, erva-moura, xarope de marroio. Nada disso funcionou. À medida que o estado de Abraham piorava, Maria passou a recorrer à magia mais sombria, que os praticantes da Arte Sem Nome eram ensinados a evitar, embora no Grimório não houvesse feitiços para combater a morte.

Nosso negócio não é esse, Hannah dizia a ela. *Quando você entra na escuridão, a escuridão entra dentro de você.*

Ela encontrou o feitiço que procurava no final do livro, numa página que ela nunca tinha notado antes. Ele era invisível sem fluidos corporais, mas Maria podia sentir o encantamento ali na página, fervilhante, pronto para ser invocado. Ela umedeceu o polegar, depois correu o dedo úmido pela página. As letras eram pequenas e perfeitas. *Não use a menos que precise muito.*

Quando Samuel entrou no quarto do pai naquela noite, a cena que testemunhou o deixou atordoado. Ele e Maria nunca tinham conversado sobre as origens dela ou, mais importante, o que ela era. Agora estava claro. Não havia como confundir a bruxaria com outra coisa. Velas pretas tinham sido acesas em torno da cama do velho, em tamanha quantidade que a fumaça escurecia o teto e ondulava o ar nos cantos do cômodo. Uma linha de sal tinha sido traçada ao longo das paredes, para que nenhum mal pudesse entrar, e várias ervas estavam espalhadas sobre a cama.

Maria estava sentada diante do velho, nua, molhada de suor, enquanto entoava um antigo feitiço, tão poderoso e perigoso que as palavras se transformavam em cinzas assim que eram pronunciadas e sua boca queimava quando ela invocava Hécate, a deusa da magia, da feitiçaria e da luz.

Avra kadavra, vou criar enquanto falo, vou forçar a ser o que é impossível e ilógico, tudo o que é contra as regras dos homens. Um escudo para evitar a morte, não importa quão trevosos os resultados possam ser.

– Basta! – Samuel tirou Maria da cama e cobriu-a com um cobertor. Ele pisou nas velas como se fossem insetos, apagando as chamas. Em seguida, abriu a janela e abanou as mãos para a fumaça sair. Por fim, Samuel se voltou para ela. Não ficava zangado com frequência, mas quando ficava, sua fúria era ardente.

– Meu pai é um experimento para a sua arte?

– É uma cura! Quando curei você, seu pai ficou feliz. Por que você não pode ficar?

– Isso não é a mesma coisa! A única cura para a velhice é a morte. Há coisas que não se pode mudar. Que não se deve mudar! Nós vamos deixá-lo ir em paz.

Samuel estava certo e ela sabia disso. O que se arrancava das garras da morte à força, nunca mais voltava a ser o que era. A pessoa vivia ou morria de acordo com seu destino. Era possível mudar o destino de acordo com as escolhas feitas, mas algumas coisas já estavam predeterminadas, estavam escritas e não podiam ser apagadas. A hora de Abraham Dias havia chegado. Em ambas as mãos, sua linha da vida já tinha chegado na extremidade das palmas.

Maria parou de travar uma guerra que ela não podia vencer. Ela se lavou e se vestiu, depois observou Samuel da janela, sentado sozinho no jardim, esperando para perder o último membro da sua família.

Quando ficou claro que Abraham estava para morrer, Maria fez menção de chamar Samuel para ficar na cabeceira do pai, mas o ancião a impediu. Ele colocou a mão no braço dela e conseguiu falar. O homem que falava por horas a fio e que tinha ensinado o filho a fazer o mesmo ainda tinha um pouco de fôlego. Quando uma pessoa estava prestes a morrer, nada poderia impedi-lo de falar se ela tivesse algo a dizer.

– Eu preciso de você aqui sozinha – ele disse a ela. – Para que entenda Samuel.

Maria sentou-se ao lado de Abraham para ouvir sua última história e não ficou surpresa ao saber que ela era sobre o amor que ele tinha pelo filho.

– Meu filho tinha 11 anos quando tudo aconteceu – ele começou.

Enquanto falava, parecia mais jovem, como se tivesse voltado no tempo.

– Eu não vou começar dizendo o quanto ele era inteligente, todo pai vai dizer isso do filho. Mas vou dizer que ninguém tem um coração tão grande. A partcira nos contou isso quando ele nasceu, disse que o coração ocupava todo o peito dele e, mesmo antes do nascimento dele, eu podia encostar a orelha na barriga da minha esposa e ouvir o coraçãozinho bater. Batia tão alto! Eu sabia que ele não seria igual a mais ninguém.

– Estávamos em casa quando aconteceu a tragédia. Tínhamos ido para uma floresta, encontrar o dono de um navio, um homem que jurava que nos levaria para longe dos perigos de Portugal. Todos queríamos ir para Amsterdã e estávamos dispostos a pagar o que fosse. Acontece que o homem que conhecemos era um mentiroso e pegou nossos pertences mais preciosos: uma corrente de ouro que pertencia à minha esposa, uma taça de prata para orações e dois fios de pérolas que minhas filhas tinham feito para usar no dia do casamento.

– Corremos de volta para casa, esperando buscar minha esposa e as meninas para que pudessem se juntar a nós na floresta, mas era tarde demais. Minha esposa tinha sido levada e minhas filhas tinham desaparecido. Eu disse a Samuel para não sair de casa, mas, como você sabe, ele nunca faz o que eu digo. Ele foi para a praça, atrás das irmãs e da mãe. Nossa família tinha ido para Portugal, partindo da cidade de

Toledo, em Castela, na Espanha, que na época era conhecida por seu nome árabe, *Tulaytulah*. Achávamos que estaríamos seguros nesse novo país e tínhamos pagado um preço alto para entrar em Portugal. Nossa família tinha sido convertida à força, mas praticávamos nossa religião em segredo. A loucura continuou, com autos de fé e assassinatos em massa dos convertidos. No início era um mundo preto e dourado e, depois, um mundo de sangue. Samuel viu tudo naquele dia. Os capuzes que fizeram nosso povo usar, as chicotadas que nos deram, as fogueiras onde queimavam pessoas. A carne se transformava em cinzas, o corpo tornava-se alma. Depois disso ele não falou mais, nem uma palavra.

– Roubamos o navio que nos tinham prometido com a ajuda dos nossos vizinhos, que iriam viajar conosco. Matei o dono do navio e seu capitão, mantive a tripulação que nos seria leal e dei fim no resto. Eu os fiz pular no mar e não tive compaixão quando eles se afogaram. Foi isso que a vida fez comigo.

– Samuel sentava-se em silêncio ao lado do navegador, um judeu chamado Lázaro, e foi assim que ele aprendeu a seguir as estrelas. Achei que ele nunca mais fosse falar, mas ele falou, quase dois anos depois, logo após seu aniversário de 13 anos. Ele cresceu e virou um homem enquanto procurávamos um lugar onde viver em segurança. Fomos para o Brasil, mas a Inquisição seguiu os portugueses para a nova terra que eles tinham reivindicado. Por fim, fomos para Curaçau, onde pessoas como nós podiam viver em paz. Estávamos em mares rasos quando Samuel saltou da proa. Ele gritou "Olha, papai!" Eu nem reconheci a voz dele, porque tinha mudado. Ele era um homem com uma voz de homem, mas ainda tinha uma alegria de menino, pois naquele dia ele reconheceu a beleza do mundo. Lá estava ele, montado nas costas de um golfinho. Eu podia ouvi-lo rindo. Era o dia que eu mais esperava. Eu sabia que, enquanto ele continuasse falando, ficaria bem. É por isso que estou lhe contando isso, Maria. Não o deixe ficar em silêncio.

O velho segurou a mão dela. Ele ainda usava o anel de casamento, pois os judeus ofereciam esses símbolos uns aos outros desde o século X, como uma declaração de amor e fé. O dele era decorado com símbolos hebraicos para dar sorte, gravados com filigranas de ouro e esmalte azul. O anel era o seu maior tesouro. Ele tinha usado a joia por tanto tempo que mal conseguia tirá-la do dedo inchado. Agora, ao fazer isso, o que restou foi uma marca profunda em torno do dedo, a marca da sua vida de casado.

Abraham pediu à Maria para dar o anel a Samuel e que, após sua morte, seu corpo fosse embrulhado num pano branco e colocado na terra sem caixão, para que pudesse se fundir com a terra. Ele tinha se acostumado a viver na terra. Tinha aprendido a amar Nova York e o mar era apenas uma lembrança. Você nunca sabe o que quer ou precisa até ficar velho, pois a velhice é um mistério insondável até que você entre em seus labirintos. Tormento, sangue, terra, amor – esse era o enigma que Abraham Dias tinha em sua mão.

Maria chorou enquanto ele estava morrendo. Suas lágrimas a queimaram e deixaram marcas vermelhas em seu rosto, e Abraham pediu que ela não chorasse. Em vez disso, pediu outra coisa, um último desejo que não ela não podia negar, algo em que ele pensara a cada minuto todos os dias, durante seus últimos meses. Desejava que ela tomasse conta do filho.

– É claro que vou cuidar dele – Maria assegurou.

– Quero dizer, em todos os sentidos – insistiu o velho. – Da maneira como um homem precisa ser cuidado. Com todo o coração.

Maria riu.

– Isso não é da sua conta – disse ela a Abraham com uma voz firme e gentil.

– O amor é da minha conta, sim – ele insistiu. – Muito tempo atrás eu era um artista. Você sabia disso? Mas por que deveria... Você não sabe quase nada sobre mim. Era o que eu fazia antes de ir para o mar. Fazia os mais belos contratos de casamento. As noivas faziam com que a família pagasse qualquer preço pelo meu trabalho. Eu fazia esses contratos usando um único pedaço de pergaminho, que eu cortava em formatos e palavras com uma tesourinha. Quando as noivas viam os documentos, até choravam. Os noivos caíam de joelhos, gratos por estarem vivos neste mundo. Acredite no que eu digo. Eu sei o que é amor.

Maria teve que se aproximar, pois mal conseguia escutar o que ele dizia.

Sua voz era um sussurro, Abraham estava ficando sem fôlego. A luz dentro dele estava se apagando. Ela abriu as janelas para que seu espírito estivesse livre, depois que deixasse seu corpo. *Somos pássaros*, Hannah dizia. *Eles estão pousados dentro de nós, esperando para voar para longe.*

– Ninguém pode se apaixonar por mim – disse Maria a Abraham. – Não deseje isso ao seu filho.

– Reconheço o amor quando o vejo – insistiu Abraham Dias. – E o vejo em você.

Ele deu a ela o anel e lhe contou o segredo que ele havia aprendido sobre o amor durante seu tempo na terra. Então fechou os olhos. Não tinha mais nada a dizer. Ele nem estava mais naquele cômodo, em Manhattan, no ano de 1691, numa casa na Maiden Lane. Estava com sua esposa, na época em que a conheceu. Que linda ela era, com seu cabelo preto liso, que de tão longo ela podia se sentar sobre ele ou usá-lo preso no topo da cabeça, o que a fazia parecer uma rainha com uma coroa negra. Quando você se apaixona assim, o tempo não importa. Esse era o segredo que ele contou a Maria, as últimas palavras que proferiu.

O que já lhe pertenceu uma vez, sempre lhe pertencerá.

Seja grato se caminhou pelo mundo com o coração de outra pessoa em suas mãos.

<hr />

Abraham Dias foi sepultado no First Shearith Israel Graveyard, um pequeno cemitério judeu perto da Chatham Square, enrolado em linho branco, como ele queria, e colocado em seu túmulo sem um caixão, para que logo pudesse se fundir com a terra. Ele tinha pertencido a uma congregação de judeus sefarditas que vagavam pelo mundo, em busca de um lugar seguro para viver e morrer. Eles tinham encontrado o que estavam procurando em Manhattan.

O enterro ocorreu num dia azul de junho, cujo céu dolorosamente belo fez com que sua perda fosse sentida com mais profundidade ainda. Teria sido mais adequado se houvesse chuva ou granizo ou tempestades de nuvens negras sopradas do mar, um mundo do qual um homem desejaria fugir, não esse dia perfeito. As mulheres ficaram à margem da cerimônia, com a cabeça coberta, e os homens usavam xales de oração que as esposas e filhas tinham feito à mão. Os homens se juntaram a Samuel, na hora do Kadish, a antiga oração aramaica que os judeus recitavam para homenagear os mortos. Samuel Dias não praticava sua religião, mas, com um xale de oração emprestado sobre os ombros, ele também recitou o Kadish e entoou os lamentos em português, como seu pai tinha feito na noite do assassinato da família. Então ele se ajoelhou no túmulo e chorou. Tinha se recusado a fazer a barba e o cabelo lhe caía sobre os ombros; parecia um homem rude, mas chorou mais do que qualquer outro que a congregação já vira.

As mulheres solteiras o contemplavam, tão comovidas com tamanha torrente de emoções, que sentiam como se os pés lhe saíssem do chão. Como podia um homem expressar tamanho sentimento? O que mais havia dentro dele? Se ao menos pudessem descobrir, se ao menos soubessem, um grande mistério lhes seria revelado. As mulheres casadas olhavam para os próprios maridos com desgosto e desaprovação, pois os homens desviavam o olhar do arroubo emotivo de Samuel. Aquilo era demais para eles, era uma história que haviam esquecido há muito tempo, quando tinham 13 anos e se tornaram homens e trancaram suas emoções para que pudessem suportar a crueldade do mundo.

Naquela noite, a casa da Maiden Lane pareceu vazia demais. Samuel rasgou suas roupas, como os enlutados são ordenados a fazer. Durante sete dias, ele ficou sentado do lado de fora da casa, mesmo nos dias de chuva. Chorou até seu rosto moreno e bonito ficar inchado. Ele tinha parado de falar, como temia seu pai. Em vez disso, começou a beber rum e não parou mais, ficando mais silencioso e amargo a cada gole.

Quando ele finalmente entrou em casa, Maria trouxe o anel de casamento do pai, esperando que isso o fizesse começar a falar. Samuel o ergueu para contemplá-lo à luz do fogo, apertando os olhos para ver com mais clareza.

– Há uma razão para meu pai ter deixado isso com você – disse ele.

– Ele fez isso porque queria que você ficasse com ele.

Samuel Dias balançou a cabeça, discordando. Ele sabia como seu pai via o mundo e sabia o significado do presente. Aquele anel era uma mensagem, algo que ele ficou grato em receber. Algo que ele esperava que Maria aceitasse.

– Não. Ele queria que *você* ficasse com ele.

Maria discordou.

– É uma joia de família. Eu não poderia.

– Se ele quisesse me dar, teria colocado no meu dedo – disse Samuel.

– Não. Ele deve pertencer a você. Temos de cumprir a vontade dele.

Samuel se ajoelhou diante de Maria e colocou o anel no dedo dela.

— Isso é o que ele queria. Que você fosse minha.

Ela não queria magoá-lo.

— Isso não vai acontecer se eu não concordar com ele, e você sabe que eu não posso.

— Mas você concordou. Veja! O anel não vai sair do seu dedo. Somos casados aos olhos do meu pai — Samuel insistiu. Ele estava fazendo papel de bobo, mas não se importava. — É por isso que ele lhe deu o anel. Essa é a nossa tradição.

Maria tentou tirar o anel, mas ele estava preso. Até mesmo quando ensaboou as mãos, o anel não passou pela articulação do dedo. Parecia impossível, a mão dela era bem menor do que a de Abraham.

— O anel cabe na pessoa a quem deve pertencer — Samuel explicou.

— Você está tentando me irritar? — perguntou Maria.

Samuel encolheu os ombros. Ele não se importava de ser irritante. Certamente já o tinham chamado de coisa pior.

— Estou tentando dizer a verdade.

Em vez de discutir, eles subiram as escadas. A cama era pequena, mas não importava. A chuva começou no meio da noite, mas eles também não se importaram. Mais uma vez e nunca mais, ela disse a si mesma, mas aquilo era uma mentira e sua boca queimava, embora ela não tivesse dito as palavras em voz alta. Ele viu que ela usava a safira no pescoço e riu alto. Ela era dele, ele tinha certeza, certamente na cama era ela dele também, quando lhe dizia para não parar. Mas pela manhã, quando eles se sentaram frente a frente à mesa, Samuel pegou a mão de Maria e ela se afastou. Ela achou que eles tinham chegado a um entendimento tácito. Sem amor, sem compromisso e certamente sem casamento. Ele, de todas as pessoas, devia entender, pois estava com ela no dia do enforcamento.

— Você me queria ontem à noite — disse Samuel. — Aquilo foi um favor porque meu pai morreu?

— Foi um erro — disse Maria.

– Por causa de uma maldição? – Ele parecia indignado. – Essa é uma crença tola.

– As palavras têm poder. E não podem ser retiradas.

Samuel Dias era um homem prático, mas nas suas viagens tinha visto coisas surpreendentes que ele nunca teria acreditado que pudessem existir. Tais milagres o tinham transformado, convencendo-o de que tudo era possível neste mundo. Ele tinha visto leões dourados tomando sol nas rochas da costa da Barbária; baleias com longos chifres retorcidos nadando no mar; estrelas caindo do céu; papagaios que podiam falar tão bem quanto um homem; nuvens de pássaros cor-de-rosa na costa da África, que levantavam voo todos ao mesmo tempo; uma mulher com cabelos negros que ele queria a qualquer preço.

– Uma maldição pode ser quebrada – disse ele, convencido de que milagres não eram tão raros assim.

Ela balançou a cabeça e se recusou a concordar. Causar mal a ele não era um risco que Maria estava disposta a correr.

– Venda a casa ou fique com ela. Posso encontrar outro lugar para morar.

Samuel falou por uma hora, depois duas. Ele era bom nisso e tinha aprendido com os melhores. Ele disse a ela como se sentira ao se esconder atrás das árvores e observá-la na Colina da Forca. Seu coração estava a pronto de explodir. Era como um pássaro, disse ele, lutando para se livrar da gaiola das suas costelas para ficar ao lado dela. Mas ela disse a ele que o que estava feito não poderia ser desfeito. Uma bruxa que lança um feitiço sobre si mesma não pode escapar, com sua própria magia, da prisão que construiu para si própria. Nenhum ritual que tivesse feito poderia ser desfeito. Tinha acontecido com a mãe dela e agora estava acontecendo com ela. Apenas uma mulher teria sido capaz de desfazer tal dano e Hannah Owens não estava mais ali para quebrar a maldição.

– Se sua resposta é não, então você fica aqui – Samuel disse a ela.
– Eu vou partir.

Ele desejou ter dito a ela que a amava antes de ela ir para a forca. Ele gostaria de ter admitido tão logo soube, quando pensou que sua vida fosse acabar em Curaçau e percebeu que ela era o milagre que tinha vindo salvá-lo. Quando eles se sentaram um em frente ao outro, à mesa, ele olhou para ela, fazendo o máximo para memorizar cada detalhe do corpo dela. Seu cabelo preto; seus olhos cinzentos; o vestido de luto que ela usava desde o desaparecimento da filha, com seus botões de madrepérola; seu pescoço delgado; suas unhas em forma de meia-lua; seu coração batendo; sua boca bonita.

Havia muita coisa que ele não tinha contado a ela, centenas de histórias, talvez milhares, e lhe doía pensar que era bem possível que ele nunca as contasse. Ele deveria ter contado a história do dia em que tropeçou na magnólia, caiu de joelhos e chorou, inebriado com a beleza da árvore. Deveria ter dito a ela, enquanto estavam no *Rainha Ester*, que ele gostaria que nunca chegassem a Boston e que ele tinha se preocupado muito com o destino dela no Condado de Essex e que se preocupava ainda.

Ele se levantou tão rápido que a cadeira se inclinou para trás e caiu com estrondo no chão.

– Se você me disser para ir embora e estiver falando sério, desta vez não vou voltar.

Maria Owens desviou o olhar e ele obteve sua resposta.

Ela sentiu como se algo a perfurasse por dentro, quando ele saiu pela porta e atravessou o jardim. Malva-rosa, lilás, girassol, lavanda, tomilho. E lá estavam todas as árvores que ele trouxera para ela, uma mais rara que a outra. Se Abraham ainda estivesse vivo, talvez eles ainda tivessem uma chance, pois o ancião era tão persuasivo quanto inteligente. Enquanto Samuel cruzava o jardim, ele pensou ter visto o pai sentado em sua cadeira favorita, perto dos canteiros de alface e pés de feijão, mas era apenas uma sombra. O que se foi não volta mais, ele pensou.

O solo estava lamacento e as ervas em canteiros organizados tornavam o ar verde e picante. Era uma boa época do ano para plantar a árvore que ele trouxera de St. Thomas, ignorada pelo tempo que ele estivera ali, as raízes embrulhadas em estopa, as folhas ainda cobertas de sal. Não era uma magnólia, aquele gênero que poderia convencer até a mulher mais avessa a se apaixonar, estivesse amaldiçoada ou não. Mesmo assim, as raízes da Árvore do Céu só se firmavam no solo muito depois que as flores vermelhas caíam e se espalhavam pelo chão. Samuel esperava que a planta tolerasse o clima frio de Nova York e fez o possível para ajudá-la a se adaptar, escolhendo um local abrigado ao lado do celeiro, onde ficaria protegida no inverno.

O período de luto havia terminado. Durante sete dias, Samuel tinha chorado. Rasgara a camisa e cortara o cabelo como mostra da sua dor, que era duas vezes pior agora. Quando chegou a hora de ir embora, ele não hesitou. Deixou a maioria de seus pertences no celeiro, pois não precisava de muito no mundo. Não parou para se despedir e nem planejava voltar. Não havia nada para ele ali sem Maria. Ainda assim, a todo momento, enquanto estivesse fora, ele pensaria nela e se perguntaria por que, se não o queria, ela havia parado na porta naquele sétimo dia. Se ela fosse outra mulher, ele teria jurado que viu lágrimas nos olhos dela.

As lágrimas de uma bruxa queimam, elas a viram do avesso, pois não estão destinadas a cair. Mas, depois que começam, é difícil contê-las. Uma bruxa poderia se afogar em suas próprias lágrimas se não tomasse cuidado. Poderiam queimar o chão sob os seus pés. Enquanto Maria observava Samuel partindo, ela estava pensando em Abraham, enterrado a um quilômetro de distância, um especialista no amor, que havia dito a ela, momentos antes da morte, que via amor dentro dela. O amor parecia um mensageiro da paz, disse ele, mas as aparências enganavam. Algumas pessoas acreditavam que o amor era algo calmo e pacífico, mas o amor não era nada disso. Ele era como um lobo. Se você abrisse a porta e o chamasse para dentro, teria de ficar de joelhos e dizer o nome dele. Você teria de fazer isso, fosse amaldiçoada ou não.

Esse era o mistério que Abraham passara a entender. Sempre e em qualquer lugar, o amor é a resposta.

PARTE QUATRO

O Feitiço

1691

I.

Uma manhã, Faith acordou com o cheiro de torta de maçãs, um aroma tão forte que ela poderia jurar que a mãe estava na cozinha, assando seu doce favorito. Ela olhou pela janela e viu que a mãe adotiva havia arrancado todas as plantas do seu jardim de ervas pelas raízes e se ocupava agora de jogá-las numa fogueira. Faith havia plantado com cuidado os ingredientes para preparar o Chá da Coragem, a groselha e o tomilho, e agora eles não passavam de galhos nus, com todo o resto. Martha não usava luvas e suas mãos sangravam, perfuradas pelos espinhos das amoreiras. Mesmo assim, ela ignorava as feridas, como uma pessoa piedosa deve fazer, e permanecia perto do fogo para ter certeza de que tudo queimaria até virar cinzas.

Quando Faith saiu no quintal, ficou angustiada ao ver seu jardim em ruínas. Soltou um soluço que afugentou os pardais das árvores e fez o vento soprar do mar, repleto de uma maresia pungente. Martha agarrou a mão de Faith e a surpreendeu, cravando em sua palma a pequena faca que usava para cortar os caules que agora jaziam em frangalhos. Duas gotas de sangue negro pingaram no chão, queimando a grama.

– Ainda está dentro de você – Martha gritou, diante da visão. Depois de tudo o que ela fizera para salvar a criança, a menina ainda estava contaminada. Ela desistira de tudo por Faith: da sua casa, da sua cidade, do seu passado. Uma bruxa de linhagem não poderia ser curada, transformada, enfeitiçada ou obrigada a obedecer, mesmo que fingisse ser perfeita.

Martha subiu até o sótão, para vasculhar no quarto da menina e logo encontrou o espelho negro e o caderno. Ela rasgou o caderno em pedaços e, quando Martha quebrou o espelho, o vidro se estilhaçou em mil pedaços, um dos cacos cravando-se logo abaixo do seu olho e deixando uma pequena marca profunda, como se tivesse sido bicada por um pássaro. Nesse dia, Martha pregou as janelas do quarto de Faith para que nunca se abrissem. A porta ficaria trancada por fora à noite.

– Estou salvando você do mal – disse Martha para Faith calmamente, quando a menina correu escada acima e viu que seu quarto era agora uma prisão ainda maior do que antes. – Você vai fazer o que eu digo? – Martha perguntou.

– Claro, mãe. – As palavras queimaram sua boca, pois Faith não era uma mentirosa por natureza e não tinha intenção nenhuma de seguir as regras bizarras daquela mulher.

Era sexta-feira. Faith sabia que haveria mulheres esperando por ela naquela noite no cemitério e, se estivessem desesperadas, talvez ficassem até a primeira luz da manhã se ela não aparecesse. Ela se sentou no chão do quarto se sentindo uma prisioneira e, mesmo com a janela fechada com pregos, imaginou o cheiro de torta de maçãs, feita com canela e açúcar mascavo, uma guloseima que a mãe fazia especialmente para ela a cada aniversário. Sua verdadeira mãe, a mãe que ela havia perdido, aquela que lhe dissera para sempre ser fiel a si mesma, nem que tivesse que esconder essa verdade dos outros.

A vida dela no Condado de Essex lhe voltou à memória instantaneamente com o cheiro de maçãs. Ela imaginou a floresta onde as samambaias cresciam altaneiras e as profundezas do lago, onde a serpente comia na palma da sua mão. Lembrou-se da voz da mãe cantando para ela dormir, da boneca que o homem chamado Cabrito tinha feito para ela e do lobo que dormia ao lado da sua cama e do seu próprio cabelo ruivo natural, antes de ser tingido com casca de nogueira e tinta.

Ela se lembrou das mulheres que vinham à porta da cabana à noite e dos tônicos e feitiços que a mãe fazia para elas, muitas vezes sem pedir nada em troca. As maçãs eram usadas em muitos desses encantamentos. As sementes eram utilizadas em amuletos ou a fruta vermelha era cravada de alfinetes, enquanto o nome do homem amado era repetido. A mulher então tinha de dormir com uma maçã embaixo da cama, fazer uma torta de maçãs e oferecê-la para seu amado saborear. Faith lembrou-se do livro em que tudo o que ela precisava saber já havia sido escrito.

Foi naquela noite, enquanto estava trancada em seu quarto, que ela percebeu que, se continuasse a obedecer à Martha, trairia a si mesma, talvez até se perdesse para sempre. Ela tinha de fazer o que acreditava ser o certo. Não iria passar mais um ano fingindo ser alguém que não era.

Era a última sexta-feira do mês e ela sabia que o mascate estaria em Gravesend. Talvez ele a ajudasse. Assim que Martha foi para a cama, Faith pegou uma pá de jardim que mantinha escondida debaixo da cama. Bateu na janela com ela, até que o vidro rachou. Quando ela empurrou a vidraça para fora, os minúsculos cacos brilhantes espalharam-se pelo jardim. Ela jogou pela janela um saco com seus pertences, em seguida desceu pela trepadeira, segurando-se nos galhos espinhentos e retorcidos. Assim que tocou o chão, saiu correndo. Ela sabia onde o mascate guardava sua carroça e correu pela trilha indígena que passava pelas planícies do Brooklyn, onde ele e seu cavalo passavam a noite.

Faith deu a ele tudo de valor que as mulheres de Gravesend tinham lhe oferecido em troca da sua magia. Na verdade, não era muita coisa e, quando ela entregou os talheres que tinha recebido, temeu que ele pudesse rejeitar a oferta, pois tudo ficava preto em suas mãos. Mesmo assim, Jack Finney reconhecia prata verdadeira quando a via. Ele tinha ouvido histórias de mulheres da Cornualha que deixavam a prata escurecida e sabia o que elas supostamente eram, mas ele era um homem prático e ficava longe de qualquer coisa relacionada à magia. Acreditava em comprar e vender mercadorias e em cuidar bem do seu cavalo, e em ficar longe das estradas secundárias à noite, quando os ladrões podiam estar à procura um homem como ele, que poderia ter uma caixa de latão cheia de prataria e moedas.

Ele achava que Faith parecia calma demais para uma criança que estivesse fugindo de casa, mas percebeu que ela estava falando sério. Ela dormiu dentro da carroça, sob uma colcha velha que ele tinha adquirido quando o espólio de uma mulher falecida pouco tempo antes tinha sido vendido por um bom preço. Quando Finney acordou pela manhã, Faith já estava de pé há horas.

– Temos que partir agora! – ela disse. – O mais rápido possível.

※

Martha caiu num sono profundo e sonhou que estava amarrada a uma cadeira e se afogando num lago. Ela estava ficando sem ar, lutando para respirar. Quando acordou, sua camisola estava encharcada. Poças d'água haviam se formado no chão ao redor da sua cama. Alguns sonhos estão ligados ao passado, alguns ao futuro, outros ao momento em que você está vivendo. Martha foi ao quarto de Faith e viu a janela quebrada. Olhou para fora e avistou as pegadas na terra arenosa, que desapareciam no meio da estrada. Talvez um vento tivesse soprado ou talvez fosse isso que ocorria quando o pé de uma bruxa não era pregado no chão: ela conseguia fugir. Foi então que Martha ouviu um estalo. Tinha sido em algum lugar na parede e, quando ela encostou o ouvido no gesso, o barulho foi tão alto que a sobressaltou. Ela desceu as escadas correndo e o barulho a seguiu, zombando dela, como se a perseguisse como um cachorro, embora não fosse nada mais do que um besouro preto saindo da parede.

Martha pegou sua capa e saiu de casa correndo, nem se importando em fechar a porta. Ela usava a touca branca que tinha costurado anos antes, no Condado de Essex, e falava com o Senhor enquanto corria pela estrada, pois achava que estava servindo a Deus. Ela se recusava a perder o que Ele lhe dera e estava pronta a lutar contra o mal com todas as suas forças. Quando conseguiu chegar à trilha indígena, viu as marcas das rodas da carroça no chão e as seguiu. A raiva a fazia respirar com dificuldade. Ela não tinha ido morar naquele fim de mundo, ali no Brooklyn, para perder o que ela mais queria no mundo, tivesse ela direito sobre isso ou não.

Já era cedo e o sol pálido da manhã, embora cada vez mais brilhante, lançava faixas de sombras e luz no chão de terra. O mascate tinha parado na aldeia para entregar uma encomenda de vários cortes de tecido no trajeto para fora da cidade. Ele provavelmente não voltaria a Gravesend por um longo período e a transação (na qual a cliente questionara o valor do tecido) retardou sua partida.

Faith estava ansiosa, o estômago contraído de nervoso. Enquanto esperava, ela começou a roer as unhas, mas, sabendo que as unhas e os fios de cabelo de uma pessoa poderiam ser usados em feitiços, engoliu as aparas e as sentiu arranhando sua barriga.

– Isso demorou demais – ela se queixou ao mascate quando ele finalmente voltou para a carroça. Ela já sabia que existiam coisas que não valia a pena barganhar, não quando se estava com pressa, não quando seu futuro dependia disso.

O ar tinha aroma de maçãs, embora não houvesse uma única macieira em toda a cidade, e Faith não via a hora de ir embora. Ela sabia que a mãe a chamava para voltar para casa. Pensou nos olhos cinzentos e claros dela e na música que ela cantava.

O rio é largo, não posso atravessar,
Nem que eu tenha asas para voar
Me dê um barco para levar nós dois
E vamos remar, eu e o meu amor.

O amor é lindo, o amor é bom
O amor é uma joia enquanto novo for,
Mas quando envelhece, ele passa a esfriar
E desaparece como o orvalho na flor.

– Fique tranquila – Finney disse à Faith. Ele já sabia que não tinha escolha a não ser escoltá-la. – Já estamos a caminho.

Eles atravessaram as planícies, enquanto as aves marinhas voavam em círculos sobre a estrada de terra, deixando cair seu café da manhã de mexilhões e mariscos para que as conchas se abrissem. Depois de atravessar a cidade correndo, Martha avistou a carroça a distância, prestes a atravessar uma pontezinha de madeira. Ela ainda ouvia o eco daquele besouro na parede, mesmo ali onde não havia nada além de pântanos. O céu estava azul brilhante e as raposas andavam pelas margens lamacentas e cheias de moluscos do pântano, chamando pelos filhotes. Martha gritou para a carroça parar. Quando gritou, as raposas ficaram em silêncio.

– Que diabos? – Jack Finney se virou para ver o que ele primeiro pensou ser um fantasma com uma touca branca e uma capa cinzenta esvoaçando atrás dela. – Deus do Céu! – exclamou ao se deparar com o que lhe pareceu uma visão terrível.

– Não pare! – implorou Faith Owens ao mascate. Ela estava mudando o futuro agora, minuto a minuto. Se não estivesse com as algemas de ferro, teria visto o destino que tinha escrito na palma da mão, um caminho que conduzia a um rio profundo. No entanto, ela estava sem a sua visão, mas não sem a sua coragem. Pensou no chá que a mãe muitas vezes fazia. *Nunca esconda quem você é. Faça o que lhe parece impossível.*

– Se é daquilo que você está fugindo, não posso culpá-la – disse Finney, enquanto instigava o cavalo a ir mais depressa. O cavalo era um velho corcel, que tinha sido tratado cruelmente antes que Jack Finney o roubasse, e Finney não se arrependia do roubo nem por um instante. Ele precisava de um cavalo e viu aquele ser espancado por um fazendeiro nas margens da Baía de Gowanus. O animal tinha um olho só e uma expressão resignada. O próprio Finney nunca usara um chicote, tudo o que ele precisava era dizer uma ou duas palavras e o cavalo estava pronto para obedecê-lo.

– Vamos lá! – disse o mascate a Arnold, pois era esse o nome do cavalo, apelidado assim porque sua crina branca desgrenhada lembrava Finney de um velho tio seu da Cornualha, um cavalheiro esforçado e de bom coração, em quem ele sempre podia confiar.

Martha estava atrás deles, correndo o máximo possível para alcançar a carroça.

– Você está roubando essa criança! – ela gritou. – Vou mandar prendê-lo!

Finney se voltou para Faith, que olhava para a frente como se não pudesse ouvir a voz da mulher.

– Eu odiaria ser preso – ele disse.

– Você não será – Faith lhe assegurou. Ela era mais ela mesma do que nunca, apesar das algemas de ferro. Era a liberdade que lhe dava um pouco da visão, assim como o vento e o barulho dos cascos do cavalo e a oportunidade de dizer o que quisesse sem ser punida pelos seus pensamentos. Era simples ver o destino daquele homem da Cornualha, que falava da sua terra natal durante o sono.

— Eu vi o seu futuro e você viverá até ser um homem bem velho num lugar chamado Penny Come Quick — ela disse a Finney.

Ele era um bom homem e merecia ter sorte na vida. Na verdade, ele tinha nascido num lugar que os habitantes da Cornualha chamavam de *Pny-cwm-cuic*, uma vila às margens do rio Fal, conhecido como Penny Come Quick pelos forasteiros. Era ali que a esposa e a filha estavam enterradas e seu maior desejo era voltar lá antes de morrer, para que pudesse ser enterrado ao lado delas.

Finney sentiu um arrepio na espinha ao ouvir Faith. Ninguém daquele lado do oceano sabia de onde ele tinha vindo. Presumiu que talvez estivesse transportando uma pequena passageira muito especial. Como um bom homem da Cornualha, ele entendia que havia pessoas que tinham a visão e aquela menina era obviamente uma delas. O que quer que ela fosse, ele não deixaria que caísse nas mãos daquela megera em seus calcanhares. Instigou o velho Arnold a correr um pouco mais e, para isso, tudo o que precisou fazer foi pedir gentilmente para que o cavalo galopasse e ganhasse velocidade. Foi quando Martha Chase tentou alcançá-lo, na pequena ponte de madeira, onde mal havia espaço para uma carroça, quanto mais para uma mulher tentando ultrapassá-la. Arnold era grande e pesado e não havia espaço suficiente para a mulher passar correndo pela carroça, na ponte estreita, para alcançar Faith. Eles a ouviram gritar, um grito agudo que afugentou as gaivotas dos pântanos. Os pássaros levantaram voo numa nuvem de asas brancas e cinzentas, circulando num redemoinho acima deles. Ouviram um baque surdo e então a gritaria cessou.

Jack Finney pediu que o cavalo parasse e Arnold obedeceu, arfando depois de tanto esforço. Finney e Faith se viraram para olhar sobre o ombro. Atrás deles, a ponte estava vazia. Centenas de gaivotas ainda voavam em círculo no céu, como costumam fazer quando avistam algo que pode ser uma refeição.

– Fique aqui – Finney disse à garota.

O mascate desceu da carroça e voltou para a ponte. Tinha pernas longas e vestia uma jaqueta marrom que há quase vinte anos o servia muito bem. Finney era um homem rude com um coração terno e, no momento, ele sentia um nó na garganta. Não precisava da visão para saber que algo estava errado. Protegeu os olhos com a mão, pois o sol estava forte e sua visão já não era tão boa. O mascate tinha 40 anos, mas não se cuidava muito, pois não tinha razão para isso, e o fato é que bebia demais. A princípio, tudo o que ele viu embaixo da ponte foi a água salobra, o mato na beira do riacho, as pedras pretas e a areia, mas então reparou que a água estava vermelha.

Finney entrou no rio, embora a água salgada pudesse estragar o couro das suas botas. Ele virou a senhora de costas, mas parecia que ela não estava mais viva. Havia sangue saindo de seu crânio, um pequeno filete que se misturava com a água, num redemoinho vermelho. Uma sombra caiu sobre Finney e ele ergueu os olhos para ver Faith parada atrás dele, o rosto sério. Uma touca branca flutuava rio abaixo. A mulher na água era exatamente como ela tinha sonhado, deitada nas margens rasas ao lado das taboas, tão altas quanto um homem.

Finney balançou a cabeça.

– Eu disse para você ficar onde estava.

– Achei que você pudesse precisar de ajuda. – Faith olhou para Martha. A luz brilhante não a incomodava nem um pouco. Ela podia sentir a água fria chegando aos tornozelos. Não se importava de molhar as botas.

– Acho que ela morreu. – Finney esperou a reação de Faith, mas o rosto dela estava impassível. Como não houve resposta, ele acrescentou ironicamente. – Posso ver que está bem comovida com a situação.

Faith estava aproveitando a oportunidade para observar Martha, algo que ela nunca se atrevera a fazer antes. A mulher a lembrava das ervas venenosas que cresciam nos pântanos e queimavam a pele quando se tentava cortá-las.

– Vamos enterrá-la? – Finney perguntou.

– Se você quer viver o suficiente para voltar à Cornualha, sugiro que a deixe onde está. – Para uma menina de 11 anos, ela parecia muito segura de si. – Se chamarem o xerife, temos de estar muito além destas planícies quando o corpo for encontrado.

– Mas não é por nossa culpa que ela está morta. A culpa é dela mesma. Acho que devíamos sentir pena dela.

– Ela me tirou da minha mãe e me trancou num quarto – disse Faith ao seu companheiro de viagem. – Faz cinco anos que estou esperando por este dia.

Finney, porém, sentia que tinha o dever de honrar os mortos. Ele arrastou o corpo para o raso e colocou-o na margem do rio, embaixo da ponte. Era o mínimo que podia fazer, embora ela fosse mais pesada do que ele tinha imaginado e suas roupas ficassem encharcadas de suor. Ele se sentia tão velho quanto Arnold, que bufava de cansaço no final do dia.

– Que tal dizer uma ou duas palavras? – Finney perguntou à Faith depois de voltar aos tropeços para a estrada empoeirada. A garota ainda estava embaixo da ponte, na margem pedregosa, a água correndo pelas botas, enquanto contemplava a cena diante dela. Uma das pernas de Martha tinha sido atingida pela carroça e estava num ângulo estranho, a meia rasgada, a carne branca à mostra entre as pedras escuras.

– O que fazemos volta para nós multiplicado por três – recitou Faith. – Foi isso que aconteceu a esta mulher. – Faith tinha um rosto lindo e sério, mas o cabelo tingido de preto não parecia natural e de fato não era. Ela não podia fingir que sentia tristeza. Agora que esse dia havia chegado, não era nenhuma surpresa que Faith não tivesse sentimento nenhum. Não eram apenas as linhas da sua mão esquerda que tinham mudado.

– Se o que você diz é verdade – disse Finney –, me parece que essa mulher fez coisas terríveis, pois essa é uma morte horrível.

– Ela fazia uma geleia horrível – disse Faith. – E tentou fazer minha mãe morrer afogada.

– Isso é o suficiente para mim. – Finney se sentiu muito sortudo por ter um cavalo tão inteligente e uma garota ainda mais inteligente ao lado dele. Só agora, enquanto travavam aquela conversa, ele percebia o quanto detestava a solidão. – Acho que podemos deixá-la onde está. Ela que preste contas ao Senhor por tudo o que fez.

– Vou demorar só um minuto, se não se importa.

Finney fez um aceno com a cabeça e voltou para a carroça. Faith ficou ali, ao lado do riacho, enquanto ele subia na carroça e pegava as rédeas. Foi então que Faith viu Martha cuspindo um pouco da água que tinha engolido e que gotejou dentro do rio. Faith não se mexeu nem gritou. Ela tinha ouvido mentiras por tantos anos... E por que elas tiveram que partir de navio para Nova York? Por que o mal a encontraria se seu cabelo fosse ruivo? Por que a mãe nunca se importara em encontrá-la?

De pé na beira do rio, ela fechou os olhos e deixou para trás a pessoa que tinha sido forçada a ser. Jane, a garota obediente, que fazia tudo o que Martha queria. Ela inspirou o ar frio da manhã e sentiu o sal ardendo em seus pulmões. Poderia ter perdoado Martha pelas suas crueldades, mas não conseguia se esquecer de que a mulher lhe roubara cinco anos da sua vida. Ela não permitiria que lhe roubassem nem mais um minuto. Na mente de Faith, Martha Chase desapareceu, tornou-se uma sombra, que foi ficando cada vez menor até ter o tamanho de uma vespa, depois de uma formiga e depois tamanho nenhum, um espírito se desvanecendo no ar.

Um desejo de morte pode ser um feitiço poderoso, seja lançado por uma bruxa ou por uma pessoa comum, e Faith tremeu com a amargura que sentia e com a vontade de ignorar as regras da magia. Se Martha ainda não estivesse totalmente morta, ela estaria quando fosse encontrada, com os olhos abertos, fitando o céu azul. E se ela estivesse consciente dos seus arredores nos últimos momentos de vida, se o besouro preto rastejasse para fora das pregas da sua roupa, se ela gritasse o nome de Faith, ninguém ouviria, pois os pássaros marinhos estavam circulando no céu e gritando enlouquecidos, e a maré estava subindo depressa, como acontece nos pântanos, de modo que num minuto seria possível ver a figura de uma mulher e no seguinte ela pareceria apenas um longo vestido cinza flutuando nas águas, cada vez mais profundas.

Faith escalou o dique e pulou na carroça de Finney. As solas das botas estavam sujas de terra e as meias, encharcadas. As linhas da sua mão esquerda estavam mudando diante dos seus olhos e ela notou uma mancha vermelha na palma da mão, como se a morte de Martha a tivesse marcado. Não deu atenção a isso. O passado estava para trás agora e o futuro estava à sua frente. Ela piscou para conter as lágrimas, não por Martha, mas por todos os anos que aquela mulher tinha lhe custado. Finney não era o tipo de homem que falava sobre tais assuntos. De qualquer maneira, a causa provável das lágrimas era a luz forte do sol do Brooklyn.

– Para onde estamos indo? – ele perguntou, prático como sempre.

A boca de Faith era uma linha fina e determinada. Ela podia ter 11 anos, mas sabia muito bem o que queria.

– Procurar minha mãe.

Finney poderia muito bem ter contestado essa ideia. O Brooklyn era um lugar imenso, mas, como aquela menina já tinha demonstrado que sabia mais do que a maioria das pessoas, ele decidiu fazer a vontade dela. E descobriu de repente que estava mais curioso sobre o futuro, mais esperançoso, do que se sentia há muitos anos.

— E o que vai acontecer quando a encontrarmos? – ele perguntou.

— Então, estarei onde devo estar – disse Faith. – E você vai ficar rico.

Quando eles pararam para passar a noite, Faith vasculhou a carroça até encontrar um serrote. Ela o entregou a Finney e indicou com a cabeça as pulseiras de ferro.

— Tire isto de mim, vamos – disse a ele.

Finney deu um passo para trás quando percebeu que ela queria que ele serrasse as pulseiras de ferro muito justas em seus punhos. Ele não tinha muita confiança na firmeza das próprias mãos. Costumava beber para esquecer e tinha tremores, além da falta de fé em si mesmo. E Finney era um homem gentil que odiava causar dor às outras pessoas. Ele balançou a cabeça e baixou o serrote.

— Eu posso machucar você.

— Eu não poderia estar mais machucada do que já estou – respondeu Faith. – Perdi tudo. Você está apenas me ajudando a reencontrar o que perdi. Quando chegarmos no lugar aonde estamos indo, você será recompensado. Terá mais do que jamais sonhou.

— Se é o que diz. – Finney riu. – Quer dizer que você tem muitas riquezas escondidas?

— Pode ter certeza! – disse ela, parecendo insultada. – Minha mãe vai garantir que você seja bem recompensado.

Ela o fitou com tamanha súplica no olhar que o mascate não teve escolha a não ser atender ao seu pedido. A menina ficou perfeitamente imóvel e, mesmo que o serrote a machucasse de vez em quando, ela não chorou nem reclamou, nem quando um fio de sangue, preto e pegajoso, escorreu do corte e chamuscou o assoalho da carroça. Ela tinha crescido bebendo Chá da Coragem e os efeitos da mistura eram duradouros. Quando as pulseiras se partiram, Finney viu marcas azuis em torno dos punhos. Onde as pulseiras arranharam sua pele por tanto tempo, havia marcas profundas na carne. Ela teria aquelas marcas por toda a vida e elas serviriam para lembrá-la do que algumas pessoas estavam dispostas a fazer pelo que supunham ser amor.

Faith sentiu seu poder aumentar no mesmo instante. Um sopro, um suspiro, e ela era ela mesma novamente. Ela olhou para o céu e soube que choveria se desejasse. Olhou para Jack Finney e, com a visão, foi capaz de ver o jovem que um dia ele fora, nos tempos em que tinha a esposa e a filha. Ela viu a dor que ele agora carregava, numa teia apertada que envolvia seu coração.

Quando eles pararam para descansar, ela viu as almas dos Lenapes assassinados, o povo nativo que vivia nos pântanos, pois seus espíritos se reuniam no crepúsculo azulado e seu choro parecia o grito das aves marinhas. Faith foi tomada de emoção e, se ela fosse outra, teria chorado. Mas, em vez disso, foi até onde Finney não conseguiria vê-la e dançou enquanto a lua nascia. Ela era ela mesma de novo, é verdade, mas também havia mudado. Dentro dela havia uma ponta de amargura que atingia em cheio o coração, e o impacto era tão forte que a deixava à beira das lágrimas. Isso é quem ela era: a menina que havia pulado a janela para salvar a própria vida.

<hr>

Eles passaram a noite numa casa de fazenda na Ilha dos Coelhos, chamada Ilha Konijon pelos holandeses e Coney Island pelos ingleses, numa referência ao antigo nome daquelas criaturas segunda a Bíblia do Rei James. Era ali, à beira-mar, que uma mulher da Cornualha chamada Maude Cardy morava sozinha. Embora Jack Finney não se lembrasse mais qual era o parentesco entre eles, eles eram primos distantes e por isso ela sempre tinha um quarto para ele quando surgia a necessidade.

Maude amava o Brooklyn e suas terras selvagens e solitárias, pois ela era selvagem e solitária também. Ela tinha cruzado o oceano por causa de um homem, mas aquele romance tivera vida curta e muitos outros homens ela já tinha conhecido. Quarenta anos já haviam se passado desde a última vez que ela pensara naquele sujeito, com exceção de uma ocasião ou outra, quando a maré estava alta ou era lua cheia e ela se lembrava da gratidão que sentia por ele.

– Quem é ela? – Maude perguntou quando viu a estranha menina de cabelos escuros. Maude era sempre desconfiada, em qualquer circunstância, e era mais sensato ser assim, pois morava sozinha naquela estranha terra azul onde era possível ver quilômetros à frente e ladrões e fracassados haviam se estabelecido entre as pessoas de bem do Brooklyn.

– Sou sobrinha dele – Faith foi rápida em dizer. Seus olhos cinzentos nada denunciaram, mas, para cada mentira que ela contava, uma mancha branca aparecia em suas unhas.

Maude franziu a boca e observou a garota. Ela não tinha certeza se acreditava.

– É isso o que ela é – Finney concordou, se perguntando como ele poderia ser tio de alguém se, durante todos os seus anos daquele lado do Atlântico, não travara nenhum relacionamento com outras pessoas.

– É isso que ela é agora? – Maude havia perdido alguns maridos e filhos e tinha dezenas de sobrinhas na Cornualha. Sabia um pouco sobre o mundo. Havia algo mais ali. – Ela não se parece com você.

– Ela tem sorte, então – Finney respondeu. – O bom Deus não cometeu um erro aqui.

Naquela noite, Faith dormiu do lado de fora, para poder ver as estrelas. Ela pensou nos homens e mulheres que passavam anos na prisão, sem poder ver o céu. Aquilo abalava a pessoa, drenava o que ela tinha por dentro. Pela manhã, havia rosas brancas e vermelhas no lugar onde Faith havia dormido. Elas tinham florescido em meio às plantas murchas que Maude trouxera da Inglaterra e nunca tinham vingado no solo arenoso.

Desde que pusera os olhos nela, Maude se perguntava quem seria aquela garota. Agora tinha certeza de que ela não era uma pessoa comum. Para ter certeza de que seria protegida de qualquer bruxaria, Maude carregava um pedaço de quartzo rosa que havia encontrado numa praia na Cornualha, uma pedra conhecida por curar a maioria dos males. Bastou uma olhada na pedra que Maude Cardy carregava numa dobra na manga para Faith saber que tinha sido descoberta. Já que era assim, era melhor fazer amizade com os inimigos.

— Eu gostaria de retribuir de alguma forma por ter me deixado ficar — disse Faith à mulher idosa.

— É mesmo? — disse Maude. — Você pode devolver a minha juventude?

Faith deu a ela a última barra de sabão preto que tinha feito no cemitério. Não era bem a receita da mãe, mas ainda podia tirar alguns anos da pessoa.

— Bem, acho que não terei 20 anos de novo usando isto — disse Maude.

Faith não podia discordar.

— Então me peça outro favor.

As duas então saíram na escuridão da manhã para que Faith pudesse ajudar a velha a afugentar os coelhos do jardim.

Era uma tarefa ingrata, pois, para cada dez que Maude afugentava, mais vinte apareciam. Por causa daquelas criaturas, a maioria das fazendas da região não tinha prosperado.

— Eu posso livrar você deles, se é isso o que quer — disse Faith. — Mas depois que forem embora, não vão mais voltar.

— Faça isso. — disse Maude, com as mãos na cintura. — Não vou sentir falta deles.

Maude percebeu que, na risca do cabelo escuro da menina, havia uma faixa de cabelo ruivo. Dizia-se que os ruivos tinham talentos que as outras pessoas não tinham. Talvez essa garota tivesse habilidade para fazer as coisas desaparecerem. Os coelhos estavam se reproduzindo e se multiplicando e Maude queria muito ver o que aquela garota seria capaz de fazer.

Faith esparramou sal em volta do jardim, enquanto pronunciava palavras que Hannah ensinara a Maria para acabar com pragas indesejáveis. O feitiço era em latim, que parecia uma língua do outro mundo quando falado ali nas planícies. Por ter vindo da Cornualha, Maude sabia algo sobre a Arte Sem Nome. E certamente podia identificar uma bruxa. Assim que o feitiço foi lançado, os coelhos foram para a casa do vizinho de Maude, a uns bons quinze quilômetros de distância. Eram tantos que o solo arenoso tremeu enquanto eles corriam para o leste. Impressionada, Maude convidou Faith para entrar na sua sala, o melhor cômodo da casa, onde o próprio Jack Finney nunca tinha pisado, pois lá havia um precioso tapete turco bom demais para o mascate pisar com suas botas enlameadas. Para a surpresa de Faith, havia um espelho negro sobre uma mesinha de madeira.

– Favor com favor se paga – disse Maude Cardy. – Acho que você gostaria de ver o futuro ali.

Maude tinha vindo de uma longa linhagem do que as pessoas chamavam de curandeiras. Não tinha nascido bruxa, mas realizava curas e descendia de uma tradição de mulheres que podiam ver o que outros não viam. Ela se sentava no colo da avó e ouvia sobre como trazer um bebê ao mundo quando ele se recusava a nascer e como salvar um homem da febre.

Faith se sentou numa cadeira de madeira de espaldar duro e olhou para o espelho que pertencera à avó de Maude, que pertencia a uma época em que poucas pessoas podiam pagar por um espelho. Tratava-se de uma peça antiga, de mais de cinquenta anos, e, embora a superfície já estivesse prateada e a tinta preta, espessa e descascada, seu poder ainda era forte. Muitas mulheres tinham visto o futuro ao contemplá-lo, pois o espelho era puro e não pedia nada em troca.

Faith apoiou os cotovelos na mesa e olhou para baixo. Imediatamente sentiu como se a puxassem para debaixo d'água. Ali estava o lago sem fundo e a serpente que ela alimentava com migalhas de pão, e o mar azul-esverdeado que tinham cruzado a bordo do *Rainha Ester*. Havia o pântano onde Martha Chase estava morrendo, os olhos se abrindo com um tremor, para ver como o mundo era brilhante antes de ela o deixar para trás. Naquele espelho preto, Faith viu o tempo passar depressa, como as páginas viradas de um livro, cinco anos que tinham desaparecido num piscar de olhos. Por todo aquele tempo, Guardião tinha procurado por ela em Nova York. Ele era adulto agora e não uma criaturinha magra, de pernas compridas e meio faminta. Era seu familiar, seu coração e sua alma, que sofria por tê-la perdido. Quando ele uivava à noite, aqueles que ouviam estremeciam em suas camas, certos de que nunca tinham ouvido um cachorro com uivos tão tristes. Faith podia ouvi-lo agora, através da água, seu outro eu, seu familiar, que a havia escolhido.

Ela mergulhou mais fundo enquanto olhava no espelho, tão fundo que tudo o que via parecia estar debaixo d'água, tanto o presente quanto o passado. Flutuando ali, entre os mundos, ela conseguiu ver a mãe em seu traje de luto de seda preta, que ela usava desde que perdera Faith, um véu preto protegendo o rosto. Ela viu Maria caminhando pelas ruas lamacentas, chorando, embora se diga que as bruxas não possam chorar. Elas podem, sim, mas isso muda o que são e as deixa desprotegidas, pois é isso que o verdadeiro amor faz.

Faith estava se afogando no espelho preto, indo cada vez mais fundo. Ela prendeu a respiração e olhou através da escuridão das correntes lamacentas. Ela se viu no rio do inferno, um canal escuro, sem fundo, cheio de corpos dos que não sabia nadar. Faith poderia nunca vir à tona, poderia ficar presa dentro da sua mente, se afogando naquele lugar frio e salgado, se Maude Cardy não agarrasse seu braço e a puxasse com firmeza para longe do espelho.

– Basta, garota! – disse Maude. – Vamos trazer você de volta.

Faith se engasgou e tossiu a água do rio. Maude foi buscar seus sais aromáticos para reanimar a menina. Ela voltou e descobriu que Faith estava ensopada, com uma poça de água negra ao redor dos pés. O que quer que ela fosse, quem quer que ela fosse, Maude sabia que ela era poderosa. O rosto da garota brilhava e seu cabelo estava úmido. O coração de Faith batia forte por causa da visão que tivera.

– Para onde você foi? – Maude perguntou à menina.

– Para o outro lado do rio que cruza o inferno – respondeu Faith.

Ela não tinha ideia de onde era, apenas que sua mãe a esperava lá. Tinha esperado por ela aquele tempo todo. Faith não precisava de mais respostas. Seus lábios contraídos demostravam sua determinação e ela não sentia medo, como se tivesse tomado um bule inteiro de Chá da Coragem. Ela se sentia como um pássaro prestes a voar para longe daquela paisagem azul e desolada.

– É para esse lugar que eu tenho de ir – disse ela a Maude.

– Eu conheço esse lugar! – exclamou Maude, satisfeita por ser capaz de desvendar o quebra-cabeça da visão da garota. O rio Leste era dividido pelo Portão do Inferno, uma laje de rocha natural, onde saliências e correntes rápidas tinham feito vários navios afundarem e muitos homens se afogarem. Ainda assim, era a única maneira de atravessar para as docas apinhadas de marinheiros.

– Você está querendo ir para Manhattan – Maude Cardy disse à Faith. – E se isso foi uma visão, você viu essa cidade. Lembre-se, quando estiver lá, mantenha a bolsa fechada e os olhos abertos e todas as maravilhas se descortinarão diante de você.

II.

Num belo dia de agosto, Guardião escapou pelo portão. Num minuto ele estava ali e no seguinte tinha desaparecido. Maria foi procurá-lo, seguindo os rastros de suas pegadas enormes na rua lamacenta. Ele estava indo para o leste, para a beira do rio, um lugar perigoso, frequentado por homens que era melhor evitar, marinheiros e criminosos. Tanto a França quanto a Grã-Bretanha contratavam piratas para reforçar as forças armadas, homens sem lei, que vestiam o que queriam, felizes em ofender aqueles que acreditavam que os homens não deveriam se vestir de seda persa e chita, e mais felizes ainda em lutar por quem pagava o preço mais alto e em aproveitar muito bem seu tempo em Nova York. O pirata mais famoso da cidade, William Kidd, era tão devotado a Manhattan que mandara seus homens içarem pedras para construir a Igreja da Trindade e iria, em apenas alguns anos, pagar por grande parte da primeira paróquia anglicana. Mas isso não significava que muitos outros homens também não faziam o que queriam, e as autoridades de Nova York tinham pouca esperança de controlar tais homens, caso se revoltassem.

Maria seguiu até a Dock Street, o endereço da primeira gráfica da cidade, depois para Wall Street, a única rua asfaltada de Nova York, onde um cais fora construído perto da Broad Street. A primeira cafeteria da cidade tinha sido aberta nas proximidades e havia uma pequena multidão do lado de fora. Apesar do forte aroma de café, ainda era possível sentir o aroma de maçãs, mesmo ali à beira do rio, como se o cheiro da torta que Maria tinha feito naquela manhã tivesse chegado até ali e fizesse as pessoas ficarem com água na boca.

Maria finalmente avistou o lobo num píer, não muito longe do prédio da balsa. Ele estava olhando para o rio Leste, alerta, com o pelo todo arrepiado. Seu olhar estava fixo numa balsa, tão cheia de passageiros que parecia se inclinar ao passar pelas correntes do Portão do Inferno. O céu estava azul brilhante e os olhos de Maria ardiam enquanto fitavam a distância cintilante. Ela protegeu os olhos com uma das mãos e viu a lua acima, uma tira branca no céu. Um barqueiro estava na beira do cais, pronto para receber a balsa que se aproximava e amarrar as cordas quando atracasse. Ele chutou Guardião para longe do cais e gritou para afugentar a fera, mas o lobo ficou onde estava, os lábios arreganhados, mostrando os dentes para o agressor e deixando claro que ninguém iria tirá-lo dali.

Gaivotas voavam no céu claro, seus rápidos bicos amarelos prontos para abocanhar qualquer peixe que vislumbrassem nas águas calmas abaixo. Maria correu em direção à balsa quando ela atracou, passando por uma multidão de pessoas impacientes, esperando o barco ser descarregado para poderem embarcar e cruzar o rio. Ela afastou o véu do rosto, para poder ver melhor o que estava diante dela.

E então ela sentiu. O batimento cardíaco que um dia carregara dentro dela. Sua filha, nascida num círculo lançado para a proteção, no dia mais afortunado do mês de março. A hora havia chegado. Estava acontecendo. Maria se sentiu leve, como se estivesse levitando, enquanto os primeiros passageiros abriam caminho às cotoveladas para chegar ao cais, com carruagens puxadas por parelhas de cavalos, alguns calmos, outros em pânico, desesperados para pisar em terra firme.

Havia também carroças cheias de hortaliças cultivadas nas planícies arenosas, barris de batatas e repolhos. Homens carregando sacos de galinhas e patos vivos. E mulheres que nunca tinham saído do Condado de Queens ou Kings e agora piscavam, aturdidas, para o turbilhão ensandecido que era Manhattan. A turba desembarcou, todos seguindo na mesma direção, num esmagamento de carne e sangue, alguns prontos para o caos que os esperava, outros se encolhendo ao ver a massa humana diante deles. Nada disso importava para Maria. Eles podiam todos desaparecer. Ela não via nenhum deles.

O lobo disparou para dentro, sem esperar que a balsa fosse completamente descarregada, e pulou sobre uma carroça antes que alguém ousasse tentar detê-lo.

– Continue andando ou vou cobrar o dobro – gritou o barqueiro para o cocheiro petrificado, que agora tinha um lobo em sua carroça.

Era Jack Finney que estava imóvel, um bloco de puro terror, embora sua jovem passageira risse ao ver animal saltando para dentro da carroça. Ela abraçou o lobo, insistindo em dizer que a criatura enorme e diabólica era um cachorro e não havia nada com que se preocuparem.

– Ele me pertence – garantiu ela a Jack Finney. – E eu pertenço a ele.

Embora parecesse loucura, aquela garota poderia convencê-lo de qualquer coisa, por isso o mascate estalou a língua, instigando o cavalo a seguir em frente, embora o pobre e gentil Arnold estivesse tremendo com a proximidade do predador.

De onde Maria estava no cais, tudo o que ela podia ver era um homem da Cornualha muito nervoso, dirigindo uma carroça puxada por um cavalo velho e caolho, e Guardião ao lado de uma garota que lutava para ficar de pé no assento da carroça. Maria estreitou os olhos. A menina era alta, angulosa e tinha cabelos negros caindo sobre os ombros. Ela era pálida e esguia e usado um vestido que parecia um saco e ia até quase os tornozelos. Ela era toda braços, cotovelos e sardas, desconhecida em todos os sentidos, e ainda assim ela gritava

"*Mãe*", acenando com os braços, enquanto a alegria se espalhava pelo seu rosto. Lá estava sua querida menina, sua filha desaparecida, que agora, cinco anos depois do desaparecimento, estava no banco de uma carroça. Uma garotinha destemida de 11 anos de idade, que tinha viajado alegremente pelo Portão do Inferno, num dia repleto de milagres.

Durante o tempo em que estiveram separadas, os olhos cinzentos de Faith tinham se tornado prateados, e seu cabelo ruivo fora tingido com tinta preta, embora alguns fios vermelhos brilhassem ao sol. Seu rosto oval e expressivo refletia sua inteligência aguçada, que incluía astúcia e desconfiança. Era possível ver a mulher que ela se tornaria e, ainda assim, algo da criança que ela tinha sido ainda se mostrava em certos aspectos: seu sorriso largo, por exemplo, e o brilho de travessura nos olhos, a marca negra da sua linhagem na mão esquerda, que Martha Chase tentara apagar esfregando uma escova de aço e sabão de soda cáustica até Faith uivar de dor. Por mais que ela tentasse, nenhum dos esforços de Martha tinha feito a menor diferença. Quando a pessoa está tão marcada, fica assim pelo resto da vida.

Faith desceu da carroça e correu para a mãe. Maria a abraçou forte. A filha cheirava a sal, pois ela era ainda uma garota das planícies, selvagens e queimadas de sol. Mas nos braços da mãe, ela era uma criança novamente. Maria talvez nunca a tivesse largado se não visse Jack Finney descendo da carroça. Ela não teve tempo para olhar dentro dele, mas, no instante em que o viu, deduziu que tivesse participado do sequestro de Faith. Maria correu na direção dele, furiosa. Antes que o mascate pudesse se afastar, ela levantou um punhal que sempre carregava consigo e o segurou tão rente à garganta dele que o homem sentiu a lâmina fria.

– O que você fez, você vai pagar – ela disse a ele.

– Você entendeu errado – Finney assegurou à mulher indignada. Ele começou a suar, o que o fazia parecer ainda mais culpado. – Eu sou o herói – disse ele com voz trêmula.

– Nem se dê ao trabalho de mentir. – A lâmina já havia cortado a garganta de Finney, fazendo uma gota de sangue escorrer pela sua carne. Se era um mentiroso, ele era dos bons, pois ela não viu manchas brancas surgindo nas unhas do homem, nenhuma bolha em sua língua e nenhum mal dentro dele. Ainda assim, ele estava com a filha dela, não estava?

Faith segurou o braço da mãe.

– Ele é *de fato* o herói – falou ela com a autoridade de alguém com o dobro de sua idade. Quando uma criança é forçada a salvar a si mesma, ela deixa de ser criança e Faith não tinha dificuldade em falar o que pensava, nem mesmo para a mãe. – Ele precisa ser recompensado. Sem ele eu ainda estaria no Brooklyn.

Maria pediu desculpas ao mascate e logo foi convencida a convidá-lo para ficar com elas na Maiden Lane, pois ele não tinha onde ficar e Faith insistiu que o tratassem como um membro da família. Na verdade, ela o conhecia melhor do que conhecia a própria mãe.

– Obrigada. Muito agradecido. – Finney bem que precisava descansar, pois o sono lhe pesava desde que tinham deixado Gravesend.

Cada vez que fechava os olhos, ele via a imagem de uma mulher ensandecida, alta e desajeitada, que estava certa de que conseguiria ultrapassar um cavalo numa ponte estreita. Ele não podia deixar de se perguntar se ela havia gritado no momento em que caiu no pântano, e pior, se ainda estava viva quando a deixaram lá. Aquilo o assombrava. Quando ele tinha ido olhar a parte rasa, a mulher estava de bruços, imóvel, o vestido cinza e a touca encharcados de água salgada. Ela não deu nenhum sinal de vida quando ele a arrastou para a margem. E ainda assim, olhando para trás, antes de voltar para a carroça e esperar

Faith, ele podia jurar que tinha visto as costas da mulher estremecerem, quando ela inalou mais água do que ar.

Em frente, Faith havia dito a ele. E ele tinha obedecido. Tinha feito o que uma menina de 11 anos havia mandado, porque ela era destemida e ele não. Finney estava na verdade com o corpo todo trêmulo, enquanto olhava para o riacho. Ele sabia a diferença entre a vida e a morte – uma vibração, um batimento cardíaco – e, ainda assim, pôs a carroça em movimento e não olhou para trás.

– O que está feito está feito – disse Faith quando finalmente se sentou no assento da carroça ao lado dele, as botas e a barra do vestido encharcados, o cabelo salpicado de branco por causa do sal. Ele olhou para ela e acenou com a cabeça e sabia que era provável que eles estivessem matando uma pessoa. Mas o céu estava azul e eles tinham vários quilômetros pela frente antes de sair do Brooklyn. E de fato era verdade: o que estava feito não podia ser desfeito.

Faith e Guardião caminhavam lado a lado, completamente à vontade na companhia um do outro. Maria tinha desfalecido de emoção, mas felizmente Jack Finney tinha sais aromáticos para reanimá-la.

– A senhora vai ficar bem – disse ele, mas Maria não tinha tanta certeza. Era um choque ver alguém voltar do grande desconhecido. O que se foi pode retornar, mas não necessariamente como era antes.

– Presumo que ela estivesse com a mulher que a tirou de mim – Maria adivinhou, quando recuperou os sentidos. Finney a ajudou a subir na carroça e eles seguiram atrás de Faith, que parecia dar as boas-vindas ao caos de Manhattan.

– Acho que ela nem era uma mulher – disse Finney. – Eu diria que era mais um monstro.

Maria olhou para ele mais de perto e gostou do que viu, um homem bondoso e ferido pela vida. Talvez ele fosse um herói, afinal.

– De qualquer forma, foi a garota que me encontrou – Finney continuou. – Ela tem a visão, a senhora sabe.

– Ela tem? – Maria se empertigou. Ela tinha sido ensinada a nunca falar sobre a Arte Sem Nome com estranhos.

– Eu conheci pessoas assim antes, na cidade onde cresci, mas nenhuma tão jovem quanto a sua filha. Ela é especial. Parece que está no sangue dela.

Quando chegaram a Maiden Lane, a primeira coisa que Maria pediu a Finney foi que ele fizesse uma fogueira no quintal. Assim que foi acesa, ela jogou seu véu de luto nas chamas. Sem o véu, a luz do dia lhe pareceu tão forte que os olhos dela lacrimejaram. Finney levou Arnold até o celeiro e o desatrelou da carroça. Maria sentiu uma ponta de saudade, pensando em quantas noites Samuel tinha dormido ali e há quanto tempo não o via.

Maria e Faith sentaram-se no jardim, enquanto o fogo queimava e o céu escurecia. Estavam juntas pela primeira vez em cinco anos, pouco à vontade, como se fossem duas estranhas. Agora que ela estava na presença da mãe, Faith tinha perguntas, as mesmas que a assombravam.

– Martha me disse que você me deu para ela. Que você não me queria mais.

– Eu fui presa e ela prometeu que cuidaria de você. Que a protegeria até que eu pudesse ir buscá-la.

– E você acreditou? – Os olhos de Faith se estreitaram, uma filha cheia de suspeitas olhava para a mãe. Em algum lugar dentro dela, Faith sempre se perguntara se alguma das afirmações de Martha seriam verdadeiras. Um monstro torna você um pouco como ele, cada vez que insiste em dizer que você deve se comportar, que não deve discordar, que nunca deve demonstrar seus sentimentos. E, se você não tiver cuidado, pode começar a acreditar no que ela diz. *Ninguém mais quer você, ninguém mais se importa, você não é nada sem mim, você não é nada.*

Maria puxou para baixo a gola do vestido, para que Faith pudesse ver a marca da corda.

– Eles tentaram me enforcar. Eu não tinha ninguém com quem contar e não queria que você fosse para a prisão comigo.

– Mas eu *fiquei* numa prisão – Faith disse baixinho, os olhos brilhando de ressentimento. Ela estava cutucando a marca preta em sua mão, um tique nervoso que adquirira. – Eu não conseguia fugir. – Ela ergueu as mãos para que a mãe pudesse ver as marcas das pulseiras de ferro em torno dos dois punhos. – Ela me prendeu.

Maria culpou-se por tudo o que tinha acontecido e principalmente por ter confiado em Martha, embora fosse muito difícil ver dentro de alguém que estava determinado a enganar, que escondia suas intenções sob um véu de falsa bondade. Até uma bruxa podia ser traída.

Faith acenou com a cabeça para o celeiro, onde Finney estava cuidando do cavalo.

– Foi ele quem cortou as algemas. É por isso que precisamos recompensá-lo. Ele merece ter tudo o que seu coração deseja. Você precisa me garantir que ele vai ser recompensado. Eu não gostaria que pensasse que sou uma mentirosa.

– É claro. Vou cuidar disso. – Maria sentiu um estranho aperto na boca do estômago. Faith tinha poder, isso era certo. Mas sua filha era um ser complicado.

Faith estava pensativa, mordendo o lábio.

– Uma pessoa tem que pagar por uma vida que tirou?

Finney tinha começado a lavar a carroça, carregando baldes de água do poço. Maria presumiu que era ele a razão de Faith ter feito a pergunta.

– Ele matou Martha? – Maria perguntou.

– Não – Faith disse. – Eu matei.

Havia uma névoa sombria por trás dos olhos cinza-claros da garota, a marca da culpa. Ainda assim, ela era uma criança.

– Não – disse Maria. – Você não fez isso.

– Eu posso muito bem ter feito – Faith admitiu. – Eu a vi morrer. Poderia tê-la puxado para fora da água, mas eu a deixei lá para morrer, enquanto a maré subia.

Se havia um culpado ali, Maria sentia que era ela mesma. Ela pensou na figura de cera e nos alfinetes, e no fogo que a derreteu numa poça negra, enquanto o nome de Martha era repetido. Você recebe o que dá. Se entrar na escuridão, a escuridão entrará dentro de você.

– Eu desejei mal a ela e tentei prejudicá-la – disse Maria à filha. – Usei todo tipo de magia a que nunca devemos recorrer.

– Magia de que tipo? – Faith perguntou, com os olhos brilhantes.

Maria abanou a cabeça.

– Melhor não falarmos sobre isso.

Faith mostrou à mãe a mancha vermelha na palma da mão, que tinha aparecido enquanto ela subia do riacho, nas Planícies, afastando-se da maré alta.

– Uma barra de sabão preto deve fazer isso desaparecer – disse Maria. – Você não é responsável. E, provavelmente, nem eu. Não importa o que desejássemos para ela, a verdade é que Martha Chase traçou o seu próprio destino.

Faith deu de ombros, com um ar desafiador. Ela sabia exatamente o que tinha feito.

– O que você faz no mundo volta para você multiplicado por três. Eu a vi morrer e fiquei feliz com isso.

Faith tinha entrado pela porta da vingança e, ao fazer isso, havia perdido a própria infância. Mas ela ainda era jovem e tinha tempo para recuperar sua vida.

– Para todo mal sob o sol há um remédio – disse Maria enquanto abraçava a filha. Que o amor se fizesse, que ele curasse todas as feridas, que ele abrisse a porta para a esperança no futuro. O tempo tinha passado rápido demais e bem devagar ao mesmo tempo. O que estava feito não podia ser desfeito, mas elas estavam em Manhattan agora, sob a Árvore do Céu, e depois de todo aquele tempo, estavam juntas outra vez.

Faith ficou encantada ao entrar no pequeno quarto sob o beiral do telhado, que estava esperando por ela desde a compra da casa. Era um quarto infantil, mas ainda assim ela o adorou, embora não tivesse mais os pensamentos ou as emoções de uma criança. Ela sentia conforto naquele quarto e, por alguns instantes, conseguia imaginar que era a pessoa que um dia havia sido. Ela sorriu quando segurou a boneca que tanto amava quando era quase um bebê.

– Eu me lembro desta boneca! Cabrito fez para mim. Pobre Cabrito. Eu gostaria de saber o que aconteceu com ele.

– Pobre? Isso está longe de ser o que ele é. Esta casa é dele.

– É mesmo? – Agora Faith estava curiosa. Ela tinha notado o anel no dedo da mãe e se perguntou se ela teria um homem. A menina estava acostumada a reparar em cada detalhe, por menor que fosse, pois a vida dela dependera disso: a porta destrancada, a janela aberta, a hortelã ou o sassafrás crescendo à beira da estrada, o piscar de olhos da mãe adotiva quando ela estava começando a ficar com raiva. – E você é a esposa dele? – ela perguntou à mãe.

– O anel é um símbolo, nada mais. Eu nunca serei esposa de ninguém. Só estou viva porque Samuel Dias trocou a corda no dia do meu enforcamento, mas, antes de escapar, jurei que qualquer um que se apaixonasse por uma mulher da família Owens teria a vida arruinada. Fiz isso para proteger a todas nós.

– Eu não me importo – Faith garantiu a ela. – Nunca vou querer me apaixonar. Mas pobre Cabrito. Ele sempre foi apaixonado por você.

– Você era apenas um bebê! Não podia saber o que ele sentia.

– Eu via a maneira como ele olhava para você e como ele ficou magoado quando você caçoou dele.

Maria fez o possível para tornar o assunto mais leve.

– O que você sabe sobre o amor?

– Só sei que nunca quero ter nada a ver com ele. – Faith tinha aprendido isso durante o tempo que passara com Martha, que tantas vezes tinha professado seu amor por ela. *Você é minha, agora e para sempre, minha filha. E de mais ninguém. Lembre-se disso.* Faith nunca havia mostrado a Martha as poças de ódio negro que se acumulavam atrás dos seus olhos. Ela fingia que era uma criança perfeita para não receber nenhuma punição. Não ser trancada à noite num porão escuro, nem levar surras de chicote. Mas na época, e agora, o amor em todas as suas formas a consternava. Ela não sabia ao certo se conseguiria amar alguém, nem mesmo a própria mãe, que já não sabia mais o que fazer por ela... Assava tortas de maçãs, encomendava roupas novas às costureiras, pegava na mão dela toda vez que Faith estava por perto. Faith não contava o que pensava para ninguém, assim como fizera durante todos aqueles anos no Brooklyn. Agora que as pulseiras de ferro tinham sido removidas, ela podia ver o coração das pessoas, mas a maior parte do que via era uma completa decepção.

– Temo que um dia você possa ficar com raiva de mim pelo que eu fiz – Maria disse a ela, pensativa. – Você vai me desprezar por ter evocado aquela maldição. Vai querer se apaixonar.

Foi então que Faith soube que era a própria mãe que se arrependia de ter invocado a maldição.

– Duvido, mas pretendo aprender tudo o que puder sobre o amor. Como controlá-lo e como impedi-lo. Me ensine e você vai ver. Sou uma boa aluna.

Felizmente, Martha tinha permitido que Faith aprendesse a ler as Escrituras e ela se tornou uma leitora compulsiva, escondendo livros nos buracos das árvores velhas, no cemitério e embaixo das tábuas do assoalho. Agora que ela estava morando no quarto sob o beiral do telhado, na casa de Samuel Dias, ela acendia um lampião e podia ler textos de magia tarde da noite. Aqueles eram os livros que ela tinha trazido com ela e mantido longe dos olhos da mãe, pois alguns diriam que ela era muito jovem para ler aquelas obras e outros poderiam achar que ninguém deveria ter acesso àquele tipo de conhecimento.

Ela aprendeu latim e grego sozinha, para poder mergulhar no *Filosofia Oculta*, de Agrippa, e na *Ars Notoria*, uma seção de *A Chave de Salomão*, que incluía maneiras de aumentar a capacidade mental e a concentração. Jack Finney tinha encontrado uma tradução do *Picatrix*, um antigo texto árabe que continha todos os tipos de encantamento, e uma cópia do *Arbatel*, um livro de feitiços que o mascate tinha descoberto numa casa de fazenda abandonada e que ele mantinha embrulhado num pano de algodão, pois tinha queimado suas mãos quando ele o segurara pela primeira vez, como muitos textos poderosos faziam. Faith estava certa de que aquela era a magia da qual sua mãe não queria falar, a magia negra, magia de sangue, magia da mão esquerda, poderosa, antiga e perigosa.

Muitas vezes, Faith se sentava na escada para ouvir, quando as mulheres vinham procurar a mãe em busca de curas e amuletos. Maria fazia o possível para evitar os pedidos relacionados ao amor, mas, quando as mulheres vinham chorando, sentindo-se destroçadas, ela cedia. A tonalidade da henna que era misturada com limão e rosas, no chá fervido e deixado em infusão durante a noite, refletia a força do amor de uma mulher. Quanto mais profunda a cor, mais genuíno o amor. Para o amor durar, era preciso usar um amuleto com sementes de maçã. Alecrim e óleo de lavanda davam à pessoa força de vontade e, para quebrar um feitiço simples, era preciso usar sal, óleo de coco, lavanda, suco de limão e verbena-limão. Faith tinha memorizado a receita de muitos remédios de Hannah ao ler o Grimório da mãe, mas ficava ainda mais intrigada com os feitiços rúnicos de Rebecca, que beiravam a magia negra. Depois de poucas semanas, ela ficou encantada quando a mãe a presenteou com um caderno só para ela. Na primeira página, Maria escrevera as regras da magia que nunca deviam ser esquecidas.

Faça o que quiser, mas não prejudique ninguém.
O que você oferece lhe é devolvido multiplicado por três.

As linhas na mão esquerda de Faith tinham mudado tão radicalmente que eram irreconhecíveis. A mancha vermelha que havia aparecido ainda estava lá e às vezes queimava. Ela tingiu o cabelo com raiz de garança, que o deixou vermelho-sangue. Na verdade, ela não se importava com regra nenhuma, pois as regras faziam pouco sentido para uma pessoa que tinha crescido num mundo sem compaixão ou piedade, onde não havia nenhum código de moral para obedecer. As regras que se aplicavam à Arte sem nome lhe pareciam infantis.

O que ela mais desejava era encontrar um grimório das artes das trevas. Ela queria proteção e vingança, tudo o que poderia ter usado para se defender quando lhe obrigaram a usar pulseiras de ferro e fingir que era uma filha perfeita. Ela queria uma magia sem regras, sombria, profunda e ilimitada. Algumas pessoas ficavam mais fracas quando eram vitimadas, outras ficavam mais fortes, e ainda havia aquelas que combinavam esses dois atributos e se tornavam perigosas, mesmo se a pessoa em questão fosse uma garota que mal tinha completado 12 anos.

Faith logo se acostumou com Manhattan e passou a conhecer os mercados como a palma da sua mão. Ela visitava regularmente as livrarias para pesquisar as velhas pilhas de manuscritos manchados. Reconheceria o livro de que precisava quando o encontrasse. Seria como uma colmeia de abelhas quando o tocasse, vivo e fervilhante, pronto para causar danos assim que passasse a pertencer a ela. Guardião estava sempre em seus calcanhares, claramente desaprovando sua missão. Ele rosnava para os livreiros e para aqueles que vasculhavam as pilhas. Ocasionalmente, mandavam que Faith saísse de uma barraca ou livraria e levasse seu cão infernal com ela. Ela começou a deixá-lo em casa quando ia garimpar livros, embora o pobre animal raspasse a porta e uivasse, assustando os pássaros nos galhos da Árvore do Céu.

E então, uma manhã, numa livraria dos arredores do Fly Market, entre pilhas de manuscritos malconservados e apodrecidos, Faith encontrou um manuscrito das Artes das Trevas, um grimório que deveria ter sido queimado no dia da morte da sua autora, mas que conseguiu escapar do fogo. Era chamado de *O Livro do Corvo* e tinha sido escrito em torno de 1600, em Londres. As páginas eram lâminas finas de pergaminho, escritas com tintas vermelha e preta alternadas, depois encadernadas em couro de bezerro preto e costuradas com uma linha preta cheia de pequenos nós. Quando Faith encostou o ouvido na lombada, pôde ouvi-lo zumbir, à medida que ganhava vida.

A misteriosa autora do grimório era uma mulher com um vasto leque de conhecimentos e que escrevia em italiano e inglês. Ela tinha nascido em Veneza e tornara-se membro da corte real da Inglaterra. Sabia mais do que a maioria dos homens instruídos sobre política e falcoaria, música e mitologia. A autora afirmava ser uma poetisa, o que se considerava impossível para uma mulher, ainda que sua afirmação fosse verdadeira. Ela tinha sido a primeira mulher a publicar um livro de poemas, um texto pouquíssimo reconhecido, não pela qualidade dos seus versos, mas pela particularidade do sexo do escritor. Na primeira página de seu grimório havia uma citação de um homem que muitos afirmavam ter escrito canções de amor descrevendo a admiração e o desejo que sentia por ela e celebrando seus atributos.

Em tempos remotos, o preto não era considerado belo. Ou se fosse, assim não seria chamado.

A autora de *O Livro do Corvo* era negra em todos os sentidos. Não era dona de uma beleza inglesa tradicional, mas, ainda assim, era uma beldade. Não havia nenhuma cura para o tipo de paixão que seus admiradores sentiam por ela. Era uma doença, uma devastação e, muitas vezes, um crime. Aqueles que nutriam desejo por ela se perguntavam se o amor que sentiam era natural ou se tinha sido induzido pelo uso de encantamentos mágicos.

O fogo do amor aquece a água, mas a água não esfria o amor.

A autora desse grimório sabia mais sobre o amor do que a maioria das pessoas, pois aos 13 anos tinha sido entregue a um senhor da corte três vezes mais velho do que ela. Ela olhava para o amor com olhos frios e lúcidos, e um coração tão prático quanto apaixonado. *O Livro do Corvo* era um livro de feitiços e encantamentos da autoria dela, obra que se perdera na hora da sua morte, quase cinquenta anos antes.

Saiba o que você quer e tenha certeza disso, pois o arrependimento gera mais arrependimento e nada mais do que isso.

A autora podia invocar doenças estranhas, forçar um mentiroso a contar a verdade, conjurar demônios que assombravam os sonhos dos homens. Ela tinha estudado astrologia com um grande mestre na Itália e as conjurações e os feitiços formados pelo poder das suas palavras eram tão intensos e belos que ficavam prateados no escuro e podiam ser lidos sob à luz do seu significado apenas. Tendo sido treinada para ser uma mulher encantadora, reuniu conhecimento para ter certeza de que nunca mais teria que ficar sob o jugo de ninguém. Os homens que a usavam, ela usava também. Sempre foram as palavras que a salvaram, a renovaram e lhe deram liberdade, mesmo quando ela parecia estar acorrentada à sua vida pelo amor.

O Livro do Corvo

O que eu sacrifiquei, o que dei, o que ocultei do mundo,
o que é necessário para fazer o mesmo.
Uma varinha de avelã será necessária.
Água de rosas, você deve ter ao seu lado o tempo todo.
O pentáculo de Salomão deve ser desenhado no chão para
invocar o espírito de Oberon, o rei da magia.
Posicione-se num círculo que una as quatro seções do
mundo e os quatro elementos, então queime madeira de murta
e sândalo. Queime urtiga branca, a erva do Arcanjo.

Após esse processo, seria possível ver o futuro, controlar os elementos, encantar mortais, subjugar inimigos e invocar uma maldição para os inimigos.

Eu te conjuro pelo fogo, pelo sangue e pela memória, para que
você possa perceber sua sentença eterna.
Que assim seja.
Essa coisa da escuridão reconheço ser minha.

O que tinham feito à Faith, ela devolveria ao mundo multiplicado por três, depois por mais três. Escuridão gera escuridão e nada poderia ser mais sombrio do que a própria imaginação quando se está trancada no Brooklyn. Se ela tivesse conseguido se livrar das algemas de ferro, teria incendiado a casa. Carregar tais pensamentos vingativos eram um fardo pesado, e foi um alívio para ela encontrar um livro cuja autora parecesse conhecer sua própria alma. Enquanto Faith folheava *O Livro do Corvo*, seus dedos queimavam, sua mente se inflamava e seu cabelo adquiria um tom mais profundo, mais próximo do vermelho-escuro. Foi nesse dia que ela se tornou mulher, pois havia sangue entre as pernas e a mulher que ela se tornara era alguém que queria a magia mais do que o amor. Ela teria roubado *O Livro do Corvo*, se necessário, mas o livreiro achou que ele não valia nada e deu a ela em troca de uma única moeda de prata. Uma mulher com um cachorrinho branco estava observando tudo e pareceu muito descontente.

– Esses escritos não são para crianças – advertiu a mulher, pois se tratava de um livro muito estranho e perturbador. Faith era jovem, com sardas cobrindo as bochechas e uma expressão sombria nos olhos pálidos.

Os livros de magia daquela barraca ficavam escondidos sob um pano branco, para evitar que pegassem fogo ou influenciassem tanto o livreiro quanto seus compradores, pois tais textos eram conhecidos por mudar o temperamento de uma pessoa, de modo que ela se tornasse quase irreconhecível até aos seus próprios olhos. Embora Catherine Durant não tivesse se apresentado à Faith, ela ficou preocupada, pois percebeu que a menina era a filha de Maria. Viu dentro dela e se preocupou com o futuro da garota.

– Acho melhor você não vender isso a ela – disse Catherine Durant ao livreiro.

– Fique tranquila, o livro não é para mim. – A essa altura, Faith era uma mentirosa de mão cheia. Ela não se deixava abalar por uma declaração falsa, mesmo quando interrogada, uma habilidade que aprendera quando estava nas mãos de Martha. *Já tentou praticar magia? Já falou com alguém na cidade? Já colheu ervas? Já foi você mesma?* – Não sei ler – disse Faith à mulher, uma mancha branca aparecendo em sua unha enquanto ela falava. – É para o meu avô.

– Vendido – disse o livreiro.

Poucas mulheres sabiam ler ou escrever, era fácil para o vendedor acreditar nela. E havia ainda outra razão pela qual ele não discutia com a garota. Ele sabia o suficiente sobre a Arte Sem Nome para saber que era melhor não contrariar alguém capaz de escurecer moedas de prata e agora ele percebia que a moeda com a qual Faith havia pagado estava escura, mas ele não queria devolvê-la, fosse ela uma bruxa ou não. Uma moeda era uma moeda, não importava a cor. E a mulher, Catherine Durant, não era cliente dele. O grimório foi embrulhado em papel preto, para permanecer escondido quando Faith o levasse para casa. Mesmo em Nova York, a feitiçaria era uma atividade que se praticava a portas fechadas, que era melhor não divulgar por aí. Quanto ao livreiro, ele não vendeu nenhum outro livro ou manuscrito durante toda aquela semana. Foi só então que percebeu que seria mais sensato ter seguido o conselho da mulher com o cachorrinho branco.

Quando Faith estava a caminho da Maiden Lane, a capa do livro queimou a embalagem de papel. O pacote latejava como se tivesse um coração batendo forte, o que às vezes acontece com os livros mais poderosos. O sombrio grimório era, ele próprio, um talismã protetor, tão forte que, quando um ladrão de repente se aproximou de Faith num beco, ele tropeçou como se tivesse sido empurrado ao tentar agarrar o pacote. Faith pôde até ouvir o estalo de um osso se quebrando na mão dele. O ladrão gritou, depois olhou para ela como se fosse ela e não o livro a responsável pela sua dor.

– Ei! – Faith gritou, prestes a se desculpar com o ladrão, enquanto ele fugia. Mas então ela pensou melhor e parou. A verdade era que ela não sentia nenhum remorso. A hora de pedir desculpas tinha se acabado e sua boca era agora uma linha fina e determinada. Ela estava farta de ser vítima e nunca mais pretendia ser. Ali mesmo jurou se vingar de qualquer um que desejasse mal a ela ou àqueles que amava.

Naquela mesma noite, ela começou a estudar *O Livro do Corvo*. Disse à mãe que estava com dor de estômago, deixou no prato o jantar de frango com molho bechamel e trancou-se no seu quartinho. Ela não parou de ler até a primeira luz do dia. Quando fez isso, Faith estava com febre, sua imaginação pegando fogo. Ela não praticava mais a tradição em que nascera, abandonara a Arte Sem Nome em favor da magia da mão esquerda, da magia negra, da forma mais antiga de todas essas artes, iniciada antes que a Babilônia tivesse sido construída, antes que o Dilúvio levasse a maior parte do mundo, uma prática que se originou com um texto secreto intitulado *A Chave para o Inferno*. Ela pensara no inferno muitas vezes, enquanto estava no Brooklyn, e em como poderia enviar Martha para lá. Se ela tivesse *O Livro do Corvo* na época, saberia o que fazer, mesmo restringida pelo ferro.

Cera, alfinetes, fogo, cabelo, unhas, sangue, osso, Bella donna, escutelária, meimendro.
Essa coisa da escuridão reconheço ser minha.

Faith ainda era uma novata, mas praticava a arte negra com dedicação, aprendendo maldições de cor, até se tornar versada nesse ofício. Logo ela estaria com 13 anos, a estranha idade entre a infância e a idade adulta, quando a pessoa se torna mais do que ela é. A porta trancada não era privacidade suficiente para seus estudos. Ela mantinha um cobertor estendido sobre ela para encobrir a magia e contê-la dentro de um círculo, depois desenhava o pentáculo de Salomão no chão com tinta invisível. Era fácil esconder sua prática. Maria Owens tinha a visão, mas todas as mães veem os filhos como gostariam que eles fossem, e a verdade dos estudos de Faith escapou os olhos de Maria. Faith colaborou para que isso acontecesse, lançando um feitiço do Veja o Que Quer para que a mãe a visse como uma filha perfeita, que punha a mesa para o jantar, varria o chão, cuidava do jardim e dava beijos de boa-noite. Sim, seu cabelo era de um tom mais escuro de vermelho, sua pele tinha uma nova palidez, com as sardas desaparecendo, seus olhos eram, na verdade, febris. Depois dos anos que passara com Martha, ela tinha aprendido a enganar e agora fazia isso com bastante naturalidade.

Faith estava envolvida com a magia trevosa da vingança e usava a malícia e o rancor para conseguir o que queria. Em pouco tempo, a magia a transformou. Quando ela encontrou um filhote de andorinha e o ergueu do chão, ele se transformou em cinzas em suas mãos. Ela espanou a poeira das mãos e sentiu um arrepio de medo ao pensar no poder sombrio que agora carregava dentro dela. Mas o que estava feito não era possível desfazer. Ela tinha escolhido seu caminho.

Na sua prática, Faith usava orquídeas roxas selvagens que tinham dois tubérculos, um para a magia branca e outro para a magia negra. Aquela era uma planta que podia curar ou ferir e era chamada de "dedos de cadáver", numa peça escrita pelo homem que adorava a autora de *O Livro do Corvo*. Perto do riacho Minetta havia velhas árvores com buracos no tronco, portas para outros mundos, onde as palavras eram ditas de trás para a frente, *widdershins*, o caminho anti-horário da bruxa. Era ali que Faith colhia amoras, muito usadas contra picadas de cobra e para proferir maldições. *O Livro do Corvo* lhe ensinou a magia de transferência, que transferia a tristeza, a doença ou o mau agouro que uma pessoa carregava para outro objeto ou ser. Ela tinha frasquinhos de vidro cheios de ódio, febre, raiva e tristeza, que estavam armazenados num armário em seu quarto e à noite irradiavam uma luz verde, como se estrelas tivessem caído do céu.

Com o tempo, Faith aprendeu a transformar uma flor desabrochando numa massa negra, a paralisar o coração de um pássaro, a confundir os homens para que esquecessem o próprio nome ou perdessem a capacidade de falar. O amor era uma coisa corriqueira para ela agora, uma tolice para aqueles sem sua disciplina. Ela sabia que, para desfazer uma atração, precisava de tinta preta, sangue, a asa quebrada de um pássaro, alfinetes e um fio finíssimo de chumbo, manuseado com cuidado e com luvas. Uma noite, ela cortou o braço e deixou seu sangue pingar no chão, e naquele lugar surgiu um caule com uma única rosa vermelha. Aquela rosa era a magia dentro dela, e a cada dia a rosa ficava mais escura, até que uma manhã as pétalas e o caule estavam pretos e os espinhos eram tão afiados que nem mesmo as abelhas se aproximavam.

Faith escreveu em tirinhas de papel o nome das modalidades de magia que estudara, para ver qual prática lhe seria mais adequada para ela. *Invisibilidade. Visão. Cura. Magia do amor. Vingança.* Ela deixou os papéis flutuando numa tigela de água durante a noite para ver qual poderia ser o seu futuro. Pela manhã, um deles estava aberto. O coração de Faith bateu rápido enquanto ela estendeu a mão para ler o seu destino.

Seu lugar na terra estava decidido. Ela sabia o que era antes de ler a palavra flutuando, pois já estava em seu coração, e a rosa negra no jardim tinha crescido até ficar tão alta quanto ela.

Vingança era o que ela queria.

III.

A magia continuou a prosperar em Manhattan, pois a maioria dos nova-iorquinos se fazia de cego quando confrontada com o incomum, fosse ele mágico ou não. Havia uma liberdade de espírito na cidade que não poderia ser encontrada nas outras colônias, talvez por causa da herança holandesa da cidade. O respeitado ministro de Amsterdã, Balthasar Bekker, tinha publicado *O Mundo Encantado*, argumentando que os calvinistas estavam equivocados ao afirmar que Satanás andava por este mundo. O diabo não era nada mais do que um símbolo de todo o mal que residia dentro da humanidade e a crença na feitiçaria era obra de homens supersticiosos e ignorantes.

O governador Peter Stuyvesant concordava que a caça às bruxas era um total absurdo. Ele tinha estudado o assunto quando sua própria cunhada, Judith Varlet, fora acusada em Hartford durante a loucura das bruxas, na década de 1660, e escoltada de Connecticut na calada da noite, para não ser presa. Esse incidente quase trágico acontecera perto o suficiente do governador para fazê-lo hesitar quando se faziam alegações sobrenaturais. Ele era um homem lógico que exigia provas. Provar a existência de Satanás era uma missão tola, e ele declarou isso em seus comentários sobre tais detenções, afirmando que as sentenças por bruxaria não deveriam terminar em execução, não importava quão sombrias pudessem ser as acusações.

Em Massachusetts, dezenas de pessoas eram presas e mantidas na cadeia por razões absurdas, como alegações de que elas estavam em conluio com o diabo e poderiam atormentar seus desafetos mesmo estando a quilômetros de distância. Mesmo que não estivessem presentes na forma corporal, os acusados seriam capazes de arruinar colheitas, causar doenças em bebês, fazer maridos leais enlouquecerem de luxúria. Homens sérios, incluindo Cotton Mather, filho do ilustre Increase Mather, reitor da Universidade de Harvard, acreditava que o mal poderia ser encontrado em personagens de mulheres idosas e desbocadas e crianças; que ele saía de suas bocas, que o mundo das trevas tinha invadido a vida cotidiana, de modo que a linha divisória entre esses dois mundos tinha se desvanecido.

Cotton Mather estava escrevendo *As Maravilhas do Mundo Invisível*, um tratado segundo o qual Satanás desejava que a Colônia da Baía de Massachusetts fosse a derrocada e usava as bruxas para fazer isso. Ele estava convencido de que a magia negra nascia na floresta e nas pastagens, uma erva daninha negra e sangrenta. Os magistrados continuavam a aceitar as evidências espectrais, que eram sobrenaturais e invisíveis e, portanto, impossíveis de refutar. Uma loucura se apoderou da colônia e a cada dia mais mulheres eram presas: mulheres abastadas, mulheres miseráveis, mulheres que tinham se casado com o homem errado ou que eram solteironas ou tinham irritado uma vizinha.

Os primeiros acusadores não passavam de meninas, começando com a filha e a sobrinha do reverendo Samuel Paris e sua escrava Tituba, que não tivera escolha senão concordar quando questionada. O medo das bruxas se espalhou como uma febre entre um número cada vez maior de jovens e mulheres, que juravam testemunhar atos satânicos. Marcas de mordidas, hematomas, vacas cujo leite saía raiado de sangue, estrelas que explodiam no céu, um cavalo preto visto de uma janela, uma marca no rosto de uma mulher em forma de lua ou de estrela ou de foice, tudo poderia ser considerado uma prova.

Numa reviravolta perversa dos acontecimentos, vários acusadores foram considerados suspeitos de bruxaria. Muitos dos colonos da cidade de Salem tinham vindo do Condado de Essex, na Inglaterra, lar de Matthew Hopkins, o general caçador de bruxas que enviou cem mulheres para a morte, perseguidas simplesmente por serem mulheres sem poder neste mundo.

Ninguém em Nova York foi preso por esse motivo. Os dois julgamentos ocorrido décadas antes, um no Condado de Queens e o outro na cidade de Setauket, em Long Island, envolviam pessoas de Massachusetts e ninguém foi considerado culpado. A magia, porém, continuava sendo praticada, o tipo de magia que curava, tratava e auxiliava tanto o amor desejado quanto o amor equivocado. Pessoas comuns encomendavam seu horóscopo e visitavam videntes na Miller Street, apelidada de "rua da lama" depois das chuvas de primavera. Havia itens mágicos à venda em muitos mercados, muitas vezes escondidos atrás do balcão ou numa sala nos fundos ou cobertos com panos. A maioria das pessoas não confiava nos médicos, que muitas vezes não tinham nenhuma instrução especializada e perdiam mais pacientes do que os salvavam, usando remédios inúteis, como salitre; tinturas de pó de osso humano destilado, usado como uma panaceia; um falso remédio chamado "musgo craniano", uma planta cultivada em restos mortais de criminosos violentos enforcados e inserida nas narinas do paciente para estancar sangramentos e combater desmaios e fadiga.

A medicina popular era muito menos perigosa do que os tratamentos médicos. Praticantes da Arte Sem Nome eram tidos em alta conta quando demonstravam talento e conhecimento de tônicos curativos, sementes para induzir o sono ou curar insônia, chás de alfazema e rosas desidratadas para acalmar os nervos.

Curas para doenças comuns

Raiz de milefólio e tília para o coração acelerado.
Farinha de aveia e amêndoa para limpar o rosto.
Óleo de alecrim para o cabelo, ou um tônico de limão e alecrim.
Lavanda para insônia.
Raiz de gengibre para diarreia.
Emplastros de folha de repolho para chiado no peito.

Ingredientes mais sombrios também eram muito procurados: tinta de lula, que supostamente tornava tangível tudo o que era escrito no papel; ossos ocos de pássaros para adivinhação; cogumelos para aventuras eróticas ou vingança; sementes e óleos para interromper a gravidez; uma corda com nós queimada, cujas cinzas eram engolidas por quem quisesse gerar um filho.

E havia o amor, sempre o amor, que estava em alta demanda. Alguns vendedores sem escrúpulos vendiam mercadorias que não passavam de ervas daninhas murchas ou uma bolota de cinzas que diziam ter sido feita do coração de pombo, mas que nada mais era do que restos de tabaco de um cachimbo ou talvez óleo de alecrim salpicado de vermelho com pigmentos de tinta ou raiz de garança, todos apelidado com nomes falsos em latim. Esses comerciantes sem princípios brincavam de fazer magia, enganando clientes em troca de curas falsas que não funcionavam ou, em alguns casos, podia causar danos reais se o "remédio" fosse ingerido. Os nomes daqueles que eram confiáveis e fiéis à Arte Sem Nome eram passados de amigo para amigo e irmã para irmã, pois essas pessoas eram mais valiosas do que ouro.

Mulheres batiam na porta da casa de Maiden Lane assim como faziam em ambos os Condados de Essex. Elas vinham ao anoitecer, certificando-se de que não seriam reconhecidas por vizinhos ou amigos. Algumas tinham cruzado o Atlântico em busca de maridos desaparecidos, pois muitos homens deixavam as esposas para trás, na Irlanda ou na Inglaterra, para poder desaparecer e começar vida nova em Manhattan, muitas vezes assumindo não apenas um novo nome, mas também uma nova esposa. Por mais que Maria tentasse evitar o amor, ele sempre chegava à sua porta e, apesar da sua decisão de ficar o mais longe possível das loucuras da paixão, ela concordava em dar às suas clientes o que elas mais queriam no mundo.

Como trazer de volta a pessoa amada

Ferva mel com erva-moura, adicione uma mecha de cabelo e deixe repousar no parapeito da janela. Se o seu amado estiver por perto, ele aparecerá, mas, se ele desapareceu por este mundo afora, um pássaro tomará seu lugar. Enrole na perna do pássaro um pedaço de papel com o seu nome e deixe-o voar pela janela. Se o seu amado estiver vivo, o pássaro vai encontrá-lo e ele vai voltar, embora possa levar meses ou anos.

Pregue um osso da sorte na porta da frente.

Espete dois alfinetes prateados numa vela vermelha. Quando a chama da vela chegar na altura dos alfinetes, a pessoa amada chegará.

Tem certeza de que quer esse homem? Maria sempre perguntava antes de começar um feitiço, pois ela achava que a esposa abandonada bem poderia, em vez disso, começar vida nova em Nova York, livre para fazer o que bem entendesse. *Ah, sim, tenho certeza!*, a maioria dizia, sem se importar com a desaprovação de Maria. Essas mulheres faziam tudo o que fosse necessário para conseguir o que queriam, chegando na calada da noite, deixando os quartos alugados de suas pensões ou os berços instalados na sala de estar da casa de um parente, prontas para recuperar o que haviam perdido. Mas de vez em quando havia uma que pensava melhor e ia embora sem a ajuda de Maria. E também havia aquelas que encontravam os homens que procuravam e voltavam a recorrer a Maria para obter outro tipo de remédio. *Ele mudou*, essas mulheres diziam, *não é ele que eu quero, foi um erro, me salve, me ajude, me devolva minha liberdade.*

O amor é complicado... Faith tinha entendido isso antes mesmo de começar a se sentar na escada para ver as idas e vindas dessas mulheres. Ela balançava a cabeça, perguntando-se como os seres humanos podiam ser tão tolos. Como podiam desperdiçar a própria vida e chorar por amantes que apenas lhes causavam agonia e sofrimento. Como Maria Owens podia trabalhar com algo que só lhe causava dor. Faith tinha estudado o amor, mas aquela não era a especialidade dela e nunca seria. Ela tinha outra coisa em mente.

Faith estava em Manhattan havia quase dois anos e tinha crescido mais rápido do que a maioria. Agora ela era uma garota alta, com uma graciosidade recém-descoberta e um olhar frio e distante. Ainda tinha o costume de fingir ser uma filha obediente, mas era tudo menos comportada. Faith saía pela janela da casa de Maiden Lane, assim como fazia no Brooklyn. Velhos hábitos são difíceis de morrer e ela tinha o hábito de fazer o que queria, mesmo que isso significasse enganar outras pessoas.

Ela estabeleceu sua prática perto do bosque de tílias, ao lado do riacho Minetta, onde indigentes viviam em tendas de lona e os pobres eram enterrados sem lápides que indicassem sua passagem por este mundo. Aquele era o lugar aonde seu ofício a levara, um buraco onde as samambaias eram tão altas quanto ela e a terra era úmida e lamacenta, e a vingança vinha com facilidade. Faith a sentia por dentro, espalhando-se a partir da mancha vermelha no centro da sua mãe esquerda, que a mãe adotiva nunca conseguira fazer desaparecer.

Ela se sentia atraída para lugares escuros como aquele. Os pássaros não cantavam e os sapos não coaxavam ali, embora centenas de pessoas visitassem as margens do riacho. Se uma mulher quisesse algo diferente do que podia encontrar na cozinha de Maria Owen, ela marchava para lá. Se tivesse sido maltratada, lesada ou traída, se quisesse vingança, era esse o caminho que tomava, não importava o perigoso que fosse andar sozinha na floresta escura.

Me procure e eu nunca irei julgá-la. Sou apenas uma garota e você pode me dizer qualquer coisa, quem machucou você, quem deseja afrontar, quem deve pagar pelo que lhe fez.

A histeria em Salem começou no inverno de 1692, estendendo-se até a primavera. Bridget Bishop foi a primeira mulher a ser presa e a primeiro a ser enforcada, em 10 de junho. Em setembro, vinte pessoas já tinham sido executadas. Quando a notícia sobre o que estava acontecendo chegou a Nova York, as pessoas ficaram chocadas, principalmente na comunidade holandesa, que não concordava que o diabo andasse entre os homens ou que era apropriado fazer uso de evidências espectrais com base exclusivamente em sonhos e visões, sem uma prova prática. Os colonos holandeses originais eram pessoas com os pés no chão, que só acreditavam no que viam com os próprios olhos, mas não era esse o caso da Colônia da Baía de Massachusetts.

Em maio daquele ano, uma das pessoas ameaçadas de ir para o cárcere era uma garota de 16 anos que vira uma cela de prisão pela primeira vez quando era criança e acompanhava a avó, Lydia Colson, nas visitas que fazia à Maria Owens. Quando a jovem Elizabeth Colson soube que havia um mandado de prisão expedido contra ela e assinado pelos magistrados, ela desapareceu dentro da floresta. A avó arrumou um cesto de provisões e aconselhou a neta a ir para Nova York, onde poderia encontrar uma mulher que Lydia Colson tinha ajudado uma vez e que poderia retribuir o favor. Quem sabe sua bondade fosse lembrada e talvez retribuída?

Quando Elizabeth chegou a Manhattan, estava exausta e apavorada. Tinha parado em Cambridge durante a noite, depois continuado até Connecticut, onde o medo das bruxas se espalhara para New Haven. Seus primos de lá a ajudaram a partir no meio da noite, mas o cocheiro contratado a espancou e roubou o pouco que ela tinha. Ela fez o resto do caminho sozinha e morta de medo dos grandes gatos selvagens das colinas de Connecticut. Por fim, chegou a Manhattan, depois de pegar uma balsa que a deixou em frente ao Fly Market.

A menina perguntou aos vendedores se eles conheciam uma mulher chamada Maria Owens. O vendedor de frutas conhecia a tal mulher e o peixeiro também, mas nenhum dos dois sabia o endereço dela. A filha do peixeiro, no entanto, chamou Elizabeth de lado, pois tinha ido uma vez encomendar um feitiço de amor e sabia exatamente onde Maria Owens poderia ser encontrada.

Quando Elizabeth bateu na porta, uma garota ruiva com uma aparência suspeita atendeu, acompanhada de um cachorro preto. Faith era uma figura hostil, que estreitou os olhos cinzentos para observar melhor a visita inesperada, pois a visão lhe permitia saber de onde ela viera.

– Você é de Salem! – Faith deixou escapar.

– Vim ver Maria Owens. – Elizabeth baixou a voz. – Eu fugi antes que a polícia pudesse me prender.

– Por qual crime? – Elizabeth certamente não parecia uma criminosa, mas Martha também não. As pessoas sempre podem surpreender.

Quando Elizabeth hesitou, Faith lhe assegurou de que ela poderia confiar nela. – Sou filha de Maria. Não temos segredos.

Não era verdade, mas Elizabeth preferia acreditar em Faith. Elas tinham quase a mesma idade e talvez ela tivesse encontrado uma amiga em quem pudesse confiar. Ela olhou por sobre o ombro, para a rua movimentada. Havia um tráfego intenso de pedestres e várias carroças e carruagens, mas ninguém prestava atenção às meninas.

– Bruxaria.

Faith conteve uma risada.

– Você não é uma bruxa.

– É verdade. Mas isso não vai me salvar do enforcamento.

Faith pegou a mão da outra garota e analisou as linhas da mão dela.

– Eu vejo que você vai sobreviver.

– Você é adivinha? – Várias das mulheres presas em Salem praticavam a quiromancia e outras formas de magia de salão, e prometiam adivinhar quem seriam os futuros maridos e esposas.

– De jeito nenhum – disse Faith, convidando a visitante a entrar. – Só sei que, se ficar aqui conosco, estará segura.

***

Elas jantaram torta de frango perfumada com alecrim, para celebrar a determinação da convidada para ir a Nova York, e Maria preparou uma iguaria chamada Pudim de Ouriço, que consistia em pão, uvas-passas, creme doce, ovos e manteiga, e decorado com lascas de amêndoas espetadas no pudim como espinhos pontiagudos. Maria ficou encantada ao ver Elizabeth tão adulta e lembrou-se da criança meiga que ela era. Mas o clima da noite mudou quando Maria ouviu os detalhes sobre o que estava acontecendo em Salem. Ela teve um mau pressentimento e, quando perguntou quem estava por trás de toda aquela perseguição às bruxas, não ficou surpresa ao ouvir o nome de John Hathorne. Ele era um dos magistrados que interrogavam os acusados de bruxaria, sendo conhecido por ser o mais implacável dos juízes. Atormentava as mulheres que interrogava, forçava confissões de prisioneiras privadas de sono e de alimentos e espancadas com varas e tiras de couro, e aceitava evidências espectrais da pior espécie, que não passavam de loucura e boataria disfarçadas de verdade.

Faith percebeu a mãe estremecer ao ouvir o nome do juiz e saber das suas atrocidades.

– Você conhece esse homem? – perguntou à mãe.

– Nem posso acreditar que um dia eu o tenha conhecido.

Mas ela certamente sabia dos crimes que *ele* tinha cometido: sedução, traição, mentiras, abandono, orgulho.

Apesar da hospitalidade das Owens, Elizabeth decidiu que não poderia ficar muito tempo na cidade. Segundo tinham lhe contado os primos de Connecticut, quando os policiais foram prendê-la e descobriram que estava desaparecida, levaram a avó no lugar dela. A neta então percebeu que tinha cometido um erro ao ir para Nova York.

– Você não pode voltar – disse Maria à Elizabeth Colson. – É perigoso demais.

Ainda assim, estava claro que a menina não abandonaria a avó no momento em que ela mais precisava. Elizabeth tinha um coração sincero e era jovem o suficiente para acreditar que os homens que estava enfrentando libertariam a avó quando ela se entregasse. Ela ficou uma única noite e partiu pela manhã. Antes de irem para a cama, Faith sussurrou no ouvido de Elizabeth que deixaria, nos fundos do jardim, algo que poderia lhe ser útil. E cumpriu sua palavra. Ali, entre as fileiras perfeitas de alecrim e repolhos, havia um amuleto para a menina usar perto do coração. Dentro do saquinho de veludo havia verbena em pó, usada na magia negra, e um pedaço de corda preta cheia de nós, para protegê-la três vezes. Faith tinha escrito um bilhete em papel preto, usando uma tinta vermelha que desaparecia assim que era lida.

Boa viagem. Não acredite em ninguém.

˜˜˜

Jack Finney estava muito satisfeito morando em Maiden Lane. Ele tinha planejado aceitar só alguns dias de hospitalidade, mas ficou um ano inteiro, depois outro, e enquanto isso usou seu talento para fazer pequenos trabalhos de carpintaria, como consertar o telhado do celeiro e construir um quarto para ele dentro do estábulo, substituir os peitoris de madeira das janelas para que fechassem melhor nos dias de mau tempo, fazer um novo portão no jardim. Finney tinha passado tantos anos na estrada que nunca sabia muito bem onde estava quando abria os olhos pela manhã.

Maria sempre pagava pela ajuda dele e, embora Finney estivesse longe de ser rico, não era mais pobre. Ele tinha o hábito de cuspir nas moedas enegrecidas que recebia e lustrá-las com um lenço, e se sentia grato por possuir o que considerava um tesouro e talvez ainda mais por ter uma casa em Manhattan. Estava farto do Brooklyn. Quando pensava em Kings County, sempre via a mulher de vestido cinza correndo atrás deles nas planícies, uma imagem que o fazia estremecer.

No passado, ele sempre seguia em frente quando queria escapar de más lembranças, com a esperança vã de que uma paisagem diferente renovasse seu ânimo e o ajudasse a esquecer. Mas agora, em Maiden Lane, ele se sentia em casa e tinha um lugar no Fly Market para vender suas mercadorias. Ele vira Faith se esgueirando entre os vendedores que negociavam mercadorias proibidas, venenos, ervas perigosas e livros escondidos em capas pretas.

Uma tarde, Faith foi se sentar na grama, enquanto Finney polia suas moedas, um hábito que passara a apreciar, pois contar seu dinheiro era seu novo passatempo. Ele sorriu e jogou uma moeda para Faith. Tão logo ela a pegou, a prata ficou preta.

– Nunca faça isso em público – aconselhou Finney.

– Faço o que quiser. – Ela fez uma careta para ele e o mascate balançou a cabeça.

– Foi o que disse o criminoso no dia em que foi enforcado – disse Finney. Ele se preocupava com Faith, pois acreditava que um homem é responsável por quem ele resgata, embora, no caso deles, às vezes se perguntasse quem salvou quem.

– Já que você insiste – disse Faith –, vou fingir que não sou o que eu sou.

– Misture-se à multidão. Isso é o que todos fazemos.

Faith tinha um lugarzinho para Finney em seu coração frio e sombrio. Ela acreditava que ainda estaria no quarto do sótão em Gravesend, com pulseiras de ferro em torno dos punhos, se não fosse a ajuda dele. Ele era um homem que carregava suas tristezas perto do coração e nunca falava sobre elas, e certamente nunca mencionaria o que acontecera na ponte. Se suspeitava que Martha ainda estava respirando quando Faith deixou-a na água, nunca tinha falado nada a respeito nem nunca falaria.

– Você deveria receber algo melhor do que moedas como recompensa – Faith concluiu.

– Estou feliz com tudo o que tenho. Sua mãe tem sido muito generosa.

Finney achava Faith divertida e inteligente, mas às vezes ela era um pouco assustadora. Parecia uma menina, mas seus pensamentos eram muitas vezes os de uma mulher adulta, e mais sagaz do que todas que ele conhecera.

– Você devia ter uma esposa – Faith decidiu. Embora ele nunca dissesse nada, ela sabia que Finney se sentia solitário. Ele falava durante o sono e, nas noites que dormiam na carroça, ele sempre chamava por alguém chamado Lowena e chorava até de manhã.

– Eu já tive uma esposa. – O humor de Finney ficava sombrio quando esse era o tema da conversa. Ele não queria pensar em tudo o que havia perdido. Chorar pela vida que perdera não a traria de volta e quem era ele para reclamar? Todo homem perdia tudo o que amava neste mundo quando seu tempo na terra acabava. Com alguns isso acontecia mais cedo e com outros mais tarde. Por ora, ele tinha seu cavalo, sua carroça, sua liberdade e uma grande pilha de moedas. Poderia fazer o que quisesse, como nenhum homem casado poderia, mesmo que Finney não tivesse certeza se a liberdade que alegava ter o alegrava.

– Não vejo ninguém batendo na porta à procura de alguém como eu – ele informou à Faith. – Talvez a velha lavadeira descendo a rua queira tomar um chá comigo.

– Eu posso encontrar a mulher certa. – Faith estava totalmente segura de si ao dizer isso. – Se você me deixar tentar.

– Tentar? – Agora Finney tinha um bom motivo para provocar a garota. – Você está me dizendo que nunca fez isso antes? Eu seria o primeiro a se beneficiar desse serviço? – Ele estava bem ciente de que Faith tinha talentos, ele próprio o vira nas planícies do Brooklyn, quando ela afugentara os coelhos e sonhara que cruzaria o inferno para encontrar a mãe. Isso não significava que ele desejasse ser parte de um experimento. Se ela era uma bruxa, era uma novata, e sorte de iniciante era uma coisa rara. – Eu não sei se quero ver você se intrometendo no meu destino. Posso acabar morando numa caverna com um urso, ou casado com uma tartaruga no fundo do mar, ou dormindo com a lavadeira, e não tenho certeza se seria bom negócio.

– Vou encontrar alguém que vai lhe trazer felicidade. – Faith parecia levar o assunto a sério. – Você merece isso. Não pode ficar no celeiro para sempre.

— Você tem uma opinião boa demais sobre mim – respondeu Finney. – Para ser sincero, nem queria salvar você, mas foi mais fácil deixar que viajasse comigo do que deixá-la com aquela megera.

Outro homem, até mesmo um bom homem, teria deixado que ela se virasse sozinha em Gravesend. Finney era mais do que decente e, portanto, merecia mais do que moedas. Faith sabia que ele ainda tinha pesadelos com Martha perseguindo os dois, a touca branca voando pelos ares. Ele tinha até parado de pôr sal na comida, pois isso lhe fazia lembrar do ar naquele dia, tão salgado e azul.

— Você sabe que eu deixei que ela se afogasse – disse Faith, quase parecendo uma criança. Mas não havia nada de infantil na confissão ou na expressão fria em seu rosto.

— Não resgatá-la não é o mesmo que matá-la. Escute aqui, garota. Você não matou aquela mulher.

Faith tinha o hábito de morder os lábios quando fazia alguma reflexão. Seu cabelo ruivo escuro estava trançado e ela usava um vestido da mesma cor que seus olhos prateados. Ela podia vir a ser uma beldade um dia, mas não era ainda.

— Já decidi – disse ela ao amigo. – Pretendo retribuir tudo o que você me fez. – Finney olhou para ela, inquieto, enquanto ela trazia um pequeno frasco. – É a Poção Número Dez, a mais forte que há. Disseram para não prepará-la, mas quebrei as regras. Pode fazer qualquer um se apaixonar por você e você por qualquer pessoa. Não existe um antídoto.

Finney olhou para ela, preocupado.

— Sua mãe sabe disso?

— Isso vai ficar entre você e eu.

Ela colocou o elixir diante dele. Parecia vinho, mas o cheiro era de algo queimado. Finney estava muito relutante, mas cedeu. Tomou um gole e sentiu o gosto. Ele já tinha tomado coisas piores.

— Confie em mim – disse Faith, com as mãos cruzadas na frente dela. Ela era uma garota de palavra. O amor não era sua especialidade, mas queria retribuir a Finney pelo bem que ele lhe fizera.

— Eu confio que você vá me enterrar se eu bater as botas – Finney brincou. Depois ele ficou em silêncio, enquanto pensava em sua profunda solidão e em tudo o que havia perdido. – Deus me ajude – disse ele, ao engolir o último gole da poção.

Faith o ignorou e recitou o encantamento.

— Que aquele que beba este vinho viva o verdadeiro amor divino.

Nada aconteceu.

— Seu experimento falhou – Finney foi logo dizendo.

— Eu tenho que pensar quem será a mulher certa e aí ela terá que beber também. Depois que fizer isso, não haverá mais volta.

— Isso não me deixa mais tranquilo. – Finney afagou a cabeça de Faith como se ela fosse uma criança, então se levantou para ver Arnold. – Só espero que não funcione com cavalos.

Faith soltou uma risada e entrou em casa. Em seguida, ela e Guardião saíram para ir ao açougue, comprar ossos e sobras de carne para o lobo. Ela tinha algumas mulheres em mente para Finney. A filha do vendedor de frutas no mercado, uma vizinha que havia perdido recentemente o marido, uma mulher que vendia livros. Ela tinha planejado levar a Décima com ela, mas na pressa acabou deixando o frasco sobre a mesa do jardim. Faith estava feliz por estar com seu amado Guardião, esquecendo que, depois de lançada, a magia não parava mais de agir.

A última flor vermelha florescia na Árvore do Céu quando Maria começou a trabalhar no jardim de ervas aquele dia. Ela estava tentando cultivar *mampuritu*, uma erva de Curaçau que estava acostumada a climas mais quentes. Aquela era uma erva teimosa. Maria tinha tentado acender uma fogueira perto dela para aquecer as raízes, mas até agora não via nenhum resultado. Talvez devesse livrar o jardim daquela erva, pois ela o fazia pensar em Samuel Dias mesmo contra a vontade, e ficou feliz quando Catherine Durant apareceu no portão, acompanhada pelo seu cachorrinho branco, interrompendo seus pensamentos. Catherine usava o sabão preto de Maria, que a rejuvenescera a tal ponto que ela parecia dez anos mais jovem.

– É isso o que acontece com todas as suas clientes? – ela gritou para Maria, que estava de joelhos, capinando entre canteiros de salsa e sálvia. – Assim que usamos o seu sabão, não podemos mais viver sem ele?

Maria riu e sacudiu as mãos para tirar a terra dos dedos. Ela sempre seria grata pela magia simples da torta de maçãs que levara a filha para casa.

– Peça sempre que precisar – disse ela à Catherine. – Para você, o sabão é sempre um presente.

Catherine estava com sede, depois da sua caminhada desde a rua Bowery, e quando viu a taça de vinho sobre a mesa, sentou-se numa cadeira de metal ao lado e tomou um gole. O cachorro pulou em seu colo, latindo, mas Catherine o ignorou. Intrigada com o gosto, ela tomou outro gole, tentando identificar a bebida. Sua boca começou a formigar depois da última gota, como se tivesse mastigado urtigas. Ela soube imediatamente que se tratava de um encantamento. Normalmente teria ficado indignada, mas não naquele dia. O que tinha de acontecer aconteceria, independentemente da aprovação dela. A verdade era que ela estava curiosa para ver qual seria o resultado.

Finney saiu do celeiro, cheirando a cavalos e a suor. Ele pretendia dizer a Faith para não seguir adiante com o feitiço. Não havia razão para isso, não no caso dele. O amor era impossível, um objetivo ridículo para uma pessoa como ele. O que ele tivera um dia tinha perdido para sempre e achava melhor aceitar a vida como ela era. Finney deixaria

Manhattan e a falsa noção de que havia encontrado um lar. Voltaria para a estrada, talvez para o território desconhecido de Connecticut, desprovido de memórias. Ele tinha sido feito para viver sozinho e convivia muito bem com a solidão. Seu cavalo era companhia mais do que suficiente. Mas ao sair no jardim, o mascate se deteve como se tivesse sido atingido por um raio. Uma força traspassou-o, atingindo cérebro e coração, corpo e alma. O mundo inteiro pareceu maravilhoso, a mesa e as cadeiras dispostas na grama, as flores vermelhas caindo no chão, a bela mulher diante dele.

Catherine pôde ver a alma do homem no quintal – um mascate, viúvo, um homem que se sentia perdido, mas ela o viu através do poder da Décima e, aos olhos dela, ele pareceu um herói que sempre colocava as outras pessoas em primeiro lugar, que se importava mais com um cavalo velho do que a maioria das pessoas se importa com os vizinhos e amigos. Ela pode ver o jovem que ele tinha sido, antes de ter o coração partido, quando gostava de se equilibrar nas muretas de pedra e correr pelos campos nos cavalos do pai, quando as mulheres de sua aldeia o achavam o rapaz mais bonito da região. O cachorrinho dela correu para Finney, latindo em defesa da dona, mas, quando o mascate se abaixou, o cão se deitou no chão de costas, pronto para ser acariciado, como se Finney fosse um amigo há muito tempo perdido.

Faith voltou para casa com o seu embrulho do açougue e encontrou Maria esperando por ela, furiosa.

– Você criou o caos com aquele feitiço e agora não tem volta! Não há nada que eu possa fazer para corrigir aquilo. Eu falei que você não estava pronta para fazer magia.

Faith devolveu o olhar da mãe e o sustentou. Elas agora tinham a mesma altura.

– Estou pronta, sim.

Maria sentiu um arrepio percorrer seu corpo.

– Só vai estar pronta quando eu disser que está.

– A culpa é minha – disse Finney, ansioso para defender Faith. – Ela fez isso por mim.

– Acho que foi por mim – disse Catherine.

Catherine Durant não conseguia mais se afastar de Finney e o mesmo acontecia com ele. Eles tinham agora um pacto tácito de nunca mais se separar. Eram duas pessoas enfeitiçadas, que partiriam juntas para a fazenda de Catherine, na Bowery, sem olhar para trás.

Maria estreitou os olhos. Já fazia muito tempo que ela não olhava com atenção para a filha. Agora ela via a escuridão que crescia dentro dela.

– Você não tem prática suficiente para essas coisas.

Faith encolheu os ombros.

– É só amor, mãe.

– Você acha que o amor é tão simples? – Maria pensou no dia em que ela viu John Hathorne na sala de jantar azul em Curaçau e na manhã em que Samuel levou a magnólia para Salem e ela achou que estivesse nevando. – Siga meu conselho – disse ela à Faith. – Fique longe disso.

– Se é assim que você se sente sobre o amor, por que ainda usa o anel de Bito?

Maria tinha se esforçado ao máximo para remover o anel de ouro do dedo, mas o símbolo de casamento não se movia. Era provavelmente a razão por que ela pensava em Samuel Dias com tanta frequência. Ela se perguntava se Abraham sabia que isso aconteceria e entendia o motivo por que tais anéis eram oferecidos: para fazer você pensar naquele que lhe presenteara.

– Quem brincou com o amor foi você – disse Faith à mãe. – Você lançou uma maldição sobre nós. Não se importou em saber o que eu pensava ou o que eu queria.

Tente fazer o que é melhor para os seus filhos e você pode descobrir que enfiou os pés pelas mãos. O que você sabe hoje, ontem você não sabia. O que desejou um dia, pode vir a ser o seu maior arrependimento.

– Você nunca me disse o que acontece se alguém se apaixonar por nós.

– Arruinamos a vida dessa pessoa – disse Maria à filha.

– Parece que você já arruinou a vida de Bito – Faith disse a ela naquele dia. – Você poderia ao menos amá-lo.

PARTE CINCO

O Remédio

1693

I.

Havia tantas mulheres apaixonadas e atormentadas na cidade de Manhattan que Maria não tinha tempo para atender a todas as clientes que apareciam em busca de um feitiço ou de uma cura. Muitas vezes, dez ou mais esperavam no jardim, algumas disfarçadas com xales ou capuzes, outras tão desesperadas que nem se importavam que as vissem na casa de uma bruxa. Afinal, o que era uma bruxa se não uma mulher com sabedoria e talento? Ali em Nova York, a bruxaria não era considerada um crime.

As clientes de Maria esperavam sentadas em bancos ou na grama orvalhada, contando moedas de prata, tirando alianças de casamento, recitando pequenas orações para que Maria Owens pudesse ajudá-las a encontrar saúde, consolo ou amor. Quando ela olhava pela janela e via tantas mulheres precisando dela, ficava aturdida. Uma mulher que renunciara ao amor não deveria viver em contato com tanta emoção. Certamente isso a afetaria.

O amor era contagiante, passava de alma para alma, despertava a pessoa e lhe dava uma sacudida, mesmo quando ela preferia que ele a deixasse em paz. Havia momentos em que Maria olhava no espelho negro, para sondar o destino de uma cliente, e tudo o que via era

Samuel Dias. Ela já não tinha sentimentos, tinha certeza disso, mas ainda assim algo doía dentro dela.

– Eu poderia ser sua assistente – disse Faith, um dia, enquanto olhavam pela janela para as mulheres esperando lá fora. – No Brooklyn, as pessoas vinham me procurar em busca de curas. – Ela tinha aprendido recentemente a fazer bonecos com a casca de espinheiro-negro, Quando derretidos no fogo, o amor pela pessoa errada derretia também e a cliente ficava livre de desejos perigosos.

– Bem, isso foi no Brooklyn – Maria respondeu. – Essas pessoas não deviam ter procurado uma garotinha.

– Eu sei mais do que você pensa – Faith insistiu. Ela sabia, pela expressão do rosto de uma mulher, quando ela tinha poucos dias de vida. Sabia que podia ouvir a pulsação dos mortos, quando estava num cemitério à noite. Sabia que uma menina cujo pai não a queria poderia ser mais forte ou mais fraca do que teria sido se ele a tivesse amado. – Posso atender só aquelas que buscam vingança – ela sugeriu.

– Não fazemos esse tipo de coisa aqui – rebateu Maria.

– Você faz todo tipo de coisa – Faith disse com uma ponta de malícia.

– Para as que realmente precisam.

– Talvez você ache que não tenho poder.

– Isso não é verdade. Acredito em você. Você simplesmente não está pronta.

– Estou pronta desde os 6 anos de idade, quando você me abandonou.

Maria deu um passo para trás, como se tivesse levado um tapa.

– Eu já disse, nunca quis abandoná-la. Não tive escolha.

– Pensei que todos nós tínhamos escolhas – disse Faith, seu olhar frio como gelo. – Se você não tivesse ido para Massachusetts, nada disso teria acontecido.

As mentiras que Martha havia contado à Faith tinham deixado sequelas e ela carregava as cicatrizes do abandono. Ela foi para o seu quarto e se sentou no chão, ao lado de Guardião. Ele tinha uma personalidade arredia, um tanto distante, e se assemelhava à Faith nesse aspecto, mas agora o lobo colocou a cabeça no colo dela e ela acariciou seu pelo. Ali estava ela, em sua própria casa, e ainda se sentindo invisível, como se seu verdadeiro eu só espreitasse nas sombras.

Toda bruxa deseja um par de botas vermelhas e Faith esperava que a mãe lhe desse um par de presente no seu aniversário de 13 anos. Mas, quando chegou o dia, o que ela recebeu foi um xale azul-celeste. Ela não precisava de proteção. Não precisava de sorte. Só queria ter controle sobre a própria vida e a liberdade de viver como bem entendesse. Ela era bem paga pelas suas clientes, o que era bom. Iria encomendar suas próprias botas no sapateiro.

Qualquer pessoa que tivesse a visão e a capacidade de ver o íntimo de Faith veria o dano ali, a ferida feita a ferro, as noites num quarto trancado, a janela aberta, o cemitério em Gravesend, a terra salgada e as aves marinhas no céu, a solidão, o gosto amargo em sua boca, o pai que nunca fora apresentado a ela, a mãe que queria acreditar que tudo estava bem com a filha enquanto seu mundo estava desintegrando.

Se ela dizia que estava pronta para a magia, era porque estava, não precisava esperar que a mãe permitisse. Ela já tinha dito sim à magia muitos anos antes, nas planícies, com o sal ardendo em seus olhos a ponto de fazê-los lacrimejar. Não que ela pudesse chorar; não podia na época nem podia agora. Maria Owens, sim, chorava às vezes, mas isso era incomum numa bruxa e provavelmente era um sinal de fraqueza, na opinião de Faith. Ela própria era bem diferente. Mesmo se Maria quisesse ver dentro da filha, Faith a impedia de fazer isso. Ela tinha lançado um feitiço obscuro e misterioso, quando estava no riacho Minetta, um lugar adequado para atos sombrios. Tinha usado seu próprio sangue e seu cabelo, e os ossos de um pequeno pardal, tornando-se assim invisível para a pessoa que mais a amava no mundo.

Uma parte dela ansiava por ser salva do caminho que escolhera, para que pudesse se tornar a pessoa que poderia ter sido se não fosse uma criança roubada, se não tivesse conhecido desde cedo a maldade do mundo. O que a mergulhou ainda mais na escuridão foi um dia normal, quando ela estava limpando o celeiro, depois de Finney ter se mudado. Ela tropeçou numa velha bolsa que pertencia a Samuel Dias. Dentro havia uma corda, um livro de mapas e uma carta de Maria Owens, deixada para ele quando o *Rainha Ester* atracara em Boston, depois da viagem de Curaçau. Ele guardara a carta por todo aquele tempo, embora só tivesse suportado lê-la uma vez, pois uma vez era mais do que suficiente.

Eu não sei o que foi isso que aconteceu entre nós. Estou em busca de um homem chamado John Hathorne. Ele é meu destino e o pai da minha filha.

Faith se sentou sobre os calcanhares, o coração batendo forte. Ela nunca soubera o nome do pai. As letras diante dos seus olhos lhe pareciam tão pontiagudas quanto cacos de vidro. Ela ouviu a mãe chamando-a do jardim, onde estava plantando alecrim e hortelã. Em vez de responder, Faith se deitou no monte de palha. Folheou o livro de mapas até encontrar o Condado de Essex. Os navegadores nunca pegam num mapa sem planejar a jornada à frente e Samuel havia marcado todo o caminho com um pontilhado de tinta. Faith pensou no papel que revelava seu futuro e como a vingança se instalara dentro dela como um pássaro num ninho, bem perto do coração. Desde o início, ela estivera se preparando para buscar vingança.

Naquela noite, Faith jantou com a mãe bacalhau assado com cebolinhas, depois subiu para o seu quarto sob o beiral do telhado. Ela tinha treinado para manter seus sentimentos em segredo. Trancou a porta e acendeu uma vela preta. O pai dela era o magistrado que julgava mulheres com os punhos presos a correntes de ferro e as pernas amarradas. Se ela buscasse na memória, podia se lembrar da aparência dele, um homem alto, que olhava para ela como se quisesse que ela desaparecesse. Quando seu pai não ama você, uma pedra se forma em seu peito, tão dura e afiada que pode perfurar o osso. A escuridão estava invadindo sua alma e ela estava feliz com isso. Faith estava na idade em que a inocência parece um defeito. Faça o que você deve fazer ou faça o que tem vontade. Respeite as regras ou viole-as. Faith não teria 13 anos para sempre, mas isso é o que ela tinha agora. Ela pegou suas botas vermelhas no sapateiro e elas se ajustaram perfeitamente aos seus pés. Antes de ir embora, escreveu um bilhete para a mãe, dobrou-o e colocou-o ao lado da mesinha de cabeceira dela.

Faith já tinha sido roubada uma vez e ela queria que Maria soubesse que, desta vez, ela estava partindo por vontade própria. Iria se apresentar ao magistrado e *ela* o julgaria agora, embora já soubesse que o consideraria culpado. Ela queria estar presente para vê-lo pagar por tudo o que tinha feito.

No dia em que Faith deixou Nova York, o ar rodopiava com uma névoa fria que logo se transformou numa chuva leve de granizo, enquanto em alto-mar caía uma tempestade inesperada que atingiu portos e toda faixa costeira. Tudo estava branco, ar, mar e céu, mas o mal tempo e o alto-mar não a detiveram. Ela olhou no espelho negro e viu que era seu destino ir para Salem. Comprou a passagem de navio com as moedas pagas pelas mulheres que precisavam dos seus talentos, aquelas que desejavam vingança, libertação e represália, e lhes agradeceu em silêncio, enquanto esperava no cais, igualmente pronta para ter sua revanche.

O comissário do navio pensou que as moedas fossem falsas, pois Faith era apenas uma menina e como uma garota daquela idade poderia ter conseguido tanto dinheiro? Então ele esfregou uma delas com o lenço e a moeda brilhou nas mãos dele.

– Pode embarcar – ele disse à Faith, embora seu olhar estivesse em Guardião. – Mas esta fera fica aqui.

Faith certamente não pretendia deixar Guardião para trás, pois a criatura leal teria pulado nas águas geladas do rio para seguir o navio, se precisasse. Quando o comissário saiu para cumprir suas outras funções, Faith tirou do bolso uma figura feita de casca de cicuta. Segurou um fósforo embaixo dela e recitou uma invocação de *O Livro do Corvo*, observando enquanto a madeira derretia numa poça negra. Cada vez que ela recitava um verso do feitiço, sentia uma mudança dentro dela, como se seu sangue borbulhasse e seus ossos ficassem mais pontiagudos. Seu cabelo ruivo estava tão escuro que parecia preto na sombra, como se a pessoa que ela tinha sido um dia e a criança que Martha roubara tivessem se transformado num único ser. Ela era feita de sangue, coração e alma, e era a magia de sangue que praticava. Ela não era mais a garotinha de ninguém. De longe, parecia uma mulher adulta e os homens se sentiam atraídos por ela, pois Faith parecia diferente das outras garotas. Talvez fosse a maneira como ela encarava os homens que a cobiçavam, olhando direto nos olhos deles, como se para ver quem realmente eram.

Quando o comissário voltou, não reparou mais em Guardião e não disse mais nada sobre a presença dele. Na verdade, a visão do comissário estava turva e assim permaneceria. Era a primeira vez que Faith usava a magia da mão esquerda em benefício próprio, e à noite, quando mordeu uma fatia de pão que tinha trazido para o jantar, sentiu gosto de sangue na boca e descobriu que tinha um dente quebrado. A magia de sangue cobrava seu preço. Faith sentiu um arrepio e se perguntou se não estaria prestes a ir longe demais. O que você faz volta para você multiplicado por três. O que você oferece ao mundo, o mundo retribui na mesma moeda. Sangue gera sangue.

Ela se aconchegou em Guardião para se aquecer. Vários marinheiros olhavam para ela, pois uma garota de 13 anos viajando sozinha era considerada uma presa fácil. Guardião rosnava baixo para avisá-los, mas essa não era a única coisa que mantinha os marinheiros longe dela. Eram os olhos prateados de Faith, frios como metal, ou o fato de ela uma hora parecer uma garota ruiva e de repente se transformar em algo diferente, uma mulher de cabelo preto com quem era melhor não cruzar.

Eles chegaram pela manhã e ela se viu diante de uma Salem que cintilava à luz do sol frio de primavera. O porto estava quase totalmente congelado, embora as novas folhas das árvores brilhassem verdes. Para que o navio pudesse atracar, homens em barcos a remos tiveram que cortar a crosta de gelo azul que se formara. O tempo estava ruim e as pessoas a bordo sussurravam, dizendo que isso era um sinal de que coisas ruins estavam para acontecer. Quanto à Faith, ela espetou o dedo num pedaço de madeira e seu sangue ferveu no convés, fazendo um vapor vermelho espiralar no ar frio.

Ela lembrava muito pouco da sua chegada a Salem quando bebê. Apenas do passeio de carroça na rua acidentada e a floresta densa, de árvores com folhas negras, espalhadas ao longo do caminho até uma casa imponente, com vidraças em formato de diamante. As docas estavam silenciosas agora por causa da tempestade e os saltos das botas vermelhas de Faith faziam barulho no gelo. Ela foi até uma taverna, onde havia marinheiros mais ruidosos do que de costume, presos em terra enquanto esperavam o gelo derreter e seus navios zarparem. Quando Faith se sentou a uma mesa, ninguém a perturbou como poderia ter acontecido se ela fosse uma garota normal, desacompanhada. Os homens foram sensatos e a deixaram em paz, pois ela tinha um protetor que jazia aos seus pés, com olhos prateados brilhantes. Nenhum dos marinheiros na taverna já tinha visto um cachorro como aquele. A menina e sua fera pareciam uma única criatura, unidos de alguma forma perversa, ela em sua capa preta e ele com seu longo pelo preto. Uma jovem garçonete foi instruída a atendê-la, pois o velho garçom já adivinhava que aquela garota ruiva poderia ser problema.

Faith pediu duas tigelas de ensopado, uma para ela e outra para Guardião, e um bule de água fervente para preparar a sua própria bebida. O chá era uma bebida apreciada e muitas vezes difícil de encontrar, por isso Faith tinha levado o seu próprio Chá da Coragem. Ela colocou uma moeda de prata enegrecida sobre mesa. Podia ver a fome da menina que servia a mesa, bem como o silêncio para o qual ela tinha sido treinada. A garota vinha sendo maltratada regularmente. Do outro lado do cômodo, o dono da taverna os observava com olhos preguiçosos e arriscou acenar para Faith com a cabeça.

– É aquele o cara? – ela perguntou à garota.

A moça olhou rapidamente por cima do ombro e desviou o olhar ainda mais rápido.

– Não sei o que quer dizer. Ele não é ninguém.

– Se é o que você diz, tenho de acreditar. – Faith sabia por experiência própria que havia momentos em que era impossível fazer qualquer coisa além de mentir. – Estou procurando um homem chamado John Hathorne – ela continuou. Quando não viu nenhuma reação no rosto da atendente, Faith colocou outra moeda na mesa.

A garota pegou a moeda da mão dela antes que alguém pudesse ver.

– É melhor você ficar longe do magistrado – ela murmurou. Ela confidenciou que uma prima tinha sido acusada e aguardava julgamento. Seu único crime era ter feito um passeio com o noivo de outra mulher. Ela foi acusada de bruxaria no dia seguinte. – A maioria de nós não ousa dizer o nome dele em voz alta.

– Eu tenho cara de quem tem medo de algum homem? – A voz de Faith era suave, mas firme. – E você também não deveria ter. – Ela pegou a bolsa e entregou à moça um boneco de pano vermelho, costurado com linha preta. – Queime isso e o homem que está lhe causando problemas vai desaparecer da sua vida.

– Ele vai morrer? – A gentil garçonete ficou chocada com a ideia, apesar de seu desejo de se livrar do agressor. Ela sabia, por experiência própria, que todas as tentativas de liberdade vinham acompanhadas de uma punição.

– Não, só vai desaparecer. – Quando viu que a garota ainda parecia hesitante, Faith acrescentou: – Para Rhode Island ou Connecticut, não para o inferno, mas longe o bastante para não incomodá-la mais.

Faith e Guardião receberam duas tigelas cheias de ensopado e, no momento em que saíram, a garçonete já tinha conseguido o endereço da casa do magistrado, ao sul do tribunal, na Washington Street. A respiração de Faith estava entrecortada enquanto ela caminhava pela cidade. As ruas estavam escorregadias e os telhados das casas pareciam azuis-ardósia ao crepúsculo.

Bem antes de ver a casa, ela viu os olmos, com as folhas nascendo, a casca preta, lisa e molhada com o gelo derretido. A temperatura tinha subido e a tempestade de gelo já estava quase esquecida. Agora que ela tinha voltado, Faith se lembrou dos canteiros de flores brancas e do menino para quem ela acenou e o choque no rosto da mãe quando o viu. Ela sentiu o coração bater mais rápido quando se aproximou da casa. O coração estava tão acelerado quanto no dia em que elas tinham fugido do menino do jardim e da mulher que chamava o nome dele.

Guardião seguiu em direção à floresta, onde poderia passar despercebido, pois ele certamente não seria bem-vindo ali. Faith, no entanto, era exatamente o que Ruth Gardner Hathorne estava procurando. Havia uma mulher contratada que vinha ajudar com a roupa e outra que vinha cozinhar no Sabbath, mas o trabalho doméstico nunca era feito com capricho. Quando Ruth abriu a porta e encontrou uma adorável menina que precisava de um emprego e se dizia órfã, mas jurava solenemente que sabia cozinhar, assar e limpar tão bem quanto qualquer mulher adulta e não tinha medo de usar soda cáustica forte e lavar lençóis no grande caldeirão de água fervente, colocado sobre uma fogueira no quintal, Ruth Hathorne agradeceu ao Senhor por esse dia e pela Sua sabedoria. Cuidar de seis filhos a deixava exausta. Aquela garota caída do nada era uma dádiva de Deus.

– Você deve estar congelando – disse Ruth, enquanto puxava a garota para dentro. – Neve em abril significa que teremos um verão quente.

Ruth era uma mulher de bom coração, não era preciso magia para percebe isso. Bastava olhar para seus pacíficos olhos azuis. Ela era um ano mais velha que Faith ao se casar, depois de perder os pais, exilados em Rhode Island porque eram quacres e considerados inimigos da colônia puritana. A sua experiência de vida a tornara generosa com as meninas que não tinham nada além dos braços para trabalhar, pois ela desejava que alguém tivesse vindo em seu socorro e a deixado ser menina um pouco mais; talvez assim ela pudesse escolher com quem queria se casar. Ela não pensava mais nos anos em que ficava parada no portão do jardim, com as mãos agarradas às barras de ferro, perguntando-se o que aconteceria se ela descesse a Washington Street e simplesmente continuasse andando até cruzar a colônia e depois Connecticut, distanciando-se dali o máximo que podia. Mas ela tinha filhos e o fato de o marido lhe dar pouca atenção até que lhe convinha. Ele ainda a via como uma garota tola, que chorava quando ele a procurava na cama e quando exigia a boa administração de uma casa numa idade tão tenra. Ele achava que ela não sabia nada. Mas ela aprendera bastante durante seus anos juntos. Via a lama em seus sapatos na época em que ele desaparecia à noite e se lembrava da mulher de cabelo preto que tinha batido na porta deles. Se aquilo lhe servira de alguma coisa, fora para que ela tivesse ainda mais compaixão pelas mulheres que não tinham nada, pois, por melhor que fosse a casa dela, por mais porcelana e prataria que houvesse em sua despensa, ela às vezes desejava poder trocar de lugar com elas.

– Espero que você seja feliz aqui conosco – disse ela à garota reservada, que dizia se chamar Jane. Faith tinha dado à patroa o sobrenome que ela fora obrigada a usar no Brooklyn, quando ela era o seu outro eu, a garota bem-comportada. Aos olhos de Ruth, ela parecia precisar de uma boa refeição e de um lugar para afundar a cabeça no travesseiro.

– Tenho certeza de que vou – Faith garantiu a ela, agora que já tinha incorporado totalmente a menina obediente, que nunca era mal-educada. Tinha sempre um meio sorriso no rosto quando representava aquele papel, uma expressão tímida e inocente.

– Então esse emprego é para você.

Ruth ficou feliz em mostrar a casa para a garota, recitando uma ladainha de todos os fazeres que ela teria. A neve estava quase no fim e agora havia apenas flocos macios esvoaçando. O sol de abril estava forte e, sob o gelo, o mundo já estava verdejante. Seria um dia perfeito. Ruth Gardner Hathorne mostrou à Faith a caminha na copa onde ela poderia dormir e o gancho onde poderia deixar seu casaco úmido. E se as botas vermelhas inadequadas da garota fizeram Ruth pensar duas vezes, era tarde demais, pois a oferta de trabalho já tinha sido dada e a menina já havia abraçado a patroa como se ela fosse sua própria mãe, depois pendurado cuidadosamente o casaco no gancho.

II.

Uma mulher que perde um filho duas vezes já conhece a tristeza, e, no entanto, a segunda perda doerá tanto quanto a primeira. É uma cobra que se enrodilha e prende suas mãos, seus pés, seu coração e sua alma. Se acontecer de um filho fugir pela segunda vez, não há magia forte o suficiente para trazê-lo de volta. Na ordem natural das coisas, os filhos vão embora, mas não com amargura e em segredo. Maria sabia que Faith havia partido antes mesmo de abrir a porta do quarto da filha. Ela tinha sonhado com uma floresta escura onde os pássaros não cantavam. Ela viu *O Livro do Corvo* numa árvore oca. *Eu sei mais do que você pensa*, Faith tinha dito no sonho. Maria podia ouvir a voz dela, mas a garota não estava em lugar nenhum. Ela acordou em pânico e com a certeza de que a janela do quarto de Faith estava aberta e havia pegadas na grama úmida. Na mesa de cabeceira havia um bilhete escrito com tinta vermelha em papel preto.

Não me siga. Você deveria ter me contado quem era meu pai. Se tentar me impedir, será você que nunca perdoarei. Esta é a minha vida e eu a vivo do jeito que eu quiser.

Maria se pôs a caminho da fazenda da rua Bowery e foi imediatamente procurar Finney, que parecia conhecer Faith melhor do que ninguém. Finney estava trabalhando no jardim, enquanto o cachorrinho branco cavava a lama para enterrar um osso, mas ele largou a pá assim que avistou Maria.

– Por que ela fugiu? – Maria quis saber. – E, entre todos os lugares, ela ainda escolheu Massachusetts.

Finney contou a Maria sobre a visão de Faith no Brooklyn, na qual ela teria que atravessar o inferno para chegar em casa. Eles concluíram que a visão era do Portão do Inferno, um trecho mais estreito do rio Leste, mas talvez houvesse outro significado totalmente diferente e fosse o destino dela retornar a Salem.

– Ela é a garota mais esperta do mundo – Finney garantiu à Maria. – Certamente tem seus motivos para ir.

Mas Maria discordava.

– É um lugar perigoso e, não importa o quanto possa ser inteligente, ela é apenas uma menina.

– Se decidir que quer ir atrás dela, vou com a senhora hoje mesmo.

Finney insistiu que eles fossem primeiro pedir um conselho a Catherine, e, embora Maria se sentisse humilhada por pedir a ajuda de outra mulher com relação a um assunto tão pessoal, ela concordou. Naquele momento, ela sentiu uma admiração renovada por aquelas mulheres que a procuravam para obter uma cura, pois elas se abriam para revelar a maioria dos seus pensamentos e atitudes, um ato que agora a mortificava.

– Você não se preocupava com a sua filha? – Catherine perguntou à Maria.

– Não mais do que qualquer mãe se preocupa – disse Maria.

Era incrível como aqueles que você mais amava eram muitas vezes as pessoas que você menos conhecia.

– Ela escolheu a escuridão – Catherine disse a ela. Quando viu a expressão confusa de Maria, Catherine explicou: – Você não queria ver, então era fácil para ela enganá-la. Ela trabalha com a mão esquerda.

– Não. Isso é impossível. – Maria olhou para Finney, que não conseguia olhar nos olhos dela. – Não é?

– Ela é uma garota de bom coração – Finney garantiu à Maria. – Ninguém está dizendo que não, mas ela ficou trancada durante cinco anos. Poderia se transformar em qualquer coisa.

– Você a perdeu muito antes de ela partir para Massachusetts. – Catherine pegou o cachorrinho no colo, ignorando o quanto ele estava enlameado. – Agora vamos ver se consegue trazê-la de volta.

Catherine encheu uma tigela de vidro com água limpa. Colocou dois galhos de amoreira na tigela, o que ajudava a invocar o espírito da pessoa em questão, juntamente com um talo de cardo, para proteção. A água ficou preta, o que ajudou a ver melhor dentro ela. Num lado da tigela, surgiu o futuro como tudo indicava que seria, do outro lado o futuro como poderia ser. Havia fogo de um lado, ondas do outro, que transbordavam da tigela, espirrando na mesa.

Catherine se virou para Finney.

– Quando a menina sonhou com o inferno, como ela fez a passagem?

– Pela água – disse Finney.

As mulheres trocaram um olhar. Ambos sabiam que isso significava um afogamento para provar a prática de bruxaria. Maria se levantou, agradecendo aos seus anfitriões, pronta para partir, dizendo a Finney que ele não precisava acompanhá-la. Ela iria encontrar a filha.

Catherine a segurou pelo braço.

– Ouça – disse ela. – Eu já vi isso antes. Conheço a magia negra. Já vi mais do que você pode imaginar. Seguir a garota não é a solução.

– Eu sei do que as pessoas são capazes no Condado de Essex. Sei o que fizeram comigo.

– Mas esse é o destino dela, não o seu. Ela tem que atravessar o inferno para sair do outro lado. Caso contrário, ficará presa na sua própria escuridão.

Maria balançou a cabeça. Ela tentava conter as lágrimas que queimavam seu rosto.

— Só há uma maneira de ajudá-la — Catherine disse. — Combinar a primeira e a segunda regras.

Maria viu então que Catherine era muito mais velha do que parecia ser, mais velha do que qualquer mortal. As mulheres da família Durant viviam muito e, no final, perdiam todos os que amavam. Era por isso que Catherine tinha ido a Nova York, para começar via nova. Ela era grata à Faith por ter invocado a Décima e dado a ela uma nova vida com Finney, um homem bom e decente. Ela iria agora retribuir o favor e ajudar Maria a recuperar sua filha do lado escuro da magia.

— Se você quer sua filha de volta, salve alguém. É assim que vai conseguir recuperar a vida dela. Espere e surgirá a chance. Quando isso acontecer, não deixe de aproveitá-la.

Durante semanas, Maria olhou pela janela, mal conseguindo comer ou dormir. Dias se passaram e, então, numa manhã brilhante, a esposa de um pastor procurou-a na Maiden Lane. Catherine tinha garantido que ela receberia um sinal e agora ele havia chegado à sua porta. Maria podia sentir a tristeza da mulher, outra mãe que sofria, e que ela deveria ajudar a todo custo. A mulher era uma inglesa casada com um conhecido pastor holandês e que se apresentava como Hannah Dekker. Assim que Maria soube que a estranha tinha o nome da sua amada mãe adotiva, ela teve certeza de que a desconhecida era a mulher que iria ajudá-la a resgatar a filha.

Você recebe o que você oferece, multiplicado por três. Salve a filha de outra pessoa e vai poder resgatar a sua.

Hannah Dekker procurou Maria Owens desesperada. A filha tinha uma febre que piorava a cada dia. Parecia não haver nada que ela pudesse fazer a não ser observar a pobre criança afundar cada vez mais na doença e na dor. O grande amigo da família, o dr. Joost van der Berg, um médico e estimado ancião da Igreja Reformada Holandesa, não tinha obtido resultados na luta contra a aflição da menina. Ele tinha lhe ministrado um elixir feito de ossos esmagados coletados em criptas, considerado um bom remédio para curar a dor nos ossos, mas o tratamento não surtira efeito. Na verdade, a garota tinha ficado mais fraca.

Hannah Dekker tinha escutado conversas furtivas sobre Maria Owens entre as mulheres, travadas quando achavam que ninguém estava escutando. Ela não acreditava em bruxaria e não tinha nenhuma experiência com a Arte Sem Nome, mas, se não restava mais nenhuma alternativa, que mal faria acreditar em algo, mesmo que parecesse absurdo. Hannah deixou claro que ela estava disposta a pagar a quantia que fosse por uma cura.

– Quando sua filha estiver bem de novo, você pode decidir quanto vale a cura – disse Maria, enquanto pegava sua capa e sua bolsa preta de ervas. Ela teria seu pagamento, mas não seria em prata ou ouro. *Salve uma vida e ganhe outra.* Ela conhecia a reputação de Jonas Dekker. Ele era um homem proeminente e respeitado nas comunidades holandesa e britânica, que já tinha morado em Boston, mas gostava mais de Nova York, onde havia mais livres-pensadores.

Como a menina estava doente demais para sair da cama, Maria foi chamada na casa dos Dekkers, para atender em domicílio, algo que ela raramente fazia. Quando chegou, a luxuosa mansão da família parecia estar de luto, com as cortinas de damasco fechadas e as velas e lampiões apagados. Maria foi conduzida escada acima por uma criada, que pediu que ela esperasse no corredor escuro. Pinturas holandesas cobriam as paredes revestidas de painéis de madeira e tapetes franceses feitos à mão adornavam todos os andares. Mesmo assim, a riqueza não era proteção contra a tristeza e, quando Maria entrou no quarto, sentiu uma grande compaixão pela paciente, uma menininha pálida de 10 anos, chamada Anneke, que se contorcia de dor. Anneke estava com febre, a roupa de cama encharcada, o rosto delicado contraído numa expressão de agonia. A mãe da menina não conseguia olhar para ela sem explodir em lágrimas.

Eles já tinham tentado sanguessugas e ventosas, nada disso tinha sido eficaz, e o dr. Van der Berg não tinha conseguido fazer um diagnóstico, pois ele estava mais familiarizado com as doenças da Holanda, de Nova York e da Colônia da Baía de Massachusetts, e aquela garota estava sofrendo de uma doença tropical. Maria reconheceu imediatamente a doença como a febre quebra-ossos, tão comum nas Índias Ocidentais. A família tinha estado em Aruba para visitar parentes e, quando questionada, Hannah contou que as crianças muitas vezes tinham brincado na praia, onde os mosquitos nublavam o céu nas noites quentes de verão.

Maria tinha trazido ervas frescas e desidratadas, entre elas duas que evidentemente a garota precisava: violetas azuis, na forma de uma tintura para feridas na boca, e raiz de tília e mil-folhas, para o coração acelerado, pois o coração da criança batia tão forte que ela mantinha as mãos no peito, com receio de que ele fosse voar pela boca. Felizmente, Maria tinha tawa-tawa, que cultivava em vasos no parapeito da janela, para o caso de Samuel Dias voltar com uma recorrência da doença. No entanto, parecesse improvável que ele fosse voltar um dia, pois ela não tinha recebido uma única carta dele desde sua partida.

A doença da garota Dekker era muito pior do que a de Samuel. Ela tinha começado a ter hemorragia interna e, quando chorava, as lágrimas eram vermelhas. Havia hematomas roxos nos braços e nas pernas e ela gritava de dor cada vez que alguém a tocava. Mal conseguia abrir os olhos, tamanha era a sua fraqueza.

Maria decidiu que ficaria ao lado da paciente até ver alguma melhora. Um dia, num pequeno corredor que dava para uma cozinha anexa a casa, ela passou por uma sala cheia de livros. Ela entrou e parou junto à escrivaninha. O pastor tinha escrito uma carta, que estava aberta sobre sua escrivaninha.

Coisas demais são atribuídas ao diabo, às bruxas ou à feitiçaria.

O pastor conhecia bem os Mather, uma família que tinha colaborado nos julgamentos das bruxas, e cujas crenças Dekker passara a acreditar que eram opiniões ridículas para homens piedosos e racionais. Maria refletiu sobre a carta do pastor enquanto providenciava panos limpos embebidos em água fria e vinagre para cortar a febre da menina e pedia à cozinheira para preparar um caldo de espinha de peixe.

Ela ferveu água para fazer o chá de tawa-tawa para sua paciente e Chá da Coragem para si mesma. Havia uma razão pela qual o destino a levara até ali e ela desejava ser forte o suficiente para não recuar quando visse o que a realidade que a aguardava. Ela estava lutando contra a escuridão, que surgia quando ela menos esperava, no coração de uma jovem, sua própria filha.

Embora a esposa do pastor não acreditasse em magia, ela não disse nada quando Maria traçou uma linha de sal no parapeito da janela e pendurou o sino de latão acima da porta, ou quando vestiu a criança com uma camisola azul limpa. Maria esfregou uma infusão de óleo de alecrim nos ossos doloridos de Anneke, antes de servir o chá de tawa-tawa entre seus lábios ressecados. A pobre criança estava delirando por causa da febre. Ela queria que acabassem com seu sofrimento, pois não tinha mais vontade de viver. Hannah se sentou numa cadeira ao lado da cama, chorando baixinho até que Maria sussurrou que elas deveriam mostrar à garota que tinham fé em sua recuperação. Depois foi cuidar da criança.

— Vamos livrá-la desse sofrimento e você viverá até ser uma velhinha de cabelos brancos — Maria assegurou à Anneke. *Mas você nunca será a mesma criança outra vez*, ela pensou, *não depois de tanta dor. Será uma pessoa cheia de compaixão, incapaz de ver o sofrimento de seu semelhante sem fazer o possível para ajudá-lo.*

Ela cantou para a menina a música que Hannah Owens cantava para ela quando era bebê e que depois ela mesma cantava para Faith, a bordo do *Rainha Ester* e nos bosques do Condado de Essex. Anneke implorou para ela cantar de novo e de novo, e Maria ficou feliz em fazer a vontade da garotinha, pois a música sempre a fazia se lembrar de casa.

O rio é largo, não posso atravessar,
Nem que eu tenha asas para voar
Me dê um barco para levar nós dois
E vamos remar, eu e o meu amor.

Quando os caramujos forem sinos de prata
E mexilhões crescerem nas árvores,
Quando a geada e a neve aquecerem,
O meu amor se provará verdadeiro.

O pastor ouviu a melodia e foi até a porta do quarto, intrigado com a velha canção folclórica. Ficou ali parado, observando aquela desconhecida cuidar da sua filha. Aquela era uma música cantada por gente do campo com conhecimento de poções e ervas, pessoas que ele tinha em baixa estima. Ele assistiu enquanto Maria lavava o cabelo emaranhado da criança numa tigela com água morna e um sabão preto com um cheiro doce e marcante. Rosa e alecrim, sálvia e lavanda. Maria tinha uma voz bonita e clara, e Anneke, que costumava se contorcer na cama, de agonia e dor, finalmente parecia tranquila e absorta pela música.

A melhora dela tinha sido tão rápida que parecia obra de magia, se tal coisa existisse, pois o pastor não acreditava em encantamentos, apenas na ignorância daqueles que tinham fé na feitiçaria. Maria nunca saía do lado de Anneke. Foi sentada ao lado da cama que ela alinhavou a bainha das camisolas da menina com linha azul.

O pastor chamou a esposa para o corredor.

– Não sabemos nada sobre essa mulher que você trouxe aqui. Quem pode dizer se ela não vai envenenar nossa filha com suas poções?

Hannah Dekker ficou de joelhos e implorou ao marido para permitir que Maria Owens continuasse tratando Anneke. Quando ele viu o desespero da esposa, o pastor não teve escolha a não ser concordar. Ainda assim, quando voltou ao quarto da filha naquela noite, descobriu que Maria estava acendendo uma vela branca na qual havia escrito o nome da doença, o nome da criança e a data. Ele ficou desconfiado e insistiu em provar o chá que Maria estava dando à filha. O amargor da bebida o preocupou.

– Isso não vai deixá-la mais doente? – ele perguntou.

– Eu conheço a febre quebra-ossos. Ou confia em mim e acredita que vou fazer o meu melhor ou posso garantir que a sua filha não vai sobreviver.

O pastor sentou-se ao lado de Maria e observou a luz bruxuleante da vela. Anneke era filha única, e Maria sabia como era ter só um filho. Você carrega o coração na mão.

– Vocês podem me mandar para a prisão se eu falhar – ela disse a ele. – Podem mandar me enforcar.

O pastor soltou uma risada suave e nervosa.

– Prefiro não fazer isso. Prefiro que a minha filha sobreviva.

– Então estamos de acordo. É isso o que eu prefiro também.

Maria estava no corredor com uma bacia de água fria com vinagre nas mãos, quando o grande amigo do ministro, o dr. Joost van der Berg, chegou. O médico era um homem alto, de grande influência, que visitava regularmente os governadores de Nova York e Massachusetts e era muito considerado por todos. Ela ouviu o médico falando com

Dekker sobre os julgamentos em Salem. Ambos eram céticos com relação à ideia de que um ser humano podia fazer contato com o diabo, causando morte e destruição segundo a própria vontade. Na opinião do médico, eram os acusadores que tinham um problema, não as acusadas. Era evidente que tanto ele quanto Dekker viam todo o processo da caça às bruxas como uma insanidade. Nenhum dos dois acreditava que qualquer uma das acusadas pudesse ter espancado as vítimas e lhes dado mordidas, se tinham sido vistas a quilômetros de distância no mesmo horário dos ataques. Era loucura pensar que tais atos eram possíveis, e Jonas Dekker chegou a afirmar que os acusadores deviam estar doentes e privados de sua sanidade.

Os dois homens não estavam sozinhos em suas opiniões. Muitos que estavam no poder em Massachusetts tinham começado a ver que os julgamentos eram uma espécie de histeria, embora alguns só entendessem mais tarde o horror do que tinham feito. Increase Mather, o reitor de Harvard, havia publicado *Casos de Consciência*, argumentando contra o uso de evidências espectrais em julgamentos de bruxas, em oposição direta a *Maravilhas do Mundo Invisível*, da autoria do seu filho, Cotton Mather, que insistia em afirmar que a evidência espectral era valiosa num tribunal, ao passo que o pai escrevia: *É melhor que dez suspeitas de bruxas escapem do que uma inocente seja condenada*. Entre os homens que estavam no poder e que não tinham mudado de ideia, no entanto, estava o examinador-chefe dos julgamentos de bruxaria, nomeado em 1692, John Hathorne.

Ele já tinha sido um homem que mergulhava no mar completamente vestido, que ficava ao luar para colher maçãs de uma árvore no pátio. Quando ela perguntou por que ele a havia abandonado, ele apenas disse, *As pessoas mudam*. Talvez ele quisesse acreditar que isso era verdade, mas a pessoa é quem ela é. Ela poderia ser transformada pela má sorte ou pelas circunstâncias, como Faith tinha mudado, mas cada indivíduo carregava uma alma dentro de si, imutável e eterna, uma luz, um coração, um alento.

O dr. Van der Berg passou por Maria, sem prestar atenção nela. Naquele momento, sua única preocupação era a paciente que tinha ido visitar. Ele examinou a menina, depois foi para o escritório, chamando Maria para entrar no cômodo com ele e fechando a porta para que pudessem conversar em particular. A testa de Van der Berg estava franzida e ele parecia perturbado, não com o estado da paciente, que estava muito melhor, mas, sim, com a sua própria aparente falta de conhecimento e perícia diante do caso.

– Suponho que você esteja me julgando um completo idiota. – Ele agora estava, sem dúvida, com toda a sua atenção em Maria.

– De jeito nenhum. Tive experiência com essa doença em Curaçau e simplesmente reconheci o que era. O senhor não podia conhecer o que nunca viu.

O médico ficou grato com a gentileza, embora acreditasse que naquele caso ele realmente tinha sido um tolo ignorante. Ele era conhecido por ser um homem de certa arrogância,, muito seguro do seu vasto conhecimento, mas agora se sentia humilhado. Perguntou sobre o método de tratamento de Maria e ela contou sobre os remédios que tinha usado, todos de natureza prática. Panos molhados com vinagre de maçã, chá de manjericão com gengibre, caldo de espinha de peixe, tudo bastante simples, mas o mais importante era o chá de tawa-tawa, erva que ela ficaria feliz em fornecer se ele tivesse mais pacientes com a doença.

– Se ela adoeceu pela primeira vez em Aruba, quando estava com os primos, provavelmente foi infectada por eles. A doença é transmitida pela respiração – ele concluiu.

— Não, pela picada de um inseto. Não é como a varíola. Ninguém é infectado pela pessoa que está doente.

— Qual é mesmo o seu nome? – o médico perguntou, entusiasmado com o conhecimento dela.

— Maria Owens.

— E o meu é...

Ela o interrompeu, com um sorriso.

— Eu sei quem você é. – Todos em Nova York o conheciam, ele era um homem muito estimado, amigo dos que estavam no poder e também dos necessitados.

O médico serviu dois copos de vinho do Porto da garrafa do pastor.

— Quero fazer um brinde a você – disse ele. As pessoas geralmente eram tão monótonas na opinião dele, mas não aquela mulher. – Não consigo deixar de me perguntar o que fará agora.

Maria olhou para a mão dele. O destino dele estava mudando enquanto ele falava. Ela nunca tinha visto o destino de um homem mudar tão rapidamente. Quando ela olhou para a palma da própria mão, viu que o mesmo estava acontecendo: formava-se em sua mão o mesmo padrão da mão do médico. A reunião entre eles mudaria o curso dos acontecimentos.

O seu destino é você quem faz, Hannah dizia a ela. *Você pode tirar o melhor proveito dele ou pode deixar que ele leve a melhor sobre você.*

Maria e o médico estavam ligados agora, por escolha própria, por um único propósito, pelo acaso. O destino faz esse tipo de coisa, mas Maria queria se certificar de que aquela ligação continuaria a ser benéfica para ela. Quando eles se despediram mais tarde naquela noite, não seria a última vez em que se veriam.

Enquanto Maria cuidava da garota Dekker, que agora estava muito melhor, ela descobriu o que desejava receber como pagamento por aquela cura. Ela sabia por que a linha em sua mão agora era idêntica à do médico. Encontrou papel, uma pena e um frasco de tinta na escrivaninha do pastor e ficou acordada até o amanhecer, escrevendo uma carta de três páginas.

Ao meio-dia, Anneke estava sentada na cama, morrendo de fome e pedindo caldo de espinha de peixe. Ela devorou a torrada com manteiga e se sentia forte o suficiente para tomar banho e trocar de roupa. A mãe da menina havia sido orientada e já sabia o que fazer se a doença reaparecesse, por isso estava ciente de que poderia ser uma luta constante, embora a menina fosse capaz de vencer.

– Você precisa ir embora? – Hannah Dekker perguntou quando Maria começou a arrumar suas coisas para partir.

– Eu também tenho uma filha – disse Maria. – E a senhora sabe como cuidar de Anneke. – Ela perguntou se poderia falar com o pastor antes de ir para casa.

– Eu disse a ele para lhe dar tudo o que você pedisse – disse Hannah à Maria. – Estarei sempre em dívida com você, não importa o que você possa precisar.

– Posso querer algo que ele não espera que eu peça.

– Não importa o que você peça, é seu – Hannah garantiu a ela.

As mulheres se abraçaram, pois haviam passado pela escuridão juntas e viam agora a luz do dia. É verdade, quando você salva alguém, que essa pessoa pertence a você de alguma forma, mas você também passa a pertencer a ela. Ela fica com você e entra nos seus sonhos e nos seus pensamentos, assim como você nos dela.

Maria desceu as escadas. Ela não tinha dormido nem se lavado ou comido, ainda assim se sentia exultante. Bateu na porta da biblioteca, em seguida passou a mão pelo cabelo antes de entrar, esperando o pastor chamá-la. Ela pensou na garota que tinha sido um dia, respirando fumaça, observando a cabana de Hannah queimar, com tudo o que ela conhecia e adorava, sabendo que a mãe adotiva não a salvara uma vez, mas duas. Foi quando ela fez um juramento de que nunca mais assistiria a outra mulher queimar.

– Minha esposa me disse que devo lhe dar tudo o que você pedir – disse Dekker, gesticulando para que ela se sentasse. Ele estava grato a ela além da medida, mas também aliviado que a provação tivesse acabado e Maria Owens pudesse ir embora. – Diga seu preço.

Maria colocou a carta sobre a escrivaninha dele. Ela tinha uma caligrafia adorável e uma bela frase de efeito.

– Eu quero que esta carta seja entregue.

Dekker pegou a carta, mas depois de apenas um instante, ele se virou para ela, confuso.

– Esta carta é dirigida ao governador Phips. Por que a está entregando a mim?

– Temos as mesmas crenças. Nenhum de nós deseja que mulheres inocentes sejam enforcadas.

Ele a fitou e depois voltou a pousar os olhos na carta. Quando começou a ler com atenção, não conseguiu mais parar. Maria aguardava, sentada numa cadeira de veludo feita em Amsterdã, com pés e braços em forma de garras, patinados com lâminas de ouro. Ela sentiu a preocupação crescente do pastor enquanto lia. Duzentas pessoas tinham sido presas e dezenove já tinham sido enforcadas na Colina da Forca e um homem fora apedrejado até a morte.

Maria tinha ouvido falar que Elizabeth Colson e sua avó estavam ambas na prisão, aguardando suas sentenças. O Condado de Essex tornara-se um lugar verdadeiramente perigoso para mulheres e meninas.

– Eu não poderia ter feito nada melhor – disse Dekker quando terminou de ler a carta de Maria. – Estou impressionado com sua lógica e redação. É muito convincente. Mas o que devo fazer com esta carta?

– Peça ao dr. Van der Berg para assiná-la e apresentá-la como se fosse dele ao governador de Massachusetts. – Quando Dekker olhou para ela, perplexo com o pedido, Maria argumentou. – Ele é seu grande amigo e pensa como nós. Posso dizer que ele é um bom homem que deseja fazer o que é certo. – Dekker balançou a cabeça, insatisfeito. Estava convencido de que fazer um homem assinar uma carta que não havia sido escrita por ele era uma fraude, especialmente se esta carta fosse escrita por uma mulher. Mas Maria não estava disposta a desistir. – Ele não se importaria em assinar uma carta que seu escriba tivesse escrito. Enfim, não importa se o senhor acha que é uma transgressão. Estamos além disso. Sua esposa disse que deve atender ao meu desejo, seja ele qual for. Se não me ajudar com o médico, então fico com a sua filha.

– Como é?

Maria se levantou, para sair do cômodo, e o pastor a seguiu até o corredor. Se ele fosse um homem menos gentil, poderia ter agarrado o braço dela.

– Você não pode estar falando sério – disse Dekker.

– Tudo o que eu quiser – Maria o lembrou. – Sua esposa não vai me negar. Dei a vida à menina e essa vida agora pertence a mim. Mande-a para minha casa.

– Ela é nossa filha! – disse o pastor, chocado com a mudança nos rumos da conversa. – Eu poderia mandar prendê-la. – Ele olhou para os olhos cinzentos de Maria Owens e viu que ela não estava alarmada com a resposta dele. – Minhas palavras não são apenas uma ameaça vazia – disse ele.

– O senhor poderia fazer muitas coisas. Mas espero que escolha falar com o dr. Van der Berg. E eu gostaria de ir com ele quando for para Boston. Não acho que vá se importar com a minha presença.

Maria foi para casa e se preparou para a viagem. Jack Finney cuidaria da casa, pois ela poderia ficar ausente por muito tempo. Poderia nunca mais voltar. Pôs algumas peças de roupa numa pequena sacola, para que pudesse usar seu baú para guardar ervas, mudas e bulbos, todos embrulhados em papel pardo. O que era mais precioso era seu Grimório, que ela carregaria na bolsa. Foi ao quarto de Faith, para pegar algumas roupas da filha, então, tomada pela emoção, sentou-se na cama. Pegou nas mãos a boneca que Samuel Dias fizera a bordo do *Rainha Ester*, quando ele pensava que iria morrer, embora Maria tivesse jurado que isso não aconteceria. *Você acredita em mim?*, ela perguntara a ele uma vez. *Eu devo?*, ele tinha respondido.

Ela levou a boneca para o andar de baixo e, ao colocá-la no bolsa, o tecido rasgou. Era veludo, forte, mas costurado às pressas, um brinquedo tosco que Samuel Dias lhe dissera que ela nunca deveria perder. Maria a guardara por treze anos. Ela era uma menina de 16 anos, na época, e agora era uma mulher de quase 30 anos.

Quando a boneca se abriu em suas mãos, ela começou a chorar, algo de que não deveria ser capaz, mas repetidas vezes Samuel Dias a fizera chorar. Talvez ela tivesse herdado essa característica do pai, que era capaz de chorar sempre que queria, quando atuava numa tragédia. As lágrimas de Maria eram quentes e queimaram o tecido quando a boneca se partiu. Dentro havia um saquinho azul, bordado com as letras *SD*. Quando ela esvaziou o conteúdo, viu que havia sete pequenos diamantes em sua mão.

Isso é o que ela tinha visto no espelho negro, quando era apenas uma garota. O homem que ela estava destinada a amar, aquele que nunca parava de falar, que não tinha medo de amar uma bruxa, que procurara uma árvore com flores brancas, uma árvore tão antiga que havia nascido na terra antes do surgimento das abelhas. O homem cujo anel ela usava, em cuja cama ela dormia e que, por ser tão tola ela não entendera, sempre fora o único.

***

A casa em Maiden Lane foi fechada, as portas trancadas, o jardim adormecido. Maria usava um vestido azul-claro e as botas vermelhas; seu cabelo preto ondulado, preso com os dois grampos de prata que tinham pertencido à mãe e estavam ainda mais escurecidos depois de tanto tempo.

Não era aceitável que uma mulher fosse uma escriba, então, quando chegassem à casa do governador, eles diriam que ela era a assistente do médico. O dr. Van der Berg ficou impressionado com o documento que Maria Owens havia escrito e tinha assinado seu nome com um floreio. Ele achava Maria uma mulher extraordinária, tanto em sua capacidade de ler e escrever quanto em sua estratégia. Tudo nela o atraía.

— Eu perguntei se você poderia ficar na casa do governador quando chegarmos a Massachusetts — ele a informou.

— Não há necessidade. Eu vou para Salem. — Quando ele lhe lançou um olhar, ela acrescentou: — Já morei lá uma vez.

— Você teve sorte de conseguir sair daquela cidade. — Ele a estudou. — Mas vai voltar mesmo assim?

— Há coisas que preciso fazer ali. — Ela tinha passado a apreciar a companhia dele e por isso disse um pouco mais. — Salve uma vida e ganhe outra.

— E quem é a outra? — ele quis saber.

— No seu caso, todas as mulheres que não serão enforcadas. Cada uma delas será salva graças à sua atitude e tudo o que é justo voltará para você.

— E você? O que ganhará?

– Eu tenho uma filha em Salem.

– Entendo. – Joost van der Berg olhou para a paisagem verde e montanhosa. Eles passariam uma noite numa pousada em Connecticut, mas ele estava começando a perceber que não tinha nenhuma chance com Maria. Ela usava um anel de ouro e, quando ele perguntou se era casada, ela disse apenas que se tratava de fato de um anel de casamento, muito antigo, feito na Espanha. – Você é uma mulher tão lógica, estou surpreso – ele disse. Quando Maria o olhou de soslaio, ele riu e completou: – Você claramente acredita no amor.

Van der Berg era um homem racional, achava que sentimentos e paixões podiam ser curados, assim como doenças, e que emoções passionais não passavam de um aborrecimento. Ele sempre acreditara que a loucura poderia ser causada pelo excesso de sentimentos. Era o que tinha acontecido em Salem. As emoções das pessoas tinham levado a melhor sobre elas, e a inveja, o ódio e o medo se transformado numa vingança falsamente justificada.

– Para cada pessoa o amor é uma coisa diferente – disse Maria.

– Ou ele existe ou não existe – respondeu o médico.

Maria sorriu. Ela gostava de conversar com aquele homem, um grande defensor da mente racional. Uma mosca estava zumbindo ao redor e o médico estendeu o braço para pegá-la na mão.

– Esta criatura existe. Podemos ouvi-la. Tocá-la. Vê-la com nossos próprios olhos. Podemos fazer o mesmo com o amor? – Ele estava, à sua maneira, argumentando que ela deveria passar a noite com ele, que tal compromisso era a conclusão lógica de mentes que sentiam tamanha sintonia. Ele não tinha medo de uma mulher que seria sua igual, tanto na cama quanto na vida. – Você diria que foi o destino que nos uniu ou que foi simplesmente o resultado prático dos nossos interesses? É sensato que tal conexão leve ao desejo.

Quando ele se ofereceu para tomá-la como sua, a mão estendida para ela, Maria educadamente declinou. Naquela tarde, ela deu ao médico uma xícara do chá de Sair da Paixão, feito de gengibre, mel e vinagre. Era uma receita que sempre funcionava. Quando eles chegaram em Boston, tudo estava acabado entre eles. Eram parceiros empenhados em pôr fim à perseguição às bruxas e nada mais. Eles apertaram as mãos e Maria agradeceu ao médico tudo o que ele tinha feito, tanto por ela quanto pelas mulheres acusadas do Condado de Essex. Ele mudaria o mundo e o mundo dela também teria mudado.

Nunca negue quem você é, Hannah Owens sempre dizia a ela, *não importa quanto isso lhe custe.*

Ela tinha um coração e não havia nada que pudesse fazer a respeito. Era por isso que deixara uma carta sobre a mesa em Maiden Lane, para o caso de Samuel voltar. Ela certamente não poderia dar seu coração àquele homem bom e bem-intencionado, um médico lógico que nem mesmo acreditava no amor. O que estava para acontecer já havia começado. O futuro já tinha sido escrito numa árvore, num beijo, num juramento, numa corda desgastada, um homem que não acreditava que o amor poderia ser uma maldição.

III.

John Hathorne não costumava fazer as refeições com a família. Na maioria dos dias, ele saía mais cedo e voltava para casa quando todos já estavam dormindo. Mas, uma manhã, ele entrou na sala como um furacão, cheio de pressa, pois haveria uma reunião de magistrados convocada de última hora por um escrivão, que teve de correr de casa em casa para avisar todos os juízes. Felizmente, o tribunal ficava a poucos passos de distância e ele teria tempo para ao menos tomar um chá com torradas.

Embora já tivesse mais de 50 anos, ele era alto, moreno, bonito e presunçoso. Seu casaco estava perfeitamente passado, e seus sapatos, brilhando, apesar da poeira das ruas. Faith deu um passo para trás, a respiração difícil. Isso acontecia sempre que ela via o pai. Aquele homem e mais ninguém era culpado pelos crimes contra ela, a mãe e as mulheres de Salem. Eles tinham as mesmas maçãs do rosto altas e pernas longas. Ele franzia a boca quando estava imerso em pensamentos, igual a ela. E, assim como Faith, tinha um paladar muito peculiar.

Ela tinha feito pudim de fubá e ovos cozidos salpicados com salsa. Acordara quando ainda estava escuro, para ter tempo de assar uma torta de maçãs, com a massa crocante, perfeita para o chá da tarde. As maçãs eram usadas em amuletos de amor, mas também em feitiços para reavivar lembranças. Para esse efeito, ela também adicionava alecrim, um raminho inteiro, bem picadinho. Que ele relembrasse das más atitudes que tomara contra elas. Que fosse assombrado por elas. Que se arrependesse. Aquela era a razão de ela estar em Salem, para enfrentá-lo e amaldiçoá-lo, para que fosse ele agora a implorar misericórdia pela primeira vez na vida.

Faith preferia que ele a visse como uma simples criada, em vez de ficar olhando para ela com interesse e pensando em quem ela poderia ser. Até aquele dia, ele nem tinha notado a presença dela. Para ficar ainda mais invisível, ela deixava o cabelo longe do rosto pálido, preso num coque no topo da cabeça. Por cima, ainda usava uma touca branca, sem deixar nem uma mecha à mostra, pois ele certamente a teria reconhecido pelo cabelo ruivo, se ao menos se lembrasse dela. Ela usava tinta para escurecer as sobrancelhas e um pouco de aparas de lápis para deixar os cílios pretos.

Faith podia ver ganância e preocupação no coração do magistrado. Ela pretendia trazer má sorte para a casa dele, mobiliada com suas cadeiras forradas de mohair e mesas de pinho. A presença dela já estava afetando a família. Ela notou que o filho mais velho, um menino bonito um ano mais velho do que Faith, não conseguia manter os olhos longe dela. Será que ele nunca tinha visto uma garota antes? Talvez devido às suas crenças puritanas, ele nunca tinha estado tão perto de uma menina como estava de Faith, pois seu quarto ficava diretamente acima do depósito onde ela dormia e ela tinha o hábito de aparecer em seus sonhos.

Os filhos mais novos não prestavam atenção nela, o que era bom. Eles eram inocentes e provavelmente sofriam por ter o mesmo pai que ela. Faith havia dito para a patroa que o nome dela era Jane Smith, que tinha crescido numa fazenda em Andover e era uma órfã grata por qualquer trabalho honesto que pudesse encontrar.

– Meu marido vai tomar chá – Ruth Hathorne lembrou Faith, quando ela ficou ali parada, olhando o patrão. – E talvez uma fatia da torta de maçãs, pois não vai voltar esta tarde.

– Não quero torta – disse John, com o nariz enfiado nas anotações para a reunião do dia.

Os filhos sabiam que não deviam interromper o pai quando ele estava trabalhando, e ele *sempre* estava trabalhando.

Faith serviu-lhe uma xícara de Chá de Diga a Verdade e derramou algumas gotas sobre a mesa. Ele a notou então.

– Quem é essa? – perguntou à esposa.

– Uma dádiva de Deus – Ruth respondeu. – Jane. Ela está aqui há semanas. Me ajuda em tudo. Faz pães maravilhosos e sabe cozinhar muito bem. Até faz seu próprio chá. – O chá vindo da Inglaterra era tão caro que muitas pessoas bebiam chá de framboesa ou o chamado Chá da Liberdade, que não era nem de perto tão bom quanto as misturas de Faith. – Temos tanta sorte! – Ruth disse com alegria.

– Você tem língua? – o magistrado perguntou à Faith.

– Sim, eu tenho, decerto – respondeu ela.

Eles se olharam e, por um momento intrigante, um pareceu surpreso com a semelhança no tom de voz um do outro. Arrogância e intelecto. Bom para um magistrado, não tão bom para uma menina órfã. Antes de tomar fôlego, Faith baixou os olhos, mas com relutância.

– Espero não ouvir muito a sua voz enquanto morar aqui – ele disse. – Minha casa é silenciosa. A voz que ouvimos é a do Senhor.

– Pensei que era a sua – Faith disse abruptamente. – Senhor.

As crianças mais novas olharam assustadas para ela e o filho mais velho, também chamado John, o mesmo menininho que vira Faith através do flox branco e engolira suas emoções a vida inteira por medo e fidelidade, ficou com as bochechas vermelhas.

O magistrado olhou para ela novamente, intrigado.

– Ande – disse ele. – Vá cumprir suas tarefas.

Faith foi buscar os biscoitos, sabendo que o jovem John a observava enquanto ela saía da sala de jantar. Ela se virou para lhe dar um sorriso rápido. Não era ruim ter um aliado ali. Ele era irmão dela, mas só meio-irmão e essa metade não incluía o sangue que a tornava quem ela era. Faith simplesmente não conseguia decifrar o que diabos tinha feito a mãe se apaixonar por aquele John Hathorne. Ela supunha que ele deveria ter se apresentado à mãe mostrando ser alguém que não era, como ela sabia que muitos homens costumavam fazer. Quando ela voltou para a sala de jantar, a xícara que ela tinha lhe servido o chá já estava vazia.

– Uma coisa estranha acabou de acontecer – disse Ruth à garota supostamente chamada Jane, pois estava atordoada com sua última interação com John Hathorne. – Meu marido anunciou que estava com receio de ir à reunião matinal. Acha que os magistrados podem receber uma reprimenda. Ele nunca demonstrou ter receio de coisa alguma antes. Talvez sua presença seja uma boa influência – ela murmurou.

– Duvido, senhora – Faith foi rápida em dizer.

O Chá de Diga a Verdade podia afetar até o pior dos mentirosos, aqueles que eram falsos não apenas com as pessoas que amavam, mas consigo mesmos. Pelo visto, a receita tinha funcionado às mil maravilhas. Ele tinha contado a verdade para a própria esposa, uma ocorrência incomum.

– Lamento que ele não tenha comido os biscoitos – disse Faith. – Acho que teria gostado.

Ruth deu um tapinha no braço dela.

– Você é uma boa menina. – A criada parecia ser uma pessoa inocente. Além de um péssimo juiz de caráter, que desejava ver o melhor em todos, até no próprio marido de Ruth, que, depois de quase vinte anos de casado, ainda parecia um completo estranho para a própria esposa.

Faith embrulhou num lenço ossos e sobras da sua ceia, depois furtou uma cesta e saiu, dizendo que ia ao mercado comprar ervas e hortaliças. Ela usava sua capa e suas botas mesmo com o tempo bom. Os brotos de samambaia estavam prosperando; as raízes-de-sangue e os lírios-trutas cresciam em profusão no pântano. Uma sombra a seguia, como sempre. Seu querido coração selvagem, seu outro eu, que fingia ser o que não era, assim como ela fazia. As pessoas olhavam pelas janelas e juravam que viam um lobo preto usando uma coleira de cachorro, esgueirando-se pelas ruas de pedras, embora a maioria dos lobos da região tivesse sido morta em troca de recompensas ou pela pele valiosa.

Faith abriu caminho através dos prados e foi para os bosques, deixando-se levar pela memória. A cidade tinha crescido, mas ainda havia muitas terras selvagens e vários hectares cheios de pinheiros, carvalhos, castanheiras e olmos velhos, hamamélis e a perfumada cerejeira-silvestre, com sua deliciosa frutinha com sementes venenosas. Por fim, Faith chegou a uma clareira lamacenta, onde Maria tinha feito um caminho de pedras. Quando ela raspou o chão com o salto da bota, viu que as pedras azuis que Maria trouxera das margens do lago ainda estavam ali. O que ainda restava da cerca rudimentar de ripas de madeira que circundava o jardim tinha caído ou estava coberta por trepadeiras. Ali estava o esqueleto da casinha de telhado inclinado, uma cabana de caça abandonada que Hannah tinha se esforçado muito para transformar num lar. As janelas tinham sido cobertas com um papel translúcido grosso, mas que estava despedaçado agora, pois guaxinins e doninhas tinham fixado residência dentro da casa, e um urso devia ter feito da cabana sua toca, ao longo de todo verão até o último fulgor do outono. As sementes das uvas que ele tinha comido tinham brotado e agora havia videiras silvestres crescendo sobre o telhado, com suas folhas verdes e largas.

Havia algo também que Faith não reconheceu: a árvore que Samuel Dias tinha trazido de um lugar a mil quilômetros de distância, plantada horas antes de Maria Owens deixar Massachusetts. As pessoas da cidade diziam que bastava uma moça apaixonada ficar sob a magnólia para que seu amado fosse até ela, não importava a estação ou o tempo. E, quando suas flores desabrochavam na primavera, quem passava por ela sempre ficava aturdido, imaginando que estava nevando em maio ou que estrelas caíam do céu.

Mesmo uma garota amarga e de coração endurecido podia sentir vontade de retornar ao primeiro lar verdadeiro que conheceu. Faith pulou a cerca quebrada e tirou as trepadeiras. Ali ela descobriu o que estava procurando, o jardim de ervas. Ele estava irreconhecível, cheio de mato, mas ela encontrou alguns pés de beladona, com a raiz que tinha o formato de um homem e diziam que gritava quando arrancada do chão.

Faith encheu a cesta com os ingredientes de que precisava, então notou que um filhote de pardal havia caído do ninho. Mais um ingrediente que caía em seu colo, sem que ela precisasse se esforçar para encontrar. Ela o pegou nas mãos, pois era o que precisava para seu feitiço sombrio, os ossos e o coração e o fígado do pássaro. Ela fechou os olhos enquanto torcia o pescoço da avezinha e, ao fazer isso, pode sentir o erro da sua atitude pulsando, como se uma colmeia de abelhas furiosas estivesse sob a sua pele. Quem quer que fosse atingido por aquele feitiço sentiria a dor que causara aos outros. Suas más ações se externariam e o abocanhariam, como dentes afiados, fazendo-o sentir a dor do remorso.

Quando Faith tirou a vida do pardal, Guardião jogou a cabeça para trás e uivou, oprimido pela perda, como se Faith tivesse sido roubada dele mais uma vez. O som causou arrepios ao longo da espinha dela, mas ela não parou. Seu sangue estava pegando fogo. Quando ela abriu os olhos, o pássaro jazia sem vida na palma da sua mão e Guardião havia desaparecido. Ele não queria mais nada com ela. Ela não era mais a pessoa a quem ele tinha se apegado, aquela que ele tinha buscado por vontade própria, pois um familiar nunca é escolhido, ele deve fazer sua própria escolha, e agora Guardião tinha escolhido deixá-la.

Faith envolveu o pássaro num pedaço de flanela e o colocou na cesta de ervas. Em seguida, partiu em busca de Guardião. Pegadas lamacentas passavam pelo lago onde ela costumava alimentar com migalhas uma enorme enguia, mas, quando ela procurou nas falésias e nas cavernas, viu que Guardião não estava em lugar nenhum. Faith chamou por ele, assobiou e bateu palmas, mas não havia sinal do lobo. Seu amigo mais leal a havia abandonado, e por um bom motivo. Ela não era mais a menina que ele conhecera. É fácil se tornar o que suas ações fizeram de você.

– Vá em frente – ela gritou, a voz entrecortada. – Se quer me deixar, então você não significa nada para mim também!

Seu rosto queimava enquanto ela corria pelos campos. Voltou para a casa dos olmos e começou a preparar seu ensopado maldito no fogão da cozinha. Quando cortou o pássaro, a linha da vida, na palma da sua mão esquerda, se interrompeu. Se ela tivesse olhado para baixo naquela tarde, enquanto varria a casa dos Hathorne e fervia as roupas com cinzas e soda cáustica, veria que tinha mudado seu próprio destino por causa da amargura e do rancor. De acordo com as regras da magia, ela teria que pagar pelas ações que havia praticado com a intenção de se vingar.

Samuel Dias havia retornado a Nova York para visitar a sepultura de Abraham, onde recitou o Kaddish pela alma do pai falecido. Ele tinha visitado a Jamaica e o Brasil, ilhas que ainda não tinham nem nome e mares onde nunca ventava. Avistara dezenas de árvores que poderia ter trazido, lindas espécimes incomuns, que nunca tinham sido vistas em Nova York. Ipês cor-de-rosa, jacarandás azuis, árvores de pau-rosa com flores verdes e brancas, mas daquela vez sua única carga foram barris de rum escuro. Samuel deixou as árvores onde estavam, embora cada uma delas o fizesse pensar em Maria Owens. Afinal, um presente dado a alguém que não quer nada de você não vale nada. Ele sabia disso agora, embora ainda sonhasse com a expressão do rosto de Maria quando ela olhou pela janela da prisão e declarou que a magnólia deveria ser um milagre.

Samuel estava ficando cansado do mar e da solidão, coisas pelas quais sempre fora grato quando mais jovem. À noite, ficou no convés e observou as criaturas sob as águas, enquanto pensava no primeiro navio em que embarcou, quando o navegador contratado pelo seu pai o colocara sob sua proteção e o ensinara a ler as estrelas. Naquela época, ele ainda conseguia se lembrar de tudo sobre sua mãe e suas irmãs. Agora era difícil trazer seus rostos à memória, embora certas coisas ele nunca esqueceria. As irmãs cantando enquanto subiam uma colina, a mãe contando a ele suas primeiras histórias, a fogueira no dia em que foi queimada viva, o capuz branco coberto de estrelas que a fizeram usar, e como o mundo ficou vazio sem ela.

Samuel sentiu a mesma solidão quando Maria lhe disse para ir embora. Ele via a cena com a mesma nitidez do dia em que ele se despedira dela em Manhattan. Ele estava profundamente magoado e era essa emoção que o fazia ficar longe dela, mas também foi o que o fez passar pela casa da Maiden Lane, embora não tivesse intenção de entrar. Samuel era muito orgulhoso para ir aonde não era querido e mesmo assim foi puxado para lá como um cachorro.

Ele esperou para ver se percebia algum sinal de vida, talvez um lampião aceso ao anoitecer ou a fumaça da chaminé do forno de tijolos. Quando não viu nada disso, ele se aproximou, avançando em direção à entrada mesmo contra a vontade. A primavera em Nova York significava estrume de cavalo nas ruas, esgotos correndo a céu aberto e multidões de recém-chegados pelas ruas. A cidade era tão viva que Samuel Dias sentia sua solidão ainda maior ali do que sentia no mar.

Ele passou pelo portão ao anoitecer, pois era um tolo, tinha que admitir para si mesmo, e sua dor o levava a seguir adiante. O jardim estava cheio de ervas daninhas e a Árvore do Céu precisava de água. Ele foi até o poço e encheu um balde para regar a árvore, mas já sabia que não adiantaria. Aquele gênero pertencia aos trópicos e não se adaptaria ao clima dali.

Experimentou abrir a porta e a encontrou trancada. Sentiu um frio na boca do estômago. Todo o tempo que ele estivera fora, tinha imaginado Maria naquela casa, mas agora parecia que ele estava errado, pois o lugar estava claramente abandonado, embora ele fosse o dono ainda.

– Você não pode entrar na propriedade.

Foi a voz de um homem que ele ouviu, inglês ao que parecia. Samuel virou-se e viu um sujeito com um chicote na mão. Ele olhou ao redor e avistou uma pá, que poderia usar se precisasse de uma arma.

– Não posso?

– Desculpe, senhor, mas esta casa é propriedade privada.

– Eu sei. É minha.

O outro sujeito riu alto. Um sujeito da Cornualha, isso é o que ele era. Samuel tinha conhecido muitos marinheiros da Cornualha, embora todos parecessem ansiar pela sua terra natal, e, quando tinham o suficiente para beber, caíam no choro, desesperados para voltar ao mesmo lugar que, na juventude, mal podiam esperar para deixar.

– Como conheço muito bem a proprietária – disse o sujeito a Samuel –, posso afirmar que você está errado.

Samuel remexeu na bolsa e tirou a chave da porta.

– Se couber na fechadura, vou ter que acreditar em você – aceitou o homem da Cornualha, que disse que se chamava Finney.

Quando a chave se encaixou perfeitamente, viram que não precisavam mais lutar e, embora com cautela, os homens apertaram as mãos. Sentaram-se nas cadeiras de jardim onde Abraham Dias costumava passar horas, depois de perceber que amava estar em terra e se tornara um ávido jardineiro. Finney começou a entender que aquele homem, que estava vestindo um casaco preto apesar do calor, como fizera todos os dias da sua vida, pois nunca deixara de sentir o frio causado pela doença, era de fato o dono da casa.

– Eu poderia dizer muitas coisas sobre por que e como Maria veio parar aqui. Eu poderia falar o dia todo, mas prefiro que você fale – ele sugeriu a Finney.

Finney lhe contou que Faith tinha desaparecido e Maria partira atrás da filha, pouco tempo antes, viajando primeiro para Boston, depois para Salem. Era claro que esse Finney conhecia bem a garota e que Maria tinha depositado sua confiança nele. Ela tinha ido vê-lo na rua Bowery no dia em que partiu. Como ele salvara a vida dela, Faith iria para sempre dever a ele sua lealdade, uma situação que Samuel entendia bem, pois sua vida também tinha sido salva e sua lealdade era inabalável.

– Aos meus olhos, a menina não me deve nada – disse Finney. Ainda assim ela tinha aparecido com um presente antes de partir para Salem, pois eles poderiam nunca mais se ver. Ela ofereceu a ele um elixir, que chamava de Chá do Viver Bem, e aconselhou-o a bebê-lo todas as manhãs. Ele tinha feito isso, pois confiava em Faith Owens, e sua vida realmente havia melhorado. A sua nova esposa, Catherine, não podia ter filhos, mas uma nenezinha tinha sido abandonada no Fly Market com um bilhete preso ao vestido: *Ela é sua*. Finney e Catherine a adotaram e agora consideravam a criança sua filha. Era um desejo do seu coração ser pai de novo, algo que ele nunca tinha falado a ninguém, e ainda assim Faith tinha visto isso na alma dele. Ela tinha dado a ele o que ele mais queria no mundo.

– Eu me preocupo com ela – Finney admitiu. – A arte que ela está praticando é sombria e isso tem um preço alto. Maria foi salvar a filha de si mesma. – Os olhos de Finney brilharam. – Talvez você devesse ir atrás delas.

– Não. – Samuel riu. – Eu não poderia. Ela me disse para ficar longe.

– Você não parece um homem que faz o que os outros mandam. – Quando Samuel balançou a cabeça, Finney continuou. – Estou pedindo que vá atrás delas e isso anula o que ela lhe disse. Estou pedindo em nome de Faith. Ela acha que fui eu que a salvei, mas ela está muito enganada. Eu era um homem morto quando a encontrei nas planícies. Minha vida estava acabada. Foi ela quem me salvou.

Samuel pensou naquilo depois que Finney se foi. Ele era o tipo de homem que gostava de uma boa discussão, mas era humilde também e sabia reconhecer quando cometia um erro. Ele pensou que talvez o homem da Cornualha estivesse certo. Samuel salvara a vida de Maria no dia do seu enforcamento, então talvez ele não fosse o único com uma dívida a pagar. Talvez eles devessem lealdade um ao outro.

Ele ficou sentado no jardim até de madrugada, quando um vento frio invadiu o suave clima de primavera e ele resolveu entrar, ainda tentando tomar uma decisão. Fazia muito tempo que estivera naquela casa e, embora ela estivesse escura e vazia, ainda era tão familiar que era como se ele tivesse partido alguns dias antes. Havia um lampião sobre a mesa e ele tirou a pequena caixa de iscas de latão que carregava no bolso para acender a chama. Ele se sentou, curvado, em seu casaco preto. Poderia acender o fogo na lareira ou subir para dormir, mas viu uma carta sobre a mesa, seu nome no envelope, selado com cera vermelha. Samuel conhecia aquela caligrafia perfeita. Era provável que a visão a levara a prever que ele voltaria. Ele pegou sua faca e abriu o envelope.

Quando somos jovens, fazemos coisas das quais nos arrependemos. Eu acreditava que o amor era meu inimigo, mas eu estava errada.

Ele dobrou a carta, enfiou no bolso do casaco e certificou-se de trancar a porta ao sair. Demorou menos de duas horas para reunir uma tripulação disposta a navegar até Salem, pois não havia carga e, quanto mais leve o navio, mais rápida era a viagem. Ele estava com pressa, isso era verdade.

Ele se lembrou da mulher que um dia lhe dera instruções sobre onde era a prisão e foi direto para a casa dela. Anne Hatch o viu pela janela e abriu a porta, acenando para que subisse as escadas.

– Eu me lembro de você. O homem da árvore.

Como havia feito anos atrás, quando ele visitara Salem pela primeira vez, ela lhe serviu um prato de ensopado de frango. Ele agradeceu e comeu, cheio de apetite. Quando terminou, contou a ela que tinha vindo atrás de Maria novamente.

– Se ela voltasse aqui, eu acho que iria para a casa onde morava – disse Anne.

Ele pegou a trilha na floresta e seguiu para o local onde tinha plantado a árvore. Estava escuro quando chegou e o ar estava úmido e frio. Exausto, ele se deitou na grama, usando sua bolsa como travesseiro e seu casaco como cobertor. Adormeceu tão rapidamente que não ouviu os estalidos no chão, ao lado dele. Um ruído triste que ele teria reconhecido como aquele que ouvira na porta da cela, no dia do enforcamento de Maria. O som de um besouro que ninguém neste mundo desejava ouvir.

Hathorne estava furioso quando voltou para casa, pois a reunião final dos magistrados tinha sido palco de desconfianças e hostilidades, com os juízes culpando uns aos outros agora que o governador Phips despachara um decreto para interromper os julgamentos das bruxas e libertar as mulheres que estavam sob custódia. Um escriturário cuja tia estava na prisão saiu do tribunal e foi direto espalhar as notícias por toda a cidade. Logo havia famílias comemorando por todo o Condado de Essex e elogiando a sabedoria do governador. Os moradores acenderam fogueiras nos campos e levaram coroas de flores silvestres para os túmulos escondidos daqueles que já haviam sido enforcados. Seus corpos tinham sido roubados pelas famílias, para que pudessem ser enterrados secretamente, pois aquelas consideradas praticantes de bruxaria não podiam ter nem mesmo aquele último resquício de dignidade.

Faith estava se lavando depois do jantar. A família já tinha jantado, mas Faith preparara o ensopado maldito destinado apenas a John Hathorne e assara a Torta da Vingança, preparada com amoreira, o que algumas pessoas chamavam de "cereja-negra", usada na magia de transferência. Dentro da torta, estavam as entranhas do pássaro que ela matara. Depois de algumas mordidas, a sorte dele mudaria. O telhado iria abaixo a cada tempestade, o filho partiria para o mar e ele não teria mais uma boa noite de sono. John a chamou quando se sentou à mesa e ela providenciou a bandeja com o ensopado, a torta e um bule do Chá de Diga a Verdade.

Todos os outros na casa estavam dormindo. Os foles vibravam com suas canções trêmulas, pois era a época do ano em que tudo ganhava vida, pássaros, abelhas e sapos. Faith tinha *O Livro do Corvo* enfiado dentro do vestido, queimando em seu peito. Ela tinha na mão um talismã feito depois que encontrara um arbusto de abrunheiro na floresta, uma ameixa selvagem amarga, cuja casca preta cintilante era coberta por grandes espinhos negros. Ela recolhera um punhado de espinhos, mesmo que seus dedos sangrassem, e os pressionara numa bola de cera e ódio, um amuleto que carregaria com ela, para aumentar seu poder e causar ao homem que era seu pai uma dor aguda no corpo todo, algo inominável e incurável. Se ela prendesse o amuleto a ele, a vingança seria tripla, forte o suficiente para abrir um buraco no corpo dele.

O que ela desejava era que dali em diante e ao longo da História, Hathorne fosse lembrado como um homem sem consciência, pois havia sido responsável pelo assassinato de vinte pessoas inocentes. A própria colônia parecia amaldiçoada. As colheitas eram miseráveis, a varíola se espalhara e muitos se perguntavam se Deus tinha achado por bem castigá-los pelos seus atos contra pessoas inocentes. Resolveram instituir um Dia da Humilhação, dedicado à oração e ao jejum, na esperança de que Deus os perdoasse. Mas Hathorne nunca pediria perdão. Ele nunca pediria qualquer tipo de perdão nem aos homens nem a Deus.

– Finalmente – disse ele mal-humorado, quando Faith trouxe a bandeja do jantar, como se tivesse esperado horas, não minutos. Faith observou enquanto ele comia o ensopado. Depois, engoliu um grande copo d'água. Estava sedento desde o início do encantamento. Faith também sentia muita sede. Talvez estar na presença dele a afetasse mais do que ela tinha imaginado.

– Não preciso de uma plateia – disse Hathorne quando percebeu os olhos dela sobre ele. – Pode servir o meu chá. – Ele, assim como muitos homens de Salem, na maioria das vezes fazia as refeições sozinho, longe das distrações da família. Faith cortou um pedaço de torta para ele. Hathorne normalmente não apreciava doces, mas, depois da primeira mordida, ele não conseguiu mais parar de comer a Torta da Vingança, feita de abrunheiro.

– Ruth estava certa sobre uma coisa – admitiu Hathorne. – Você sabe cozinhar.

– Eu sei mais do que isso. Sei quem é o senhor. Mas e o senhor? Sabe quem eu sou? – Faith perguntou quando ele terminou de comer.

– Eu sei quando uma garota é mal-educada e impertinente, se é isso que está falando.

Ele se sentia derrotado, pelo édito e pela carta do governador, que fazia que aqueles que tinham julgado as bruxas parecessem tolos idiotas, e pior, como se fossem os próprios criminosos. Diziam que um médico holandês havia influenciado o governador a encerrar os julgamentos. John pensava na possiblidade de lutar contra aquilo. Ele ainda tinha um tempo, antes que todos os que estavam agora encarcerados fossem processados e liberados, se é que algum dia seriam. Lydia Colson, avó de Elizabeth Colson, já havia morrido na prisão, devido às condições adversas e à sua saúde frágil.

Hathorne teria dispensado a criada depois do jantar se não fosse uma vontade repentina de contar a alguém a verdade sobre a vida dele. Agora que o governador havia interrompido os julgamentos, ele tinha medo de imaginar como o mundo o julgaria. Eles iriam rir de tudo o que ele tinha feito na tentativa de livrar o mundo do mal. Aquela noite, ele mesmo vacilara em suas crenças. Talvez, aquele tempo todo, o diabo estivesse dentro dele.

– Achei que o senhor poderia me contar algo sobre o amor – disse Faith.

Ele riu da coragem absurda da criada. Ruth realmente não tinha faro para escolher os empregados. Hathorne levantou-se, pois sabia do efeito intimidador que sua altura exercia sobre a maioria das pessoas, mas pode ver que aquela garota não parecia nem um pouco intimidada.

– Eu quero você fora daqui pela manhã. Deve arrumar suas coisas esta noite.

– Então o senhor não sabe nada sobre o amor?

Ele lhe lançou um olhar sombrio. Meninas da idade dela eram criaturas tolas, sonhadoras.

– Você se casa quando esperam isso de você. – Ele estava tagarelando sem motivo, contando a ela a verdade sobre seus sentimentos. Bem, e que mal fazia isso? Ela logo iria embora. – Portanto, não, eu não sei nada sobre o amor. Talvez eu seja incapaz de amar.

– Não havia uma mulher um tempo atrás? O senhor devia amá-la.

– Em Curaçau – disse ele antes que pudesse se conter. – Fui embora sem dizer uma palavra. Eu não sabia o que fazer com ela. Ela queria demais e tudo o que eu queria era que me deixasse em paz. Tudo deu errado antes do que eu pensei.

Ele não tinha ideia do por que estava dizendo tudo aquilo. Estava dando a impressão de que era um covarde e, então, de repente, percebeu que ele era de fato. Seus olhos e sua garganta queimavam. Quando criança, ele apanhava se chorasse, mas agora temia que, se não tomasse cuidado, logo estaria chorando na frente da criada. O amor não era algo em que ele pensasse. Não o tinha afetado em nada, exceto por um ou dois dias, quando ele ficara enfeitiçado, quando parecia um homem totalmente diferente.

Hathorne pensou em sua esposa na noite de núpcias, chorando pelos pais que perdera. Ele não dissera uma palavra para confortá-la, apenas fez o que queria. Imaginou as mulheres que estavam sendo julgadas, implorando pela própria vida, as que estavam na prisão, as que tinham sido enforcadas. Hathorne via o mal em todos os lugares, mas agora esse mal residia dentro dele. Essa era a verdade, se ele quisesse ver. Isso era o que ele via agora.

– Eu mudaria as coisas se pudesse. Seria outro homem. – Ele balançou a cabeça e empurrou a xícara de chá. – Eu fui esse homem por um breve período.

– Os homens não mudam quem eles são lá no fundo. O senhor deve ter escondido dela quem realmente era.

Hathorne estreitou os olhos. Tinha sido um dia infernal e continuava sendo.

– Quem você pensa que é?

– Quem *o senhor* acha que eu sou? – a garota respondeu.

E então ele a reconheceu. Olhou mais de perto e viu quem estava bem ali, diante dele. Ela era realmente filha dele, inteligente demais para seu próprio bem. Mesmo contra a vontade, ele ficou impressionado. O olhar frio e acinzentado, o destemor, a postura confiante diante dele. Ele gostaria que o filho fosse assim também.

Foi então que o amuleto negro caiu das pregas da roupa de Faith e rolou pelo chão. Hathorne percebeu que o objeto devia ser algum tipo de maldição perversa. Ele não devia estar surpreso. Ela não era apenas sua filha, mas também filha de uma bruxa. O mal é atraído pelo mal. A verdade é atraída pela verdade.

Antes que ele pudesse alcançar o amuleto, Faith o pegou, embora ele perfurasse suas mãos.

– Decidi não usá-lo – disse Faith. Era verdade, ela já tinha feito mal o suficiente e já havia mudado seu destino. Ela tinha visto a si mesma nos olhos dele. Uma pessoa ferida que feria outras pessoas. – Eu o tinha comigo para o caso de o senhor agir mal comigo, para minha própria proteção.

– Acho que não precisamos esperar até de manhã – disse ele. – Você pode deixar minha casa esta noite.

– Vou fazer isso. – Faith desamarrou o avental e tirou a touca.

Seu cabelo ruivo brilhou à luz pálida da sala.

– Foi você me fez dizer tudo o que eu disse esta noite. Você vai sair daqui agora e não vai voltar mais. Se fosse outra pessoa eu a mandaria para a cadeia. – Mas os julgamentos das bruxas tinham acabado e ele poderia enfrentar acusações por ter uma filha fora do casamento. Seria melhor se livrar dela, como tinha se livrado de Maria. Ele tirou um saco de moedas do bolso, que ela rapidamente recusou. Ele balançou a cabeça. Ela não passava de uma dor de cabeça. – Você é muito parecida com a sua mãe.

– Obrigada. – Os olhos de Faith queimavam. – Eu estava com receio de ter puxado algo de você.

Ela jogou no chão o resto da torta, para que ninguém mais na casa a comesse por engano. Dentro estavam os ossos do pássaro, frágeis ossinhos que tinham feito um soluço subir à garganta de Faith. Ela via para onde a magia da mão esquerda a tinha levado, para o abismo negro da vingança. Assim como o ensopado amaldiçoado mudaria o futuro de John Hathorne e seu papel na História.

Faith deixou um bilhete para Ruth, agradecendo pela bondade da patroa. Ela se perguntava se Ruth saberia quem ela era e se a acolhera para compensar o que John Hathorne tinha feito à filha. Não importava mais. Faith não queria mais nada do pai, nem mesmo vingança. Aquilo a transformara numa pessoa vil que ela não queria ser e o preço era muito alto. Ela fez questão de trancar a porta quando se foi. Tinha conhecido o pai e ele a conhecera, e ela não sabia qual deles era pior por ter feito isso.

Dois fazendeiros a viram no campo, com sua capa preta e botas vermelhas, correndo o mais rápido que podia. Perceberam na hora que ela era uma bruxa. E ela era seguida por uma forma escura e astuta, um lobo de olhos prateados. Quando deixou a casa dos Hathorne, Faith descobriu que Guardião a esperava no jardim. Não importava o que ela tinha feito, o lobo ainda pertencia a ela e ela a ele. Ela se ajoelhou para abraçá-lo antes de fugirem juntos daquele lugar miserável, onde os homens viam o mal em tudo, em sapatos, em capas, em lobos, em mulheres.

Os fazendeiros mais tarde diriam aos policiais que ela havia posto fogo no celeiro deles, mas, na verdade, eles próprios tinham derrubado um lampião na pressa de persegui-la, com as armas em punho. Se é um assassinato que se pretende, é um assassinato que se vai ter. Eles dispararam no escuro como se a própria escuridão fosse o inimigo. Ambos estavam presentes no dia em que os corvos tinham sido mortos e aquele acontecimento ainda os eletrizava, pois eles tinham deturpado a história, dizendo que um ataque de corvos assassinos tinha sido engendrado pelo próprio diabo. Quando ouviram um uivo, pensaram que era uma loba, mas era Faith, gritando ao ver Guardião caído na relva. Ela caiu de joelhos e pôs as mãos sobre as feridas sangrentas, recitando um encantamento de proteção, mas era impossível estancar o fluxo de sangue. Ela estava pegando O Livro do Corvo, tão perturbada que não percebeu quando os homens surgiram atrás dela, com as armas engatilhadas. O celeiro estava em chamas agora e os homens a culpavam, embora ela só tivesse passado por perto.

A presença de uma bruxa pode causar tumulto e agora que eles a tinham, eles a temiam. Enrolaram correntes ao redor do corpo dela e a observaram enquanto ela os amaldiçoava, uma garota encharcada de sangue de lobo, finalmente impotente, o tipo de garota que eles gostariam de afogar.

※

O dr. Joost van der Berg fez a gentileza de alugar uma carruagem para levar Maria a Salem. O governador Phips tinha alterado a forma como uma suposta bruxa poderia ser julgada e, em outubro, os julgamentos estariam completamente banidos. Graças a esse sucesso, o médico convidou Maria para ser sua secretária particular, mas ela gentilmente recusou. No entanto, aceitou a oferta dele de encontrar um advogado que a representasse e, em seu caminho para Salem, a carruagem parou para que um sujeito chamado Benjamin Hardy pudesse redigir um documento e um testamento. Ela tinha elaborado um plano para construir uma grande casa em Salem, que nunca poderia ser vendida e, portanto, sempre permaneceria à família Owen. Esse documento garantiria que as mulheres Owens sempre tivessem um lar.

Maria não tinha voltado ao Condado de Essex desde a noite em que partira para Nova York com Samuel. Ela era tão jovem da primeira vez que vira aqueles campos verdes e a terra pantanosa que margeava o rio Norte... Tinha apenas 17 anos. Era impossível saber na época o que ela sabia agora. A carruagem parou na Washington Street. Maria olhou no espelho negro e viu Faith de pé no caminho que levava até a porta, vazio agora e coberto de folhas caídas. Ela agradeceu ao cocheiro e percorreu o caminho. Ruth ouviu uma batida na porta e já intuiu quem tinha vindo. Sentiu um arrepio transpassá-la, a mesma sensação que teve quando ela era uma menina e o xerife disse a ela que os pais tinham ido embora.

Quando Ruth abriu a porta, elas se reconheceram como se fizesse apenas alguns dias que Maria passara na rua em cima de uma carroça, vestindo um saco de estopa, com os cabelos tosados. A verdade é que Ruth tinha se imaginado correndo atrás dela, mas tinha ficado parada ali, atrás do portão.

– Tudo o que eu quero é minha filha – Maria disse a ela.

Ruth entendia o amor e a preocupação de uma mãe.

– Eu sabia que ela era sua filha. Ela se parece com ele. Mas ela não está aqui agora. Ele a mandou embora.

Hathorne tinha castigado Ruth por acolher a garota sem a permissão dele. Ela vira aonde aquilo tinha levado? Ele ainda estava tossindo pedacinhos de osso de pássaro. Ruth fora obrigada a ficar de joelhos e recitar passagens das Escrituras por horas, sem beber água ou ter um pouco de descanso.

Maria podia ouvir o coração de Ruth batendo contra o peito. Ela não invejava a vida daquela mulher.

– Diga-me para onde ela foi.

– Se eu soubesse, diria. Eu juro.

– Ele descobriu quem ela era?

Durante o castigo de Ruth, o chá que Hathorne tinha bebido ainda estava em ação e ele dissera a ela a verdade. A garota era sua carne e seu sangue.

– Sim, ele descobriu. Percebi que ele a achava inteligente – disse Ruth. Ele não tinha falado nada, mas ela tinha percebido pela maneira como ele olhava para a menina cada vez que ela não recuava. – Agora vejo que ela é muito parecida com você.

– Ela fez algum mal a ele? – Maria perguntou.

– Oh, não! – disse Ruth. – Suponho que *ele* tenha feito mal a ela.

Aliviada, Maria abraçou a outra mulher, então, com a mesma rapidez, interrompeu o abraço e correu para o portão. As folhas pretas dos olmos caíam como uma chuva. De pé na porta, Ruth colocou a mão sobre os olhos para enxergar melhor. Maria já tinha desaparecido, como se tivesse voado, assim como ela ouvira uma vez as pessoas dizerem, quando juravam que Maria alçava voo como um corvo e pairava sobre os campos à noite.

Pinho, carvalho, castanheiro, ameixeira, olmo, nogueira, freixo, hamamélis, cerejeira-silvestre. Maria poderia encontrar seu caminho sem pensar, correndo o mais rápido que podia. Era possível que Faith tivesse escapado dos meandros mais sombrios da magia da mão esquerda. Mas, de qualquer maneira, ela estava desesperada para ter a filha de volta. Ela atravessou os campos e não pensou em Cadin e na noite em que os homens de Salem começaram a matar tantos pássaros quanto podiam. Não pensou naquele inverno em que mais de dois metros de neve tinham se acumulado no chão, o inverno mais frio de Salem, quando o pão chacoalhava no prato. Ela não pensava em sua solidão, um poço tão profundo que mal conseguia suportar. Não pensava no homem aguardando entre as árvores quando a corda se rompeu, esperando por ela durante todo aquele tempo, esperando por ela ainda. Talvez ela tivesse voado como os corvos, pois em nenhum momento se lembrava de ter percorrido o caminho até a cabana que tinha sido sua casa, o telhado coberto de videiras e a cerca derrubada, sem manter os coelhos e veados fora do jardim. Ela não olhou para nada, pois naquele dia todas as flores de magnólia tinham desabrochado e o céu parecia cheio de estrelas e sob a árvore estava o homem que ela amava.

Eles estavam mais velhos do que da última vez, mas se viam como tinham se visto um dia. Uma garota de 16 anos com diamantes na palma da mão. Um homem de 23 anos que guardava o bilhete dela no bolso do casaco. Era isso que eles eram debaixo daquela árvore. Não tinham tempo, então não pensaram, e pela primeira vez Samuel não conversou. Eles pertenciam um ao outro e não se detiveram nem mesmo para tirar as botas.

Eles podiam segurar o que tinham nas mãos, podiam ver isso com os próprios olhos, e não estavam dispostos a desistir disso agora.

※

Eles foram à cidade vasculhar as tavernas, olharam pelas janelas das casas da Washington Street e na casa abandonada de Martha Chase, onde o telhado havia caído. Perambularam pela floresta, sondando cavernas sombrias onde os ursos dormiam, investigando as ravinas pedregosas onde ainda havia lobos, apesar de tudo o que tinham feito para destruí-los. Faith não estava em lugar nenhum. Depois da meia-noite, o casal estava de volta sob a magnólia. Eles subiram nos galhos mais altos para que pudessem ver faíscas no céu ou fogueiras acesas nos campos, qualquer sinal de vida. Maria adormeceu depois de alguns minutos, ali nos galhos, fazendo ninho como um corvo. Ela sonhou com uma água escura e, quando acordou, estava encharcada, embora não tivesse chovido. Samuel ainda dormia sobre um galho da árvore.

Há muito tempo, antes de eles se conhecerem, antes de qualquer um deles ir para o segundo Condado de Essex, tinham feito a mesma promessa. Eles nunca veriam outra mulher queimar. Mas ali os homens tinham outras maneiras de se livrar de uma mulher rebelde, que fazia o que queria, que mostrava coragem, que não se calava. Bastava segurar a cabeça dela debaixo d'água até que ela não pudesse mais falar.

∼⚜∼

Os fazendeiros trancaram Faith no celeiro de um vizinho, pois seu próprio celeiro tinha virado cinzas. Eles a teriam levado ao magistrado, mas o governador havia proibido os julgamentos de bruxas, então eles mesmos a julgaram e a consideraram culpada. Eles seriam os juízes e os algozes.

Era o dia do Senhor quando eles a arrastaram para o lago acorrentada. O sol estava nascendo, uma névoa subia do chão e a aurora se rompia em faixas coloridas. Os homens se assustaram com sua própria crueldade e imaginação. Estavam convencidos de que tinham capturado um servo do diabo e não uma menina de 13 anos que tinha implorado pela sua vida, até perceber que não adiantava implorar. Agora ela estava falando ao contrário, lançando um encantamento de *O Livro do Corvo*, escondido dentro da sua capa, aquele lindo livro que uma mulher havia escrito para ajudar outras mulheres a se salvarem. Mulheres que tinham sido compradas e vendidas, mulheres que não tinham voz, mulheres forçadas a ter uma vida em segredo, mulheres que sabiam que as palavras eram a magia mais poderosa que existe.

Faith tinha jurado deixar o lado esquerdo e abandonar a magia negra mas ela se viu obrigada a recorrer a ela agora. Como estava enrolada em correntes de ferro, o feitiço não poderia causar muitos danos, mesmo assim os homens começaram a sentir algo apertando seu pescoço e, quando tentaram falar, conseguiram apenas grunhir como animais. As mãos deles pareciam estar se transformando, como se tivessem garras em vez de unhas. Era o feitiço da besta, quando o indivíduo mostra o que habita dentro dele e só é magia negra se o que houver ali for escuridão.

Os fazendeiros eram irmãos, Harold e Isaac Hopwood, homens cruéis que eram ainda mais agressivos quando se embebedavam, e eles tinham bebido a noite toda. Seu celeiro havia queimado e eles precisavam pôr a culpa em alguém. Culpe uma mulher, afogue uma mulher, deixe que o Senhor seja o juiz. Eles a carregaram para o lago, que era tão profundo quanto o fim do mundo, as águas onde a própria mãe de Faith tinha passado pelo teste de bruxaria, um lago em que nenhum homem, mulher ou criança ousava entrar, pois diziam que era amaldiçoado, e certamente havia sanguessugas na água rasa entre os juncos, e os lírios estavam presos a ervas daninhas que se estendiam por todo trajeto até o inferno.

Os irmãos carregaram uma cadeira em que Faith estava amarrada. Ainda havia ferro em torno dos seus braços, as correntes que os fazendeiros usavam para prender as vacas no curral. Prontos para se livrar dela, eles diziam que ela dava azar e, mesmo sendo uma menina, eles a temiam. Eles deslizaram a cadeira pelas águas como se fosse um barco, dando-lhe impulso para afastá-la da margem. Tribunais e magistrados nada significavam para os dois irmãos. Nas terras que lhes pertenciam, eles faziam suas próprias leis.

As roupas dos Hopwood estavam encharcadas de suor, mesmo assim eles tinham frio e ainda sentiam as garras invisíveis apertando seu pescoço. O que estava feito não era possível mudar e certamente eles estavam do lado do Senhor. Ainda assim, o medo se infiltrava em seus ossos, como se fossem frágeis gravetos, como se pudessem se quebrar e se tornar um monte de pó.

A capa negra de Faith inflou na água, uma flor negra que desaparecia à medida que afundava no lago. Seu rosto estava branco como um lírio. Ela se lembrou da visão que tivera na sala de Maude Cardy, no Brooklyn, em que estava debaixo d'água e prestes a entrar no inferno. Ela sabia que era essa cena que ela tinha previsto, a água escura em volta dela e suas próprias lágrimas, lágrimas de bruxa, que queimavam como fogo.

༄

Quando Maria desceu da árvore e ficou de pé na relva, viu uma dezena de corvos voando no céu. O dia estava claro e ela conseguia ver o lago azul à distância. Sem dizer uma palavra, ela disparou pela floresta. Samuel Dias chamou o nome dela, mas Maria não quis parar. Então ele a seguiu floresta adentro, sem saber aonde estava indo, desorientado enquanto tentava se desviar dos arbustos.

Maria estava mais à frente e, quando ele olhou por entre as árvores, ela parecia estar voando, intocada, enquanto ele tinha que se esquivar dos troncos e galhos das árvores, praguejando enquanto corria.

Maria avistou os homens na margem do lago. Ela soube imediatamente que eles tinham pegado sua filha. Metal, cordas, fogo, água. Ela viu fios longos de cabelo ruivo num dos casacos dos irmãos Hopwood. Avistou a aura de desastre, uma sombra escura e acinzentada. Maria estava quase sobre eles quando tropeçou num livro caído na trilha acidentada. Quando o pegou nas mãos, *O Livro do Corvo* se abriu num feitiço de proteção destinado a impedir um ataque e manter agressores a distância. Ela começou o encantamento naquele momento e, enquanto falava, os ramos das árvores começaram a balançar e as folhas a cair e a água ficou verde. Maria não podia interromper o encantamento. Ela tinha de continuar até que eles fossem expulsos. Um cheiro de queimado se espalhou no ar e os irmãos sentiram como se sua pele estivesse pegando fogo. Os irmãos entraram na água sem pensar duas vezes, empurrando a cadeira para mais longe.

Foi então que Maria ouviu o besouro que anunciava a morte. Sua respiração ficou mais entrecortada. O som do estalo ficou mais alto; ecoava agora. Ela continuou o encantamento. Não perderia Faith pela terceira vez. Maria recitou o feitiço mais rápido, até sentir os lábios queimando, até que a pele dos irmãos estivesse em chamas. Eles se viraram para vê-la e podiam jurar que ela estava levitando, pairando no ar em vez de estar com os pés no chão. Eles estavam sendo amaldiçoados e sabiam disso. Havia sanguessugas em suas botas e nenhum dos dois lembrava o próprio nome.

Eles soltaram a cadeira, incapazes de fazer mais mal à Faith, observando a bruxa na margem enquanto ela os amaldiçoava. A cadeira estava afundando no centro do lago, que estava tão verde que parecia feito de relva. O cabelo ruivo de Faith ainda estava acima da água, da cor do sangue e de corações dilacerados.

A essa altura, Samuel havia chegado ao lago. Ele já tinha despido o casaco preto e corria para a parte rasa, quase tropeçando ao tirar as botas. Os irmãos Hopwood tentaram impedi-lo quando ele passou correndo. Talvez pensassem que ele era o próprio diabo e era seu dever atacá-lo, mas Maria ainda tinha o livro de magia nas mãos e os deixava incapazes de causar qualquer dano. Os irmãos estavam com os pés presos no chão de lama, incapazes de se mover, com água até o quadril, mas convencidos de que estavam no meio de um incêndio. A água verde agora estava negra, tão turva que era impossível ver alguma coisa. Por um instante Maria parou de falar. Faith e Samuel haviam desaparecido. Naquele momento de silêncio, quando ela parou de ler o livro, os irmãos quase pisotearam um ao outro enquanto corriam para a margem e pela floresta, com medo de morrer, desesperados para se afastar ao máximo de Maria, como se a distância fizesse alguma diferença para uma maldição.

Samuel reapareceu e mergulhou novamente. Ele era um nadador experiente, mas a água estava turva por causa da lama e ele precisava tatear para saber o que havia à sua frente. Uma criatura escura nadou abaixo dele, uma enguia enorme que ele mal podia ver. A enguia empurrou Faith em direção à superfície, para que Samuel pudesse segurar a menina pela capa, livrando-a das correntes que a prendiam à cadeira de madeira, que continuava afundando no fundo abismal do lago. Quando Samuel tentou nadar para a superfície, ele percebeu que algas o seguravam, envolvendo seus tornozelos e pernas. Ele estava preso, mas empurrou Faith para cima e assistiu enquanto ela subia até a superfície, iluminada pelos fragmentos de luz solar que se infiltravam na água turva.

Samuel sabia que estava se afogando. Sua perna estava presa e, por mais que ele puxasse, ela não se soltava. Ele moveu os braços, ainda tentando nadar, sem desistir ainda, mas seus pulmões estavam explodindo, quisesse ou não. Ele já tinha visto homens se afogando, depois de caírem do convés do navio ou de saltarem nas correntes marítimas enquanto estavam bêbados. Ele se perguntava qual seria a sensação de ser levado pelas águas, se seria como uma luta ou se era mais como um sonho. Ele não tinha fôlego para ficar tanto tempo debaixo d'água e seu coração estava parando. Ele pensou em Maria no cais, em Curaçau, e como ele se apaixonara por ela desde aquele dia, embora estivesse subjugado pela dor.

Samuel agora sentia uma dor ainda mais forte no peito por causa da pressão da água. A dor começava no coração e queimava todo seu braço, sua garganta e, finalmente, sua cabeça. Ele teve um único pensamento e era Maria. E então desistiu desse pensamento também, embora ele queimasse dentro dele. Ele estava morrendo como uma fogueira negra num lago sem fim.

Faith estava viva, cuspindo água, e Maria não esperou nem mais um instante. Ela rapidamente encheu as botas com pedras, em seguida, voltou a calçá-las. Repetiu o encantamento para proteção, chamando Hécate, oferecendo à deusa sua devoção se pudesse atender ao seu pedido. Só uma vez debaixo d'água, isso era tudo o que ela queria. Maria correu para o lago, afundando na água até os ombros e o pescoço. Ela mergulhou e afundou, as pedras em suas botas pesando. Estreitou os olhos para ver através da escuridão e lá estava Samuel Dias, flutuando na água suja, um homem morto. Ela o arrastou para fora, libertando-o do emaranhado de plantas aquáticas que o prendiam. As raízes eram verdes, viscosas e pretas, embora fossem flores na superfície. Para flutuar mais uma vez, Maria se livrou das botas e, quando as pedras afundaram na escuridão sem fundo, ela ressurgiu na superfície.

Maria puxou Samuel para a margem pantanosa, um soluço escapando da sua boca. Seu corpo todo tremia e a água escorria pelas suas costas e dos seus olhos. Maria sempre conseguia ouvir o coração de Samuel quando ele estava próximo e agora ela não ouvia nada. Ela rasgou a camisa dele e bateu em seu peito, sua própria respiração entrecortada.

Faith se arrastou pela margem, encharcada e em desespero.

– Cabrito – ela gemeu. – Acorde. – Não houve resposta e Faith começou a chorar. Ela estava de joelhos ao lado da mãe aos prantos, ambas cobertas de lama, mato nas pregas das roupas, a água do lago pingando dos cabelos. A pele de Samuel estava pálida e ele estava muito quieto. Era evidente que tinha partido.

– Não adianta mais – Faith disse à mãe. Ela conhecia a morte quando a via. Já tinha visto seu rosto antes. – Mãe, ele não está mais conosco.

O espírito de Samuel o havia deixado e ele estava imóvel. O besouro tinha parado de estalar, pois seu trabalho estava feito. Mas Maria não estava disposta a deixar que esse fosse o seu destino. Ela bateu no peito de Samuel, várias vezes, em fúria. Eles tinham perdido tempo por causa de uma maldição, mas a morte é sempre possível, com ou sem magia. A própria mãe dela lhe confidenciara sobre uma antiga barganha que se podia fazer com os poderes mais sombrios para trazer de volta os mortos para o mundo dos vivos. *A pessoa nunca mais será a mesma. Ela será uma sombra, uma criatura das trevas, mas voltará a viver.* Mães faziam isso com os filhos, apenas para ver a criança resgatada fugindo para a floresta, uma criatura transloucada, sem memória do passado. Esposas traziam de volta os maridos, que depois as trocavam por outras mulheres ou roubaram suas posses ou as assassinavam durante o sono. Mas Maria não se importava. Estava pronta para fazer qualquer trato. Ela bateu no peito de Samuel uma última vez, pronta para pegar uma faca e cortar o braço para misturar o sangue dela com o dele, o início daquele terrível feitiço, mas antes que pudesse fazer isso Samuel abriu os olhos.

Ele estava morto até que Maria forçara seu coração a bater. Retornou das águas escuras, da escuridão das profundezas do lago, onde tinha visto o pai sentado numa cadeira de jardim, acenando para ele. *Não seja burro*, gritou Abraham Dias para o filho. *Ela está esperando por você, seu idiota.*

Maria estava deitada na grama, os braços em volta dele. Você não pode amaldiçoar um homem que já morreu e voltou do Além. Ele já perdeu a vida e começou outra, uma vida em que o amor é tudo. Ele estava morto, mas agora seus olhos estavam abertos e a mulher que ele amava estava cantando para ele.

Eu tenho um navio e nele vou navegar,
Num mar tão profundo quanto pode ser,
Mas não tão profundo quanto o meu amor.
Não sei se afundo ou continuo a nadar.

O rio é largo, não posso atravessar,
Nem que eu tenha asas para voar
Me dê um barco para levar nós dois
E vamos remar, eu e o meu amor.

Samuel teve que se esforçar para ouvir a voz de Maria, mas logo ele entendeu: ela estava dizendo que queria estar com ele, não importava a que preço.

– Estamos arruinados? – Samuel murmurou. O mundo era tão belo e brilhante. Como o pai, ele passara a apreciar a terra firme.

– Não – respondeu Maria. Ela estava mais certa disso do que jamais estivera. – Estamos simplesmente vivos.

Enquanto Samuel dormia na relva, Faith e Maria se sentaram juntas à luz fosca do anoitecer. Tinham feito uma fogueira e faíscas subiam em direção ao céu azul-marinho. Faith olhou para a palma da sua mão esquerda. A linha interrompida quando ela encontrou *O Livro do Corvo* tinha começado novamente. Ela iria viver até ser uma anciã, via isso agora, mas não poderia mais praticar magia. Esse era o preço que pagaria por ignorar as regras. Tinha perdido a visão e com ela os dons da sua linhagem de bruxa. Era uma pessoa comum agora.

– Se você não quiser que eu seja mais sua filha, vou entender – Faith disse à mãe.

– Você sempre será minha filha. – Agora e para sempre, naquela vida e na vida que viria, não importava o que as tivesse separado ou aproximado.

Na primeira luz do dia, Faith voltou aos campos e trouxe Guardião até a fogueira, para que seu fiel companheiro fosse transformado em cinzas ali na floresta, o lugar a que ele pertencia. Elas assistiram à fogueira queimar e lembraram-se da primeira vez que viram vaga-lumes e pensaram que eram estrelas caídas do céu. Na época, Guardião ainda era um filhotinho e bebia leite de cabra, Cadin trazia botões e chaves de presente, elas arrancavam maçãs das árvores e o mundo do Condado de Essex era totalmente novo.

Samuel Dias ressonava na grama, o casaco preto ainda molhado. Ele ainda estava sonhando quando Maria Owens se inclinou para contar a ele uma história, a mesma que ele já conhecia desde que a vira no cais em Curaçau, quando ela estava predestinada a salvar a vida dele e ele estava predestinado a salvar a dela.

PARTE SEIS

Destino

1696

Doze carpinteiros trabalharam, durante um ano sem parar, para construir a casa de Maria Owens. Quinze variedades de madeira foram usadas: carvalho-dourado, freixo-prateado, cerejeira, olmo, pinho, cicuta, pereira, bordo, mogno, nogueira, faia, cipreste, cedro, nogueira e bétula. A casa era um sobrado, com uma videira retorcida de glicínias que percorria toda a varanda e floria na primeira quinzena da primavera. Na cozinha, havia um enorme fogão preto de ferro fundido; na despensa, dezenas de prateleiras para armazenar ervas. Duas escadas foram construídas, uma levava ao sótão e tinha formato de caracol e a outra era feita do melhor carvalho. Essa tinha um amplo patamar com um assento de janela emoldurado por cortinas de seda adamascada inglesa, muito parecidas com as que havia na mansão dos Lockland, no primeiro Condado de Essex. Ao lado da porta da frente, estava o sino de latão que antes ficava pendurado na cabana de Hannah Owens.

Quando um pintor de retratos itinerante visitou a cidade, ele foi contratado para pintar um quadro a óleo de Maria. Reproduziu sua imagem com tal perfeição que incluiu até o inchaço que ela tinha na mão desde o dia em que golpeara a porta de John Hathorne. Ao posar para o pintor, ela usava seu vestido azul favorito, o cabelo escuro preso com uma fita azul e a safira que ela sempre levava no pescoço, numa corrente bem junto à garganta. Usava suas novas botas vermelhas, as que Samuel Dias tinha feito em Boston e que ela usava todos os dias. Dizem que os olhos dela seguem quem passa na frente do retrato e que ela pode ver dentro da pessoa e que essa pessoa descobre no mesmo instante se está sendo fiel ou não a si mesma.

Havia dezenas de janelas de vidro verde na casa, todas importadas da Inglaterra, e duas chaminés de tijolos que se elevavam acima do telhado. A casa era tão bem construída que, quando um furacão passou pela cidade, todas as outras casas da rua sofreram graves prejuízos, mas nenhuma veneziana se quebrou na casa das Owens. Até a roupa no varal tinha ficado intacta naquele dia, o que levou os vizinhos a fofocarem ainda mais do que antes.

Maria criava galinhas e cabras num pequeno celeiro e havia um cisne renegado que chegou um dia, se recusou a ir embora e logo foi estragado com migalhas de pão, que ele preferia em vez de procurar a própria comida nos bosques. Ela o chamava de Jack e ele a esperava na varanda todas as manhãs e a seguia o dia todo, acompanhando-a nas ruas da cidade e nas lojas. As crianças da cidade sussurravam quando ela passava, dizendo que ele era um homem transformado em cisne, embora ninguém ousasse chegar perto, pois Jack tinha um temperamento irascível e era devotado a uma única pessoa.

No jardim cresciam lírios, arruda e arnica, com cebolas ardidas, que podiam curar mordidas de cachorro e dor de dente. Maria plantou alho-espanhol em grande abundância, peônias para afastar o mal, fileiras de alface, salsa e hortelã e lavanda, para dar sorte, perto da porta dos fundos. Ao lado do galpão original foi construída uma estufa de vidro, para que as ervas pudessem ser cultivadas o ano todo, mesmo nos dias gelados de inverno. Atrás das janelas embaçadas, havia vasos de erva-cidreira, verbena-limão e tomilho-limão. As plantas mais perigosas eram mantidas dentro do galpão trancado, que agora ostentava um teto de vidro escuro, para a luz poder entrar. Beladona, milefólio, erva-moura-negra, acônito, dedaleira, plantas com bagas muito tóxicas, poejo, que podia interromper a gravidez. Era lá que Maria guardava seu Grimório, com sua capa preta de couro de sapo, um livro que pertenceria à Faith após a morte da mãe e com o qual ela poderia aprender magia de novo, desde o início, mas só quando fosse uma anciã e entendesse a importância das regras. Na primeira página, Hannah tinha escrito as regras da magia e agora Maria adicionara uma terceira, sem hesitar um único instante. Algumas lições você tem que aprender por si mesma, outras é melhor já saber de antemão.

Faça o que quiser, mas não prejudique ninguém.
O que você oferece será devolvido a você multiplicado por três.
Apaixone-se sempre que puder.

Talvez o Grimório fosse a razão de os sapos se amontoarem no jardim ou talvez eles apenas gostassem das variedades de ervas que Maria cultivava ali – azedinha, dente-de-leão, espinafre e acelga. Na parte de trás do grande quintal, havia um pequeno pomar de árvores frutíferas – ameixeiras, pessegueiros, pereiras e várias espécies de macieiras –, todas plantadas na lua nova. Maria deixava uma área aberta e sem cultivo entre a casa e o lago, para que todos pudessem desfrutar, um presente que seria uma bênção para sua família.

A cerca que rodeava a casa era uma grade incomum, feita de um metal preto com lanças pontiagudas, dispostas na forma de uma cobra com a cauda na boca. A única maneira, portanto, de alguém chegar à porta era passando pelo portão da frente, onde a hera crescia desordenada. Maria pregara na cerca o crânio de um cavalo que encontrara no pasto dos Hopwoods, como uma mensagem para visitantes indesejados. Aquele pasto estava deserto agora, pois os irmãos tinham desaparecido no meio da noite, depois de seguir para o oeste, ainda incapazes de falar, sonhando todas as noites que estavam se afogando num lago escuro e sem fundo e acordando todas as manhãs com a boca cheia de água.

Vinte pedras azuis do antigo caminho para o galpão tinham sido usadas para adornar uma trilha até a casa. Todas as noites, mulheres iam buscar o que mais precisavam: chá de pimenta-malagueta para dores de estômago, erva-borboleta para os nervos, uma barra de sabão preto para rejuvenescer a pele ou um amuleto de amor. Amor era a especialidade de Maria e ela não lutava mais contra isso. Apesar do falatório, pessoas sensatas sabiam que uma mulher em apuros nunca deixava de bater na porta de Maria Owens.

Se Maria saísse para ir a algum lugar no meio da noite, embrulhada numa capa escura e carregando sua sacola de unguentos e chás, era para visitar uma criança doente. Ainda assim, sempre havia um falatório sobre uma tal família de mulheres, embora isso não impedisse ninguém de bater na porta delas tarde da noite, em busca de auxílio, especialmente em questões de amor. Outras casas podiam estar às escuras, mas a luz da varanda dos Owens estava sempre acesa.

Em algumas ocasiões, cestos de bolos e tortas eram encontrados na porta, assim como queijos frescos ou suéteres tricotados à mão, deixados ali por aqueles cujos entes queridos tinham sido acusados de bruxaria e depois libertados pelo decreto do governador, pois havia quem estivesse convencido de que Maria Owens tinha algo a ver com aquela decisão e por isso sempre seriam gratos.

A Biblioteca Owens foi inaugurada em maio, o mês mais bonito do ano, quando as pessoas em Massachusetts conseguiam esquecer o inverno, pelo menos até que ele voltasse. Maria comprou a prisão vazia e depois Samuel Dias fez uma doação para cobrir todos os gastos da reforma. Enquanto os carpinteiros estavam trabalhando, descobriram um diário azul escondido atrás dos tijolos. Os trabalhos foram paralisados por um dia. Até o mais descrente dos homens temia aquele fino caderno azul e ninguém tocaria nele. Quando, no final do dia, Maria foi inspecionar a reforma, os carpinteiros estavam sentados em semicírculo, esperando por ela, os rostos pálidos. Ela achou que talvez tivessem encontrado os restos de um cadáver, pois certamente havia quem nunca tivesse saído daquelas celas vivo, mas, quando viu que era seu diário que tinha interrompido os trabalhos e feito os homens esperarem por ela, sem saber o que fazer, ela se lembrou da primeira lição que Hannah lhe ensinara. As palavras têm poder.

Maria deixou o diário na biblioteca para lembrar a todos que entrassem por aquelas portas do que havia acontecido naquele edifício. Antes que a biblioteca fosse abastecida com dezenas de livros, houvera um, escrito ali quando as mulheres não tinham permissão para falar por si mesmas. À noite, havia aulas para quem quisesse aprender a ler. No início, só mulheres se inscreviam para as aulas e muitas tinham que sair furtivamente de casa, dizendo que iriam participar de um clube de bordado. Mas com o tempo os maridos começaram a vir espiar na porta, e fazendeiros e pescadores passaram a entrar timidamente na sala, com o chapéu nas mãos, pegar um livro e espremer o corpo alto e forte nas carteiras feitas para crianças.

Não demorou muito para a Escola de Meninas Maria Owens passar a oferecer aulas, com dez meninas matriculadas, de 6 a 13 anos. Faith Owens ensinava latim e grego, além de poesia e obras clássicas. Ainda havia muitos na cidade que achavam um perigo e um desserviço à sociedade dar instrução às mulheres, mas, mesmo assim, vários moradores da região deixavam que as filhas se matriculassem nas aulas, apesar dos boatos sobre as mulheres Owens.

Faith ainda não tinha 17 anos, mas era bastante respeitada pelas meninas e pelas famílias delas, que ignoravam os rumores de que as duas Owens se transformavam em corvos ao escurecer e lançavam maldições contra quem agisse mal com elas e nadavam nuas no lago Leech. Era verdade que Maria gostava de ir ao lago nas manhãs de verão. Ela só podia flutuar, mas já era suficiente, pois tinha conseguido mergulhar a única vez em que precisou. Se ela quisesse nadar ali, entre as algas e os lírios, sem roupa e com os cabelos presos com fita azul, quem poderia dizer que tal coisa não era um prazer e uma delícia?

Ninguém sabia se Maria era casada ou não, mas havia um homem que passava os invernos com ela e ia para o mar todos os verões. Algumas pessoas juravam que ele voltara dos mortos e que o amor lhe devolvera a vida. Seus marinheiros falavam pouco sobre ele quando bebiam nas tavernas, exceto para alardear que ele pagava bem e era um navegador brilhante. Eles riam dos seus hábitos pessoais. Samuel gostava de contar histórias, sempre bebia um chá especial para lhe dar coragem e, onde quer que estivesse, procurava uma variedade exótica de árvore, trazendo para casa tantas que a rua da casa das Owens agora se chamava rua Magnólia. As pessoas diziam que quem ia até lá em maio, quando as árvores floresciam, sempre acabava se apaixonando, mas ninguém acreditava em crendices como aquela, exceto os que acabavam de fato se apaixonando, e esses casais muitas vezes se casavam ali, sob os galhos das árvores, e eram excepcionalmente felizes.

Faith Owens sempre era vista na cidade com um livro nas mãos e lendo enquanto caminhava. Ela usava um chapéu preto de aba larga e calças masculinas, e carregava uma sacola de livros para garantir que, se terminasse uma leitura, já estaria bem preparada para começar a seguinte. Era difícil encontrá-la sem que estivesse com o nariz enfiado num livro e as pessoas sempre a viam nos bosques com um deles na mão, sentada numa pedra ou à beira do lago, jogando migalhas de pão na água turva, enquanto virava as páginas. Ela tinha conseguido doações de dezenas de volumes para a nova biblioteca, encontrando-se com famílias ricas em todo o Condado de Essex, bem como em Boston e Cambridge, e convencendo patronos abastados de que toda a população, homens, mulheres e crianças, deviam ser alfabetizadas, para que a colônia pudesse prosperar. Vários homens se apaixonaram por ela, mas ela recusou todos eles. Se diziam que era bonita, isso já depunha contra eles, pois, na opinião dela, não era possível ver a olho nu o que uma pessoa realmente era. Ela tinha aprendido com os erros da mãe. Se um dia viesse a se apaixonar, queria que fosse por alguém com quem pudesse conversar.

Embora as mulheres não pudessem ingressar na Universidade Harvard, o estimado cidadão Thomas Brattle, que havia escrito uma carta criticando os julgamentos de bruxas e era tanto o tesoureiro da universidade quanto membro da Royal Society, tinha tomado todas as providências para conseguir que Faith pudesse estudar em Cambridge. Apesar da diferença de idade, ela era mais próxima a Brattle do que a maioria das pessoas teria imaginado. Eles admiravam a inteligência um do outro e ela lhe era grata por acreditar em suas aptidões como professora.

Faith se sentava na última fileira nos fóruns de discussão da Harvard sobre línguas clássicas, apenas ouvindo e nunca falando. Ela se vestia com roupas masculinas no dia a dia, que achava muito mais práticas do que saias e capas. Em Harvard, ela podia ser vista com um paletó preto, calças compridas, uma camisa branca e uma gravata preta, o mesmo traje dos homens, para não chamar a atenção para si mesma e para o fato de ser mulher, embora ela dificilmente passasse despercebida devido às botas vermelhas que usava todos os dias.

– Senhores – o professor disse aos alunos no primeiro dia de aula, quando Faith Owens estava presente. – Concentrem a atenção em mim, por favor.

Faith havia cometido muitos enganos. Ela ainda tinha a marca vermelha que surgira no centro da palma da sua mão esquerda quando Martha Chase se afogara. A cor tinha desbotado, mas a mancha era suficientemente visível para lembrá-la das escolhas erradas que fizera no passado. Toda véspera de solstício de verão, um pardal entrava na sala da casa da rua Magnólia. Se completasse um círculo ao redor da sala três vezes, era certamente prenúncio de má sorte. Por causa disso, Faith nunca se esquecia do pássaro cuja vida ela havia tirado em benefício próprio, ao preparar a Torta de Vingança para John Hathorne. Hathorne era um comerciante bem-sucedido, mas as pessoas na cidade o evitavam. Faith não queria mais nada com o pai, porque ele não tinha nada para oferecer a ela. Ela sempre perseguia o pardal até a janela, depois o enxotava delicadamente com uma vassoura.

Faith ainda tinha uma penitência a pagar e muitas coisas para corrigir. Por essa razão, ela ia de fazenda em fazenda aos sábados, para ensinar qualquer moça cujos pais não permitissem que perdesse o dia de trabalho para frequentar a escola. Ela caminhava tantos quilômetros e voltava para casa tão tarde que Maria temia que a filha se exaurisse. Numa noite escura, enquanto Faith estava cruzando um pasto a caminho de casa sob a luz pardacenta do início do inverno, um cavalo branco se aproximou dela e a seguiu até em casa. Era o pasto que pertencera aos irmãos Hopwood, cuja relva ainda estava coberta de cinzas. Faith entendeu que ela tivera a sorte de ser escolhida novamente, após a morte de Guardião. Chamou a égua de Holly e as pessoas se acostumaram a vê-la cruzando os pastos montada em sua égua à noite, vestindo calças e carregando uma mochila de livros, o cabelo ruivo preso sob um chapéu preto.

John Hathorne fazia questão de evitar as Owens, mas Maria e Ruth ocasionalmente se cruzavam na rua e, quando isso acontecia, elas se abraçavam como se fossem irmãs. Ruth tinha começado a dar aulas de leitura e toda vez que atravessava o portão do jardim e continuava andando até chegar à biblioteca, lhe ocorria que ela não tinha contado ao marido aonde ia nem pedido a permissão dele, e se sentia grata pela vida que levava.

Havia momentos em que Maria e Faith se entreolhavam, enquanto punham a mesa para o jantar ou trabalhavam juntas, escolhendo ingredientes para uma cura, ou assavam o tradicional Bolo de Chocolate Embriagado nas festas de aniversário. Elas não se esqueciam da época negra da magia da mão esquerda. Mas aquele tempo tinha acabado e elas tinham perdoado uma a outra. Não há quem possa brigar com tanta ferocidade quanto uma mãe e uma filha, mas ninguém que possa perdoar tão completamente. Numa noite, quando Maria estava acendendo a luz da varanda para que suas clientes soubessem que poderiam visitá-la, Faith seguiu-a até o lado de fora e entregou-lhe *O Livro do Corvo*. Ela ainda tinha vergonha das suas atitudes e da marca vermelha que carregava na palma da mão.

– Eu usei este livro muito mal. Não deveria ficar comigo.

Maria pensou em queimar o livro, pois ele provavelmente acabaria causando algum malefício. Não havia ninguém para reivindicá-lo e por direito deveria ter sido queimado no momento da morte de sua dona. Ela poderia ter feito uma fogueira na parte de trás do jardim e livrado o mundo do livro, mas ele era tão bonito e a autora tão culta que não conseguiu destruí-lo. Havia razões para que livros sombrios fossem escritos por mulheres. Mulheres que não tinham permissão para publicá-los, que não podiam ter bens em seu nome, que eram vendidas como escravas sexuais, que envelheciam e não eram mais consideradas desejáveis, que eram aprisionadas, sonhavam e se voltavam para a magia da mão esquerda quando essa parecia ser sua única escolha. Se usada com cautela, pela pessoa certa, a magia daquele livro poderia ser uma grande dádiva. Oculto na última página havia um feitiço para acabar com qualquer maldição, mas o preço era alto e a pessoa que o lançasse não poderia ter medo.

Em vez de queimar o livro, Maria atravessou os campos até a cidade, tarde da noite, como fizera muito tempo atrás, no dia em que tinha sido confundida com um corvo. Ela levava com ela as chaves da biblioteca. Escondeu *O Livro do Corvo* atrás dos tijolos soltos, onde muito tempo atrás tinha escondido seu próprio diário. Deixou aquele livro de magia no mesmo lugar onde uma vez olhara pela janela para espiar a magnólia, pensando que um milagre havia acontecido. Ela pingou algumas gotas do próprio sangue na argamassa. Um dia, uma Owens descobriria o livro e o usaria da maneira apropriada, com amor, coragem e fé.

※

Maria sempre usou no pescoço a safira que Samuel Dias lhe dera. Essa era a pedra da sabedoria e da profecia, que permitia à portadora ser fiel a si mesma. Quando ele se foi para sempre, ela se permitiu ter saudades dele. Ele era muito alto para a cama e agora ela parecia vazia sem ele. Maria costumava se sentar sob a magnólia quando ele estava no mar. Mesmo com tempo ruim, ela encontrava conforto ali. Quando ele voltava, trazia com ele histórias de conchas tão grandes quanto repolhos, de pássaros misteriosos com pés azuis, ursos brancos que viviam no gelo e ilhas onde todas as flores eram vermelhas. Ele era um homem arrogante e difícil, que gostava de uma boa discussão, mas era alguém que fazia mais do que falar. Ele sabia ouvir.

Ela tinha se enganado sobre o amor. Tinha pensado que ele era só para os tolos, mas descobrira que só era tolo quem se afastava do amor, pois ele sempre valia a pena, não importava quanto custasse. Eles aguardaram a maldição, para ver se ela conseguiria encontrá-lo, mas depois de um tempo Maria ficou aliviada ao ver que a maldição se convencera de que Samuel Dias havia permanecido no lago sem fundo. Ele não era a mesma pessoa que tinha sido antes de morrer e um homem não pode ser amaldiçoado duas vezes. Em noites escuras, quando ela temia pelas mulheres de sua família que ainda estavam por nascer, encontrava consolo na certeza de que uma mulher Owens sabia não apenas fazer remédios, mas também lutar contra maldições.

O destino pode trazer o que menos se espera e tinha trazido a eles uma filha que chamaram de Hannah Reina Dias Owens, em homenagem à Hannah Owens e à mãe de Samuel. Dessa maneira, duas mulheres voltaram das cinzas e eram lembradas cada vez que seus nomes eram pronunciados. O bebê nasceu em janeiro, num dia gelado de inverno, e tinha cabelos pretos e olhos cinza-escuros. Ela podia chamar os pássaros com um único grito e fazer uma flor desabrochar e florescer na palma da sua mão, mas não conseguia adormecer a menos que seu pai lhe contasse uma história.

Um certo dia, Samuel anunciou que não iria mais navegar. Como o pai antes dele, ele começou a amar a terra firme e criou o hábito de passar a maior parte do tempo no jardim, onde cultivava hortaliças e criava abelhas, conhecidas por produzir um mel tão doce que até os homens mais fortes choravam ao prová-lo. Samuel passava os dias no jardim, mesmo no inverno, espalhando feno nos canteiros, plantando mudas resistentes ao sol, vestindo seu casaco preto, o bebê num cesto ao lado dele. Ele estava sempre falando, mesmo enquanto trabalhava, pois tinha mil histórias para contar, e o bebê ouvia com tanta atenção que esquecia de chorar.

Em março, no último dia de neve, quando a primavera verdejava sob o gelo, Maria deixou Samuel dormindo em sua cama, vestiu um casaco na pequena Hannah e atravessou a grama, que estava quebradiça por causa da geada. Corvos voavam acima delas e o gelo brilhava nos vidoeiros. Enquanto caminhava na manhã fria, sua respiração cortando o ar brilhante, Maria pensou ter ouvido o chamado de Cadin. Ela se lembrava daquele dia, no Campo da Devoção, no Condado de Essex, onde nascera. Os campos nevados, o céu azul brilhante, a floresta que era tão profunda, a mulher que lhe ensinara a Arte Sem Nome, os olhos negros e rápidos do corvo. Foi então que ela viu o que estava diante dela, o que sempre vira no espelho negro, um coração negro na neve.

O vento tinha derrubado um ninho de um galho. Maria se ajoelhou e apontou o pequeno filhote para o bebê. O pássaro preto ignorou Maria, mas olhou para o bebê com seus olhinhos cintilantes, sem medo. Você não pode escolher um familiar, é ele que tem de escolher você. Quando Hannah estendeu a mão, o corvo foi até ela, se acomodando junto ao bebê, enfiado no casaco de Maria. Maria sentiu a batida do coração dentro dele desacelerando para entrar no compasso dos batimentos do bebê.

Elas o levaram para casa e o envolveram num cobertor. Hannah lhe deu água com açúcar na ponta do dedo. Em pouco tempo, o pequeno corvo já estava pulando pela casa, empoleirando-se no corrimão da escada e nas hastes de latão, acima das cortinas de seda adamascada. Quando as flores da primavera desabrochassem, ele já estaria voando. Mas o pássaro nunca ficou longe da menina que nascera num dia de neve, cujo pai tinha voltado do mar para poder lhe contar todas as histórias que conhecia, cuja irmã a tomava nos braços para ler para ela, cuja mãe a ensinaria tudo o que ela precisava para se conhecer.

É assim que se dá os primeiros passos neste mundo. Essas são as lições que é preciso aprender. Beba chá de camomila para acalmar o espírito. Se tiver uma gripe, se alimente direito. Se tiver febre, faça jejum. Leia quantos livros puder. Sempre escolha a coragem. Nunca assista outra a mulher queimar. Saiba que o amor é a única saída.

Agradecimentos

À Carolyn Reidy, por tudo o que fez pela literatura e pelo ramo editorial, e pela extraordinária bondade que sempre teve comigo.

Gratidão a todos na Simon & Schuster, pelo apoio contínuo, especialmente a Marysue Rucci. Obrigada a Jonathan Karp. Muito grata a Richard Rhorer, Wendy Sheanin, Zachary Knoll, Anne Pearce Tate, Elizabeth Breeden, Angela Ching, Hana Park, Samantha Hoback, Carly Loman e Jackie Seow. Obrigada também a Richard Willett.

Gratidão à Suzanne Baboneau da S&S UK, por tantos livros ao longo de tantos anos.

Agradeço sempre à Amanda Urban e a Ron Bernstein.

Obrigada a Denise Di Novi por acreditar na magia por 25 anos.

Obrigada, Joyce Tenneson, por sua fotografia incrível.

Agradeço à Sue Standing por ser uma das primeiras a ler este livro.

Obrigada a Miriam Feuerle e a todos da Lyceum Agency.

Gratidão e amor às livrarias que sempre apostaram nos meus livros.

Minha profunda gratidão à Madison Wolters pela assistência contínua e pelas percepções literárias. Obrigada a Deborah Revzin pela ajuda em questões práticas e mágicas. Obrigada, Rikki Angelides, por se juntar a nós com graça e entusiasmo.

Um agradecimento muito especial aos meus leitores, que pediram para saber como a história começou.